蘸火记

牛余和 著

作家出版社

日军于1937年12月28日侵占济南后,我们一直在鲁中地区的章丘县长岭山南麓坚持抗战。这里是章丘铁匠的发源地,队伍里那些亦兵亦匠的军械师都把淬火叫作"蘸火"。我觉得用这个章丘方言词描摹这一锻造工艺,实在更能传其精神。想想吧,将刚从炉火中抽出、浑身蹿着火星的锻件,硬生生戳进水里,立时烟火蒸腾,水泡汩汩翻滚。在天下之至阴至柔与至阳至刚的缠斗中,锻件浴火重生,刚强与柔韧融为一体,生命铸入魂魄——我们的长岭山抗战就是这样一场以鲜血为介质的青春淬火。战争的残酷往往使生命过早地展示出成熟的一面,其实当年长岭山上三支队伍的"首长"和中层干部,除我和尚郏英三十多岁,其他的大多二十来岁,我们的女兵小队战士,则清一色十八九岁。他们的悲壮牺牲和浪漫爱情,一如造山运动时期裂地喷涌的岩浆,重塑了长岭山的性格和气质。

——摘自《何苇杭日记》

第一章

1

  这是个湿气有点重的夏日早晨。红彤彤盈满血色的太阳刚爬上东边山头,橙红的阳光就撒野般一路往西狂奔,点燃了青黑色山脊和缭绕的雾岚,所到之处烟火蒸腾,岩浆漫卷,长岭山上空瞬间烧起一团烈焰,大大小小的鸟雀从岩石下的树丛腾空而起,精灵般鸣叫着翻飞盘旋,翅膀划出一道道遒劲而柔韧的闪光,牵着晨风烈焰掠过重重山峦,绵延几十里的长岭山诸峰次第醒来。

  此时山脚下的长岭村依然沉沉地魇在睡梦里。村东南头的何家宅院倒是早早醒了,却窸窸窣窣的一院子捂着半边嘴的琐屑。

  何家寡居的大儿媳妇冯茜茹跟山上游击队的郭立刚好上了。

  消息是后院的林妈悄悄跑到中院东厢房耳屋,零零碎碎传给胖厨师的。先是神神秘秘地说了句,山上的那个郭队长一来,大少奶奶后窗的窗帘就拉开半边。见胖厨师一头雾水,她啧啧几声,凑近了解释道,大少奶奶的窗帘过去可是轻易不拉开,就是拉开着,后院里一有动静就立马拉上,一丝风也不透的。胖厨师拖长声音噢了声，摸摸圆滚滚的肚皮，包给她几块油渍渍的小点心。林妈皱皱眉头。她实在讨厌胖子每回给她吃的都先摸肚皮，可那小点心的香甜已透出油纸钻进鼻孔，她也就顾不得再想那肚皮上油腻的汗水，伸手接过来塞到嘴里一块，满脸都是解馋的嘶哈。不久林妈又说，听说牵线的还是何家大小姐何苇杭。胖厨师似乎不太感兴趣，塞给她一截酱猪蹄，就忙自己的去了。昨天晚上，胖厨师正在洗脚，林妈进屋就说，真是奇了怪了，听说那事还是老爷点了头的。胖厨师瞪着眼看了她半天，也没擦脚，趿拉上鞋就去了西厢房耳屋。林妈盯着小桌上的鸡骨头鱼刺，撇撇嘴，咋不连这个也嚼了。嘁，就是个吃货。

林妈其实瞧不上胖厨师，要不是为了这张嘴，她才不稀罕搭理他。胖厨师刚来的那晚上，她偷听到老爷跟太太说起胖厨师的叔，立时起了身鸡皮疙瘩。啧啧，竟有这样的事，一个大胖男人穿一身女人衣裳，还叫啥胖夫人。你看胖厨子那个架子摆的。嘁，跟着那么个不男不女的叔长大，神气个啥。

管家站在葡萄架下看着低头从厨房出来的林妈，轻咳了声。林妈一抬头，下意识地抹了抹嘴，又低了头匆匆走向后院。

自打鬼子在长岭村南面的鸣羊山修了炮楼子，何家一向天刚亮就饭菜上桌的惯例就改了，等到太阳升起半竿子高才吃饭。老爷还按老习惯黎明即起，大家也都跟着早起，这就空出了一段前后院彼此传递闲话的时间，何家宅院里便多出了不少是非。这个林妈的嘴就太碎。她是这个月临时招来，帮着常妈照顾病情又反复的大少奶奶的。后院是何家给游击队买药的中转站，要是让她瞧在眼里给说漏了嘴，那可就不得了啦。

值更的老张头在管家身后闷声咳嗽，管家侧身让出甬道。老张头拖了根挑灯的竹竿，晃着膀子拖拖沓沓过去。管家摇摇头笑了笑。

老张头站在院门的青石平台上，仰头看着大门上那对挂灯笼的铜钩。从老东家那辈开始，他就一直干着一早一晚熄灯点灯的活，自打小鬼子来了后，别说点灯，连那对气派的大灯笼都摘了下来。可他习惯了，一早一晚还是会溜达过来。"他娘的！"他呸口晦气，撅搭撅搭走回前院。

倒座房前窄长的小院里，长工们正蹲在墙根噗噗噜噜洗脸，黝黑结实的肩背上搭着条一头带穗子的粗布长巾——长岭山一带的穷家富户都习惯把家织粗布裁成长条，再从中间一截为二，当作擦脸擦手的毛巾用——忙里偷闲地续着昨晚的话题，别说这深宅大院的何家，就是满长岭村说去，也从没见过老公公张罗着给家里的寡妇儿媳再找婆家的。

"别胡扯。"老张头拉下脸低声喝道，"这话也是这前院能乱嚼咕的？"

长工们擦脸、倒水，没人接腔。老张头背了手走进中院，听到有人嘀咕："昨天晚上数他说得起劲。"又转身慢慢踱回来，打量着说话的小伙子："哼，找碴儿是不？我还就告诉你，我说行你说就不行。"他当地拍一把枯瘦的胸膛，"我是谁？小子，长点见识，老子是老太爷说何家要给我养老的人。"

长工头老刘把老张头连推带劝地送进内院，一把将年轻人扯到墙角："你惹他干啥。人家萝卜不大长在背（辈）上，仗着是老太爷在世时的红人，老爷虽说并不咋待见他，可也处处高看一眼。何家的下人中，有两个不能轻易招惹，一个是老爷从济南带回来的胖厨师，另一个就是这位倚老卖老的角儿。看看人家的住处就知道了，一个住东厢房屁股,一个住西厢房屁股。大家伙儿都把这两间厢房最南头的平房叫屁股房,人家两位非叫厢耳房。"他突然笑了,"正经都是耳子级人物。"

2

吃过早饭,村子才算真的睡醒了,天刚亮时的鸟鸣鸡叫犬吠里透进了人气。开关大门的吱呀磕碰,喑哑中伴着响亮的咳嗽,紧接着就是急促或拖沓的脚步,小推车轮轧过石板路面的跳动,老黄牛深沉的哞哞、年轻草驴亢奋的喂哇呱啦,应和着间或响起的大人呼喝、小孩子吵闹,纷纷从僻街小巷汇入大街,在屋檐间上下波动,掺杂进被阳光蒸发起来的老粪堆的陈腐味、鲜牛粪的醛酸味、村外庄稼地里飘过来的青葱气息,相互拥挤碰撞穿插渗透,交汇成一片喧嚣混沌,迅速在村子里弥散开来。

何如山站在大北屋廊下,看着大门瓦楞和脊缝间胖胖的瓦松、单薄的莠草。

这是一个平常得不能再平常的山村早晨。庄稼人一天的生活就从这嘈杂的声音和味道开始,祖上是这样,现在依然是这样。不同的是自从早起下地干活的接连遭到碉堡里鬼子的枪击后,长岭村黎明即起的嘈杂就推迟到了早饭后。这改变起初让他们觉得愤怒和屈辱,慢慢也就习以为常了。只是人们似乎还感觉不到,这种所谓习以为常只不过是一种庄稼人的权宜之计,那口气其实还窝在心里,须到再度恢复黎明即起的生活,心里的窝憋痛痛快快吐出来,再体味这一改变背后的惨烈时,才会感觉到村里的犄角旮旯、山上的沟沟壑壑里,早已经渗透进一股再也抹不去的铁腥味。

管家过来凑到何如山身边。

"山上催了几次的那种药今早上刚到,已经包好交给常妈,等会儿郭队长就来拿。那个林妈腿快舌头长,我把她从后院调到厨房去了。""这些事你看着安排就是了。"何如山拍拍管家肩膀,挑起左眼眉。

管家赶紧禀报:"咱们村头有不少黑狗子,是孙有灿的人。""孙有灿!快派人迎回立刚,他一听姓孙的名字就炸。咋让他大白天来?""山上等得急呀。何掌柜已派几个人去迎了。他说郭队长神出鬼没,不一定拦得上。他倒是不担心,让我告诉老爷,孙有灿是不敢来长岭村的,就凭几个黑狗子,连郭队长一根汗毛也不敢动。"

何如山踱到廊檐下,架起胳膊抖抖衣袖。青砖甬道的青苔蒸发出丝丝缕缕的白气,院子里闷热得很。

高挑的门楼挡住了远处的鸣羊山,他还是能感觉到山顶上碉堡的戾气,像只血腥的日本战靴,蛮横地正对着这座斑驳的宅院。宅院和长岭村的背后,从卧牛山开始,层层山峦推上去,是长岭山脉的西段,再往东北方向走十多里,进入长岭山腹地,就驻扎着妹妹何苇杭他们的游击队。长岭村是扼守这条进山通道的第一个门户。说不定哪一阵风吹草动,这里就会枪弹横飞。大儿媳茜茹出事那年,太太劝他把家搬到济南的老宅去。他哼了声:"你愿意见到日本人就鞠躬?有尚邺英和苇杭他们,咱后面这座山靠得住。"

门前老槐树上的老鸹窝站着只瘦长的老鸹,扑闪着翅膀平衡住风力,把衔来的干枝棒插入老鸹窝底部,接连跳下几根树枝,转动着脑袋警觉地观察四周动静。夏天老鸹是不会修窝的,莫非它也感觉到了这一团日常混沌里的危险?何如山把目光慢慢收回到院子里,落在紫藤架上,几只麻雀正在枝叶间蹦蹦跳跳。度过那场日本兵血洗桥北头的劫难之后,长岭村很快就从伤痛和惶恐中恢复过来。类似这座院子里那些指指戳戳叽叽喳喳的小波澜,依旧在村子各个角落兜兜转转起起伏伏。尚郸英说得好哇:"中国人就有这样的好处,只要刺刀不捅进胸膛,日子该咋过就咋过,看起来像是少心无肺甚至浑浑噩噩,其实这里面藏匿着浩大绵长的力量。这浩大绵长里的坚韧,在那团混沌里不露行迹随风舒卷,却又散而重聚无尽无休,足可消磨任何强悍对手的意志,使其一旦察觉便立即陷入绝望。"

"你真的想让咱茜茹嫁给那个姓郭的队长?"太太把热水浸过的毛巾递给何如山,鼻息有些重浊,感冒了似的。"苇杭都已经跟他俩捅开了,你这当婆婆的,还能再阻拦吗?"何如山焐了焐眼睛,反身进屋,把毛巾搭到脸盆架上,"再说,茜茹还年轻,咱们总不能让她就这么在后院守一辈子呀。"

太太揉揉眼睛,不再说话。

她嫁过来不久,茜茹就执意搬到了后院。她知道茜茹这是抗拒她这个新婆婆。她也看出何如山对这个长子的遗孀视若亲闺女,处好夫妻关系必须得先过了茜茹这一关。好在茜茹是个单纯的孩子,在年轻太太百般迁就和细心体贴中,她们这对婆媳很快就处得跟"闺蜜"似的了。

何如山知道年轻的太太舍不得茜茹离开,还有一层,她很不情愿把茜茹嫁给郭立刚这个整天把拼命当闹玩似的愣头葱。她对大儿媳疼爱有加,茜茹也很依恋她,与其说茜茹已把玉樟的继母视作亲婆婆,倒不如说她是把这个继婆婆当作知疼知热、能说体己话的大姐姐。

"这样的战乱时期,凡事都不能按常理了。"何如山倒一杯茶递给太太，温声说，"老大媳妇是该有个归宿了。苇杭的想法也有她的道理。你想想，在那种情况下，茜茹有了被郭立刚救出来那一段，你说，这孩子还能嫁给谁？"他摸起烟袋，左眼眉微微挑起，两道眼眉组成一个趴在额头上的问号。

太太看着他这个少年似的表情，轻叹口气。

1938年鬼子扫荡长岭村那天早晨，家在荆木桥北头的玉樟表妹来约茜茹过去玩一天——桥北头近几十年才有了住户，十几户人家簇拥在绿泉河边，何如山说就像长岭村撂在那里的一顶毡帽——茜茹本来是不想去的，她说去散散心也好，不能总是在那个小院里憋着。谁想就赶上鬼子血洗桥北头，茜茹被几个兽兵拉进桥头那片树林里，是郭立刚拼死把半裸的茜茹抢救下来的。当时茜茹一心求死，她陪茜茹熬了大半年，这孩子的眼神才算有了活气。她曾多次跟他商量，想把茜茹许配给何家铁匠铺掌柜何一钳。这样他们两人就可以住在后院，何一钳常年在县城和乡下的铁匠铺里忙活，她跟茜茹说说体己话也方便。何如山似乎有很多疑虑，可经不住年轻太太接连床边枕头地嘀嘀咕咕了几天，颇不情愿地说，那就托管家跟何一钳说说吧，记着只能是管家。谁想何掌柜一口就回绝了。管家很快就打听到，何一钳在老家绳峪庄养着的儿子，是淮安一个殷实人家的小姐跟他私奔后生的，战乱一起那小姐就又回了娘家，不可能再来跟何一钳一起过日子。何一钳从云南返回时在淮安住过一段时间，何如山是知道的。他去淮安抱回孩子，也是何如山安排的，说好了让他把孩子放在后院养着，但他回来就把孩子送到了绳峪庄。太太端详着沉吟不语的何如山，感觉他倒像松了口气似的。看来何一钳还是放不下那个女人，这事咱们就当没说过，谁也不要再提这话题。可太太不死心，几年来总想给他俩牵线。可大小姐突然就掺和进来,把她的期盼给彻底搅黄了。

上个月苇杭回家跟哥嫂提出要撮合郭立刚和茜茹的婚事,何如山沉默了一会儿,点点头说,也得看看茜茹是啥想法。谁想苇杭说,人家俩人早就你有情我有意啦。这位山上队伍的政委,一回到家里还是一副大小姐做派,她这个当嫂子的拿她是一点办法也没有。自从茜茹从死亡的阴影里走出来,每次来拿药的就换成了郭立刚,这八成也是这位大小姐的有意安排。

太阳将皂角树的阴影斜斜地投射到茜茹窗前。

她起来坐下踌躇了好长时间,才把常妈叫到屋里,东拉西扯地说了一针线筐箩闲话,也没套出她想问的事,急得脸上冒出了汗。她估摸着或者是感觉到或者是盼望着——心里"咚"的一响,她不敢正视"盼望"这个词,它会伤着玉樟、公婆还有她自己——郭立刚这几天应该来了。在苇杭姑姑要撮合她和郭立刚的婚事之前,她并不知道郭立刚这个人。当时除了求死啥都不想,根本也没在意是谁救了她。经姑姑一说,她脑子里才电光石火般一闪,清晰地回忆起那个挥舞双枪冲进小树林,脱下上衣裹住她抱起来的男人,他身上的血腥味和汗酸味那样浓烈,让她接连几宿睡不着。

"那——"茜茹不再绕弯子,"管家的包袱里是药吧?"常妈的脸都涨红了,磕磕绊绊地吭哧了半天,说:"管家不让说。"

既然是药,来拿的就是郭立刚。这东西是不会在常妈屋里放太久的,他很快就会到。茜茹开始挑拣衣柜里的衣裳,在镜子前一连试了几身,最后还是又换上了常穿的那身浅蓝色碎白花衣裤,脸一红坐回窗前的椅子。上次立刚来家里拿东西,在后门前和她碰了个对面,擦肩而过的时候,他说了句:"你穿这身真好看。"她后背一下透了汗,急急地喊了句:"常妈——"常妈跑过来问:"啥事呀,少奶奶?"她不知咋回答,窘得满脸通红。那天为啥就喊了那么一嗓子呢,让人家郭立刚咋想。

她撩起一角窗帘。太阳还一动不动停在那棵皂角树上,被绿油油的皂角粘住了似的。

3

郭立刚站在卧牛山顶打量着山脚下的长岭村,觉得有点不对劲。这会儿正是庄稼人忙活上半晌农活的时候,村东头的路上空荡荡静悄悄,往常这时候桥上陆陆续续的都是送水回来的女人和半大孩子。

一条脏兮兮的癞毛狗忽然从树丛里蹿出,刚叫出半声,就摇着尾巴趴在他脚下。他拍拍癞毛狗的脑袋,双手垫头在树荫里躺了一会儿,起身绕了一个大弯,斜插到山西边,钻进从大、小魏李庄一带蜿蜒而下的山谷里,转到村西北河湾边上。一群孩子正扑扑腾腾地"狗刨"着打水仗,见到郭立刚,喊叫着连跳带爬地围了过来。郭立刚竖起手指"嘘"了声:"别乱。今天不跟你们玩。"踩着湾边石头踏跳到对岸。孩子们又下水饺似的跳进水湾,一阵吧唧吧唧摔肚皮的声音追了过来,郭立刚想象着摔红肚皮的孩子在小伙伴的嘲笑声中又疼又腆的样子,笑一笑,闪身钻进玉米地,猫腰贴近村子东南头。右眼皮忽然一阵急跳,身体立即狸猫般绷了起来,他下意识地拔枪在手,拇指顺势拨开机头,俯身贴着玉米秸秆根部瞄向村头的场院屋子。

屋后两个被老百姓叫作"黑狗子"的伪军警备队员,正凑在一起对火点烟,年龄大点的胖子是郭立刚在普集警备队的一个眼线。他们咋突然到了这里?

"他妈的不许抽烟!"三个黑狗子从街口那边过来,领头的呵斥道,"让郭立刚从你们眼皮底下溜过去,孙队长活剥了你们。""是!"胖子持枪站好,烟卷掉在地上,刚一弯腰又马上站直。"熊样!"领头的瞪他一眼,转身拐过街口。胖子一把抓起大半截烟卷,吹了吹烟把,又塞在嘴上:"你才他妈的,你才他妈的熊样。'老刀'牌的呢,就剩这一支了。"

郭立刚后退几步,转到村南头何宅门前,哧溜一下,游鱼似的滑进西边的小胡同,快速绕到何宅后门,眼睛余光两边打量一下,推开道门缝侧身钻了进去。

常妈早已等在皂角树下,把一个沉甸甸的绸布包袱塞到他怀里:"郭队长,你们要的东西,管家都给包好了。"

门外有脚步声。郭立刚踮着脚尖贴到门后,听几个黑狗子在门口嘀咕。"小心点,这个庄可是郭立刚的老家。"是刚才巡逻的那个小头目。"孙队长也是,怕得把警戒都放在了这里,还回老丈人家过啥生日。""咱们得撤得离村子远一些,我脊梁骨直冒冷气。"

郭立刚瞳仁深处倏地爆出一粒火花,好哇,孙有灿在东河庄!他踮脚走到常妈身边,将包袱又塞给她:"先放在你这里,等会儿我再来拿。"溜一眼开着半边窗帘的北屋窗口。瘦弱的蓝色身影迅疾从窗口闪开。他迟疑了一下,又嘱咐常妈:"兵荒马乱的,你可要替东家看好这后院。"顿了顿,又略微提高嗓音说:"放心吧,我绝不会出事。"

常妈张着嘴巴,糊里糊涂地连连点头。

郭立刚低声对常妈说:"赶紧叫管家过来,不要惊动老爷。"窗口的蓝色身影又闪了一闪。

他抬头望一眼皂角树顶的太阳。东河庄到长岭村，按村前相公庄通普集的公路计算，直线距离也得有十多里地，孙有灿竟然把警戒放到这里。这杂种越来越警觉了，绝不会在东河庄久待。这回就是以命换命，也得灭了他。

管家匆匆过来。郭立刚悄声说："有急事，借你的自行车用一下。"

郭立刚隐身在石桥边的几排垂柳里，这座桥是东河庄连接相普公路的必经之处。孙有灿断不敢从夏侯雪地盘的山下回去，想想她的双枪和飞镖都会尿裤子。

太阳还没到头顶，黑狗子们就出了庄，矮小干瘦的孙有灿喊住小队长，让他带领几个弟兄走山路。郭立刚正暗骂这厮种心机倒够使的，孙有灿就被黑狗子里外两圈簇拥着走向石桥，连根毛也见不到。郭立刚掏出颗黑甜瓜手雷，幸亏带了这家伙，甩手扔进卫兵中间。随着一声尖叫，孙有灿被甩出人群，叽里咕噜一串滚动。郭立刚趁着爆炸烟尘唰地蹿了过去，左手抄起他奔向石桥。

烟雾散开，脸上血肉模糊的卫队长带队冲过来。逃过桥的黑狗子也返回来堵在桥南头。

郭立刚抓住孙有灿衣领靠住栏杆，笑道："孙大队长，让你受惊了，喘口气，歇歇。看来，咱们被你的人包围了。"

孙有灿冷笑："郭队长，我知道你厉害，可再厉害的豹子也斗不过群狼。这里可没有一个你的人。"郭立刚用枪触点一下他后脑勺："可你是我的。"

孙有灿咽口唾沫，说："郭队长，咱们做笔买卖。你放开我，我让我的弟兄放你回山。咱们的账，以后再算。"

011

"哈哈!"郭立刚手上一紧,"看来,你提的方案倒也公平合理。不过,得让你的人让开北桥头,咱们才能成交。"

孙有灿低头想了会儿,一咬牙,说:"好吧。"挥挥手,让北桥头的警备队撤开。

"那就烦请大队长送我一程。"

孙有灿眼睛一横,断然道:"绝无可能。现在,你得听我的,我喊一二三,你和我的弟兄们一起放下枪。不答应这条件,我宁可和你一块儿死在这里,反正我已是罪不可赦了,拉上你这样一个垫背的,老子赚大了。"他扫一眼桥两边的属下,大声喊道:"弟兄们,我数到三,姓郭的扔枪,你们就放下枪,谁动作慢了我活剥了他。注意,他有两把枪!姓郭的要是耍花招,你们就一起开枪,我绝不怨恨大家。"他喘口气,喊着外甥的小名说:"碌碡子,你跟着我干了几年的卫队长,福也享了,恶也作了,我要是死了,你就远走高飞吧。"说着向身后斜一眼。郭立刚瞅瞅他斜挎的王八盒子手枪,将插在腰带上的驳壳枪紧贴住孙有灿,左手勒紧他衣领猛地一提,把落在地上的枪踢到他身前,右手的枪口依然抵在他脑后:"我郭立刚说话算数。"

孙有灿慢慢数道:"一——二——三!"

"三"字刚一出口,郭立刚猛地把枪向空中一抛,黑狗子们动作麻利地将长短枪抛了一地。郭立刚抛枪的同时,迅疾抽出孙有灿的手枪,朝他脑袋"啪啪"两枪,就地一滚抄起两把驳壳枪,往桥两头甩出两梭子弹,双脚一蹬,拧身扎进河里。

碌碡子横枪打倒几个惊慌中挡住路的黑狗子,带着十来个铁杆,哭喊着奔上石桥,一阵爆豆子般的枪声中,河水溅起一片密集的水花,一缕血色从水下翻上来,斜斜地拖拽向几丈外的北岸。

靠岸的郭立刚抱住伤臂就地几个翻滚,刚出枪撂倒几个跑下桥头的黑狗子,就被一阵攒射击中。碌碡子的把兄弟抢前一步,端枪对准挣扎的郭立刚。碌碡子一把拨开他的枪:"便宜了他。他是谁?共产党游击队的侦察队长、锄奸队长!"抹一把糊住眼的凝血,"带回去交给太君,这警备队长就是我的了。"

黑狗子战战兢兢地围向不再动弹的郭立刚。

4

长岭村何家的铁匠铺里,何一钳师徒三人刚刚捂住炉火准备吃午饭,给他带孩子的杨嫂就进来了。

何一钳一愣,刚要责备她不该来这里,"嗨"了声,拍一把脖颈。他去县城铁匠铺待了几天,错过了给杨嫂送小米面的日子,回来急着给游击队造枪,就把这茬给忘了。小家伙从满月大就一直靠东家的小米养着,长到大颠大跑了还是离不开小米粥。何太太说那片山地里的小米营养好,是老太爷在济南送给官家和客户的礼品,这一带谁家的媳妇生了孩子没有奶,就去东家讨要,熬了小米粥喂孩子,都养得白白胖胖的。这几天杨嫂肯定一直在庄里东借西赊地凑合。

把杨嫂领进小北屋,何一钳给她搬过凳子,倒了碗水,小声叮嘱她:"忘了送小米面的事可别告诉他娘。"杨嫂点点头。孩子他娘长得安安稳稳的,说一口好听的官话,咋看也不像能跟一个铁匠私奔的。这何掌柜的好本事,听说女人是江南人,还是个有钱人家的小姐。杨嫂总共也就在绳峪庄铁匠铺里见过她两三次,连句碰头话都没说,咋会跟人家捎这闲话?这女人也是,为了这个男人连父母都不要了,咋还不跟孩子他爹住在一起呢?难不成她不是孩子的亲娘，是何师傅另一个相好的？谁知道呢，当年常到外地打跑铁的，没几个不风流的。

杨嫂噘起嘴唇围着碗沿吸吸溜溜转了一圈，也没喝进多少水，把碗当地放到桌上，抖抖烫痛的手指，扯起门后水缸里的葫芦水瓢，咕咕咚咚灌了半瓢，看着何一钳抿嘴一笑。

这何一钳何师傅，在绳峪庄可是尊神，全庄的父老乡亲都得供奉着。二十多岁就被长岭村何家聘来做铁匠铺掌柜，何家铁匠铺可不得了，在省城都有大门头，章丘的铺子就更别说了，好几家呢。何一钳的名头就是在何家打出来的。听说何家老爷对这位章丘铁匠头牌也得另眼相看，人家在章丘待腻歪了，带上两个徒弟说走就走，听说最远到过南洋。敢情呢，外边有那么多相好的，是个男人都放不下。谁让人家长了副讨女人喜欢的身架呢，没办法。

何一钳被杨嫂笑得不好意思了，摩挲着瘦硬的大手，问："小家伙挺好吧？"

"好着呢。这孩子似你，胆子壮，跟人打架敢下手，小伙伴们都不敢招惹他。再说邻居们都嘱咐孩子要让着你的小家伙——哎，孩子的名字该定下来了，不能总叫小家伙吧？"

"就叫铁蛋，不早就定了？他娘给起的那些名字都叫着别扭，还是铁蛋顺口。"

杨嫂没吭声。铁蛋倒是顺口，可听孩子说，他娘给他起了个名叫小七，这算是啥名字？咋像大户人家的七姨太，一个男孩子家家的。这南方女人真是透着怪气。别看这个硬汉子是说话咬钉嚼铁的角儿，长岭山的铁匠就算谁也不在乎，也得很在乎他，可他就是在那位小娘儿们面前没脾气，一点厉害也使不出来，憨憨的像个毛头小子。

杨嫂的沉默让何一钳耳朵根又一阵发烫，他掩饰地咳嗽一声：

"这孩子,是块铁匠的料。"

杨嫂笑了:"人家小家伙说了,等他长大了,他娘要叫他上学读书。"

何一钳朗声大笑:"那就读完书再当铁匠,子承父业嘛。"

小徒弟好奇地扭着脖子往屋里瞅。师哥悄悄踢他一脚,低声说:"干活。"他看着师哥,干啥活,炉火都封了,肩膀一较劲,咕咕哒哒拉动风箱,烟火冲开煤泥呼呼冒了出来。师哥又踢出一脚,满是厚茧的手撸了他脑袋一把,铲一锨煤泥扔在炉火上。小徒弟把头埋在膝盖上偷笑:"谁让你叫我干活?我就是个拉风箱的。"

一声喑哑的爆炸,不久又接着一阵枪响。

杨嫂浑身一颤。何一钳摆摆手:"别怕,少说也在十里开外。"他喊大徒弟,小徒弟应道:"师哥出去了。"

何一钳走出屋门,东边又传来一阵枪声。他很快做出判断:"应当是在与长岭村一条线上的东河庄一带。"大徒弟气喘吁吁地回来禀报:"村头的黑狗子都蹿了。枪声在东边,很远。"小徒弟瞅瞅师傅,说:"我再出去看看。"大徒弟也滴溜跑了出去。何一钳抬头看着树上的核桃。这俩徒弟,大的木讷得像块木头,小的精得像猴。他捡起块炉边的焦渣,三个指头一捏一捻,焦渣碎成粉末。他的手和他的身架一样,瘦长坚硬,凸起的青筋树枝似的爬满手背。

"我去东家院里问了管家,他说郭队长骑自行车走了,临行前让他派人到山上报信,抓紧派锄奸小队赶到东河庄。爆炸声和枪声肯定在东河庄。"何一钳摸摸大徒弟脑袋。莫非郭立刚独自去了东河庄?那里离鹁鸽崖近,有事夏侯雪和她的特别小队很快就能赶到,凭立刚的机智,就是小股鬼子到了东河庄也不怕。何一钳说:"开饭。"

打探消息的小徒弟风风火火地跑进来:"郭队长死了!"

"胡说!"何一钳一把扯住小徒弟的衣领。他使劲扳住师傅的手,喘息着说:"真的。东家的长工柱头刚从东河庄回来。郭队长除掉了孙有灿,他也被黑狗子打死了。柱头说他亲眼看见郭队长的尸体躺在河滩上。"

"立刚兄弟……"何一钳松开手。昨天立刚还来找他,想让他给侦察锄奸小队打造四四式卡宾枪。他知道鬼子摩托小队配备的这种枪,枪身短重量轻,枪口初速快,刺刀可折叠,很适合郭立刚小队携带。立刚说这两天他得先了了两桩心愿:除掉孙有灿,给他死去的家人和桥北头的乡亲报仇;杀了那个糟蹋茜茹的鬼子兵,为她雪耻。立刚还说那个鬼子兵脸上有道伤疤,是鬼子摩托车小队的,每次出来巡逻都坐最后一辆车,正好杀人夺枪一块儿干。

兄弟,长岭山前的人都相信,死去亲人的魂灵三天内还会游荡在老家。家人给他们办三日丧,就是为了给他们了了未了的心愿,好让他们合上眼。你放心,我绝不会让你带着遗憾上路。何一钳掏出怀表看一眼时间,摩托小队很快就出动了。他从炉边抄起根尺把长的铁条:"我出去一趟。"

午饭后歇晌的时间,长岭村与祖营坞村之间的山沟边安静得没有一丝声息。鬼子摩托小队共有十辆车,前后各一辆单人摩托,中间是带偏斗的双人车。他们过去这条沟,跟从普集出发的巡逻队一碰头就返回。何一钳伏在沟边土堰下的高粱地里。下沟的小路从堰边斜向沟底,这里就成了前面摩托车视线的死角。小路仅容一人一车,过去的摩托车想掉头得费一番工夫。时间足够。

摩托小队突突开过来。

等最后一辆降速下沟的刹那间,那根铁条准确地插进前车轮,摩托车噼噼啪啪跳起来,掉头歪倒在路边,鬼子兵惊叫着摔到路上。何一钳豹子般蹿出去,一脚踢在他颏下,盯一眼脸上的伤疤,双手卡住脑袋咔嚓一拧,抄下卡宾枪又蹿回高粱地,沿着地边小堰躐开长腿迅速离去。

山沟那边响起一阵漫无目标的乱枪。

他在长岭村外的玉米地里坐下来,解下腰间宽大的蓝粗布包袱,快速拆解开卡宾枪,听听外面动静,确信村头没人,拍打干净身上的尘土,提起包袱不紧不慢地走进村庄。现在大家早就习惯了枪炮声,知道山上的队伍随时会扑下来,再也不会像过去那样惊慌。

蓝粗布包袱咣啷扔到炉前。大徒弟解开包袱,惊讶地叫道:"新步枪!""立刚昨天拿来的。你量好尺寸,这几天咱们几个铁匠铺秘密锻打枪件,等我从县城回来再统一蘸火组装。"大徒弟点点头没吭声。郭队长昨天根本没下山。刚才那阵枪声肯定是师傅去夺枪了。师傅不光造枪是大拿,枪也打得准。闹鬼子以前,他跟着师傅走南闯北,碰上地痞无赖是常有的事,每到一地师傅都会结交会几下功夫的人,学个三招两式,时间长了身上就有了功夫。不光师傅,长年打跑铁的章丘铁匠大都会点招式。夺枪这事,师傅肯定不敢声张,让山上的尚队长和何政委知道了,他跑不了挨一顿胖批。这些事小师弟就都不知道了。

管家急匆匆跑进来,把何一钳拉进屋里嘀咕了一阵。他连连点头:"好,好!我这就安排。"没等管家离开就一步跳出屋门,使劲拍打两个徒弟肩膀,伸手晃晃:"来!"大徒弟不知他要啥。小徒弟跑进屋里端出一碗酒。何一钳仰头喝下,胸腔里迸出串脆亮的大笑:"去去晦气!"举起碗摔向铁砧,闪亮的瓷片四散溅开。

第二章

1

何苇杭拢一拢被风吹散的短发，打量着山顶一组组奔涌状的岩石。血色阳光随风泼洒在岩石上，岩浆般流泻而下。她似乎嗅到了弥漫的硫黄气息。

在章丘中部地区突兀而起的长岭山，折叠着两个遥远时空的地貌和物候特征。参差错落重重叠叠的玄武岩、花岗岩山头，冷凝着几千万年间无数次地壳开裂、岩浆喷涌的强悍能量，从盛夏的苍翠中裸露出来，形成绵延几十里的灰黑山脊。冷硬粗粝的岩石间伸展出一簇簇鲜嫩的黄花，回应着大地震颤之前河汊纵横水草丰茂的另一个时空。

她莫名其妙地想起小时候跟着大哥去县城给姑姑家送粽子的事。粽子是父亲从济南带回来的，有十多个品种，盛了满满一小竹筐。那天大哥让马车绕道先去了长岭山西头的山坡下，上山给她采了一大把野花，她捧着花下山时跌了一跤，把腿划破了。那天晚上不知道为啥，父亲罚大哥在院子里站了半宿。她记得那天大哥采了两把花,那一把记不得给了谁,只记得大哥在县城里跟一个害羞的大姐姐说话,那大姐姐眉毛中间有个黑痦子。第二天她赖着大哥给她捏泥巴狗,大哥耷拉着脑袋不理她。坐在大哥身后的父亲咳嗽一声,大哥只好给她捏。一坨泥巴在他细长手指的捏弄下,很快变成了一条凶巴巴生气的狗。大家都说真像,跟活的一样。大哥来了兴致,找了根莠草穗子插在狗屁股上边,弯起来粘在背上,大家说更像了。她非要大哥插上她手里蔫巴巴的小黄花。那不成了狗尾巴花?大哥极不情愿地用小黄花代替了莠草穗子。她忽然想起来了,说那把花给了黑痦子大姐姐。大哥说没有的事。她说有的事。大哥弯下腰瞪起眼吓唬她,她也瞪大眼吓唬他。父亲起身进屋,甩得风门咣当一响。大哥真生气了,转身走开。气得她一巴掌拍扁了小狗,哇哇哭起来。

何苇杭自个儿笑了,那时真是个小屁孩,啥也不懂。本来那晚上大哥死不认账,被连夜叫来的大姑也替他遮掩,父亲都不再追究了,偏偏叫她给戳破了。要不父亲也许不会那么火急火燎地逼着大哥跟小脚大嫂成婚,说不定那个眉心有个痦子的大姐姐就成了她的大嫂。

她望向看不见的山西头。长岭山最西边的山坡舒缓,隔着绣江河与章丘县城绣惠古镇遥遥相望,从那里沿长岭山南麓东来,依次分布着相公庄、普集两大重镇和牵连不断的村落。游击队就驻扎在普集西北方向三山夹峙的山峪里。西边翻过几道山梁就到了卢毓奎独立旅的驻地,东边向南突出的鹁鸪崖,地势最险峻,是"儒匪"梁铁峰独立大队的山寨。章丘县抗日救国军就由这三支队伍组成。

正在训练的女兵小队忽然发出一阵尖叫。

何苇杭眉头一蹙,转身向她们走去,走了几步又回头望望山坡上的石峪寺。

谁能想到，走过那么远的路，她竟会与当年的老师在这里成为搭档。嫩黄的金针花随风漫过黝黑的岩石，明亮如岩浆般前涌。米黄色长围巾飘荡起来。这抹飘荡的米黄是苇杭内心的隐疾。

游击队的指挥部设在石峪寺。这座曾经香火很旺的寺庙，现在已经破落不堪，正面的大殿被炮弹炸掉了一个檐角，露天的窟窿临时补盖上几块石片。斑驳灰暗的佛像前摆着块大红松木板，周围放了一遭截断的树干，是大队长尚邺英的办公桌和召集会议的地方。两个窗口前各放了一张小桌，是政委何苇杭和游击队副大队长兼一中队队长宋子辉的小天地。本来是安排司令和政委分别占据案板一头的，何苇杭不干，说在窗前坐着能看外边的树。

尚邺英从地图上抬起头，站起来伸了个懒腰，目光慢慢放到何苇杭桌前的窗台上。

土黄釉瓷酒瓶里插着一枝橙黄色金针花，两侧的花苞刚刚绽开，顶端的花朵已开得很大，露出纤长的蕊丝和褐红花筋。今天早晨，宋子辉将花插到瓶子里，说这是那一片金针中最漂亮的一枝。何苇杭笑道："别看这花在咱长岭山上随处可见，寻常得很，可它就是文人们诗中常写、画里常画的萱草，忘忧草的一种。萱草还有个很有意思的名字，你知道吗？"宋子辉抹着粗硬的络腮胡子，不好意思地笑笑。何苇杭看看坐在长条板后边低着头不知在想啥的尚邺英，接着说："它还叫宜男草。这花应摆在你宋子辉的窗台才合适。"

再装作听不见就说不过去了。尚邺英抬起头哈哈一笑："也就是山里人家平平常常的一盘野菜，咋叫你说出这么多名堂。我看还是叫黄花菜最合适。前几天你大哥上山，亲手做了两碗，一炒一拌，真好吃。咱们以前吃的真是把好东西都给糟蹋了。我就纳闷了,你大哥咋就会做菜呢?"何苇杭笑笑,本想解释一下,除金针花以外的萱草是不能当菜吃的。文人们喜爱的萱草,是那些颜色橙红花瓣肥大的大花萱草、卷丹之类,多半有毒。说出来的却是:"这有啥奇怪的,嘴馋呗。好吃的人谁不会做几个拿手菜。我哥在这上头可没少费功夫,常常跑到厨房去,跟胖厨师琢磨着咋把山野菜做得更有味道。"

尚邺英眼神忽然有些邈远。

过了好长时间,他才从金针花上收回目光,自嘲地笑笑。这个宋子辉呀,就是在冰雪覆盖的冬天,也有本事从树丛里弄来串色彩鲜亮的小干野果,或者从淌出山泉的向阳洞口挖一棵叫不上名字的细碎小花,给何苇杭浸在瓶子里。尽管她向来对这些花花草草不大感兴趣,可在这说不上啥时候就会血肉横飞的营地,一抬头眼前总有这么一束花,估计她心里还是会挺感动的。

子辉曾私下对他说,去沂蒙山根据地接回政委是一种缘分。他觉得有点好笑,奉命执行任务咋就扯上缘分了。苇杭刚上山就说:"你这个满脸胡楂的副队长,咋腼腆得像个大男孩。"他说:"可不就是个大男孩嘛,跟咱们闹学潮时的年龄差不多。"苇杭淡然一笑岔开话题。半年后的一天早晨,子辉跑进尚邺英的宿舍,急匆匆地告诉他:"我实在憋不住啦,又梦到政委了。"他笑眯眯地打量着表情窘迫的子辉:"又梦到?那就是常梦到了。"子辉的心事他早就觉察了,也知道他来找自己的意思,心里暗暗苦笑,在这个世界上,他是最不适合给他俩牵线的人。"走吧,出去转转。"走了好长时间,他才开口,"政委可是比你大十来岁呀。""那有啥,不是说女大三抱金砖吗,我就想一下抱上三块金砖,再说她可不像那么大年龄的。"他一时语塞。无论作为司令还是作为老大哥，都不该拒绝子辉，可他去跟苇杭说这个话，肯定是找呲哒，他可抵挡不住她的冷嘲热讽。

真是对不住这位小老弟。他转动一下酒瓶子，让两个刚绽开的花苞朝向窗外。

2

尚邺英慢慢踱出庙门，坐在台阶上。两棵并肩的银杏树给他遮出一片阴凉。

来章丘之前，尚邺英是何苇杭就读的济南女子师专的教师、负责学运工作的中共地下党员。在一次学潮中他们突如其来的师生恋轰动了校园内外。不久学潮遭到镇压，苇杭被捕，他紧急撤离，那段恋情猝然而止。等他再潜回济南时，苇杭已回到老家。"七七"事变前，组织指示他回老家章丘，以长岭村小学校长身份做掩护，在长岭山一带组建抗日武装。组织上已经安排在学校任总务主任的宋子辉给他做助手，那里的一切准备工作已经就绪，他只管去赴任就是了。上级特别交代他，要设法先取得长岭村何家的支持。何家是学校的捐款大户，历任校长都与他家关系密切，不会引起外界任何猜疑。上任第二天尚邺英就拜访了何家。早在济南领导学运时，他就认识了何苇杭的大哥、何家商号的少掌柜何如山。当时何如山背着他父亲给学运提供了不少支持。那场学潮过后，何家老爷子把何如山兄妹一起赶回了老家，何如山成了长岭村何家掌门人。

两人见面，尚邺英来不及寒暄，就为当年的突然消失向何如山道歉，然后才说了来意。何如山哈哈一笑："早过去了，那些儿女情长都是小事，放心吧，打鬼子何家会倾其所有。"尚邨英递给何如山一支烟，何如山笑着晃晃旱烟袋。尚邨英自己点着烟，瞄一眼何如山下垂的眼皮。当年那个啥事都满不在乎的少东家老了。

铁匠世家出身的"秀才"尚邨英，在这一带很有号召力，加上何家在大户人家中的威望，不久尚、宋二人就在长岭山拉起了一支抗日游击队。秋后梁铁峰的独立大队和卢毓奎的独立旅，也都先后在长岭山南麓安营扎寨。不过他们两支队伍的称呼很乱，一会儿叫旅长、大队长，一会儿叫司令，他俩也叫啥都答应。

尚邨英前去拜访。不想在鹁鸽崖碰上他们两个正在与夏侯雪喝酒。两人惊讶地站起来。卢毓奎摊开两手耸耸肩，说："看，这是咋说的，我们刚刚还在说，要一起去拜会尚老师呢。被动了，被动了呀。"梁铁峰说："要不，尚大队长就坐下一块儿喝一杯。"这话说得，尚邨英坐下尴尬离开也尴尬。"尚大哥初次到山寨，哪能不喝一杯呢，烟酒不分家嘛。"夏侯雪拱拱手，爽快地说，"来，我先敬大哥一杯。"拉尚邨英入座。"按山东规矩，你这当弟媳妇的，初次见面，应该敬大伯哥六杯酒。"卢毓奎拱火。"那多啰唆。干脆，我敬大哥一碗。"尚邨英摆手间，夏侯雪已搬起酒坛子，斟满两个黑釉瓷碗。他略一犹豫，主动端起跟夏侯雪碰碰碗，一饮而尽。刚要起身告辞，被梁铁峰一把拉住："尚大队长够意思，我和学兄也该敬您一碗，为没先去拜访道歉。""那好，咱们就为将来一块儿打鬼子，再喝一碗。"眨眼间空腹灌进两碗酒，胃里一阵翻腾。尚邨英赶紧告辞："改日我再回请。"

后来郭立刚听夏侯雪说，梁铁峰喝了那一碗就醉了。卢毓奎一直等着他醒过酒来，说："这位乡村师专毕业生，不简单啊。他要跟夏侯喝完酒就走了，就驳了咱俩的面子，可他毫不犹豫地喝了就立即走人，可谓进退自如。这家伙可不好对付。"梁铁峰直摆手："不就是碰上了，一起喝杯酒嘛。再说咱们各打各的小日本，对付他干啥？我看这位尚大队长人还不错。"

尚邺英摇头笑笑。那其实就是一场闲酒，只不过卢毓奎袖子里藏了那么一点小玄机。无非是想把他灌醉，当场丢点面子而已。至于梁铁峰和夏侯雪，看来是不会跟卢毓奎一起对付游击队的。这个空间，给尚邺英拉住这两支队伍，提供了闪转腾挪的余地。就像三伙小孩子过家家，另两伙玩在一起了，那一伙早晚会凑过来的。

想起小时候，尚邺英一脸向往。那时他可是村里呼风唤雨的孩子王，领着小伙伴们上树摸老鸹，下河掏泥鳅，呼啸来去。谁不听招呼就驱逐出群，等他们可怜巴巴地追在他屁股后面一再哀求，才准许重新入伍。

尚邺英笑出声。长岭山上的初次战斗，让两个"学生司令"活脱脱弄成了小孩子过家家。

日本兵犯章丘后，三支队伍在长岭山前把架势摆得像模像样，可日本驻军的注意力都放在了山北八路军游击纵队第三支队，对他们根本不予理会，就连伪军也没拿他们当回事，经常窜到山上的村庄里骚扰劫掠，就当他们不存在似的。梁铁峰和卢毓奎这两个二十多岁的"学生司令"先沉不住气了，急着要打一仗显示"老子"的存在。尚邺英把他们请到游击队营地，劝他们不能贸然行动，这第一仗咱三支队伍要事先商量个周密计划，统一号令、互相照应，才能做到进退有据，不至于初战就伤了士气。卢毓奎一脸似笑非笑，瞅着尚邺英："咋个统一号令，咱们谁也没上过战场。"尚邺英知道他根本没把自己的女师教师身份瞧在眼里，刚才那句"统一号令"把他给惹毛了。正想缓和一下气氛，梁铁峰出乎意料地呵呵一笑：

"我的队伍就是群乌合之众，要不人家咋叫我们土匪呢。我喜欢独往独来，我那几个老兵油子也不喜欢跟别人掺和，统一行动的事，你们商量吧。"起身走了。卢毓奎摊开两条长长的胳臂："我这位老同学就这个熊脾气，他甩甩袖子走了，咱俩还咋商量，日后找机会再说吧。"

梁铁峰的独立大队终究还是独立出击了。

他们瞅准了伪军的运粮小队，埋伏在路边截击。刚跟夏侯雪学会打枪的梁铁峰坚持要打第一枪，约定以他开枪为号展开进攻。伪军进入伏击地点，他猛地站起来举枪就打，枪口鸡啄米似的点了几点，却没搂开火。夏侯雪一把按倒他，啪啪几个连射撂倒几个朝梁铁峰开枪的伪军。大家这才乒乒乓乓开火，伪军运粮小队却已逃出了伏击地点，跟另一支伪军队伍会合。梁铁峰把枪往地上一摔："这是给了我一支啥枪？"夏侯雪拾起枪，小声说："机头都没打开还怨枪不响。"梁铁峰脸腾地红了，嘀咕道："你咋不早给我打开。"夏侯雪白他一眼。会合起来的两股伪军又杀了回来。常连长急令队员们躲进山坡树丛里，几个动作迟缓的倒在了路边。

自恃读过几本兵书战例的卢毓奎倒还沉得住气，在伪军跟独立大队交火时，率队去攻打在营地下边的伪军，没想到下面的"魏"兵忒多，他的"围魏救赵"没奏效，却让另一股伪军乘机在他的营地放了一把火，连累得前去增援的游击队也陷入两面夹击的境地。幸好这边的火光和枪声一起，独立大队那边的伪军立马仓皇逃窜，夏侯雪率队扑杀过来，三股伪军没来得及形成合围，就各自撤下山去。

一次仓促出击，跟另两支队伍的横冲直闯相比，陷入夹击中的游击队却打得颇有些章法，他们毕竟已进行过一段正规训练，具备了初步的战术素养。卢毓奎自觉丢了脸面,一声不吭地整理队伍返回营地。梁铁峰跟尚邨英握手致歉:"常连长早就说尚大队长说得在理。"

3

尚邨英没觉察树荫已经移开,站起来解开衣扣抖一抖,汗水还是不断涌出。

初战失利后,卢毓奎从南部山区的国民党保安军请来了作训参谋。梁铁峰干脆把军事指挥权交给了常连长,让他任参谋长,全权负责军事行动。初战打成这个熊样,三支队伍的减员迟迟得不到补充。伪军在山腰地带的活动越来越放肆,山下几个大户人家开始不断跟各自熟悉的伪军头目暗通款曲。梁铁峰身边有夏侯雪和常参谋长两个见惯了生死的人,很快就摆脱了懊丧,倒是一向趾高气扬的卢毓奎还耷拉着脑袋,萌生了撤出长岭山,投奔省政府保安军的心思,一直躲在营地里不肯露面。

"必须再打一仗。给战士们提提气,给卢毓奎叫叫魂,否则等到鬼子从山北抽出兵力,局势就不好收拾了。"宋子辉有些犹豫,担心游击队一旦再受挫,人多势众的优势怕是就保不住了。尚邨英决心已定:"游击队要想成为长岭山前的主心骨,就得有股不顾生死不计得失的狠劲,关键时刻能挺身而出。"

再战的目标选中了东河庄梁家大院。

梁敬轩是山下大户中最先投靠日伪军的,只有先拿他开刀,才能震慑住其他几个蠢蠢欲动的大户人家。这老小子的老婆一直不开怀,他找了一窝小老婆,就只给他生了个闺女,村里还传说是他家一个年轻长工给他第七个小老婆下的种。传说是真是假没人知道,只是那个年轻长工很快就不见了踪影,一年后小七也突然病死。女儿长到十六岁,梁敬轩就张罗着要找个上门女婿承继香火。在长岭山最东头占山为王的土匪孙有灿,看上了梁敬轩的财产,多次带上重礼登门求婚,碰了几回钉子后,就带着队伍来到东河庄,提着一包点心横着膀子进门,张口就喊岳父。梁敬轩呵呵一笑,说:"这礼物合我的口味。我梁家家财万贯,你拿那些金银珠宝干啥?我要的是你的诚心。好了,你既然实心实意,我就把我的独生女许配给你了。"当场叫出闺女认亲,摆下宴席招待贵婿。孙有灿在日军普集据点当了警备队长后,派兵给他老丈人看家护院,梁敬轩加固院墙,筑起小炮楼子,经常张狂地以探望女儿为名,给鬼子汉奸通风报信,还替他们拉拢附近几个村的大户人家。

这是块硬骨头。尚邨英先去鹁鸪崖找梁铁峰,没等他把话说完,夏侯雪就一拍双枪,说:"东河庄在我们山寨的地盘上,打梁敬轩该我们先动手。"常参谋长抢过话头:"请尚队长放心,独立大队一定为你们观敌瞭阵。""什么观敌瞭阵?"梁铁峰握住尚邨英双手,"我们给你顶住从普集增援的警备队,就是鬼子出动,你不撤我们就不撤。"出击前尚邨英又让宋子辉去通报卢毓奎,子辉说:"他怕是靠不住吧,咱们还是得留下足够兵力镇守营地。"尚邨英点点头:"你就告诉他,游击队就把营地交给他卢旅长了。"他自信对卢毓奎的观察了解,这是个讲义气又极其要面子的人,在他遭到夹击的时候,得到游击队拼命驰援,现在就是走,他也要先找回场面,绝不会就这样灰溜溜地离开长岭山。

攻打梁家大院比预想的要困难。

郭立刚这家伙没有多少文化,干锄奸却是块好料。孙有灿刚投靠鬼子，他就安插进梁家一个勤杂工。这人吃不了庄稼地里的苦，只会一手做庄户菜的活，立刚只交代了一件事，让他巴结好厨师，争取混进梁家厨房帮厨，揽下跟着厨师外出采购的差事，需要时能打开后门，干好这事，他家老婆孩子的吃喝就由立刚负责。他满口应承，这下他在梁家的工钱就能匀给邻村的寡妇一半了。出击前一天立刚跟他订好了时间和暗号。只要郭立刚小队摸进院子，收拾那帮黑狗子根本不在话下。没想到梁敬轩这老小子还留了一手，每晚夜深后他都会悄悄派出一小组黑狗子埋伏在村外。郭立刚小队从村庄另一头摸进村，跟进的队伍刚掩进梁家大院后门前面的庄稼地，就惊动了埋伏在那里的黑狗子，枪声一响，梁家就急忙派人去普集报信，封住所有进口，小炮楼子火力全开。计划好的突袭变成了强攻。

尚邨英果断放弃强攻，命令游击队兵分三路，一路杀向鹁鸽崖前增援梁铁峰，一路与在西边打狙击的留守小队和卢毓奎部队会合。两路战士与打援的队伍一起，消灭了东西两股进犯的伪军大部。埋伏在东河庄外的郭立刚小队，将出门查看的十几个黑狗子尽数歼灭。梁敬轩根本不管他们的死活，枪声一响就关闭了大门。等普集和相公庄据点再派出增援时，三支队伍已经散入大山深处。

梁家大院虽然没攻破，但那一战三支队伍各自都做了周密准备，缴获了不少武器，士气大振。此后尚邨英就赢得了卢毓奎、梁铁峰"邨英兄""尚兄"的称呼，一个是向保安军教官学的，一个是跟老婆学的。

"卢毓奎的队伍这回拼得很凶。哎，他们还有两挺崭新的汉阳造机枪呢，开起火来真厉害。"宋子辉一脸羡慕，"肯定是从保安军要来的。"尚邨英哈哈笑："咱们也会有的，从敌人手里夺，自己造，咱们八路军没有向上级要装备的习惯。这回,三伙小孩子终于开始向一块儿靠拢喽。"宋子辉莫名其妙地看着他,一头雾水。

三支队伍真正成熟起来,是在1938年秋天打过那一仗之后,到现在已经过去了五年。当初那两个逗意气、好冲动、偶尔还闹个恶作剧的"毛头司令",身上的学生气早已荡涤一空,老到得就像他的同龄人,跟他们打交道,他得打起十二分精神才行。

那一仗之后,游击队与独立旅、独立大队联合,成立了章丘县抗日救国军。何苇杭就是在那时被组织派到长岭山任救国军政委的。

4

那一仗打得惨烈。

尚邨英望着长岭村方向,以消灭从鸣羊山下来的几个鬼子为前奏,与日军部队的第一次正面交锋就在那里展开。这不在他的计划之中,长岭村靠近相公庄通往普集的公路,敌人便于快速调动部队。按他的设想是要把鬼子引诱进长岭山腹地来打,不求正面硬扛,只要能在父老乡亲面前打出抗日的勇气就行。没想到就因为汉奸孙有灿的一句话,战斗走向陡然逆转。

1937年底占领济南后,日军骄狂。就连鸣羊山碉堡里不足一个小分队的鬼子兵,也像住在自家门口一样,经常在大白天就敢三几个人结伴,大摇大摆地晃过相普路,到附近村里骚扰一番。这几个鬼子兵就能让整个村庄炸了营。没有军队的强力保护将老百姓凝聚起来,在凶残的日寇面前,每个个体的反抗就是送死,他们只能做出各自逃命的选择。只有打压下鬼子的嚣张气焰,才会唤起老百姓拼死一搏的胆量。到那时候，就是一人一把铁锹，一个村庄的老百姓也能把一个小分队的鬼子铲成肉泥。

尚邺英与卢毓奎、梁铁峰沟通了自己的想法，大家都认为是时候了，光吃千家饭不杀鬼子，只会拿伪军出气，老百姓会断了队伍的粮饷。尚邺英把杀鬼子的任务交给了游击队装备最好的郭立刚小队。

战斗发生在1938年8月2日（阴历七月初七）上午。也许是因为恰逢鹊桥相会的日子，正常年头这天晚上村里的姑娘们都会躲在葡萄架下，偷偷地听牛郎织女这对旷世男女的悄悄话，想象中紧张、凶险的杀鬼子行动，让夏侯雪给演成了一场充满活报剧色彩的独角戏。

这天一大早，梁铁峰和夏侯雪带了两个卫兵，回罗家庄附近的梁家坡村看望大爷。刚走到离长岭村二三里地的罗家庄，就听到几声三八大盖的枪声，接着长岭村响起一片惊慌的"鬼子来了"的喊叫，大家羊群似的拼命往山上跑，附近村庄的人也闻声出逃，山坡上到处都是人，不时有人在枪声中喊叫着扑倒。

在长岭村北的卧牛山下，四个人跟郭立刚率领的十多个战士相遇。郭立刚拍拍腰间双枪，说："我正奉尚大队长命令要干掉他们。从枪声判断，小鬼子人不多，咱们的火力足够了。万一鬼子还有后续支援，尚大队长正带着队伍在山上安抚老百姓，可以做咱们的接应。"

他们摸到村北边绿泉河边，掩进山坡上的柏树林，见四个鬼子兵正在河滩上烤一只野兔，四支大枪架在一边；一个佩短枪的坐在一边的石头上，拿帽子扇着扑到脸上的烟。

梁铁峰小声道："在碉堡里憋腻了，出来兜风呢。王八蛋，竟然放松得搞起了野炊，真以为是到中国旅游来了。"

夏侯雪伸手按下梁铁峰和郭立刚的枪："宰这几个狗日的，用不着多费子弹，立刚枪法准，你只对付那个当官的，其余的我来收拾。你们看着，今天我让他们死个明白。"她忽地蹿出柏树林，大喝一声："嗨，你姑奶奶来了！"

五个鬼子猛抬头，见一个漂亮的中国姑娘空手站在树丛边，互相瞧一眼，一阵哈哈大笑，兴奋地喊着"花姑娘"扑了过去。夏侯雪一扬手："你花姑奶奶送你狗日的回老家！"三个鬼子咽喉中镖，向前跑了两步，嘴里呃呃着"花……花……"扑倒在夏侯雪脚下。佩短枪的鬼子刚要伸手掏枪，被郭立刚一枪击中脑门。另一个被飞镖刺中肩膀，踉跄了一下，反身去拿枪。战士们举枪要打，被夏侯雪急声喝止。只见那鬼子刚抓住枪，就伸了伸脖子，一头栽倒在河水里。

夏侯雪收起镖："都用药水浸过，专门伺候鬼子。我爹传给我的秘方，镖镖见血封喉。小鬼子就别想在我手下得一个活口。"

5

午饭后普集据点的日军中队长池田敏夫大尉，带着两小队日军、一中队皇协军和孙有灿的警备队，与从相公庄调集的日伪军会合，气势汹汹地扑向长岭山。在山里转了半天，也没找到三支队伍的踪影，反而不断有天皇陛下的士兵号叫着倒在路边，死伤在东一榔头西一棒槌的偷袭中。池田又气又恼，命令孙有灿带着警备队追着枪声走，把山上的队伍引出来。孙有灿一股凉气从裤裆里倏地顶向后脑，觍起脸说："太君，"他指指长岭村方向，"五个太君都死在长岭村，尚的、何的家都在那里。不如……"他伸开五指抓了一下，"让他们自己冒出来。"

很快长岭村荆木桥北头的二十来户人家就陷入火海，刚刚从山里四散回家的老百姓被堵了个正着，惨叫着扑倒在日伪军的枪口和刺刀下。

尚邺英率队抄近路扑下山，迅速插到桥南头，炸塌街口两侧的房屋做掩体展开阻击，与随后赶到的梁铁峰部队一起，掩护全村和附近村庄的百姓撤离。池田立即组织起强大火力冲向对岸，战士们成批倒下，眼看就顶不住了。幸亏卢毓奎带领独立旅从西边发起攻击，减弱了敌人的攻势，给山北第三支队的驰援争取了时间。

桥北头老老少少二十多口人倒在血泊中。郭立刚家里六口人全都死在刺刀下，怀孕七个月的老婆赤身裸体躺在屋门外，被鬼子开膛破肚，胎儿挑死在一边。游击队和独立大队伤亡过半。卢毓奎拉着尚邺英和梁铁峰的手说："没想到鬼子突然杀向长岭村。"尚邺英脑子里旋过一个问号，从桥北头激烈交火，到卢毓奎率部在第三支队之前赶到，这之间有不少时间的延宕。他看着卢毓奎眉头间拧着的杀气，拍拍他后背。人性的复杂是可以在刹那间流动变化的，这种流动中的明暗转向，还是不轻易点破为好。卢毓奎把胳臂搭在他肩膀上，使劲搂了一把。

回到营地后，尚邺英情绪反而更亢奋，捶打着案板对宋子辉说个不停："这一仗的最大收获，你说，是什么？咱们把老百姓的血性激发出来了。没想到已经逃离村庄的年轻人，还有十多个腿脚都不便利的老人，又回来参加战斗。虽说他们拿的净是些老掉牙的土枪、火铳，还有长矛、砍刀，没有啥战斗力，可他们极大地震撼了战士们，连那些躲在墙角、吓得脸色蜡黄的新兵都哇哇叫着往桥头冲。要不咱们的阵地早就被冲垮了。还有啊,你看郭立刚和夏侯雪,简直就是两个战神。他们率领各自小队掩进河边树丛,不断用交叉火力把冲到桥上的敌人杀得掉头逃窜。尤其是俩人的双枪挥舞起来弹无虚发,一梭子就撂倒一片,顶得上两挺机关枪。更叫人兴奋的是,梁铁峰和卢毓奎都答应了第三支队姜副司令的提议,三支部队联合成立抗日救国军。你说,这一仗打得值不值,值不值啊?"他眼圈忽然通红,仰头望向屋顶。

宋子辉瞪大眼听着,一句话也插不上,直到尚邺英说完了,才接了句:"值啊。"低头抹了把泪水。

尚邺英摸出旱烟布袋和裁好的油印报纸条,卷成一支胖胖的锥形烟卷,咬掉尖尖的顶部,噗地吐出来,点着慢慢吸了口。

经过一段时间的补充兵员和修整训练,在第三支队的配合下,三支部队联合行动,大张旗鼓地袭击了普集、相公庄两个日军据点,以一场主动出击,宣告长岭山南麓成为章丘县抗日救国军根据地。

从那以后他们在长岭山坚持得很艰苦,日伪军频繁进山扫荡,队伍不断减员,有几次不得不撤到山后休整。尚邺英看看山坡下操练的部队,心里一片激荡。从1938年到现在,队伍壮大了两三倍,山前几十个村庄有六成以上的户是军属和烈属,很多人家已经空无一人。绳峪庄他表叔牛占三的四个儿子,有两个先后牺牲在游击队。大前年鬼子突然发动清剿章丘铁匠的行动,从他家里搜出一个铁砧子,一家十一口险遭灭门,只剩下牛三婶子和一个被打断腿的小孙子。乡亲们把九具尸体拖到表叔大门前排成一溜,准备抬尸体下葬的男人和清洗死者面容的女人没有一声哭叫,大家见惯了入侵者的残暴杀戮,谁知道哪一天自家的坟地就会插上白幡呢。可他尚郇英不能轻慢这些庄稼人的死亡，任何一个偏僻村落里卑微生命的牺牲，都是对长岭山抗战旗帜的血祭。

毕竟挺过来了。眼下别说伪军，就是小股鬼子也不敢轻易进入长岭山。他仰头看着精致的银杏树叶。等银杏叶变黄的时候，眼下的对峙局面就会被打破。种种迹象表明，日伪军正在准备一次大规模秋季行动，长岭山注定又要经历一场严酷的正面交锋。

第三章

1

阵阵喝彩声顺风飘上来。

他望着山坡下正在练习格斗的女兵小队，迅速整理好衣服，扣上风纪扣。刚拉起队伍的时候，最让他头痛的就是队伍的军容风纪，这些散漫惯了的农民子弟，一得空闲就忍不住袒胸露腹，坐下来脱鞋抠脚丫，嘴里还嘶嘶哈哈嚷着真舒坦。为此他制定了条例，也训过、罚过，可就是顽疾难治，没想到八个丫头片子一上山，就被她们那么喊喊哼哼地嫌烦了几天，这些爷们儿哥们儿的习惯动作就被一阵风吹光了似的。不得不承认，有了女兵小队，队伍好带多了。

当年躲过追捕风头后，尚邨英重新回到济南，按上级指示秘密跟女师党组织又接上关系，但没再去学校任教。回老家前他对校党组织负责人提了个要求，等队伍站住脚跟，请他物色几个可靠的学生派往长岭山干卫生员。济南沦陷后女师停办，次年日伪又兴办了新女师，原校的部分教师和家在济南的学生，在党组织安排下陆续进入新校。何苇杭来到长岭山不久，女师党组织先后将八个面临暴露危险的进步学生辗转送来。尚邨英本来是想留在游击队两个，其余的都让第三支队安排到医疗队去做卫生员，却让负责做锄奸反特的苇杭一把抓在手里，她成立了女兵小队，连姜副司令亲自要也不给。还别说，这些叽叽喳喳的女学生，硬让她给锻炼成了游击队的一把尖刀。

山坡下女兵的格斗对手换成了郭立刚侦察锄奸小队的战士，女兵们竟然一点也不落下风。夏侯雪传授的武功果然厉害。子辉跟苇杭正拉得起劲，苇杭指指这边，子辉朝山坡上走来，半路又反身往回走了几步，踟蹰了一会儿，转身跑上山坡。这宋子辉又六神无主喽。

八个女学生初次出现在营地就引起一场轰动。

正在操练的游击队战士们全都张大嘴巴。突然出现在他们眼睛里的这帮青春少女，可都是经形体训练和艺术熏陶雕琢浸染过的，个个浑身上下散发着现代城市女性咄咄逼人的光芒，刺激得这些被日本鬼子逼上战场、生性老实木讷的农家子弟，心里轰轰隆隆地滚过一阵风暴，没人敢仔细打量这群天外飞来的仙女，她们身上的光晕让他们胸口咚咚直跳。

性格开朗的女兵们很快适应了军营生活，开始随队执行战斗任务。她们身上城市女学生的光晕逐渐淡去，战士们也跟她们吵吵闹闹地混成了兄妹。当时也是这样一个炎热的夏天。从春末到夏秋，这些农家子弟本来就习惯了干完活后就近跳进泉湾、河水里扑腾一番，女兵们更是一天不洗澡就浑身刺挠，特别是训练时，身上的气味连她们自己都耸鼻子。每次训练结束，苇杭都让她们先下水清洗一番。这时候，男兵心里的波澜就会又激荡起来。他们隔着树林倾听水湾里的动静,心里的想象如山上的野蔓爬得蓬勃狂野。

宋子辉侧脸看看低头想心事的尚邨英,将目光转向山坡。操练完的战士们三个一伙、五个一堆地扎在一起拉闲呱。何苇杭招呼女兵小队往寺庙东边山坳的女兵营地走去,边走边与女兵们拉呱。不知说起啥好笑的事,她伸手拍了小胖一把。

"何政委准又在组织她的女兵小队洗澡了。"宋子辉笑道,"你看,泉湾树林子这边那排站岗的战士,脖子挺得跟落了枕似的,一转也不敢转。"

"这苇杭,也真够折腾的。"尚邨英曾劝过苇杭,不要让女兵在操练时洗澡。"那什么时候合适?哪个时间段不得让男兵警戒?对于男兵的心理安全而言,你说是选择大家都在的时候更好,还是只有几个人的时候好?"对于任何问题,何苇杭只要张口吐出一连串反问,就说明她经过了成熟的思考,等你翻过这些问号,就会发现已经没有再讨论的必要。

宋子辉眼睛里忽然掠过一道忧虑:"你真该跟何政委好好谈谈,她这个当政委的,枪声一响老想往前冲。"

"女兵小队刚成立那会儿,卢毓奎特地过来软缠硬磨地非要个卫生员,我都抹不下面子了,苇杭一句玩笑就给撅回去了,'让我的女兵跟着你这个花花司令啊,那还不是肉包子打……狼,恕小女子不敢从命呀。'"尚邨英似乎没听到子辉的提议。

"何政委真是又香又辣。"宋子辉哈哈大笑。

尚邨英看看他,忽然笑了:"你这嘴里咋溜达出这样个词儿,啥又香又辣,你闻过?"

宋子辉脸腾地红了,抹一把硬扎扎的络腮胡楂子,底气不足地辩白道:"我是顺口一说,你可别往别处想啊。"

尚郫英揶揄道:"你那点小心思啊。你们一个政委,一个副大队长。你要常向政委汇报思想哦。"他戳戳宋子辉的胸口,"我没往别处想,想的就是这里。你这一脸茅草茬子大概挺入苇杭的眼。"

他忽然愣神,扯起衣襟抖了抖。

宋子辉拉他一把:"走,咱们到那边凑凑热闹。"

苇杭带着女兵小队走向树林后边的泉湾。看着她们把盛满衣服毛巾和淡绿色香皂的脸盆卡在腰间,一个一个转过茂密的树林,那些年轻的战士低下头静静坐着,看着从倒伏的茅草下面拱上来的七色瓢虫,浑身一阵阵莫名的燥热。正是山里多风多雨的季节,冷暖气流在山谷间缓缓穿行,骤然碰撞,漫山遍野静悄悄的树木忽然发疯般剧烈摇晃,草木饱胀的青葱味道呼啸着弥散开来,紧缩了呼吸空间,想象的天地却又敞开了。笑声肆无忌惮,水声哗哗啦啦,水珠亮晶晶滚落……声音和画面纠缠在一起,落在野藤蔓一样打开的感觉触须上,噼噼啪啪爆出眩晕的光亮。

一个年龄大点的老兵冲警戒的小战士喊:"狗剩子,你小子把脖子都拉长了一截。告诉我,心里想啥了?"

狗剩子脖子一动不动。"俺想……"他横着转转眼睛,"俺啥也没想。"

老兵板着脸不笑:"你小子这点出息。告诉你,后脑勺长了眼睛也看不到,你身后是棵歪脖子老榆树。"

一片哄然大笑,大家使劲拍巴掌起哄。

笑声中,苇杭领着女兵们从树林后转了出来,个个步态轻盈,挺胸收腹,脸色红润,湿漉漉的头发不住地滴水。阳光骤然亮了,带着雨腥味的目光雨点般在她们身上跳跃,她们感到身上一阵噼噼啪啪的敲击。苇杭扭头笑道:"你们身上散发的女性芬芳,足以令世界上所有的男性目光为之仰慕。"

打头的细高个女兵小队长江小慧一挺胸脯,模仿章丘话喊道:"看股子啥劲呀,俺身上都成筛子底了,你们咋还一个劲地扣扳机!"

雨一下停了。一阵慌乱的转身搓脚的声音。

宋子辉专注地望着何苇杭。他一直弄不明白,苇杭浑身上下看不出哪一点特别出众,但在这些花骨朵般的女兵堆里,她还能卓然出众,即便是跟似乎按照美女配方制造出来的夏侯雪站在一起,她身上仍然散发着动人心魄的气场。他心中一痛,眼前又出现了苇杭满身鲜血硝烟的样子。真是怪了。每次暗中打量苇杭,他脑子里总会出现这样的图景。

苇杭没察觉宋子辉的目光,紧走几步,扯了排头的江小慧一下,悄声说:"你们听着,他们既是你们的战友,也是你们的兄长,关键时刻,他们都会豁出命保护你们。可你们要知道,这也是一群被鲜血和仇恨激发出强悍野性的男人,是一颗颗积蓄着力量,就等着拉引信的手雷。你们要像对父兄那样尊重他们,爱戴他们。但大家要给我记住,不能用在学校里跟你们那些艺术老师斗嘴的方式——我用了斗嘴这个词儿,你们都知道该用个啥词替换——跟男老师斗嘴,也就换来一番酸倒牙的戏曲台词、几句警句、一首小诗什么的,顶多在林荫小道边,呃,那么表示表示。别笑!要是你们逗这群将脑袋别在腰带上的男人,把他们心里的炸弹给引爆了,你们给我记着,他们能把你们一个个给生吞活剥地吃了,连酱油都不用蘸。"

女兵哧哧笑出了声,排尾的小胖觍脸问道:"政委,这个,这个逗男老师的事，你怎么这样门儿清呀，是不是也师生恋过呀？"

苇杭微微一笑："那当然，过来人了嘛，当年也轰轰烈烈过呢。"旋即又脸色一凛，"这里是战场，说不定啥时就会血肉横飞，大家都把小情小调的收一收，下决心打鬼子，可不只是不怕牺牲生命就够了。来，听口令，目标宿舍，跑步，走！"

何苇杭看着女兵们的背影，嘀咕道："小丫头片子。"

2

尚邨英和宋子辉朝站在柳树下的苇杭走来。宋子辉递给她一条毛巾："给，包上头。"

苇杭接过来在头上胡乱搓了几搓，一扬手，又把毛巾扔给宋子辉。尚邨英看一眼他俩，对苇杭说："你这女兵小队怕是要搅得队伍不好带了。"

苇杭甩了甩头发，笑道："谢谢司令表扬，我们女兵小队会使阁下部队的战斗力嗷嗷地叫着往上蹿。哎——子辉，毛巾上有作战地图哇，你老盯着看啥？"

"没有。"宋子辉慌乱地抬起头，"有头发。"

尚邨英哈哈大笑。

宋子辉摩挲着络腮胡楂子，张张嘴欲言又止，忽然，原地转了一圈，指点着周围说："你们看，咱这里三面环山，山清水碧，要不是狗日的日本鬼子，真是个过田园生活的好地方。何政委，呃，等赶走鬼子，咱们在这里盖几排房子，办个学校，你当校长，我再拾起老本行，干总务主任……"

"等等，等等，"苇杭摆摆手，微笑着悠悠地打断他的话，"尚司令，原先你是长岭村学校校长，子辉是总务主任，咋一说打败了小日本，就把你给忘了，这也忒重色轻友了吧。"

"呃呃……"宋子辉没想到何苇杭一指头就戳破了窗户纸，"呃"了半天，也没说句囫囵话，脸涨成了紫茄子，冲尚郓英说声"我去查查哨"，转身就跑。

苇杭咯咯笑着喊道："错了，查哨你往司令部跑啥？"宋子辉猛地刹住脚，又顺着小路朝对面的山坡跑去。苇杭笑得弯下了腰。

尚郓英轻咳了声，慢声细语地说："咱们几个当中，子辉年龄最小，听我句话，你可不该把他这份心思当作儿戏看呀。他……"

"我知道。"苇杭不好意思地理了理头发，"我能体会到他这份情感的沉重。可我三十多岁了，他才二十冒头。我是在男女感情上打过几个滚的人，曾经沧海难为水呀，我这心里已放不进毛头小伙子了。回头，我会好好跟他把话说透，你放心吧，伤不着他。"

尚郓英点点头："卢沟桥事变后，我回章丘组织抗日武装时，你大哥就几次跟我说过，盼你在感情上早日有个归宿。我知道，你们何家在这事上是有很多规矩的。"

"啥规矩！"苇杭平静地看着尚郓英道，"我啥时候被家里的规矩束缚过？在这场空前的民族灾难中，我的心会追随着收则血气内敛、放则剑气纵横的男人。"

尚郓英瞄一眼正在慢慢向中天转移的太阳。分隔多年，这是再次见面以来，头一回听到苇杭这么文气的话。当年闹学潮时，她张口就是这样的风格。自打来到长岭山，在他面前，她呈现的是一个政委的标准姿态。时过境迁，那份情感早已凝固在那场学潮中。此时，她为啥又这样说话呢？是不是那段激扬生命的情感虽已封存，却在她也未觉察的情况下，还偶尔在潜意识里萌动？

041

"这么说,你心中早已有人了?"

苇杭抬起头,眯起眼睛。被营救出狱后,她和大哥让父亲押解回长岭村老家,在无边的失恋和失意中,写下了许多纳兰性德风格的诗。几天后,几个同样因参加学运不能回校的男女同学来找她。其中一个云南籍的女同学,给她带来了几张苍山洱海的照片,说他们约定叫上她一起去云南看看。大哥急了,说:"你出生在济南,单凭几张照片就想跑到那么偏远的地方去,简直是胡闹。"可这时苇杭的亢奋已经压不住了。大哥只好去护送他们。这一去大哥就再也无法把妹妹拽回老家了。后来她就和那个浑身剑气的男人结成伴侣。

"微斯人,吾谁与归?"苇杭像是自言自语。

尚郓英脸前隐隐闪过一个人的身影。他看看苇杭,摇了摇头。要真是他,倒也不出苇杭的情理,在私人问题上,她向来是由着性子来的。闹学潮那会儿他们白天黑夜地常在一起,他几次故意提起老家的老婆,她还是不由分说地爱上了他,还把写给他的情诗发在她当主编的校园诗刊上,在师生中搅起一股旋风。他推挡了几个回合,就陷入她的旋涡不能自拔。后来他问,你咋就会爱上我这个老师?她说,你演讲时不穿藏蓝长衫,不搭米黄围巾,我就不会爱上你了。

在长岭山拉队伍期间,何如山多次跟他说起远在云南的妹妹,叹道:"音信杳渺啊。"

当时尚郓英已经知道苇杭去云南的第二年,就在大理加入了地下党组织,经组织安排进入大理省立中学教书,很快成为学校地下党组织学运负责人。后因身份暴露紧急撤离,在青岛继续做地下工作。抗战爆发后山东各地抗日武装急需文化干部,她奉命到鲁西八路军任职,来章丘之前担任某团副政委。这些他都不好跟何如山讲,只是安慰他苇杭已回到山东,暂时还不方便与他联系,说不定他们兄妹很快就能见面。

抗日救国军成立后,他感到有点独木难支,很期待与苇杭在长岭山上会合,多次请示上级,让何苇杭来当政委。谁知刚见面苇杭就说,请尚司令代问周老师好。一句话就给他们那段情感贴上了封条——在济南女师时,他化名周庚——她根本不接受他关于组织命令他紧急沉潜、切断与外界一切联系的解释。他也知道,如果换作她在暗处,肯定会不顾一切地跟他联系的。这也是没办法的事,他们的处事方式彼此都难以完全接受。经过云南的历练和战争的瞬间生死,苇杭收起了大小姐脾气和诗人冲动,可她骨血里仍然深潜着桀骜的性情。在这点上,她其实跟夏侯雪是有些相似的,比起夏侯雪的冲动,她的性格里更有种沉静的决绝。苇杭初次请夏侯雪教练女兵射击和武功的时候,他劝她顺便练练自己的枪法,她笑着敲敲脑袋:"我能在关键时刻把子弹打进这里就行了。"子辉曾多次劝说她让女兵小队练练拼刺刀,毕竟战场上随时都会与敌人近身搏斗。苇杭平静地说她们不需要肉搏战,只要腰上常挂颗不会哑火的手雷就行。

何苇杭拢拢头发,说:"这几天独立旅又来了一个保安军参谋,据我掌握的情况,他的真实身份是特派员,目的是督促卢毓奎尽快将队伍拉到保安军那边。咱们该有所准备了。拉住他对稳住长岭山抗日大局有利。"

尚邺英点点头。前天他与卢毓奎做了次长谈,卢毓奎留在长岭山的态度很坚决,不过也预留了回旋的余地,说:"请邺英兄放心,就算我真的要走,也必定事先跟你说。"

俩人的身影正在渐渐缩短，何苇杭看看手表，离开饭还有一个多小时。风不知啥时候又停了，蝉声悠长尖细，山谷里闷热得憋气。

3

银杏树荫偏向西北方向，宋子辉拿帽子扇着风，坐在尚邨英旁边拍他一下。尚邨英扭头看看他。他指指一边的阴凉。俩人一起挪到树荫里。

尚邨英顺手扯下根草棒咬在嘴里咀嚼，嘴角溢出一片黄绿色汁液。

前些天郭立刚小队和卢毓奎的翟义昆小队同时下山，都要夺取鬼子摩托车小队的四四式卡宾枪，在设伏时发生冲突险些动枪。卢毓奎以此为借口，退回了游击队派往独立旅各中队的指导员。后又为一些看似鸡毛蒜皮的小事不断闹矛盾，原本顺风顺水的长岭山联合抗日局面，忽然间暗流涌动。尚邨英有点把控不住的感觉。"这是早晚的事，其实他一直在找借口。"何苇杭说，"卢毓奎这个人的脑袋哪，总是在民族大义和个人小算计上摇摆。救国军成立以来，在战场上他还是有大局观的，打起鬼子来更是以命相搏，可等枪炮声一停，两眼就盯在了自己的算盘珠上。以他那桀骜的性格，是不可能甘心长期接受你尚司令辖制的，也不会接受游击队往他的队伍里掺沙子。他这是在闹分裂呢，这可是个值得重视的危险动作。"

"想啥呢？"宋子辉抬肘碰碰他。

"我在想，"尚邨英吐出嘴里的草棒，"我在想，这几年咱们这支队伍的装备更新得不能说不快，但人员扩充得更快，新入伍的战士大都还扛着土枪，打不了硬仗哇。就像身后咱当指挥部的这座庙，太破败了，咋指望别人来烧香拜佛？别看我是抗日救国军的司令，那两支队伍摆在两翼呈掎角之势，可近来西边这只犄角净使别愣劲。东边的梁铁峰在救国军成立之初就明确提出，要仍保留独立大队编制。说起来他的队伍只能算是举着救国军旗帜的盟军，可他们是铁了心跟咱们共同打鬼子的。当初卢毓奎的队伍倒是正式编入了救国军，可不出一年就又改回独立旅称号。他们仗着装备优势，有些尾大不掉啊。大战在即，我们必须把军械所掌控住。有了本钱，才能从敌人手里缴获更多武器。打仗，玩不得虚的。打铁还得自身硬啊。"

"提起军械所我就来气！那本来是政委她大哥作为抗日救国军成立的贺礼，把他家的快枪铺连人带工具一块儿送来的，卢毓奎仗着设备先进、军械师多，不显山不露水地就一步步将军械所把持在了自己手里。"

尚邨英没作声。

平心而论，军械所主要是以卢毓奎家族的老班底做基础。他们的装备也主要来自国民党保安军。尚邨英的失误在于他认为三支队伍既已合而为一，统一由司令部指挥，军械所放在有设备有技术优势的卢毓奎部也顺理成章。当时毕竟没有经验啊，对卢毓奎部队的复杂性，认识得还是不够。跟儒雅的梁铁峰比起来，卢毓奎看似粗犷，实际上心细如发，事事拿捏得不差分毫。这些年军械所一直就没有组织起批量生产，分配给各部的枪械零零落落，时有时无。这样他的队伍就牢牢占据着装备优势。幸亏还有何一钳这根线牵着，给游击队留下了一个掌控军械所的抓手。何一钳掌握着一手独门诀窍，锻造枪械部件，尤其是枪机部件的撞针和弹匣、弹夹的弹簧，不经他蘸火就不顶用。他就是军械所当仁不让的大拿。卢毓奎把他奉若上宾，别的铁匠师傅在军械所上下班都是步行，唯有何一钳骑马来回，还有卫兵护送。卢毓奎多次提出让何一钳搬到他的营地去，跟从城里聘来的军械师一起住，何一钳每次都用同样的话推挡："何家待我不薄，这辈子我不另投他门了。在你这里，我只干活不入伙，这是我做人的规矩。"

"你又琢磨啥？"宋子辉又碰碰尚郸英，"近来，卢毓奎可是常跟他国民党县党部的叔叔联络，他的一个表哥又在国民党保安军司令部当差，我看他迟早会分裂出去。当时他带队伍编入抗日救国军，原本是准备当老大来的，没想到姜副司令来主持成立大会时，宣布你是司令，他为副司令，当时，他的脸就挂耷下来了。"

尚郸英站起来舒展下腰身。

"叫我说，强扭的瓜不甜，他们要走就走呗，离了他们咱们照样打鬼子。反正咱们有山北的第三支队做靠山，不差他们这棵葱。"

"这叫啥话！"尚郸英严肃地瞪他一眼，"什么叫不差这棵葱？打仗多一支枪就多一份战斗力，何况他们是一支抗日武装。这话不管在啥场合都不准再说第二次。卢毓奎身边的人虽然成分复杂，但他打鬼子的决心是坚定的。就凭这一点，我们也要尽量拉住这支部队。"

宋子辉红涨着脸点点头，看得出他心里并不服气。

尚郸英拉着他站起来走下台阶，指着裸露着黑色玄武岩的山顶，说："几年来第三支队不断壮大，先是改为山东抗日纵队第三旅，后来又与清河军区合并，经常驻扎在山北邹平县一带的只是其中一个分支，老百姓还是习惯地把他们称作第三支队。说起来我们跟他们就隔着一座山，可他们驻扎在丘陵和平原地带，离咱们最近的队伍以最快速度翻山过来,也得两三个小时,如果是大的行动,至少也得三个小时。那次增援长岭村战斗是他们早接到了我们的报告,提前展开了行动。现在看长岭山的形势,咱们起码得着眼于整个清河根据地,这片地区东至昌邑潍县,西接章丘历城,南到胶济铁路,东北濒临渤海,总共包括二十多个县。山北的部队随时会执行清河军区的战略调动,他们撤离时,顶多会留一支小部队,协调山北邹平一带的抗日武装,跟我们在山南的地位差不多。咱们必须明白,要长期坚持长岭山南麓的抗战,就要维持好三支队伍携手御敌、共同打鬼子的局面。"

4

郭立刚小队副队长跑来报告,长岭村庄头发现了孙有灿的黑狗子,郭队长让我们立即赶到东河庄。

"东河庄!立刚还没回来?"尚邨英有点着急,"你们快去。"

何苇杭喊道:"派个战士给梁大队长报个信。"

"这个郭立刚越来越自作主张。"

"侦察锄奸机会稍纵即逝,哪能事事请示。"

"东河庄!这小子一听到孙有灿的名字就勒不住笼头。"

"不用担心。孙有灿躲还来不及,哪敢这时候去东河庄。再说夏侯雪就在附近,这两个小队会合在一起,就是鬼子去了也不怕。"

两人并肩站着。大风忽然扑上山来,三面山坡上的树木一起摇曳,整条山谷都是晃动的绿色。苇杭望着长岭村方向。长岭村地处进山要冲,哪边的风都能吹到,敌我攻守态势随时都会变化。何家其实就像个在风中摇晃的老鸹窝。

"不用担心你大哥。我已安排一中队派人在长岭村四周布上暗哨，一有敌情就会保护你家里人转移。"

这个人总是啥事都考虑得这么周到细致。何苇杭拢住刮到脸上的短发，目光转向风来的方向，好像要把风给逼回去。她这个动作让女兵们都学了去，风一吹过来就都捂住头发，夸张得连头也转过去，狠狠地瞪一眼，然后就叽叽嘎嘎笑个不停。她耸起眉头："什么毛病？"小胖忍住笑，一本正经地敬礼："报告，没毛病。"

尚邺英笑笑，忽然感叹道："抗战以来，你大哥可是没少帮咱们啊，单就买药这件事，他就担着莫大风险。你哥这人哪。当年，你因参加学潮被何老太爷赶回老家，要不是你大哥亲自送你去云南，也许你早就成了哪个大户人家的少奶奶了。"还有句话他没说出来。在那场师生恋中，苇杭的大哥可没少替他们在他老爷子面前打掩护。自苇杭让他代问周老师好之后，牵扯到他们之间那段感情的话，他就不好再开口了。

风越来越大，何苇杭干脆放开手，任头发飞舞。

尚邺英看着横飞的柳树枝条。其实到女师任教前，他老婆就已病故。当年告诉苇杭他在老家有妻室，是为熄灭她眼里那簇初起的火苗。那火苗一点也没退缩，反而绚烂成一团火焰，很快就把他自己也点燃了。那段燃烧的炽烈，现在已经成为一堆再也收拾不起的苍烟。

何苇杭觉察到尚邺英的尴尬，拾起他刚才的话题，说："这也许就是造化弄人吧。要不是当时被从轰轰烈烈的学潮中赶回长岭村，就不会在六神无主中去了云南。要不是有参加学潮的那番经历，也不会那么快就在大理加入共产党。说起来，倒是当年我那份大小姐脾气成全了我。"她忽然感到尚邺英的目光正徘徊在她脸上，一下截住话头，苦涩的青葱却在心里悄然弥散开。回到长岭山，苇杭不是感觉不到尚邨英那份心思，可她已经没法接过他的目光，在感情世界的幽微深处，纵使不断有昔日的火花偶尔闪过，温暖或者灼痛曾经的狂野，却照不亮回头的路径。男女间的情感是世间最幽曲难测的河流，一旦流过便再难回头，即使俩人再次踏入同一条河，也再也找不回当日的感觉。一缕悠长的叹息在胸腔内盘桓，她深吸口青葱的苦涩，终于没让那缕气息逸出。女兵小队刚成立时，她让何一钳打造了几颗只有引信没装炸药的手榴弹，让她们练习投弹。一颗脱手的手榴弹滚到她脚下，尚邨英飞身将她扑在身下。她挣扎着推开他，嗔怒道："这是死弹！"女兵和周围观看练习的人从惊愕中回过神来，忍不住一阵哄笑。宋子辉没笑，看着躺在地上的两个人，脸涨得通红。她翻身跳起，发现尚邨英目光里透出的，正是此刻徘徊在她脸上的复杂神情。

太阳又爬高了一截，空气嘶嘶鼓胀，热辣辣地把山坡上荆蒿花的药香蒸发得越发浓郁。

尚邨英也突然沉默了。当年苇杭的新潮诗人身份和她远赴云南的传奇经历，让后来一届届济南女师的学生们津津乐道。他来长岭山之前，跟女师的几个进步教师见了一面，他们告诉他，现在好多学生还能背诵苇杭的诗，说起她的故事来，更是神往得不得了。

东河庄方向突然传来一声爆炸，接着是一阵阵密集的枪声。

"郭立刚小队这会儿还赶不到，是夏侯雪的特别小队？"何苇杭耸起眉毛，感觉不对头。

枪声突然停息。"不好！"尚邨英一跺脚，"怕是郭立刚又独自行动了。"

一个战士喊着"司令""政委"，气喘吁吁地跑过来："郭队长在东河庄锄掉了孙有灿,被他的卫队打成重伤,让夏侯雪救到山寨去了。咱们的游动哨听一个老乡说,他看到抬立刚的担架就从他身边经过,血滴答了一路。听那老乡说,交火时,翟义昆就带着一支巡逻队从附近经过,却躲在树林里按兵不动。"

"他妈的,这小子是孙有灿的表小舅子,也是卢毓奎的表弟。"跟过来的宋子辉把手枪一拍,"要提防他出阴招。我马上带一小队抄近路过去。"

"别莽撞。"尚邨英扶住宋子辉肩膀,"情况不明,我们决不能先起内讧。放心吧,独立大队营地有专治枪伤的鞠大夫。你带几个人去山寨看看。"

宋子辉招呼过几个战士匆匆离去。

何苇杭叫过警卫队长,让他派人去长岭村何家报信,让大哥从县城请个好医生来。

"这事不合常理呀。咱们攻打梁家大院后,梁敬轩就带着最喜欢的小老婆躲进普集。孙有灿咋会有这个胆量再回东河庄?"尚邨英问那个报信的战士,"你们赶过去的时候,东河庄是什么情况?"

"我们赶到时战斗早已经结束,在梁家搜出了受重伤的黑狗子小队长,他交代说,这次由孙有灿护送梁敬轩回家过生日,是池田的安排,叫他邀请附近村里的大户和教书先生,都去梁家吃寿宴,学梁敬轩的样子,与皇军共存共荣。孙有灿吓得腿都软了。东河庄一带一直是警备队的巡逻区域,他多次在池田面前拍马邀功,说借助太君的神威和他的镇压,那一片村庄已经重归皇军掌控。他不敢戳破自己编造的谎言,又不敢抗命,吞吞吐吐地要求带上警备队全部人马,被池田断然否决,说他是皇军的怀柔使者,不必兴师动众。他只好硬着头皮只带上一个小队出发,在离西河庄不远的祖茔坞停下来，这里临时驻扎着他的一个小队，负责祖营坞往东一带的巡逻，小队长告诉他这几天一直没发现山上队伍的行踪，孙有灿稍稍松口气，命令他先去东河庄探明周围情况，把警戒放到长岭村。一直等到接近中午，才带队赶往东河庄。路上悄悄告诉几个心腹，从村里拉几个信得过的人，悄没声地早吃饭早撒丫子回来，编套瞎话糊弄过去算完，啥怀柔政策，保住命要紧。听村里的人说，郭队长是骑自行车过去的。"

尚邺英懊恼得直搓手："咋就没想到你家管家有辆自行车呢！"

"这事，怪我！我……"何苇杭话没说完，就听鹁鸪崖那边传来爆炸和枪声。尚邺英扔掉卷好的旱烟："今天这是怎么了？"

太阳转到山脊的西北方向，宋子辉从山坡下的暮霭中跑上来，擦着满脸的汗水，报告了郭立刚险些遭到翟义昆小队副队长林福炸弹暗杀的情况，恨恨地说："只可惜，三个参加暗杀行动的都死了。常参谋长说那颗炸弹是日本特务用的。立刚已送往长岭村。鞠老头说，能不能挺过来，就看今晚上了。"

尚邺英抱着肩膀叹道："山雨欲来，这颗炸弹扔的时机很准啊。"

宋子辉骂道："八成是翟义昆这小子干的。"

"先不要急于下结论。"尚邺英思量着说，"咱们也早就感觉到长岭山里有特务在活动，只不过他们行踪诡秘，又不轻易出手，始终没让我们抓住任何蛛丝马迹。这次暗杀立刚的行动，是不是跟翟义昆有关很难说，但肯定跟卢毓奎无关。在民族大义面前，他还是一条堂堂的汉子。"

夜幕迅速闭合。三人站在石峪寺院子里等候郭立刚的消息。宋子辉仰脸看着头顶上弯弯曲曲的曲星河，自语道："老百姓都说，曲星河抖一抖，长岭山就动一动。今晚上，这曲星河里的星星可是抖动得厉害呀。"

尚邨英点点头:"但愿立刚能挺过这一关。"

何苇杭摇摇头:"怎么你也信这个?"

"我倒不信那些所谓地上的文曲星、武曲星死后,都升上曲星河变成白星星、红星星的话。"尚邨英也仰头望着天空,"可这传说背后有民间伦理、世道人心。"

宋子辉附和道:"我是听着曲星河的传说长大的。这曲星河也确实透着神秘,真像老百姓说的,绿泉河有几个拐,曲星河就有几个弯。你看,曲星河的弯弯跟绿泉河的走向大体一致。也许,这天地之间,真的有一股力量在契合对应。"

"好了,好了,无非是银河一道小汊,在哪里看都在头顶上,纯粹是山里那些酸秀才信口胡诌。"何苇杭不耐烦地说,"再说下去,你们可就都成了夜观天象的巫师了。"

"是呀是呀。"宋子辉原地转向,"其实,我也不是很信。"

尚邨英看看宋子辉,挥挥手说:"好,咱们不说这些玄虚了。研究一下明天咋应对立刚险遭暗杀的事件,处理不好,它就会变成长岭山上的一根导火索。"

第四章

1

在考入燕京大学的时候，梁铁峰说啥也不会想到，他会再回到老家，在鹁鸽崖上安营扎寨，成了远近闻名的"儒匪"。

作为化学专业的高才生，他深得著名化学家吴老教授赏识，断言若假以时日，梁铁峰必将是未来化学界之翘楚。然而日军铁蹄觊觎下的北平各大学校园风雨动荡，一向蔫头蔫脑、两耳不闻窗外事的梁铁峰，突然从吴老的实验室里出来，跟着情绪激昂的同学走出校门，走进"一二·九"运动的游行队伍。

日军占领北平当晚，吴教授把他叫到家里，说："燕京大学是教会学校，日本兵再凶悍，也不会到学校里来捣乱，你很快就毕业了，外面再乱也要静下心来完成学业，然后出洋深造。"他劝自己的得意弟子不要受党派纷争影响，战争总会过去，科学才能救国。梁铁峰决绝地摇摇头："我可以不理会主义之争，可我不能不关心国家存亡，不能在侵略者的铁蹄下苟且偷生。"深知弟子脾性的老师杖地叹息。梁铁峰向老师深鞠一躬，转身走出了书香四溢的客厅。

梁铁峰清晰地记得，老师院子里那棵古老的海棠树，在窗口透出的微弱灯光中，伸展的枝杈像老师颤巍巍的胳臂。他站在树下，听到身后老师的叹息深重而悠长。珍珠港事件后，燕京大学被日军查封，吴老先生不知所终。有人说他被软禁家中绝食而死，也有人说他是在回浙江老家的路上被鬼子飞机扔下的炸弹炸死。至今也不知他尸骨葬于何方。

离开先生后，梁铁峰跟几位在参加学运中认识的同学商量如何逃离北平。分别打谱去延安、去南京的，都极力想拉上他。他笑道："我对政治不感兴趣，我还是回老家去吧。我就想组织起家乡父老，真刀真枪跟鬼子干。"大家都笑他太书生气，他也不分辩。分别时两伙人都跟他紧紧握手，十分自信地说："我们迟早会走到一起的。"梁铁峰笑而不语。

不久他跟几个老乡同学相约同路回济南，途经天津时，他们被抓捕学生的军警冲散，他只身跑到吴桥县城。与雪儿在吴桥县的那段惊险遭遇，使他猝不及防地一步踏入北平城墙外五花八门的嘈杂，瞬间就击碎了他在游行队伍中萌生的英雄幻想，领教了小时候听京韵大鼓时，说书人常挂在嘴上的"江湖险恶"。本以为只要登高一呼"抗日打鬼子"，大家就会群情激昂，没料到在吴桥街头喊了那么一嗓子，却差点丢了命。

那天他走进吴桥县城已临近黄昏。县城门里的空地上，里三层外三层地挤满了人，大家跺脚拍巴掌，拼命地欢呼呐喊，如痴如醉。他挤进人群一看，是一个杂技班子在摆摊卖艺。

场子里放了几张条桌，桌子上放着凳子，凳子上扣一个白瓷碗，每张桌子都相距几丈远。场子里站着一个十来岁的小姑娘，手里提着装有几只麻雀的铁丝笼子。一位高挑身材的白衣姑娘双手抱拳,团团揖了一圈,双腿稍微一弯,噌的一声拔了起来,在空中翻了个跟头,右脚轻盈地踩在瓷碗上,身体随着桌凳一晃,在人群一片惊呼声中,双臂和左腿舒展开来,右脚一用力,身子又凌空飞跃,双腿交叉换步,脚尖一点另一条凳子上的瓷碗,又燕子般掠向下一条凳子。在落向最后一条凳子时,她脚下似乎一滑,人群一声"哎哟",只见她一收腹,后仰的身体又绷了回来,一只脚点住摇摇欲坠的凳子,一只脚把滑出半边的碗又拨了回来,略一喘息,向小姑娘一点头,纵身飞向空中。小姑娘麻利地打开笼子,麻雀扑扑棱棱地飞了起来,白衣姑娘双手齐扬,唰唰唰,几支镖脱手飞出,空中乱飞的麻雀同时中镖落地。

人们张大嘴巴呆立着,等回过神来,刚要叫好,几个歪头横膀子、背柴火棒似的把长枪斜勒在后背的民团团丁,护卫着一个衣着光鲜的胖子,吵吵嚷嚷地凑了过来:"嗬,这小妮子好功夫呀,要是娶这样一个老婆,可就没人敢欺负了。"

"嗨,不止功夫了得,你看这小腰,这奶子……"

"嗨,小妮子,何必在街头受罪呀,给咱大哥当个姨太太,保你佩金挂银。"

姑娘脸色一凛,眉毛倏地挑了起来,几个痞子呼啦啦退后一步:"哎呀,要打人啦。"

"他娘的,还想不想在这街面上混了?"

一直站在一边的驼背老头冲前一步,把姑娘挡在身后。

梁铁峰跨出人群大声喝道:"日本兵都打到眼前了,华北眼看着又要像东三省,你们还在这里起哄耍赖,还有没有心肝!"他举起双臂冲人群喊,"乡亲们,战火已经烧到我们家门口,不能再这样苟且偷生了!"

"嚯嚯，这是要演一出英雄救美呀。"团丁们叫骂着扑倒梁铁峰，对他一阵拳打脚踢，"他妈的，从哪个大姑娘裤裆里钻出你这个大头鸟。"

"杀鬼子？日本人离这里还远呢，爷们儿先拿你这个小白脸练练腿脚。"

白衣姑娘推开师傅冲过来，噼噼啪啪，三两下就把几个痞子摔到地上。梁铁峰刚爬起来，就被光鲜的胖子用枪点住了："敢来老子地盘上扰乱治安，拿下，哥儿几个今天要领赏钱了。"

驼背老头朝胖子不住作揖："您老人家高抬贵手，我看这小子不过是个逃难的穷学生。"

胖子把手枪往一边别了别。驼背老头赶紧把姑娘拽到一边。姑娘小声说："师傅，他要是被押回杀人如宰鸡砍猫一样随便的民团团部，可就凶多吉少了，我必须出手。"说着手指间已扣上几支飞镖。驼背老头一把抓住她的手腕："等等！"解下腰间的包袱，系在姑娘腰上，小声说："老地方。"手牵了小姑娘，向几个徒弟递个眼色，悄悄挤出人群。

白衣姑娘轻喝一声"看镖"，手腕猛地一抖，人随即跟进，三支镖击中胖子和两名抓着梁铁峰团丁的同时，她拽起梁铁峰的胳膊，三两步蹿向城门。等其他团丁从惊愕中醒来，手忙脚乱地从后背扯下长枪，拉开枪栓，两人早从路壕里跑进了城外薄暮中的庄稼地。叮叮当当的乱枪，在沙土路上扬起一串串烟尘。

2

梁铁峰和夏侯雪跑到深夜，才闯进一个小镇，找到一家客栈。

直到现在，梁铁峰也不知道那小镇是在吴桥什么方位，叫啥名字，只知道那客栈叫平安客栈，掌柜的是一个爱唠叨的瘦老头。他先让伙计端上两碗羊杂烩饼，坐在一边看着两人吃。烩饼那个香啊，以后再也没吃到那么好吃的烩饼。

吃完饭，老头领他俩踏着嘎吱直响的木楼梯，进了二楼的一个小房间。梁铁峰看看那张双人床，刚要说话，老头就唠叨上了："就剩这一间房子了，条件差，你们小两口就将就一下吧。哎，我说你们呀，兵荒马乱的，出来跑啥。"他瞅一眼梁铁峰脸上的伤痕，说，"小伙子，你该不是拐带了人家良家妇女跑出来的吧？"

夏侯雪横了他一眼："你这里是旅店还是警察局啊，收你的银子就是了，瞎打听！"

"好好好，算我多嘴，不问了不问了。这位小哥，你好福气，新娘子长得跟仙女似的，我开了十多年的客栈，南来北往的美人见多了，你媳妇可是头一份。就是脾气忒大了，说话真戗，你怕是要吃点气喽。"瘦老头堆起一脸笑，"时候不早了，你们早点歇着吧。我可告诉你们，这镇子不太平，常有匪徒来打劫。我看楼下住的，就有几个，看着不地道，你们睡觉警觉着点啊。我可把话说到头里了，我这平安客栈是只管住宿吃饭，不管客官平安。"说着作着揖倒退出去，咣当关上门。

一张大床撑满了房间，窗下挤挤巴巴地摆了一张小条桌，两个破方杌子，一个只有三条腿。梁铁峰看看夏侯雪，心里似乎被啥东西猛然撞了一下，丹田中搅起一团气流。瘦掌柜说得真对，这位长腿细腰双乳坚挺的姑娘，漂亮得叫人火烧火燎地坐立不安。见夏侯雪也在看他，嘴角抹着一丝嘲笑，梁铁峰一下窘迫起来："看来，咱们只能在这一间房里过夜了。已经是后半夜了，咱们就坐着说说话等天明吧。你靠在床上歇歇,我坐杌子。"

夏侯雪脱下外套,把包着袁大头、铜制钱和法币的包袱往床上一扔,甩掉鞋子,靠在床头上:"这话该我说,你倒是担的哪门子心?"

梁铁峰见她绷住了脸,忙解嘲地笑一笑:"我是怕,刚才,都有点想入非非了。"

"想入'飞飞'?"夏侯雪展颜一笑,"你就是想入跑跑也白搭。除非我也跟你想的一样,你要说啥?说吧。"

梁铁峰说:"刚才光顾逃跑了,还没感谢救命之恩呢。"他站起来深鞠一躬,坐下转动了几下脖子,放松一下紧巴巴的身体,把自己从北平出走的经历和回老家的打算简要告诉了夏侯雪。夏侯雪沉默了一会儿,瞥一眼梁铁峰道:"你知道我为啥要出手救你吗?"她的眼里忽然闪出泪花,"你说起日本鬼子时咬牙切齿的样子,一下子感动了我。流落关内这么多年了,随着杂技班子在这一带到处转,很少听到有人说起东北,也没见到像你这样一提起抗日就声泪俱下的。我打小在长白山一个土匪山寨里长大。东北沦陷后,日本关东军派人去山寨劝降,被爹剁下了他们的脑袋。当天,鬼子就血洗了山寨,几百号人全部战死,爹是受伤后,叫日本鬼子的狼狗活活撕碎的。在鬼子包围山寨时,爹的贴身保镖带着我攀着绳索从悬崖上逃了出来。安顿好我以后,他浑身绑满炸药,又摸到山寨,在鬼子群里拉响了雷管。"

梁铁峰听得血脉偾张:"将来,你爹会被写入抗日英雄列传。"

夏侯雪仰着头,眼睛里泪光闪烁。暗淡的灯光溪水般顺着脸颊流泻到圆滑雪白的脖颈。梁铁峰嗓子又一阵发干。

空气中弥漫着霉豆子气息。

街上响起杂乱的脚步声。

夏侯雪翻身下床,蹬上靴子,向梁铁峰招招手:"离开窗户。"

脚步声渐渐远去。两人长舒一口气。夏侯雪一笑:"都是叫那瘦老头给吓得。快天明了,来床上睡一会儿吧。咱俩一人一床被子。"梁铁峰正踌躇着,被她一把扯过来,推在床头上,拽开被子兜头给他盖上,"我爹的师爷常对他讲什么成大事不顾细谨,我不太明白,可知道不能像你这样扭扭捏捏,哪像个要拉队伍的人。快睡吧,明天还得赶路呢。"说着抖开被子,在梁铁峰身边一躺,很快就睡着了。

梁铁峰嗅着她身上蒸馒头似的气息,心里咚咚敲鼓。夏侯雪呢喃一声,嘴角溢出一丝口水,他伸出食指想给她抹去,还没触到脸一哆嗦又缩了回来,身体僵僵地往一边挪了挪。

夏侯雪一觉醒来天已大亮。一翻身,见梁铁峰大睁着眼,立正似的一动不动地躺着,扑哧一笑,拍他肩膀一把:"铁峰哥,你是个真男子汉。"

梁铁峰翻身下床,脚下一别,险些跌倒,冲她一笑:"我心里可是坏了一宿了。"

夏侯雪也笑:"没坏心眼的是傻子。有坏心眼不使才是真好人。"

二人到楼下吃饭。瘦老头绕着他们转了一圈,坐在一边又唠叨上了:"这位小哥一宿没睡好,眼圈子都发乌了。年轻人哪,可得悠着点。"他咯咯一乐,"不过话说回来,年轻人没几个能拽住笼头的。我是过来人了,像你这把年龄也贪过来着。现在想贪也贪不动了,只能贪杯酒喽。"

梁铁峰低着头,把炝锅面扒得呼啦呼啦山响。

夏侯雪脸一红,剜了瘦掌柜一眼。他拍拍木棍似的后颈,起身离去:"你们慢吃,慢吃。"

3

站在梁家坡村北，梁铁峰走进山坡上那座孤吊吊只剩下地基的荒院，扑通跪下号啕大哭。

夏侯雪伸手挡住常连长，任由梁铁峰号哭。铁峰小时候，他爹不满大哥欺压乡邻的行径，坚持要分家独立门户，没想到他大爷冷冷地说："庄里的家产都是我这个恶人置下的，咱爹娘就留下了庄外那几间破草房。那是咱兄弟两个的祖业，我这当大哥的就不跟你争了，都归你们三口了。这梁家大院里的一根草，你也休想拿走。"搬家不到五年，铁峰他爹就得噎食病去世。他大爷懊悔不已，厚葬了弟弟，劝弟媳和侄子搬回梁家。铁峰他娘说："谢谢大哥的善心。"领着年幼的铁峰扭头就走，投奔在旧军孟家济南瑞蚨祥商号当大伙计的父亲。铁峰他大爷受不了村里汹涌的舆论压力，跟管家交代在济南给铁峰娘俩租间房子，半年送一次生活费。铁峰考上燕京大学后，他大爷包下了侄子的学费。

梁铁峰站起来，跟常连长几个说："你们在这里等着，我和雪儿去拜见大爷。"

大爷靠躺在太师椅上，听侄子讲他近来在大学的经历，眉头越拧越紧，等听到梁铁峰回家拉队伍的打算，忽地挺直腰，把烟袋咣当往桌子上一拍，劈头盖脸地就训上了："啥停止内战一致抗日，这事也是你一个毛孩子能管的？啥时候平内乱，啥时候打日本，委员长在南京瞭着高呢。要是让那帮穷种得了天下，还有咱们的好果子吃？我供你念书，是指望你光宗耀祖来着，不是让你来家当土匪。看你出息的，嚄，两个膀子夹着个头荣归故里了。还带回个……"

大爷白了一眼夏侯雪，把后边的话咽了回去。

梁铁峰看看雪儿，心里给大爷补上了下半句："妖里妖气的江湖女子。"

大爷鼓起腮帮子，狠狠嘘出一口气，忽然一阵哈哈大笑："老梁家祖坟上冒青烟了，到底是要出个给家庙增光的大人物了，要出个土匪头子了。"他头仰在椅枕上，闭上眼睛，使劲往外一摆手。

一出门夏侯雪就咯咯大笑："还以为你大爷会慷慨出一笔大钱，没承想倒挨了一顿臭骂。"

"有你在咱就不愁有队伍。"梁铁峰满脸臊红。

这雪儿真不愧是打小在江湖上历练出来的，遇事不慌不忙，该出手时绝不犹豫。要不是她执意要给她爹和那几百号弟兄们报仇，告别师傅跟他一起回长岭村拉队伍，他还真不知道能不能平安返回长岭村。一路上，他们不断碰上骚扰的盗匪和散兵游勇，雪儿都轻轻松松地给收拾了，还缴了几把手枪和不少钱财，聚起了十多个铁了心跟他俩打鬼子的东北老兵。以常连长为首的这些老兵，成了他在长岭山拉队伍的骨干。这时的长岭山一带已经是盗匪蜂起，当地政府已无力整饬地方治安，到处人心惶惶。扛枪杆子吃饭成了个好差事。

梁铁峰他们在长岭山鹁鸪崖安营扎寨，树起招兵抗日的旗帜。方圆十几里地都盛传长岭村梁家在北平读书的大学生，回家当起了土匪，还带来一个漂亮的压寨夫人。梁铁峰一脸坏笑地瞅瞅夏侯雪，悄声说："雪儿，你听听，乡亲们这是替我给你送柬呢，倒省下济南的老娘牵挂了。没啥说的，你这压寨夫人是当定了。"

夏侯雪扑哧一笑，嘲弄道："那，你就准备好，天天晚上在床上打立正吧。"

061

半年后，队伍就扩大到一百多号人，别说武器装备，连穿衣吃饭都成了问题。夏侯雪拍一下愁眉苦脸的梁铁峰："多大的事呀，犯啥愁，交给我吧。弄点钱粮我可多的是办法。"

梁铁峰直摇头："打家劫舍的事万万不能干，那不真成了土匪了？"

就在这时，尚邺英派人来跟他们联系，建议山上三支队伍一起行动，扫荡危害乡里的土匪。

梁铁峰连说"好主意，一举两得的好主意"，立即令常连长带队，与尚邺英和卢毓奎他们同时出动，一举端掉了几股大小土匪窝子，解救出他们掳去的大户人家的几个人质，和一批穷苦人家的年轻人。其中就有梁铁峰他大爷的姨太太。饱受匪患之苦的十里八乡一下安定下来。梁铁峰的大爷一改人前绝口不提侄子的做派，逢人就说，这年头，家里出个撸枪杆子的，倒也不是坏事。

夏侯雪乘机向附近十来个村庄的大户人家轮流下征收帖子，有拒不缴纳的，她就在人家门上插上一支镖，第二天货就到了。梁铁峰叹道："到底还是沾上了匪气。看看人家尚邺英，大家都主动给他们送东西，听说连穷人都给他们织布做衣裳。"

常连长安慰他："打仗的年头，啥队伍都得强征粮饷，太讲究了就活不下去了。现在咱们还没有游击队的号召力，学不了啊。"

夏侯雪第一次给何家下帖子，正赶上何如山外出。到下午回家后，何如山马上安排长工照单装好货物送往鹁鸽崖。

太阳离山头只有一竿子高了，何家还没送来所征物资。梁铁峰拍得后颈啪啪响，对夏侯雪说："这本来就是一次超出咱们范围的越界行为。你们不该瞒着我，以何如山的威信，就是给他下帖子，我也该先登门会会他。"

"嗨嗨——"夏侯雪白他一眼,"这脖楞颈不是你的?都是抗日队伍,他何如山凭啥只帮游击队?"一拍巴掌,叫人再给何家送去一张帖子。太阳快落山时,何家的货物车推担挑地送到了山寨。押送的管家说明了晚到的原因,并送上何如山的一张短笺:"但属所能,何家愿为抗日尽绵薄之力。"梁铁峰拍打着信笺对夏侯雪道:"这回是错上加错了,我估计,第二道帖子的货物也该启程了。在咱们这一带的大户里,何如山是最具有民族意识的。"立即下令,派人下山截住第二批货物,护送回何家,并让管家带回一车山货,以示敬意。何如山接到送还的东西后,感叹道:"梁铁峰,真乃儒匪也。"从此,"儒匪"的名号便传播开来。

4

梁铁峰静静地坐在山寨木屋前的旧竹椅上,一身中式衣裤整洁利落,浑身放松,神态安闲。他身侧的石桌上,放着一杯银杏叶茶,一本《诺贝尔与炸药研制》和一本著名化学家侯德榜的《纯碱制造》。

屋后一棵树干中间开裂、鼓着一个个鬼脸般树瘤的老槐树,树枝七股八杈地伸展开来,把木屋揽在怀里。山风徐徐地从浓绿的树荫吹过,一串串豆荚在黑绿的叶片中间窸窸窣窣摇着。就是在夏天,鹁鸽崖上仍然一派凉爽。

他打量着眼前的山势。跟长岭山脉多数山峦花岗岩、玄武岩和其他岩石混杂不同,鹁鸽崖是清一色的黝黑玄武岩。岩壁上或密或疏地分布着大大小小的孔洞,是野鸽子藏身的巢。几亿年前的某个早晨或者黄昏或者任一时刻,蓄满能量的地下岩浆突然在这一地壳薄弱地带撕开裂隙喷涌而出,温度高达一千多摄氏度的岩浆流,在这里遇到陡坡,顺势而下冷凝成岩石。后来又经过几次或几百次的喷发,才形成现在鸨鸽崖的模样。崖壁上的孔洞应该是在最后一次喷涌时,携带着大量水蒸气气泡的岩浆,沿着悬崖漫流下来,迅速冷却后形成的。这里的玄武岩在阳光下会反射出黛蓝色晕光。将来真该将鸨鸽崖的岩石取样,做做化学成分分析,说不定跟日本玄武洞的橄榄玄武岩成分相近。

梁铁峰往椅背上靠了靠,感到山风有点凉。要是雪儿在山上,准会送件衣服过来。他没动,也没喊卫兵,就那样靠坐着,把手枪挪到腹部,微微眯上了眼睛。

一阵惶急的脚步声传来,梁铁峰猛地睁开眼,抬起上身。卫兵拎着一件灰色坎肩跑过来,一脸不安地给他披在身上,磕磕巴巴地说:"二当家的交代过,我,我忘了。"

梁铁峰恼怒地扭过头瞪他一眼:"啥二当家的!记住,副大队长。"

卫兵更惊惧了,手足无措地绕到他前面,垂手站好,汗水流到眼里也不敢擦,用力挤巴挤巴,眼睛更睁不开了。梁铁峰扑哧笑了,拍拍他的肩膀:"好了,你下去吧。"

"这雪儿,"他自语道,"咋搞的,把我的卫兵撬去当小队长,给我选了这么个新上山的毛头小子。还二当家的,真逗!敢情是入伙当土匪来了。"

受雪儿影响,他对"土匪"这个词并没有什么反感。他自认为长岭山三支队伍中,尚邺英的游击队规矩最多,卢毓奎的独立旅最精于算计,而他们这支"土匪队伍"最爱憎分明。鬼子血洗长岭村桥北头后,夏侯雪带领特别小队到周围各村,把凡是给鬼子带过路、做过饭的都抓了起来，不管富人还是穷人，一律在他们各自庄头一枪崩掉。事后尚邨英说应该区分一下是主动还是被胁迫，哪能不分青红皂白就都杀了。没等夏侯雪说话，梁铁峰就一摆手抢白道："我们是土匪，没有那么些规矩，不管是被动还是主动，都是汉奸行为，都该杀。""说得好！"夏侯雪冲他竖起大拇指，"我就是要让那些软骨头知道，谁他妈的拉裤子当汉奸，就别想在姑奶奶枪口下活命。"日后成立抗日救国军的时候，姜副司令问："都说你们这一带当汉奸的少，是真的吗？"尚邨英说："这是因为我们有一个夏侯雪。"梁铁峰说："还有个郭立刚。"平心而论，几年下来梁铁峰还是从心里敬佩尚邨英的。

他用力晃晃肩膀，活动一下腰肢，椅子一阵嘎吱乱响。

梁铁峰双手一撑椅背，挺直上身，专注地听着东河庄方向时紧时疏的枪声。最后两阵驳壳枪连击后，突然一点声音也没有了。他忽地站起来，急喊一声："老常！"

常参谋长应声跑过来。

"雪……夏侯去东河庄了？"

"肯定是，刚才是夏侯副大队长的驳壳枪在响。"常参谋长说，"击枪快速干脆，节奏明快均匀，两次速射之间几乎没有间歇。在长岭山，除了她和郭立刚，没有人能把枪使得这样出神入化。她一定在东河庄。"

梁铁峰盼咐道："你赶紧派人去接应一下。"

"我已经派一个中队过去了。"

梁铁峰点点头，起身倾听着东河庄方向的动静。

山峦起伏，层层叠叠地铺展到天边。一群麻雀在崖边一棵枝干瘢痕累累的黑松树上盘旋。这深山老林要是突然静下来，还真挺瘆人的。好像这无边的寂静里,处处隐藏着杀机和诡谲。

这雪儿太喜欢冒险,又是个有仇不报就睡不着觉的主。去年春节前,她特别小队的两个战士去相公庄附近执行任务,被一个骑白马的鬼子杀死,她就选了相公庄赶年集的日子,带上几个特别小队战士,大摇大摆地去了戒备森严的相公庄。

进圩子墙门时,她瞥了一眼墙上张贴的悬赏捉拿郭立刚的告示和画像,心里极不服气地嘀咕了一句:"咋整的,把本姑奶奶给忘了。"在集上兜了一圈,买了一大把山楂串,大咬大嚼地往外走。在庄东门附近,她一眼就盯上了那个骑白马的鬼子少尉,对几个战士说:"你们先出城,我要让这里的鬼子头跳一跳。咱们在长岭村西头的文昌阁会合。"说着还没忘把山楂串交给一个战士,笑着嘱咐:"别都吃了,给我留两串。"

等两个战士出了庄,那个少尉也恰好骑马走了过来,夏侯雪笑眯眯地向鬼子少尉一举左手,操着东北腔日语问了声好:"拱你骑马。"少尉一怔,嘴角刚刚向上一挑,笑容还没完成,咽喉就插进了一支飞镖,翻身摔下马来。夏侯雪一把抓住缰绳,扯转马头飞身上马,闪电般冲出门去。

相公庄内一阵喧嚣,鬼子的摩托小队呼啸着追了出来。子弹蝗虫般飞向前面一人一骑扬起的烟尘。夏侯雪拨马奔向通往山上的小道,鬼子的摩托只好一线摆开,火力施展不出,被她的双枪打得车仰马翻。白马一团雪似的卷向一道山梁,夏侯雪扭身扣住扳机,狠狠地泼出一梭子子弹,脚一蹬准备施展轻功钻入山林,白马尖厉地嘶叫一声中弹扑倒,她就地一滚,刚要跃起,右腿一麻,跌倒在地上。鬼子兵号叫着包抄过来。夏侯雪双枪齐发,打量了眼地势,翻身滚下一侧的斜坡,咬住牙一纵身,抓住断崖边的树枝,飞身荡向沟底茂密的黑松林，借着松枝的弹力落在树下，掩身在参差的岩石后，迅速包扎好伤口，不断滚动着变换位置，左手的驳壳枪叭叭连发，扫向拥进断谷口的鬼子，右手的驳壳枪清脆地点击着断崖上露出的脑袋。她知道在狭窄的断谷里，鬼子一时展不开兵力，自己也陷入了绝境，飞镖还有三支，子弹只剩最后一夹了。她从皮靴里拔出一把精致的匕首，吹了吹锋利的刀刃，这柄家传的短刀，今天要饮主人的血了。她想起爹常说的话："争强斗狠是一条英雄末路。"脸上浮上一丝冷笑。

鬼子又嗷嗷喊叫着扑了过来，她理一理头发，举起驳壳枪。

太阳移向鹁鸪崖的西边，风夹带着凉湿的水汽在树枝间穿来穿去，树上的知了似乎喊累了，有一声无一声地应付着公差。梁铁峰捡起块石子往树上一扔，几只知了尖叫着蹿向空中，一股尿液喷射到他脖子上，他伸手抹了一把，脸上浮起一丝微笑，敢情这知了也不甘心任人欺负，出尿跟雪儿出枪一样，够快的。

夏侯雪旋风般刮过来。梁铁峰一把抓住她的手："你没事吧？"

夏侯雪笑笑："看你急的，我能有啥事，郭立刚负伤了。"

得知孙有灿到了东河庄，夏侯雪就率领特别小队赶了过去，正碰上黑狗子们要活捉受伤的郭立刚。她挥动双枪，哗地甩出两梭子子弹。跑在前边的几个全部一个姿势地甩着胳膊，向后翻倒在地上。跟进的战士接着一阵扫射，剩下的黑狗子连转身也没来得及就被击毙在河堤上。夏侯雪抄起郭立刚，小心翼翼地解衣扣，见他左侧肋骨靠近腹部的地方撕开了一个血洞，半根断开的肋骨穿刺出来。"立刚哥呀，再向上移一点你就没命了。"她一把扯下上衣，束成一条，双臂环抱着郭立刚从背后围扎过来，又轻轻整理了一下伤口部位,将两条衣袖系在一起用力一拉。郭立刚睁了睁眼,看看夏侯雪又无力地阖上,软软地靠在她肩膀上。"快,把郭队长抬回山寨,我先回去让鞠先生做好准备。石娃子去尚司令营地通报一声,山寨里只能先救急,郭队长伤得不轻,要让他们早想办法。"见队员们目光都躲躲闪闪的,忽然觉察到自己只穿了一件插满弹夹的紧身马甲,脸一红,嗔怒地挑起眉毛,小伙子们像听到口令似的,头唰地扭向一边。夏侯雪抿嘴一笑,对一个白净脸说:"借一下你的褂子。"三两把剥下他的粗布上衣,胡乱往身上一裹,身影一摇一晃,人就消失在浓密的垂柳枝条后边。

"去我屋里拿件上衣。"卫兵喘着粗气拎来一件白绸褂子,夏侯雪脱下粗布上衣,甩给小卫兵,三两下穿上,顺手拍了卫兵后脑勺一掌:"小毛孩子,脸红啥!"卫兵一吐舌头低头躲到一边。她对梁铁峰说:"你在这里等等他们,这次,立刚哥伤得不轻,我去喊鞠老头准备一下,得先给他抠出弹头。"

立刚哥?叫得真近乎啊,那一路上,她可是喊着"铁峰哥"过来的,咋又喊上立刚哥了。梁铁峰摇头笑笑,咋还吃醋了。这两个人呀,一个是尚郫英的尖刀,一个是独立大队的利剑,硬是较上劲了。闯相公庄据点那回,要不是附近的郭立刚小队及时赶到,雪儿就没命了。这回算是扯平了。

第五章

1

"来,兄弟,抽支烟。"翟义昆小队的副队长林福带着俩兵来到鹁鸽崖,丢给山寨门前的执勤班长一支烟,趁着他点烟,跟站在他身边的何小栓交流了一下眼神,自己也点上一支,"卢司令听说郭队长在山寨治伤,让我送来一盒外国枪伤药。"

班长看着他挺括的军装,羡慕道:"林副队长真阔气。"他瞅一瞅林福手上的烟盒问,"这是啥烟呀?盒子上净是洋字码。"

林福得意地一笑:"尝尝吧,德国烟,卢司令最爱抽的牌子。"

"鬼子烟!呸,我说咋一股屁臭味。"班长像被火烧了一下,把烟扔在地上,"梁大队长说了,德国跟日本是一伙的,都是鬼子。"

林福弯腰捡起来:"鬼子坏,鬼子的东西可都好着哪。"

"鬼子还有啥好东西。"班长口气硬邦邦的,"冬至子,你带林队副他们过去。"

"我去吧。"何小栓抢先迈出一步,"鞠大夫是我送过去的。"

拐过山寨门前的宽道,何小栓掩着嘴说:"拐过前边的路口就到了。"林福示意两个士兵一前一后挡住视线，将一个精致的墨绿色扁圆小铁盒塞给何小栓，说："我们过去会引起常参谋长的警觉。这东西你会用，摁下按钮还有脱离爆炸范围的时间。我在路口等你。"他推一把前面的士兵，"你跟着去对付门口的警卫。"

何小栓不紧不慢地往前走，知道这条小命是完了。来鹁鸽崖之前他在县城的日本特务机关绣江图片社培训了大半年，换了这个土里土气的名字。这回怕是真就要拴在这里了。

"卢副司令派人送来一盒治枪伤的外国药。"何小栓指指独立旅的士兵。门口的警卫伸手拦住他们，压低声音说："正在做手术。"屋里传出弹头落在瓷碗里的清脆声响。"第四颗。真是个铁人。好啦，上完药命就暂时保住了。"是鞠大夫的声音。

何小栓突然推开门："卢副司令送来一盒枪伤药。"拇指在小铁盒一侧的红色圆点上一按，递给迎上来的夏侯雪。

"炸弹！"常参谋长大喊一声。

夏侯雪缩回的手弹簧般往门外一甩，飞脚踢上屋门，迅速拧身扑向床上的郭立刚。常参谋长抱住鞠老头倒在地上。

一声焦脆的爆炸，木屋门被震开，半扇窗户掀翻在屋里，门前炸出一个水桶大小的坑，坑边躺着三具尸体。

林福和那个士兵已冲出大门，迎面撞上匆匆赶来的宋子辉和几个游击队战士，转身想拐向路边的山坡，被追过来的独立大队战士一阵乱枪击倒。

"留活口！"常参谋长喊着飞奔而来，见林福和那个士兵已经成了筛子，恼怒地一跺脚，拉着宋子辉冲回小木屋，又匆匆奔向大队部。

梁铁峰听完汇报，从笔记本上撕下一页纸飞快地写了几行字，交给他吩咐道："你安排一中队长带几个人，抬上林福的尸体，送到卢副司令营地，把刚才的情况如实告诉他。"

山寨笼罩进沉沉暮色里，一团团湿冷的雾气顺着山崖翻卷上来。

梁铁峰、夏侯雪和常参谋长围坐在石桌前。常参谋长担忧地说："这次不知他们两家会不会闹起来？"

梁铁峰呼出一口气道："闹，也不会闹大。分手倒是迟早的了。这颗炸弹不仅仅是扔向郭立刚，也是扔在咱们三支部队之间的，目的是借此挑起三家的猜忌和仇隙，把长岭山搅乱。可惜林福几个都死了。"

"那个炸弹是个线索，我们在东北吃过它的亏。"常参谋长说，"日本作战部队不配备这玩意儿，只有他们的特务才使用。"

梁铁峰"噢"了声，脑子里风一样掠过一连串蹊跷事。去年他和夏侯雪在夜间经过游击队营地时遭到黑枪袭击，好在他和雪儿都不是好多想的人，在第二天尚邨英亲自登门询问时，哈哈一笑就过去了。今年春天，三支部队联合行动，在长岭村以西的西河庄截击伪军押送被服的车队，结果却中了日伪军埋伏。当时他和尚邨英、卢毓奎都发狠要查出给鬼子通风报信的人，但由于没有任何线索，也就不了了之了。打那以后，大家都警觉起来，山上安静了好长时间。现在又冒出来一颗日本炸弹。看来，那双眼睛一直在暗中窥视，随时伺机下手啊。他脱口叫了声"雪儿"，问道："你还记得我那位来劝降的老同学吗？"

夏侯雪一怔，答道："咋不记得。日本鬼子占领济南不到半年，那位戴眼镜的方鸿铭就来了。现在看来，日本特务一开始就盯上了长岭山。那天，见你那个热情劲，我还忙不迭地倒上一壶酒，做了几个拿手菜呢。"

梁铁峰扑哧一笑:"你那叫拿手菜呀?好肥的一只大斑鸠,愣让你给炒煳了。"

"那也是一份心意。"夏侯雪见常参谋长在一边偷着乐,脸腾地红了,"要早知道他后来放了那么多狗屁,煳的也不让他吃。"

梁铁峰赶紧摆手妥协:"对对对,煳的也不让他吃。"

方鸿铭也是吴老教授的弟子,两人谈起老先生死于非命,都唏嘘不已。正聊得热络,方鸿铭突然话题一转,说:"铁峰兄,你这位化学天才,就这样扔在山沟里,岂不暴殄天物。这样吧,看在老同学的分上,我举荐你去一个地方。我敢说,那里的科学实验条件,绝对是当今世界一流的。那化学实验室,咱们当年燕京大学的根本没法比,我保证你一头钻进去就不想出来了。"

梁铁峰停下筷子,等着他说下去。夏侯雪的目光在两人脸上穿梭,神情有些紧张。

方鸿铭不紧不慢地揭开了谜底:"北平的香山实验室,听说过吧?"梁铁峰眉头一蹙:"听说那里的后台老板是日本人。"方鸿铭一笑:"管他谁当后台老板,咱们只要能搞科学研究不就行了。打日本人不差你一个,搞化学研究你可是不可替代的人才呀。打仗,那是军人的事,咱们知识分子瞎掺和啥,战争一结束,军人就不吃香了,可啥时候也离不开科学家啊。"梁铁峰拿筷子在碗沿上敲了敲:"这么说,你就在香山实验室干过?"他冲夏侯雪一点下颏,"陪我老同学喝一杯。"夏侯雪冷着脸,端起杯子往方鸿铭脸前一划拉,一口喝干。方鸿铭也端起酒杯,矜持地轻轻抿了一口。"咋着,不给面子呀?"夏侯雪拉下脸,朝他亮亮杯底。方鸿铭只好也一口喝下去。

夏侯雪一连跟他喝了六杯。他站起来鞠躬作揖向嫂夫人告饶，说啥也不喝了。夏侯雪看他满脸通红，也就放了他一马。他赶紧再拱手道谢，但看女主人的眼神已经有点孟浪。"铁峰兄艳福不浅呀。"他搂住梁铁峰肩膀，"不瞒你说，兄弟我就在香山实验室待过一段时间。你去了后，他们会给你提供最好的条件。依你的天分，埋头搞上几年，必然会像吴老先生所预言的那样，成为化学界的翘楚。"梁铁峰看着他不说话。方鸿铭抚着额头想了想，又说："你要实在不愿去北平，济南也行。辛树卿就在济南干过一段时间。还记得他吗？虽然不是咱们的同学，但吴老先生不止一次让咱们看过他的论文，你还想让我约他见个面，后来局势一乱就搁下了。济南的泺源公馆你该知道吧？条件也还不错……"他突然截住话头，觑一眼脸色阴沉的梁铁峰，摘下眼镜擦了擦又戴上。

"说呀，咋不说了？泺源公馆，我知道呀，太知道了。"梁铁峰伸出食指和中指敲打着石桌。夏侯雪瞅一眼方鸿铭，又看看梁铁峰，不明白铁峰为啥动了气。她不知道泺源公馆是一个臭名昭著的日本特务机构。

"老同学，你听我说……"方鸿铭按住梁铁峰的手。梁铁峰一把甩开："别叫我老同学。你自己甘愿做亡国奴也就罢了，竟然还跑到这里来，给日本特务机关做说客！"方鸿铭惊惶地站起来："啥特务机关，干吗说得那么难听，香山实验室也好，泺源公馆也罢，无非就是为战乱中的中国知识分子提供一个读书研究的场所。当年跟你一样闹学潮的同学，现在好多都在香山实验室。"梁铁峰端坐不动，指指门口："你走！看着吴老先生的面子，我今天放你条生路。"

夏侯雪用力拍拍梁铁峰："嗨，嗨，别想他了，反正你那老同学早在山沟里喂了狼。"她笑着对常参谋长说："那天，方鸿铭离开不远，就被我拎到悬崖边，一刀割断了喉咙，扔到了崖下。拒绝劝降的最好办法，就是把劝降者的脑袋割下来。你不知道，咱们的梁大队长一翻弄他那些化学书，就直叨咕，可惜没法做实验。我杀了那小子，就没人敢再来忽悠他了。要不，我那时真担心，说不定哪一天，他一展翅子就飞到城里去了。"

常参谋长哈哈大笑："你可真行。敢情那一刀，是公的私的都有哇。"

梁铁峰板着脸摆摆手，伸出食指在桌面浮土上写下一个"辛"字，又噗地吹掉。

常参谋长敛起笑容："你是不是该去见见尚司令和卢副司令？特别是卢副司令，他可是处理这次暗杀事件的主角。我可听说在一些事上，他常常受制于身边的人。"

"算了吧，就他那股说一不二的霸道劲，谁能治得了他。"夏侯雪不以为然。

梁铁峰笑笑："其实越是霸道专横的人，才越容易被身边和手下那些心怀鬼胎的人利用，因为这类人都善于恭维，霸道的人又十有八九好这一口。"

"独立旅的一个营长也是东北人，我们常在一起说闲话。他告诉我卢毓奎自以为将独立旅一把抓得滴水不漏，其实许多事情都被他的军师和翟义昆几个人暗中把持着，把他瞒得密不透风。"

"尚邨英、卢毓奎都是有大器量的人，跟我不一样。打完鬼子我肯定会再进实验室，他们可是眼睛盯着天下的。处理这次暗杀事件，不用我去说道，他们不会纠缠不休。你们注意没有，这两个人挺有意思。尚邨英人称小诸葛，一肚子奇招怪招小道道，可目光总是盯在大局上。我的老同学卢毓奎，总是胸怀大略，说是不屑于琢磨小事，可遇事一搭眼，往往又盯在了小地方。我倒是担心这位老同学，是个历来就不会甘居人下的角儿，他的部下成分又太复杂。"

"是呀，他们号称独立旅，可下面没有团，营和中队、小队混在一起，又各不相属，直接听命于卢副司令。那个林福是独立旅小队长翟义昆的副职，翟义昆和孙有灿，还有卢毓奎，又都是套着亲戚的。"

夏侯雪接过话头："听说在国共两边拉锯的时候，郭立刚他爹和翟义昆他爹结下过很大的梁子。"

梁铁峰摇摇头："郭翟两家的仇怨结得太深，炸弹的事咱们不好掺和，就静观其变吧。不过我敢保证，这事就算是翟义昆指使的，也绝对是瞒着卢毓奎的。"

2

翟义昆被传进指挥部好长时间了，卢毓奎一直脸色铁青地坐着，叉开双腿不看他也不说话。

翟义昆翻眼瞅瞅他，拉过桌前的凳子。"站着！"卢毓奎仍然不看他。

"不管咋说，他也是我表姐夫。"翟义昆脖子一梗，"要杀要剐，也轮不到他郭立刚下手。"

卢毓奎狠狠拍一把桌子，喝道："孙有灿早该死上一千次了！长岭村血案、西河庄血案，哪次没有他！表姐夫？就是亲姐夫，让我撞上也得崩了他。汉奸卖国贼，人皆得而诛之。就凭你胆敢偷偷地指使人暗杀锄奸英雄，我就该把你当汉奸毙了！"

"你以为我不会？"翟义昆瞪眼喊道，"我早就想崩了他了。要是认定暗杀是我指使的，你现在就毙了我！"

卢毓奎舒出一口气，脸色平缓了许多。翟义昆又恨恨地说："他郭立刚凭啥……"

卢毓奎一指头戳断他的话，聚起目光盯住他的眼睛，直盯得他低下头，才点着他的额头，说："你还记着当年那些事是吧？别忘了，如今大家都面对着日本鬼子。是个男人，就不能往自家兄弟肋巴骨上捅刀子。要想算那些陈芝麻烂谷子的旧账，等收拾完小鬼子，你们找块空场子，一对一地去算清楚。你干的算啥事？郭立刚被黑狗子追杀时，你为什么按兵不动？就凭尚邺英的聪明，能看不透这些事？可人家到这儿不哼不哈，只不过不去捅破这层窗户纸罢了。就凭这份大度，真让我感到羞愧！"卢毓奎的火气又忽地蹿了上来，大喊一声："来人！"

门外两个士兵闻声跑进来，卢毓奎指着翟义昆，喝道："把他给我关起来！"

两个士兵架起翟义昆的胳膊拉出门去。军师紧跟出去，对两个士兵使了个眼色，叮嘱道："就把翟队长关在他的房间里，门口撂上个站岗的就行了，别难为了他。"他回头看一眼司令部，搂住二人肩膀，低声说，"再咋说，人家都是表兄弟，打断骨头还连着筋呢。脑子可别装上糨糊。"

两个士兵犹豫着松开手，翟义昆哼了一声，毫不领情地横了军师一眼，用力晃晃膀子。他从心里瞧不起这个浑身阴气的骨头架子。偏偏表哥把这个家伙当作心腹，倒对他这个亲表弟动不动就训斥。

军师轻咳一声，看着翟义昆，眨眨眼。翟义昆理也没理，仰脸进屋，咣当甩上门。

"这头邪驴又犯犟了。他娘的尥蹶子踢了自己脑袋,把正事都忘了。"军师朝远处的大胡子招招手。大胡子是翟义昆背着他表哥偷偷从保安军弄来的"新兵",中间人就是那个来"卧底"的教官。"那小子准是看上了这头邪驴的没脑子又自负。他俩瞒得了卢毓奎却瞒不了我。今晚的事离不开这头邪驴。有他和大胡子在前台,我他娘的进退都有余地。"

"兄弟,这节骨眼上可犯不得犟。"军师进屋搂住翟义昆肩膀,满嘴臭气都喷在他脸上。翟义昆扭头避开。军师贴身绕过去:"兄弟呀,小不忍则乱大谋哇。"翟义昆干脆一把推开他,粗声问大胡子:"都安排好了?"军师"嘘"了声,紧紧贴到门上。

大胡子用力点点头。这家伙倒人粗心不粗。

军师背了手往司令部走去。卢毓奎刚拉起队伍时号称"独立旅",可上上下下都叫他司令。救国军成立后,他不准再叫司令,可军师和翟义昆他们仍然司令司令地叫,他呵斥过几次,也就由着他们去了。

大胡子朝他的背影看了好久,心道:这军师咋没有腚,两条瘦腿就跟挂在腰上似的,悠悠晃晃的,像谷子地里吓唬麻雀的麦秸人,看着就不牢靠。

卢毓奎两手搭在椅子扶手上,似笑非笑地看着军师。军师脊背毛刺刺地不自在起来。卢毓奎呵呵一笑,道:"我这个表弟从小就好勇斗狠,脑子倒也算聪明,可他的聪明总透着那么一丝邪气,你觉得呢?"

军师揣摩着司令的话,一时没接上茬。亓副官一笑,把话揽了过来:"翟队长打仗是员猛将,虽说性格有点邪乎,但大事上还不至于犯糊涂，暗杀事件绝对与他无关。我看，应当是特务们干的。种种迹象表明，日本的特务组织已经渗透进了长岭山，林福极有可能就是他们的头目。"

卢毓奎点点头。亓副官是在他拉起队伍不久，被保安军推荐来的，为人低调，虑事周全，深得卢毓奎信任。

军师把话在心里滤了一遍，才慢声细语地开口说："上阵亲兄弟，打仗父子兵，在战场上身边还是要有自己人，心里才踏实。那边给咱们派的啥指导员，咱们为啥都给退了回去？不就是不想让人家给自己眼睛里揉沙子吗？"他观察了一下卢毓奎的脸色，话锋一转，"司令啊，平常义昆那些话不是全没道理呀。咱们请来的教官不是说过吗，等尚邨英他们成了气候，富人的财产都得分给穷人。保家卫国，保住家才能卫国嘛，您在战场上跟鬼子拼，到了却连家里的财产都保不住，这咋说也说不过去呀。"

卢毓奎轻轻敲击了下桌子："打住。我告诉你们多少遍了，抵御外侮之际，谁也不许搞窝里斗。"

军师撇了下嘴，顺着卢毓奎的树干往自己的枝头爬："司令啊，咱不搞窝里斗，咱们自己打鬼子还不行吗？连保安军的大官都夸您学历高会打仗，咱们又人多枪好，手里又攥着大半个军械所，何苦窝在他尚邨英手下，给他们当小媳妇啊。谁看不出啊，你这个副司令就是个虚衔嘛。"见卢毓奎脸色一阴，知道戳中了他的心结，就趁势又往上蹿了一截，"他尚邨英凭啥当司令？不就靠山北的共产党部队撑腰吗？人家有靠山，咱也得找靠山啊。他们在长岭山跟共产党干，咱们拉出去跟国民党干，都是打鬼子，何必非捆在一块儿呢？我看共产党的来头，现在拉您一块儿干，不过是权宜之计。再说了，国军早晚也得收拾共产党，您跟尚邨英是断不会走到底的。

您看咱们的司令部，就是随时都会搬家，也摆得排排场场，再看尚郸英他们那破庙，像个叫花子窝似的，明摆着就不是一路人嘛，您早晚得跟了国军。您家老爷子都跟国军谈好了，连少将保安旅长的委任状都已拿到手，您还犹豫啥？"

卢毓奎瞥他一眼："你是眼馋那个少校参谋长的头衔吧？"

军师倒也坦率："男人嘛，谁不想脑后头晃着个乌纱翅。总比跟着共产党钻一头高粱花子强吧。"

卢毓奎摇摇头："我拉队伍就是为了打鬼子，再说，人家尚郸英从没做出什么对不起我的事，我岂能背信弃义。这话，打完鬼子再说。"朝门外摆摆手，将还想说话的军师摆了出去。

"这事，你怎么看？"

亓副官琢磨了好长时间，才不紧不慢地开口："大主意还得您拿。军师他们都是站在各自立场上，打的是小算盘。""噢——"卢毓奎耸耸眉毛，示意他说下去。"眼下，我觉得咱们还是不离开长岭山为好。这些年打到这么个局面不容易，脚下毕竟是咱们自己的地盘，一切都是您说了算。一旦拉出去，您可就得听命于人了。"

卢毓奎点点头："参谋长这个位置，还是你来干合适。"

"我可没这个想法，更没这个能力。我还是给您当这个副官最合适。"

门外响起尚郸英的声音，卢毓奎起身迎出去。

离开的时候，尚郸英满面笑容，卢毓奎拉着他的手送出很远。尚郸英对何苇杭说："亓副官是个人物。别看话不多，眼光和格局都不低。"

"他的话分寸拿捏得很好，离到位总还差那么一点，可意思都到了，挺符合副官身份。这的确是个人物。"苇杭突然说，"咱们去看看立刚吧。"

"这个时候不合适吧？估计也就刚做完手术，医生肯定还在那里，你我目标太大，你家里又人多眼杂。"

3

睡觉的点过了一个时辰，何家堂屋的灯还亮着。铜头烟袋锅吐出的烟雾缭缭绕绕飘满了堂屋，烟袋嘴还含在唇间不紧不慢地吧嗒。

老张头和胖厨师的目光顺着一缕缕烟雾上上下下，就是不敢落在何如山半眯的眼上。何如山也不看他们，又从那个印着洋文字码的白铁皮扁圆烟盒里捏一撮烟丝，按进烟袋锅用拇指压实，快速连吸几口，屏住气张开嘴唇，丝带般的烟雾慢慢逸出，缭绕着散开。胖厨师低下头，这样只吸不咽的时候，东家的烟袋就是个想事的道具了。想啥呢？自然是跟刚才后院里的动静有关，也跟他和老张头有瓜葛，要不为啥把他俩叫来。

何如山轻咳一声。两人齐刷刷看着他。他却又垂下眼皮。游击队把重伤员送到何家，也不是一次两次了，可这回真的让何如山左右为难。前几次的事早就被便衣特务们探到些风声，对何家盯得很紧，立刚受伤的动静又那么大。更要命的是日伪军对郭立刚恨之入骨，倘若何家大门门缝里透出半点风声，郭立刚在何家出现闪失，那何如山就会百口莫辩。这个苇杭呀，早已不是当初的大小姐，咋还这样不管不顾？她应该知道，大哥不是个容不下事的，可凡事都有个限度。郭立刚和茜茹的事，已然在长工里传开，肯定也早已泄露到院外。这个时候把受伤的郭立刚送来，让他这个茜茹的公爹何以言辞？接到苇杭报信后，管家立即让常妈关上通往后院的门，接着去铁匠铺找何一钳，叫他去地里把长工们分别派到其他村的何家铁匠铺帮忙，不管干点啥事，今晚上都不能再回来。太太也按照管家的建议，叫林妈替她给娘家送封急信。剩下的就是管家最担心的眼前这二位。老张头无家可归，胖厨师的家远在济南。这两个角儿平日里最让管家头痛，一个倚老卖老浑无顾忌，一个爱显摆好嚼老婆舌头。俩人又都好揽事包打听。管家担心的果然不错，后院刚有动静，两人屋里的灯就都亮了。

烟袋终于放下了。老张头和胖厨师提起来的心还空悬着，手依然安安稳稳放在膝盖上，浑身拘得难受。搁在往常两人早该逗上嘴了。老张头巴眼看看何如山又快速闪开，这少东家摆起架子，敢情比老东家厉害多了。

"胖子，晚上的苦菜炒肉片做砸了。"何如山从条几上捏起两棵野菜，说，"别把眼睛睁这么大，听我说说你砸在哪里。"他把两棵野菜抖了抖："这一呢，识菜不准。你把苦菜和蒲公英掺在一起炒，不知道这是两种野菜，你看，苦菜叶子是向上长成一丛的，叶子的后半段才有锯齿。蒲公英叶子则平铺着生长，整片都是锯齿状。这两种菜都性寒味苦，苦菜外苦，蒲公英内寒。放在一起炒，寒气重伤脾胃，苦味杂伤口感。这二呢，配伍不对。比之春天初发的鲜嫩，夏天苦菜更多了些苦涩，你用嫩葱为伴，起不到中和作用，若以老葱根相佐，则可调苦去涩。再者，葱花炝锅显然味道不够，应用干红辣椒和老姜，以平衡苦寒之气性。这三呢，做法欠妥。你将肉勾芡菜泼油，做出来的菜倒是精细光亮，却没了泼辣的野味。山野菜嘛，没了野味能品的就所剩无几了。像贾府的菜，左一道右一道的，把程序走过来，哪里还有食材原本的口感，纯粹是吃钱了。"

老张头看着东家数落胖厨师，心里一乐又得意起来，拐拐胳膊肘小声问："贾府在哪个庄？""在书庄！"胖厨师没好气，一肘子拐回去。

何如山没理会两人的小动作，将灭了火的烟袋又掂起来，吧嗒几口，自言自语道："这今后哪，我怕是吃不上胖子做的菜了。"

胖厨师与老张头面面相觑。"么？这个么……"胖厨师汗水湿了前胸，"老爷这话，这是咋说的？您别吓唬我呀。"

老张头架起右腿抖了抖，耸起鼻子，满脸幸灾乐祸。

何如山将烟袋啪地拍在桌子上。胖厨师缩了缩脖子，老张头麻利地放下腿。"你们两位，一个是当年老爷子看中的人，一个是我从济南带来的，都有仗恃呀，拿家里的规矩不当回事，连管家也不放在眼里。这个家是盛不下你们这两尊神了。明天你们就收拾收拾走人。"

两人互相看看，一脸无辜地望着何如山。

"不服气，很委屈，是吧？那就听我说说，胖子跟着你叔长大，也算个识文解字的人了。还有你，老张叔，年纪辈分都不小了。可你们老是盯着女眷集中的后院，串通那些上不了台面的闲言碎语，把家里的叽叽喳喳都传到大街上去了。你们置何家脸面于何地！"

胖厨师垂下头，油光的脸上冒出汗。老张头按住他肩膀站起来，被何如山隔空一压手按下："不要拿老太爷说话。何家一定会给你养老，我给你在老家盖处房子，派人伺候，保你生活无忧。这不算违背他老人家承诺吧？"

"我是死也不会离开何家的。"老张头又站起来，眼里含满泪水。胖厨师干脆哽咽起来："我叔嘱咐我伺候您一辈子，回到济南我连家门也进不去呀。"

何如山也动了感情:"我也舍不得让你们离开呀。不过今晚后院的动静非同小可。你们要是管不住自己,再不知轻重地去打听、探究、议论,传出去一点口风,就会给何家招来血光之灾。"他摆摆手,止住急于说话的两个人,"你们还是好好琢磨琢磨我刚才的话。"顺手又拿起两棵野菜,垂下眼皮,摘下片苦菜叶放进嘴里嚼嚼,咂砸嘴唇,呡口茶咕噜几下咽下,又摘下片蒲公英叶放进嘴里细细品味。两棵野菜的叶子快摘光了,他还不抬头,好像忘了屋里的两个人。

老张头先憋不住了,又站起来说:"东家您放心,要是从我嘴里再说出后院的半个字,我立马走人,不让何家给我养老了。"

"你说啥,走人?"何如山冷冷一笑,眼里射出锋利的精光,"要是你们透出半个字,还能离开这个院子吗?"

老张头和胖厨师脊梁一紧,脸色唰地变了。

何如山过来拉住他们的手:"在这个院子里,你们都是对何家最有感情的,这我知道。要不是信任你们的人品,今晚把你们直接支走就是了,何必把二位叫到这里来。我就把话直接挑明了吧,今晚游击队有个受重伤的重要人物,正在后院抢救,估计会住上几天。"

两个人缓过神来。何如山按住二人肩头:"你们知道轻重就行。今晚我可是把伤员和何家的安危都和盘托给你们了。"

"老爷放心。"老张头双手颤动,"咱家有事我肯定第一个冲上去。"何如山轻轻笑道:"好了。你先悄悄去前院转一圈,听听街上的动静。胖子,按我说的再炒一盘苦菜,咱三个喝一壶。"

何如山总算稍微踏实了一些。这个老张头,从他执掌何家以来,可是头一回当面叫老爷。一身短睡衣的太太从卧室出来,偎在他身边:"进去睡一会儿吧。"他俯下头嗅嗅她光滑的头发,半拥着

083

把她送进卧室。

"今晚这觉咋还能睡得成哟。"

何如山哄下太太，摸起床头柜上的小相框，踮脚回到客厅，端详照片上的夫人和大儿子，满脸喜气的玉樟眼睛里英气炯炯。这是玉樟结婚后照的全家福。年轻的太太进门后，把照片镶起来放到床头柜上，说他晚上想起太太和玉樟，睡不着的时候，看看他娘俩的照片，心里也许会亮堂一些。这位续弦颇有些心机，可心眼并不小气，孩子们都还挺接受她的。这叫他省了不少心。

他装上烟丝，划洋火的时候火头折断了，带着一道火光落到门前。门外的黑暗里纠缠着暧昧不清的细碎动静。人这一辈子啊，好多事总是等到过去了，才把其间的不近情理想透彻，得一个毫无意义的明白在心里七上八下、翻来覆去地后悔。要是人生能够再倒过去活一遍，就是活不成圣人也能混成个妖精。

胖厨师敲门："老爷，菜做好了。"

"我累了。你们吃吧，悄没声地少喝点酒，听着外面的动静。"何如山倒了点威士忌，晃晃杯底的酒，心底的苦涩又慢慢涌起。

他的头一桩婚事是由爹一手包办的，婚后他对摇着一双小脚不通文墨的夫人一直不冷不热。几年后二儿子出生，他奉父命去济南协理商务，将她冷落在乡下。这位大户人家出身的何家长媳，白天代替丈夫撑持家务，时常忍受妯娌的冷言冷语，晚上独自躺在宽大的床上，听着另一边厢房里弟媳故意声张的嬉笑和娇嗲，胸口憋着团火，却又作声不得。何如山偶尔回家看看孩子，总是来去匆忙。晚上回到屋里，她的话总也和他搭不上茬，丈夫不咸不淡地应付几句就睡了，她有多少苦楚也说道不出，慢慢抑郁成疾，经常在夜间发烧咳嗽，一到白天就又挣着口气操持忙不完的家务，不想叫妯娌们看笑话，病就耽搁了下来。何如山被父亲赶回家不久，知道了这位大少奶奶在家里遭受的挤对。在济南孟浪了几年的他顿感悔愧，一跺脚就又回到济南，通过大掌柜告诉父亲，要么把二弟、三弟夫妇都叫到济南，要么他带着老婆去青岛投靠老亲另起门户。父亲气得把那个祖上传下来的茶壶摔到地上。大掌柜急忙温言相劝："大少爷做了些过头的事不假，可那是因为他年轻气盛，也是叫世道潮流给推的。要论经商的胆识才干，您背地里可没少夸他，说将来咱何家的商业还是得靠他传承。"父亲憋了半晌气，一挥手，依了他，叫他滚回老家去。他这才敢进屋见父亲，行了跪拜大礼。接着就从济南请来医生坐家给夫人诊治调养，一年时间她就逐渐康复，脸色也红润起来。何如山在日常琐碎中，慢慢体会到夫人的贤淑温良。这才刚刚有疼有热地做了几年恩爱夫妇。

　　坐在穿上寿衣的夫人身边，他觉得偌大的宅院突然让她给抽空了，一向习惯了按夫人指令运转的家失去了方寸，乱糟糟没个头绪。大儿子玉樟在青岛艺专毕业后，他听从老师建议，把玉樟送到上海学习法语，为赴法国深造做准备。她却因此日夜忧心，一天天掐着指头算计日子，害怕大儿子一翅子飞走就再也见不到了。这样拖拖拉拉地就勾拉起旧疾。他急忙派人去济南，托大掌柜请那个医生给玉樟打电话。玉樟带着新婚不久的妻子茜茹回家时，医生已经诊治了几天。他见母亲气色不错，跟她亲亲热热地待了三天，就留下茜茹照顾母亲，急着赶回去参加结业考试。夫人抓着玉樟的手不放。何如山安慰她："考完试他就回来准备出国，过几年，咱儿子就是个留过洋的大画家了。"当天晚上她又突然发病，吐血不止。医生加大剂量注射盘尼西林，丝毫不见效果。临天明的时候，她喘息稍定，拉着何如山的手，说："谢谢你让我见了儿子一面。不用再去买那啥针药了,一袋子面粉的钱呢,省下吧,我不行了。这时走也好,能让儿子把我送到坟上。只是对不住你了。这些年,你让我体体面面地做了几年何家的大少奶奶,你放宽心,我挺知足的。"何如山泪眼婆娑:"你早说啊,不想让儿子出国,咱不叫他走就是了。"

"哪能呢,你是为了孩子的前程,再说,你定的事,我咋会拦着。"

玉樟突接噩耗悔痛不已,一路上心急火燎,又悲伤于心,导致感染风寒,回到家在母亲灵前哭祭时一头栽倒地上,被架到屋里就高烧痰喘,卧床不起。何如山当时心里只有躺在棺材里的亡妻,以为大儿子只不过是悲伤过度,哭出来也就好了,没有觉察玉樟已重病在身。等接待完吊唁的亲朋已是深夜,他急匆匆赶去看望,大夫说大公子不过是偶感风寒,又加上急火攻心,吃过两服汤药已见大效,高烧也退了,无大碍的。

出殡那天云厚风冷,何如山不顾众人劝阻,坚持让玉樟为母亲执幡摔瓦,说他是长子,岂能不尽孝子之礼。棺材刚抬出大门,大雨就瓢泼而下,撒向空中的纸钱没等散开,就被打落在泥地上。玉樟拖着沉重的双腿,被架着跌跌撞撞走在送葬队伍的前面,等到把瓦摔碎,就哇地喷出口痰血,瘫倒在泥水中。何如山大吃一惊,慌忙叫人抬回去请医生诊治,可玉樟已紧了牙关,灌不进汤药。等第二天一早济南送来盘尼西林,儿子已气若游丝回天乏术,拖到深夜就随母亲去了。

何如山捶胸顿足号啕痛哭,在满地泥水的院子里打滚。

门外静寂无声。他重新划着洋火,狠狠吸口烟,喉咙里呛出一串咳嗽,心里扯天扯地的雨,喧嚣成满脑子混沌的悔痛。他可是一向对大儿子玉樟寄予厚望的呀。

太太揉着眼走出来，一身翠蓝丝绸短睡袍衬得肌肤莹白如雪。她轻轻将窗户拉开道缝，坐在他身边。

烟雾已在何如山头顶笼成一团，他还在一口接一口地吧嗒，从鼻孔里冒出的烟沉落到胸前，许久才翻卷上来。一想起前妻和长子，他吸烟就特别深长，一口吸进去憋半天才噗地喷出。自从嫁到何家，她就喜欢看他平时吸烟的样子，半闭着眼睛不疾不徐，一脸神仙似的似笑非笑，吐出的烟气也轻松地缭绕舒展，很快就丝丝缕缕飘散开，惹得她心里痒痒的，很想也拿过烟袋抽一口。

泡上壶玉兰片，她温婉地抚摸他虚放在桌子上的左手。何如山吁出口烟，反手握住她的手背，像过了盛花期的花萼托着依然鲜嫩的玉兰花瓣。

"少抽一点吧。"她从何如山嘴里拔出烟袋，倒上杯茶塞在他手里，悄没声地陪着他想心事。

二儿子结婚后，老太爷把孙子叫去济南历练。何如山也没征求父亲同意，就让二儿子带上媳妇一起去。他这个做父亲的，是担心儿子重蹈他的覆辙。半百年龄的何如山心性还很年轻，脾性又豁达直爽，婚后不久就把家里之前的大事小情都断断续续地抖搂给她。叫她深感愧疚的是，到如今她也没给何家生个一男半女。头些年他还安慰她，沉住气，有种子有地还愁长不出庄稼？可她这块地咋种也没有一粒种子生根发芽。后来何如山就不许她再提这个话题，说这样倒也挺好，省得前一窝后一伙的，你我都不好相处。她知道丈夫心里其实很迫切地想让她生个女儿。

后院小门开启的声音响起。何如山走出屋门，望向东西厢房的耳屋，窗户黑沉沉的，没有一丝动静。管家的脚步很沉稳。看来郭立刚挺过第一关了。他抬起头，对着夜空舒出口气。

第六章

1

两天后的半夜时分，长岭山下了一阵急雨。雨过后天色浓黑，空气湿热憋闷。

在独立旅营地西边的半山小路上，匆匆行进的卢毓奎部迎面撞上横在路上的郭立刚小队。扑扑闪闪的松明子将黑沉沉的夜色挖了个洞，映出洞窟里一张张石像般的脸膛。

郭立刚小队在副队长带领下，整整齐齐地排在路上。战士们武器都背在肩上，左手举着燃烧的松明子。副队长跨前一步，对走在前面的翟义昆说："翟队长，请转告卢副司令，我有重要情况报告。"

"啥鸡巴重要情况。"翟义昆用枪顶一下帽子，讥讽地一笑，"告诉你，现在我表哥不再给你们当啥副司令，咱们两支队伍没什么关系了。让开，别耽误老子赶路。"

副队长冷冷一笑："翟队长为啥这样急？心里有鬼吧。"

翟义昆拔枪一抡："弟兄们，给我冲！"

郭立刚小队的战士们扔掉松明子，哗啦一声持枪在手。

翟义昆挥枪点向副队长,被他左手一把拧住手腕向外一拨,右手持枪抵住他的胸口:"翟队长,你弄那些下三烂在行,动这个,差远了。"

翟义昆轻蔑地一斜眼:"你们这些个三脚猫的功夫,在战场上有屁用。"

翟义昆小队的战士冲在前边的猛地刹住脚,后边还在往前跑,场面一片混乱。

卢毓奎策马过来,大喝一声:"住手!"

几乎同时,尚邨英、宋子辉也飞奔过来,喝令郭立刚小队收枪后退。

卢毓奎翻身下马,把缰绳向身后一扔,站在尚邨英面前。

尚邨英面色平静地问卢毓奎:"卢旅长这是演的哪一出啊?"

"哪一出?"身后的军师先嚷嚷上了,"刘皇叔出走甘露寺啊,再不走就掉脑袋了。今晚上,你们郭立刚小队的人突然袭击了我们的翟义昆小队,打死了我们五个弟兄。咱们惹不起,还躲不起吗?只好另谋前途了。"

"尚司令,暗杀郭队长一事,我也正在追查,你们郭立刚小队的人咋不分青红皂白,就向我的部下动武呀。"卢毓奎说着嗓门高了起来,用马鞭子狠狠一敲马靴,"让我这当副司令的如何向部下交代?"

尚邨英沉稳地一笑:"毓奎兄先别发火,能不能让郭立刚小队的副队长说几句话?"

翟义昆小队的人一阵起哄:"说啥,我们不让他偿命就便宜他了。"

"弟兄们,别听他扯淡,走哇!"

"让开，让开。大路朝天，各走半边，好狗还不挡道呢。"

卢毓奎眉毛一扬，吼道："住嘴！"

人群静了下来。副队长跨前一步，啪的一个敬礼："报告卢副司令，刚才的那场火并，现场躺着穿我们服装的尸体。我们小队除郭队长养伤外，全都在这里，这是花名册，请您挨个点名。"说着递给卢毓奎花名册。

军师伸手抢过去："花名册还不好编造吗，拿我们当小孩子耍呀。"

副队长没理睬他，又向卢毓奎敬了个礼："刚才我们大致清点了一下翟队长小队的人数，您也可以再清点一次，看看是不是缺了五个。"

卢毓奎脑子里急速闪过发生枪战后的一幕。

枪声过后，翟义昆小队的通信员一头闯进司令部，报告他们小队遭到郭立刚小队袭击，死了五个弟兄。接着翟义昆连喊加叫跑了过来："你想大义灭亲，关了我的禁闭，倒让人家趁机向我的弟兄们下了手。表哥，人家把刀搁在咱们脖子上了呀。不行，我跟他们拼了！"拉一把通信员，"走，给死去的弟兄们报仇去。"卢毓奎喝止了他们。军师拍了下桌子："他们眼里哪里还有你这个副司令。你讲义气顾大局，不跟他们计较，可这地方你还待得下去吗？这是尚邨英逼咱走哇，当断不断，反受其乱，卢司令要走阳关道，正好乘此机会迈出这一步。司令，走吧！"卢毓奎沉着脸不说话。特派员颇不耐烦地说："卢旅长呀，你还犹豫个啥，舍不得共产党赏给你的副司令吗？难道你要逼着保安军收回成命不成？"卢毓奎依然不说话。翟义昆小声嘀咕："你甘心给人家当小弟，说不定人家还以为你离了拐棍就站不稳呢。""扯淡！"卢毓奎抓下军帽往桌子上一摔。

军师一阵高兴,还是翟义昆知道他表哥肚子里哪根虫子好挑动,一句话就将这小青年的血性激发了起来,这下跟尚邨英学的老练装不成了。他朝门外喊了声:"亓副官,集合部队。"

卢毓奎目光锋利地从军师和翟义昆脸上一刮,眼睛里掠过一丝尴尬。事情很清楚了,军师和翟义昆利用特务制造的暗杀事件,谋划了一场"火并",目的就是促成这次独立行动。他们时机抓得很准,正是特派员来督促自己立即行动的时候。很可能特派员就是军师他们背着他鼓动来的,不然不会来得这么巧。看来,是自己心太急了。可眼下,已是开弓没有回头箭。何况,早晚得走出这一步,只是让这两个混蛋搞得太不光彩。

翟义昆小队里传出阵拉枪栓的动静。

尚邨英大声喊道:"大家听我说几句话!"他从一个战士手中夺过松明子,大步走上路边的山坡。大家都转向他,噼啪燃烧的松明子在山坡前围了半圈,山坡上下亮如白昼,火把圈外,火光逐渐被黑暗吞噬,光亮的边缘处,浓黑的夜色与火光犬牙交错,衬得人群后边的黑夜有些恐怖。

尚邨英伸开双臂往下压压,平静地开口道:"我知道,黑影里正有枪口在对着我。但该说的话,我还是要说。真要有人开枪,我希望你扣扳机的手指不要发抖。今天晚上发生的事情,我想大家心里都已有了自己的判断。"

"别听他在这里卖狗皮膏药!"黑暗里有人大声喊叫,"弟兄们,咱们走咱们的路,别听他胡说八道。"

亓副官瞥一眼卢毓奎,突然大声喝道:"放肆,听尚司令把话讲完。"

梁铁峰和夏侯雪也赶了过来。夏侯雪走到尚邨英身边:"尚司令,你尽管讲,谁敢打黑枪,我就割断他的喉咙!现在,我的特别小队正分散在人群里,看谁敢轻举妄动。"

人群一阵骚动,很快又安静下来。翟义昆感到脖颈一阵发冷,忍不住扭头往后掠了一眼。

"弟兄们,咱们这支部队自从誓师抗日以来,就在一起拼杀,今天看来要分手了。多说没用,我只想告诉大家,道不同可以分手,但分手不能分裂,更不能持枪相向。打鬼子,咱们还是要抱起团来,在战场上永远做互相支援的弟兄。"

人群里响起一阵叫好声,有不少人噼噼啪啪拍起巴掌。

尚邨英朝大家拱拱手:"好了,我就这句话。长岭山抗战爆发后,卢旅长和他的弟兄们打了好多漂亮仗,是我们的好战友,好弟兄。来,游击队和独立大队的战士们,让我们为卢旅长和弟兄们送行——立正,敬礼!"

路两边的战士一起举手敬礼,动作参差错落,但个个神态庄重。卢毓奎部队的很多人眼睛里噙满了泪水,有的跑出队列,跟路边的战士抱在了一起。

卢毓奎紧紧拉住尚邨英和梁铁峰的手:"尚司令,梁大队长,我卢毓奎打鬼子绝不当孬种!保重!"转身随队大步往西走去。

2

随后的战斗,何苇杭在清河军区《群众报》发表的文章里,做了生动描述:

那天晚上山风裹着湿重的雨气,吹得战士手里的松明子发出扑扑噜噜的声响。

尚邺英和梁铁峰目送着卢毓奎的队伍渐渐隐进夜色中。尚邺英向手持松明子的队员一挥手："扔掉火把，各归建制。"他对梁铁峰和夏侯雪说："今晚这里的事变，日本人不可能不知道。得防止他们趁机突袭我们。要抓紧派人回营地送信，让留守的提高警惕，除暗哨外，明岗和巡逻队都燃起火把，做出早有准备的架势。你们带了多少队伍？"

梁铁峰答道："一个中队和夏侯的特别小队。"

尚邺英点点头："咱们在这里等等，为卢毓奎瞭瞭高，他们遭伏击的可能性很大。"

不到一顿饭的工夫，西边骤然枪声、爆炸声大作。

郭立刚小队的副队长立即做出判断，对尚邺英说："在大、小魏李庄一带。"

梁铁峰大喊一声："独立大队的，集合！"然后看着尚邺英，"尚司令，听你指挥。"

"好！"尚邺英布置道，"我带队走山上，从绳峪庄往下插。你带队从下边的小道迂回。谁先到谁先开火。我带的这路把冲锋号和制造声势的土家伙都用上，让战士们大声呐喊，造出山北第三支队冲过来的声势。听枪声，敌人兵力不少，咱们只要把他们逼退，让卢毓奎部脱险就是胜利，不要跟敌人缠斗。"

两支队伍迅速向枪声响起处扑去。前方一明一灭的火光，不时映出重重叠叠的山峦剪影。

独立大队开火的同时，尚邺英也率队从山上冲杀下来。包围卢毓奎部的日伪军很快就且战且退地撤了回去。

山坡上的草木一片焦煳，冒着呛人的浓烟。伤员都抬了回去，尸体还没来得及清理，三支部队的战士都在举着火把翻找自己的战友。

尚、梁、卢三人神色凝重地站在一起。卢毓奎抽下白手套扔到脚下："是我拖累了大家。"

"不说这话。"尚邨英扶住卢毓奎的肩膀，用力按了按，"论拼命精神，咱们的队伍一点问题都没有，就是武器太差了。日军一个小分队就配备一挺机枪，有的还有掷弹筒，伪军的装备也比咱们强。咱们三支队伍总共才有二十几挺汉阳造机枪，都老掉牙了，子弹还不够用。"

"是呀。"梁铁峰看着一排排的尸体，说，"敌人的机枪一扫，子弹就像刮风一样，压得我们根本就抬不起头来，干着急。"

"日军每半个月都有一趟运送武器的专列经过章丘。"卢毓奎说，"我们可瞅准机会干他一下。"

站在一边的夏侯雪兴奋得双眼放光："太好了。听说枣庄一带有支飞虎队，专打鬼子火车，咱们也来一下，我的特别小队可以打头阵。"

尚邨英摇摇头："鬼子的专列都有重兵押送，每次出动都是装甲车开路，沿途各车站增兵警戒。从胶济铁路到长岭山之间十多里的平原地带，都是敌占区和王连仲的地盘，一旦我们集中兵力挥师南下，很快就会陷入腹背受敌的困境，而小分队突袭又解决不了问题。目前还不具备截击鬼子军列的条件。"

夏侯雪"嗨"了声，白了他一眼。

尚邨英冲梁铁峰一笑，继续说："目前最可靠的办法，就是扩大军械所的规模，集中力量批量制造武器。"

梁铁峰表示支持："说实话，我最佩服尚司令，既有大眼光，又总能从最实际的关节上想出点子。"

卢毓奎也点头附和:"这一点,我深有同感。尚司令许多点子,事前常常觉得不算是大主意,可事后一掂量,又让人感到当时幸亏听了你的。难怪山北的姜副司令称你是军中小诸葛呢。"

尚邺英哈哈大笑:"你们两个名牌大学的同学,拿我这个师专生开涮啊。以后呀,就不要再喊我司令了。毓奎兄一走,我还算啥司令啊。"

"你这一指头戳得我无地自容啊。我都要拉出长岭山了,你们还拼上命救援,到哪里还能找到这样生死与共的弟兄。"卢毓奎跳到路边岩石上,喊道,"独立旅的弟兄们,今后,敢再擅言脱离长岭山者,杀无赦!"

黑暗里响起掌声、欢呼声。尚邺英、梁铁峰和卢毓奎紧紧抱在一起。

到达独立旅营地,尚邺英、梁铁峰跟卢毓奎拱手作别,被他一把拉住,向勤务兵招招手:"咋能这样就走。独立旅躲过一劫,咋着也得喝一壶,容我表达一下心意。""我们得赶快返回营地,防止敌人有后续动作。"尚邺英指指他指挥部前的十几辆小推车,"做饭的家伙还在车上呢,咱们明天再喝。"夏侯雪拉着梁铁峰就地坐下,拽一把尚邺英,喊道:"坐下坐下,有酒就行,还要什么菜呀。"卢毓奎哈哈大笑:"还是夏侯爽快。邺英兄放心,咱们铁三角还在,今晚鬼子就不敢再贸然行动。"

勤务兵抱来一坛酒四个酒杯。四人轮流弄了一圈,也没拔出木塞。卢毓奎看看勤务兵,勤务兵摸着脑袋说:"那个开酒坛的啥,没找到。""快去,"夏侯雪摆摆手,"找口锅来,再拿把勺子、四个饭碗。"

大家都看着夏侯雪。她笑笑,顺手摸起块石头,胡噜一把。卢毓奎赶紧制止。她早已将坛子放进锅里用力一砸,坛子碎在锅里,酒香腾空四溢。"嗨嗨嗨!"卢毓奎直拍巴掌,"十年老陈窖哇!五斤哪!"夏侯雪不理他,只管扯起勺子倒满四个饭碗,这才笑道:"难道不从口上倒出来,它就减少五年酒力?五斤咋了?堂堂卢大侠咋突然小气了。来来来,咱们干了,给卢旅长压压惊。"三人都抿了一口,她也不加理会,朝他们亮亮碗底,"东北老林子里,这个喝法叫干烧大肠,连酒加菜都有了。"

尚邺英挑起大拇指,说:"夏侯敞开了喝。我们三个就这一碗,这时候咱们还是不能掉以轻心。再说独立旅这里还得重新安顿一番。"

勤务兵从树林里捡回一抱干树枝,在下风头点燃。

"毓奎兄的部队怕是要打起保安军的旗号了。我也想请示上级恢复游击大队称号。我提议,为咱们在抗日救国军旗帜下的浴血奋战,为今后三支队伍坚持长岭山抗战,喝一口。"

卢毓奎摘下帽子顺手一撇,勤务兵紧跑两步,接过来捧在胸前。"在这长岭山,是啥事也瞒不了你邺英兄啊。"他撸把脑袋呵呵一笑,"这事也没啥好遮掩的。手下的弟兄们都想弄个正规军衔过把瘾,我也想借机多要点装备。有一条我是一定要坚持的,我的部队保持独立旅称号不变,只编入他们的序列。打鬼子,咱们还是长岭山的铁三角。"说着端起碗一口喝干。梁铁峰凑在碗沿上吮一口,瞥一眼尚邺英,这位小诸葛心里肯定清楚,卢毓奎只是想真正独立罢了。夏侯雪端着空碗碰碰尚邺英的酒碗。尚邺英也一口喝干,双手捂住碗:"不喝了,真不能再喝了。"夏侯雪拨开他的手,倒上一勺:"不喝也得看着,碗里没酒算啥事。"

亓副官腋下夹着四把蒲扇,左手拿着根荆蒿枝叶编成的绳,右手攥着一个布包,不紧不慢地过来,喊声:"好香的酒。"勤务兵接过桌布铺在四人中间,上面一小包咸菜、一盒饼干、一把生花生米。亓副官点燃荆蒿绳,把蒲扇分给大家,笑着说:"你们这是要喂蚊子呀。"夏侯雪撕开饼干盒,塞进嘴里两片,咕噜着说:"喝碗酒。"亓副官拱拱手:"又回到营地,从心里高兴,按说应该喝点,可我还得安排大家把东西都归置好。你们先将就点,伙房很快就会送来几盘小菜。我先过去了。"

"这个亓副官想得真周到。"夏侯雪喝口酒,看着亓副官的背影连声称赞,"人还长得周正。"卢毓奎扑哧一笑:"吃了人家两块饼干就说好话呀。"

"好了。"梁铁峰岔开话题,"眼下最要紧的,是听尚兄说说集中造枪的事。"

"那好,我就再说点实用的,要想短时间内批量制造枪支,咱们就不光要统一调配三支队伍中的技术力量,还要把长岭山一带打快枪的铁匠都集中起来,利用眼下日伪军扫荡的间隙,三支队伍共同担任警戒,集中打造出一大批零部件,然后再分散加工、组装。像过去那样的小打小闹是不顶用的。"

"我赞成。我是学化学的,负责组织人造炸药,保证供应二位子弹、手榴弹。独立大队的枪械师都交给二位。"

卢毓奎搂住两人肩膀:"这事都怪我过去心胸太窄。今晚,我在这里撂下句话,军械所仍是咱们三支队伍共有,我安顿好队伍,马上就让军械师向邰英兄报到,调集各村铁匠的事就有劳你了。集中锻打零部件的地点,我看就选在你和铁峰两个营地中间的葫芦峪,那里地势险要，下边只有一条出口，易守难攻，上边有三道沟岔便于分散撤退，正可按你说的，集中起上百个铁匠炉，痛痛快快干他一番。"

"好哇，简直太好了。没想到今晚能闹出这样一个结局。只是一下子造这么多枪，钢材显然不够用。再说，我还是担心，咱们的枪械师能造出机枪吗？"

"能。我问过何一钳，他说章丘铁匠手里只要有样品，机枪、小钢炮都能打出来。要是能搞到军用钢材，也许早就搞出来了。这次我可以把独立旅外聘过的专业枪械师再请回来做指导。"

尚邺英似早已胸有成竹："鬼子各车站都配备有歪把子机枪，我想，普集火车站离我们最近，咱们可夺机枪、扒钢轨一起动手。军用钢材一时半会儿也搞不到，只好将就了。"

卢毓奎醉眼蒙眬地跟尚邺英、梁铁峰拥抱作别。夏侯雪张开双臂："这里还有一个。"卢毓奎拥抱的时间有点长，等夏侯雪挣开，梁铁峰和尚邺英已经走出很远。

在这段记述的结尾，何苇杭做了如下总结：

在当年长岭山大大小小的战斗中，这一仗很容易被忽略，但它在长岭山抗战史上却是一个非常重要的节点。正是通过这场伏击和反伏击战斗，他们才保住了三支队伍联合抗日的局面。其中尚邺英的大局观和应变能力起了主导作用。而卢毓奎受其合作抗日诚意的感召，在关键时刻秉持民族大义，坚持抗敌御侮的坚定信念，也是一个极其重要的因素。

当时她说啥也不会料到，文章最后这句称赞卢毓奎的话，日后会给她带来那么多麻烦。

二十世纪六十年代初,《章丘县志》要出一期"长岭山抗战专辑",编辑人员不知从哪里扒翻出那份发表何苇杭文章的《群众报》,给她打电话请示可否收入专辑,她不假思索地就答应了。专辑付印前,县委领导特意派一位老编辑专程去福州找她,请她为专辑题写书名,顺便提醒她,听说卢毓奎已经被打成右倾分子,建议删掉文末关于卢毓奎的那句话。她摆摆手,说那篇文章你们就不要用了。老编辑踌躇着,一脸恳切地问:"何政委,您可否再慎重考虑一下?"这时正巧有位老战友来访,等她接待完回到办公室,老编辑已经离开。她很快就把那篇文章的事给忘了。等到后来因"为反动分子卢毓奎歌功颂德"的罪名,她遭到一伙专门串联到福州的小老乡围攻,引发了家属院里那些小青年的持续批斗,导致她旧病复发。她才忽然想起当年老编辑眼睛里的担忧和不安,领悟了老家县委领导的良苦用心。其实当时她那句话的意思是想告诉老编辑,忽然不想再让《章丘县志》收录那篇不合体例的文章了,老编辑可能误以为她不高兴了,回去后将文章一字不改地放进专辑。也算是阴差阳错,合该有此一劫吧。

第七章

1

　　游击队营地的东边天空上悬挂着一弯下弦月,两边的山脊散落着若无若有的淡淡浅黄,黛蓝天空下长岭山清莹透亮。纤细的晚风委婉地掠过树木草丛,带起稀稀落落的虫鸣。

　　梁铁峰向站在路边的尚郴英、何苇杭挥挥手,带队插往葫芦峪。行进到离葫芦峪不远的山谷,碰上率队迎接的常参谋长,他拉住梁铁峰,指着山谷说:"前些天郭立刚告诉夏侯副大队长,尚司令估计敌人的下次进攻很可能会选择这里。"梁铁峰打量着山谷的地势。与鹁鸽崖的断崖深壑不同,这条山谷两边的山梁像前后两条浪涌忽然凝固,形成连接两条浪涌之间的平缓谷地。葫芦峪应当是当年岩浆喷涌时的一条裂缝,汹涌的岩浆顺着地势呼啸喷发。历经无数次这样的断裂爆发奔涌,最终造就了眼前这片浪涌状地形。

　　"你看——"常参谋长的手指顺着谷底的道路,指向山谷西边的石峪寺,又沿着脚下的路指着鹁鸽崖方向,"相公庄、普集的日伪军几次大举进犯,都是从西边的长岭村和东边的祖营坞包抄,两条路崎岖盘旋，部队展不开队形。鹁鸽崖面对山下那边仅有一条绳索路，悬崖峭壁易守难攻，他们自然不会选择从那里进山。这条山谷是直插长岭山腹地的唯一通道，只是这里正冲着三支部队中间，他们肯定会担心陷入我们包围。"

梁铁峰跟他粗略地说了独立旅出走的经过。常参谋长叹口气："还好，独立旅总算留在了山上。"梁铁峰若有所思地点点头："山上形势有变，说不定这里真的会成为下次的主战场。你备好课，到时候好好给他们露一手。"

"好。这里对敌我双方都有利也有弊，日伪军能直插到我们腹地，我们也可利用两边山梁设伏，由游击大队正面迎敌，我部和独立旅左右呼应，实在顶不住也能快速撤往山后，不说全胜，起码也可以立于不败之地。"

两人走走停停，踏上葫芦峪大坝临时铺上的石片，等候他们的夏侯雪正仰脸看天，没头没脑地问："长岭山的人都说地上的好人死了，都会变成曲星河里的星星，你们信吗？"

"我过去常年在东北的深山老林里钻来钻去，那些老兵油子倒是也常讲这样的故事。"常参谋长有点答非所问。不过听口气他是有些信的。

梁铁峰笑了："要真是那样，一条河咋盛得下那么多人，还不得有个曲星海。"

"跟你说话真没劲。"夏侯雪捣了他一拳。常参谋长轻轻一笑，大步向前走去。

梁铁峰忽然揽住夏侯雪的肩头，小声说："雪儿，尚邺英和何苇杭都是有大胸怀大眼光的人。今后我一旦有什么不测，你就率队伍投奔他们。"

夏侯雪一愣，自从拉起队伍以后，他这还是第一次当着大家的面跟她这样亲热，心头突突一跳，猛然觉得不对，打了梁铁峰的手一下，接连"呸"了几口："说啥呢！"伸手扯过战士手中的松明子，使劲晃动几下，火苗子忽地蹿起老高，梁铁峰被散乱的烟气呛得眯起眼睛。

行进的队伍从他们身边匆匆走过。

2

山峪安静下来，女兵营地前边的小树林里凉风习习。何苇杭靠着一棵核桃树坐下，想一天来发生的事情，总觉得背后还有看不明理不清的头绪。卢沟桥事变一起，长岭山山洪暴发似的迅速拉起三支队伍，就连清一色农家子弟的游击队也难免携带泥沙。独立大队是以夏侯雪和那些江湖人士、老兵油子为基础的，刚开始那几年确实有几分土匪色彩，好在梁铁峰他们三人的目的很纯正，就是打鬼子，眼里容不下奸邪，反而越打越像支正儿八经的队伍。倒是独立旅，建队伊始就收纳了一些面目不清的人，由于卢毓奎的刚愎自用和护犊子，围绕着那个军师的浑浊反而越聚越多，让人觉得随时会有什么把握不定的东西蹿出来。真弄不懂一向自诩很洋气的卢毓奎，为啥能接受"军师"这个土鳖称号。

树木花草的气息若有若无地萦绕着，她的眼皮分分合合，渐渐连在一起，鼻翼微微翕动，发出细长的呼吸。

宋子辉在树林前边的岩石后徘徊了很久，仰头看看碎云间的月亮，转身往寺庙方向走了几步，又停下，犹豫了一会儿，反身走向树林。小胖从树后闪出："您咋来了，这么晚？""有事，跟何政委说说。"他似乎是不经意地放轻了脚步。

轻轻蹲在何苇杭面前，宋子辉感觉胸口有点发虚。

何苇杭猛然睁开眼："怎么了？"

宋子辉退后一步："没啥，我，就是想来跟你说几句话。"

"啥话非在这个时候，来这里说？"何苇杭绷紧脸沉声问，没等他回答，就接着说，"你是副大队长，难道不知道，除非特殊情况，晚上这里是男人的禁地？"见他窘迫得说不上话来，便和缓些语气补了一句："你想说啥就说来听听。"

"我——"宋子辉吐出个字又闷住，犯错的孩子似的垂手站着。

何苇杭自责地叹口气："那我先走了，天不早了。"走出几步忽然又觉得有些不忍心，回头见他还在落寞地低着头，心头一动叫了声"子辉"，过去站在他面前，柔声说："我一直以为你是拿我当大姐的。你那份小老弟的情感，我非常感动。"她拍拍他的肩膀，劝解道，"你不必为此感到羞愧，对你来说这很正常。可现在我得告诉你，我早已经有了丈夫。"

宋子辉抬起头，惊讶地瞪大眼睛。月光从树上漏下来，何苇杭看到他眼里饱满的泪光。

"何……大姐。"他忽然急促地说，"能让我，抱你一下吗？"

何苇杭吃惊地看着他。

"一次，就一次……"

何苇杭反而手足无措了。他忽然转身就走。她一把拉住他，展开双臂。宋子辉紧紧抱住她。何苇杭抚摸着他的头发，脸在他粗硬的胡楂上贴了贴："记着啊，子辉，咱们是战友，是姐弟，而且永远是姐弟。"

小胖仰头望着月亮穿过一块云彩，又穿过一块云彩。一低头眼

103

睛一片迷蒙，脚下通往石峪寺的小路成了一条忽明忽暗的河，月色哗哗流淌。

宋子辉轻手轻脚回到石峪寺西廊房的宿舍。

尚邨英还躺在东廊房的床上，琢磨着卢毓奎部出走的事。很显然那场所谓的火并，是由那个军师和翟义昆联手导演的。背后会不会还有其他人呢？还有那个林福，他的上线还隐藏在山上，这太危险了。这两股暗流是否已经合流还很难判断，但有一点可以肯定，他们都不会就此罢手。山峦起伏的长岭山里，谁才是那只真正操纵炸弹的手呢？

他翻身下床，站在院子里。警卫员闻声跟过来。"喊上几个人，咱们到卢旅长那里去。"

"东山上都透亮了。"警卫员提醒道，"折腾了一宿，正是睡好觉的时候。"

"他今晚没有觉睡。"尚邨英看着院子里淡薄下来的月光。卢毓奎肯定会连夜追查"火并"事件，万不会稀里糊涂地就上床。这是个护犊子的人，独立旅的内部事务外人触碰不得。他最终会放过翟义昆他们制造摩擦的行为，但绝不会容忍汉奸特务隐藏在自己眼皮底下。对，就跟他从林福谈起，这是个合适的切入点。特务已经潜入独立大队，游击队内部也肯定有，这个话题不会让他太感觉没面子。

何苇杭匆匆赶来。尚邨英看看她，还好，眼睛里还是政委的从容——刚躺下不久，子辉就闯进屋里，说今晚无论如何要把话跟苇杭说开。出门时子辉脚步很坚定。不知道啥时候回来的，一点动静也没有。"你来得正好。跟卢毓奎打交道，有些话还是你来说好。你察觉没有，在长岭山上他唯一有点怵头的就是你。"何苇杭笑笑没说话。

"走吧。"尚邨英朝几个战士挥一下手。这个心高气傲的卢毓奎呀,最大的弱点就是好色,而且因好而惧。苇杭这勺卤水能不能点清他这锅豆浆呢?

3

一觉醒来已接近中午,尚邨英步出院门,舒展几下胳臂,顿觉神清气爽。昨天晚上或者说是今天早晨,跟卢毓奎的交谈成败参半。

深入追查林福同伙的事,卢毓奎爽快答应三支部队协同动作,并当即交给尚邨英一份名单,上面列着游击队里跟林福来往密切的人员,说另一份牵扯到独立大队的名单,他会交给梁铁峰。看来他当晚就采取了行动。趁着气氛融洽,苇杭提了句"独立旅内部的分裂势力还请卢旅长引起警觉"。卢毓奎勃然变脸,出口相讥:"怎么,何政委还要管我们独立旅内部的事?"尚邨英赶紧哈哈着打圆场,才避免了不欢而散。

路上何苇杭冷着脸问:"你的表情告诉我,你是要拿我的面子试探一下卢毓奎的反应,是不是?"

尚邨英有点尴尬地笑笑。

"你早就料定这个问题谈不拢,却把我闷在葫芦里,就是要看看他的抗拒程度。"何苇杭不依不饶,"咱们之间用不着这样的诸葛心机。难道你不相信,明明白白告诉我,我会配合得更好?"

尚邨英诚恳地说:"是我考虑得复杂了,太执着于一面就容易伤及另一面。这事我得道歉。"

"少来这一套，糊弄小青年呢。"何苇杭笑着把尚邺英的警卫员招呼过来，嘱咐道，"回去后告诉指挥部门岗，今上午谁也不准找大队长，让他好好补一觉。"

这两个人，分不清谁是卤水谁是豆腐，谁点谁都一绝，轮流着当豆腐。宋子辉忍不住笑，随即敛住，浮起一脸心曲。

吃午饭时，尚邺英对何苇杭和宋子辉说："我想今天晚上咱们就把立刚转移到山北第三支队去。"

"刚安置下咋又要转移呢？"何苇杭皱起眉头，"伤得那么重。再说我大哥已经请了个好医生，家里有茜茹帮常妈照顾着，她也住在后院，挺隐蔽挺方便的。"

"这事，你也像我似的，只考虑一面了。"尚邺英啃口菜窝窝，咬块红辣椒，嘶嘶呵呵咀嚼着，在苇杭和子辉的注视下吞下去，又灌了半碗水，抹抹嘴角，解释道，"你们想想，一个伤员要经常换药，处理换下来的带血纱布，就是个大难题。何况何家大家大院，长工短工用人厨师的，人多嘴杂，说不定谁一秃噜舌头就走了风声。咱们总不能光图游击队方便，却把何家给害了。这不是刚拉起队伍那些年了，敌人早已经盯住了何家。"

何苇杭恍然睁大眼睛。

"还有，"尚邺英接着说，"你们何家毕竟是个传承了几代的大家族，你大哥再开明，也还是很看重旧礼仪的。你已经跟你大哥和嫂子挑明了，要撮合立刚和你大侄媳妇，就又把立刚送到家里疗伤，以你哥的性情，对咱们送过去的伤员，他绝对会不计安危施以援手。但要让立刚长期住下，孤男寡女同处后院，关系敏感又身份不明，你大哥这当公爹的该有多为难、多尴尬。"

何苇杭垂下眼皮沉默不语。宋子辉看看她，又看看尚邺英，也抿着嘴不吭声。他不知道当着尚邶英的面,该如何以小老弟的身份说话。

"我是从小让大哥承担惯了,做事从来不去想他的感受。"何苇杭转动着手里的搪瓷水杯,眼皮依然垂着,似乎在欣赏淡蓝色杯体上那一抹圆锥形白雪。这是她上山时大哥送的礼物。他说这是当年在济南何家商号时,和大掌柜跟一家日本洋布商行竞争一宗重要买卖,那个败下阵来的日本商人郑重送给他的。日本人是可以做朋友的,前提是你得征服他。在济南上学时,大哥每个礼拜天都会请她去下馆子,还任她由着性子拉上同学一块儿去。惹得她那几个要好的同学一到周末就盘算,明天又会到哪家馆子去吃。她的生日总是在家里过,父亲不允许女孩子到外边下馆子。到那天大哥都会下厨亲手做几样她爱吃的菜。父亲拿筷子指点着盘子里的菜,乐呵呵对她说:"我这可是沾女儿的光哟,要不我是吃不上的。"一桌的人都笑。大哥除外,他可不敢笑,悄没声地溜出去,去做父亲最爱吃的黄焖鸡。厨师说:"我就看着少掌柜做的,蘑菇、青椒臣配,作料一样不少一点不差,先焯后炒再炖也一步不错,咋就比我做的多了份说不出来的异香呢。"大哥偷偷跟她说过,他在加水时总是会岔开厨师注意,趁机把早准备好的一撮罂粟壳末放进去。"你可千万别说,要不爹会把我赶出家门。其实爹肠胃不好,又经常咳嗽,适当用点这东西是有好处的。"大哥就是这么个大男人,商道上大开大合,果敢大气,家里家外的小事上也从不粗疏,心细得很。刚返回长岭山住在家里那些天,她能从上上下下的敬畏里感受到大哥治家的威严。可大哥对她还是一味地宽容迁就。他总是这样,一直就这样。

尚邶英又啃一口窝窝头,看着她,慢慢嚼。宋子辉不断向他摇手指。他知道是提醒他接接她的话。他继续啃窝头咬辣椒。苇杭有个最大的长处，情绪上得快也下得快，不过得等她自省，她不太喜欢听别人多余的婆婆妈妈。她说得对，跟历经磨砺的她相比，子辉还是个毛头小伙子。

"这件事是我立场站得不对了。"何苇杭抬起头，"我把立刚养伤当成了家事，把自己又当成了何家大小姐。弄不好这会疏离何家跟游击队的关系。"

尚邨英右拳捣了左掌一下，胖乎乎的圆脸绽开了苇杭说的"弥勒笑"："只要你这政委通过了，咱们天黑就行动。担架经过山南最高处的顶庄时，要故意闹出点动静，把郭立刚到山北疗伤的消息传播出去。山北会将立刚疗伤的地点安排在你大侄媳妇的娘家，那庄里驻扎着第三支队的一个小分队。你大侄媳妇的父母早已过世，家里只有哥嫂。山北那边说她哥嫂都挺可靠。要是你哥嫂都同意，可以让你大侄媳妇回娘家去照顾立刚。对那边就说她已经嫁给了立刚。这样何家和她娘家两边的面子上也都过得去。"

何苇杭罕见地打了尚邨英一拳头，笑道："这回你想得既复杂又周到，再回家时我拿大哥瓶好酒犒劳你。"

宋子辉一高兴脱口喊了声："大姐，有这好事咋就忘了我呀？"

"好，那就拿两瓶。哪能忘了你这个小老弟。"

尚邨英瞬间有点蒙。这两位咋就突然成了姐弟，是昨天晚上子辉去找苇杭的结果吧？心里不知藏在什么角落的一个小结噗地散开。他将手里剩下的一小块窝头和一个辣椒屁股一起塞进嘴里，一阵大咬大嚼。

第八章

剩下的半截夏天一晃就过去了。长岭山上一早一晚有了泠泠凉意。

何苇杭在立秋那天写下这样一篇日记：

今天是大哥的生日。我让何一钳雕刻了一个柿子木烟斗。这家伙的手真巧。借着木头暗红深棕色纹路，在烟斗锅上雕了朵盛开的山菊花，烟袋杆上浅浅凸起一片拉长的菊花叶片，衬托出圆滑的流线型弧线，整个烟斗被打磨得泛着寿山石的滋润色泽。

中午的家宴上，我刚拿出烟斗，哥哥就夺过去反复把玩了一番，装上烟丝点着，吧嗒吧嗒吸了几口："嗯，通透，还有丝柿子木的香气。"拍拍我的头，将它和那个在济南用过的洋烟斗并排放在条几上，"我得好好收藏。这可是我妹妹送给我的第一份礼物。"

我脸一红，差点涌出泪水。

父爱如山，兄悌如水，这些都集于大哥一身。而我回到长岭山，带给他的只有不可测的风险。

记得我重回长岭山，一看到家里的大门，就禁不住流下眼泪。

这肯定是大哥当年从大理回家后，重新翻建的大门。门楼基座用青灰色石块砌成，与海东青山石块相近，每块石头都精凿了麻花点。基座上架起的门楼，全是上好的楸木雕刻而成，看上去像是整块木头做的，一点卯榫的痕迹也没有。屋脊、墙脊、屋檐和门扇，全都精雕细刻，整座斗拱出挑、飞檐翘角的木制门楼，简直就是从大理白族大户人家搬运过来的。

大哥对我心思之深，使我这个从小就任性的妹妹愧不敢当。只有祈盼大哥平安度过这场战争劫难，等抗战胜利之后，他就能以抗日功臣的身份颐养天年了。

郭立刚的伤恢复得不错，已经能出门活动了。茜茹一直在照顾他。在将郭立刚转移到山北的那天晚上，大哥说还是尚大队长虑事周全，让嫂子劝说茜茹随着立刚去山北，说等立刚的伤完全好了，就把茜茹接回家，找段宽松些的日子，把大儿媳妇当作闺女嫁出去。嫂子让茜茹看了给她准备的嫁妆，还把从娘家带来的一对祖传玉镯给她戴上。我真替茜茹感到高兴。真感谢哥嫂的开明。这事若在父亲活着的时候，是根本无法想象的。幸好现在何家的掌门人是大哥，要不茜茹将在青春丧夫的孤独和被鬼子兵强奸的耻辱中，度过漫长的苟活的日子，就像长岭山一带所有年轻寡妇一样，无论贫富终究凄凉。

有一个发现让我隐隐不安。郭立刚的双枪换成了夏侯雪的德国造驳壳枪，那可是她的心肝宝贝。立刚受伤后，她告诉我他的双枪在她那里，我当即要派人去拿，她说她先替他保管着吧，反正他现在也用不着。敢情那时她就打定主意要跟立刚换枪了。我知道她不会跟立刚有啥出格的事，但要让火烧起来，可就不好把握了，他俩可是互相救过命的。我像她这个年龄的时候也狂野得可以，为了爱不管不顾。这事牵扯到茜茹，更牵扯到游击队和独立大队的关系，我就不能置身事外了，必须泼瓢凉水。几天后我约上宋子辉去看望郭立刚，子辉果然对驳壳枪反复把玩爱不释手。我对立刚说副大队长的枪老掉牙了，就把你的枪先借给他一把用一阵子吧。看得出立刚十分不舍，但看子辉马上把枪和枪套都抱在怀里，也就不好再硬抢回来。在夏侯雪再来游击队训练女兵小队时，我故意带着宋子辉一块儿参加，她一看到他挎着的驳壳枪，脸色立马就变了。我肯定她会去找郭立刚兴师问罪。为了这点即兴而起的小心眼，我一连偷偷乐了好几天。

山上的三支队伍一切正常。造枪计划已经由三支队伍联席会议审定，各项准备工作业已展开。

追查林福同伙的行动进展不大。根据卢毓奎提供的名单，三支队伍经过严格审查，各抓了林福手下的几个小喽啰，线索却都断在了林福身上。日本特务的首领八成会潜伏在卢毓奎部，散布在三支队伍里的小特务肯定还有漏网之鱼。这才是长岭山上的最大隐患。小时候，夏天爹会带着我回老家小住几天。大哥常带我去河边抓泥鳅。那些长得像小黄鳝似的家伙狡猾得很，就伏在河边跟它一样颜色的泥汤里一动不动，站在长满芦苇的河边，根本发现不了。大哥说要想法让它动起来。他轻轻下到水里，沿着芦苇根部掘出一个深坑，三面围上泥土。然后钻进芦苇搅动泥水，泥鳅纷纷顺着泥水滑进深坑。我尖叫着拿网兜往盆子里捞泥鳅，回到家大哥做了一锅"泥鳅钻豆腐"。我不敢吃，父亲吃得满头冒汗。我把这个故事讲给尚邺英听，一块儿制订了个让特务动起来的计划。我让小胖故意把袭击鸣羊山碉堡的消息透露给独立旅。可山上的特务比水里的泥鳅狡猾得多，我们对鸣羊山做试探性攻击时，发现碉堡里的鬼子根本没做准备，特务对我们抛出的诱饵直接漠视，压根就没行动，反倒暴露了我们已经认定山上还有林福的上线，让那个家伙采取了暂时沉潜的对策。对手很老辣，我那个驱动泥鳅的想法还是忒嫩了。这事还惹得卢毓奎极为不快。尚郖英跟他解释，消息也提前对游击队和独立大队做了透露。卢毓奎走后，我说："你这样应付他不好吧，毕竟这事不难查对。"他笑道："这是真的，我让侦察小队副队长也在独立大队和咱们大队部的人员中散布了消息。"——这个家伙也比我老辣多了。

层层山峦间，谁是那只掌控炸弹的手呢？

第九章

1

太阳还没露头，何苇杭就在泉湾边的女兵教练场转了一圈。女兵们还在营地洗漱，周围很安静。

昨天就跟夏侯雪约好，今天上午给八个女兵考核射击和武功。接下来她要去明水的小表姨家走一趟。这一行风险极大。明水老镇紧靠胶济铁路，有日军驻扎，周遭是土匪王连仲的活动范围。行前她要对女兵小队这段时间的训练做次小结，跟子辉一块儿给她们开个会交代一下。今天晚上得回趟家，跟大哥了解一下小表姨家和明水城的情况，说不定这是跟大哥的最后一面。

不远处的树丛里晨雾缭绕。尚邺英打量着何苇杭。她是铁了心要亲自进明水城"请"回她小表姨夫了。他当然知道她小表姨夫号称"任先生"，是造枪的一把顶级好手，在章丘铁匠中名头不亚于何一钳。如果能把他给"请"来，一南一北两大高手齐集游击队，卢毓奎即使不兑现那个晚上的承诺，在枪械制造上游击队依然会占有绝对优势，这对于维护长岭山合作抗战大局极其有利。问题是任先生深得王连仲这个"杀人魔王"的器重，待遇十分优渥。刚拉起队伍的时候，卢毓奎就派人带上重金去请过他，结果那人被王连仲倒栽在稻田里。更难办的是，苇杭的小表姨带着孩子住在城里，她也自然明白，丈夫跟着王连仲干了这么多年，日本人和共产党两边都不会放过他，她也绝不会轻易跟陌生人出城。苇杭是不可能把她小表姨和孩子留在城里不管的。他也知道她是进明水城的唯一人选。可又让政委去深入虎穴，一旦有什么不测，别说何如山，上级那里他也不好交代。何况苇杭非要等成功夺到机枪后再进城。他知道她是担心打草惊蛇，影响到突袭普集车站的行动，延迟造枪计划。可这样一来，进明水城的风险就更大了。

何苇杭撩起泉湾的水拍在脸上。泉水凉爽滑腻，有丝淡淡的香甜。尚郏英坚决反对她去明水城，但她有信心说服他。从在济南女师闹学潮开始，她的每次冒险都是这样，尚郏英总是由最初的反对变为最终的支持。

东面山梁上的淡青色晨光里慢慢散逸出几缕杏黄，在看不见的风里柔软地舒展，眨眼间便覆盖了天际。她脑子里倏然闪过那抹米黄色，撩起的水散落进泉湾，泛起一片细碎涟漪。

这个泉湾是流经长岭村的绿泉河源头之一。水从泉湾的敞口流出，几经曲折流入尚梁两支队伍之间的山谷，与其他几道沟岔的山泉水一起，汇进二三里地以外的水库。石砌的大坝正好卡在谷口一片葫芦状地形的底部。石坝中间足有几丈高，正值秋天丰水季节，大坝里的水不断从溢洪口淌出，贴着长满青苔的石壁溅落到谷底，被刚升起的太阳映出几道虹光。

这时夏侯雪正领着两个从吴桥带过来的老兵，沿着葫芦峪东边的小路不紧不慢地走着。小个子老兵朝大个子使个眼色，试探着问:"副大队长,你咋天天早晨让食堂给炒山韭鸡蛋,大队长吃不腻吗?"夏侯雪回头瞪他一眼:"瞎打听。"大个子一脸幸灾乐祸,刚要趁机数落两句,就听夏侯雪扑哧笑了:"你们大队长好这一口。"

今天早晨,梁铁峰刚起床就闻到一股又腥又辣的味道,还没来得及躲出去,就被端着一碗山韭炒鸡蛋的夏侯雪给堵在屋里。这半个多月以来,她每天都到向阳山坡的石缝里采集山韭和菟丝秧,山韭炒野鸡蛋,菟丝秧泡酒。这是她从几个老兵那里听来的偏方,说男人早上吃山韭炒野鸡蛋,晚上喝菟丝秧泡酒,能让老婆早生儿子。她一听就来劲了,天天早上叫梁铁峰吃这道"生儿子菜",吃得梁铁峰满嘴烀酸味和鸡屎味,一看到那个碗就恶心。她只好连哄加逼,拍着小肚子说:"为了让这里早鼓起来,你就忍忍吧,我爹就养了我这么一根苗,咱们说啥也得给他生个大外孙呀。"梁铁峰苦笑着摇头,指着碗说:"吃这东西就能生孩子,这不扯淡吗。整天一睁眼就端上碗这个,让人家知道了还以为我不行呢。""你行你行,"夏侯雪赶紧安抚,"我不是想让你更行嘛。"

小个子捅了大个子的腰眼一下,摇头晃脑的,碎步子走得很得意。

自从何苇杭的女兵小队成立以后,夏侯雪就受邀负责教授她们武功和射击。起初她只是当作一件好玩的事,压根就没瞧得上这帮从学校里出来的小丫头片子。可何苇杭对她们极其严苛,小丫头们也个个争强好胜,每个招式都非缠着她学到手才肯罢休。她不由对何苇杭刮目相看,也喜欢上了这八个女兵,这才打起精神尽心传授。半年后,女兵们的基本架势就有模有样了。她从特别小队挑选了八个精干的小伙子,跟她们一对一演练套路。俊男靓女手把手眼对眼，脚下有劲手上出活，眼睛也滴溜骨碌没闲着。泉湾旁笑声不断。傍晚她领着八个小伙子离开时，就有两三对师徒热络得恋恋不舍了。何苇杭瞥一眼跟师傅不住挥手的祁英，快步追上夏侯雪，悄声说："这样不行，男的女的嘻嘻哈哈，师傅不像师傅，徒弟不像徒弟。明天换几个老兵来。"夏侯雪笑得咯咯的："我哪有那么多会武功的老兵。这多好，看你的女兵们练得多带劲。""有几个算几个，反正不能再带小伙子来了。你不要打我这八个女兵的主意。"何苇杭说得斩钉截铁。夏侯雪笑着推她一把："咱俩谁求谁呀，你咋求人帮忙还挑肥拣瘦的。我就是想让我的小伙子把你的女兵都娶到鹁鸪崖去。""想得美。你信不信，他们再连着来几次，我就有把握把他们都给拴在这里，编入郭立刚小队。你想想吧，自古以来是凤求凰还是凰求凤。"夏侯雪眨眨大眼睛："啥凤啊凰啊的，你不就是说只要在一起相好，都是公的犯贱吗。我还就不信了，下次我还带他们来。""那好。一言为定哦。"何苇杭笑着伸手要跟她击掌。她虚晃一掌，转身就走。话可以想咋说就咋说，掌不能随便击。在江湖上击掌是郑重的立誓。下一次再来，她就带来了这俩老兵。梁铁峰笑话她："动脑子你可比何苇杭差远了。""要是动脑子就能把鬼子的脑袋动开花，就不用拉队伍了。"她使劲"哼"了声。

　　刚走到水库边上，夏侯雪就一眼瞥见对岸黄栌树丛里有一对贴得很近的男女，从男人宽阔的肩膀和如铁铸般瘦硬的后背，她一眼就认出那是号称"章丘铁匠第一铁钳"的何一钳。女的伏在他胸前，似乎感觉到有人窥探，一闪就隐进树丛深处。这家伙真行，怪不得都说他是长岭山的头条汉子。

　　早在从吴桥县回长岭村的路上，夏侯雪就多次听一个"入伙"的章丘铁匠讲何一钳的故事。说章丘铁匠外出打跑铁时，都是三人一盘炉，一个掌钳的，是技术大拿，也是头，他的家什是一把铁钳一把响锤，左手掌钳翻动锻件，右手拿锤指挥大锤落点。另两位是掌钳师傅的徒弟，一个抡大锤，一个拉风箱，拉风箱的是小徒弟，放开拉柄就抡大锤，还要做饭。合着就是师徒三人一盘炉，叮叮当当走四方。章丘铁匠就凭着这样的铁匠炉打遍全国，有些还打到了东南亚。打跑铁的长期在外，又一个个性情粗犷精力旺盛，常常弄出些花花草草的风流事。据说，这何一钳的铁匠炉在街头一支，膨胀着铁腥气的男人味就灌满了街筒子，走到哪里都能招惹到相好的，连江南的水乡都有他的孩子。话说得活灵活现，真假谁也不敢说，只是直到现在，这位章丘第一钳仍然单身一人，这就为各种传说提供了让人们添油加醋的空间。听得夏侯雪听了神往得不得了，扶着梁铁峰的肩膀说："到了你老家，我得会会这个人物。"来到长岭山后，她见过何一钳几次，他瘦长挺拔的身材像是个练家子，让她暗暗称奇。可人家客客气气的，不多搭话，一张满是青春痘瘢痕的脸憨憨地笑着，小眼睛贼亮。

看来那些传说都是真的，女人都偷偷追到长岭山来了。也就他敢，三支队伍都捧着他。

夏侯雪见两个老战士眼睛还望着那片树丛，笑道："咋了，眼馋了？有本事趁着考核，抓一个何苇杭的女兵。今天可是最后的机会了。"两个老战士低下头，大个子憨憨地笑了笑："人家咋会看上俺俩这个年纪的。"夏侯雪认真地给他俩鼓劲："战场上生死也就是眨巴眼的工夫，谁还在乎年龄。这些喝了一肚子墨水的学生娃子，才不会扳着指头算计你的年龄。你两个都在江湖上行走过，师傅娶徒弟，那还不是常有的事。"顺势在两人背上一推，"走吧。"

2

　　夏侯雪走向三三两两凑在一起叽叽喳喳说悄悄话的女兵。女兵们喊叫着围上去，边往她手上递着点心，边七嘴八舌地喊着"夏侯队长""雪姐""师傅"，争相告诉她，这是何政委的大哥刚让人送来的，可好吃呢。夏侯雪应付着伸过来的手，笑着喊道："你们也别忒势利眼啊，那边可还有两个师傅呢。"

　　女兵们的目光唰地转向夏侯雪身后的两个老兵。他俩局促地缩起肩膀，连脸带脖子都涨成了紫茄子。

　　江小慧喊一声："看，师傅比咱们还害羞呢，走呀，给师傅送点心啊。"

　　女兵们嘻嘻哈哈地扑过去。俩大男人相互看一眼，倒退了两步，扭头就跑。这一跑可把女兵们的疯劲彻底逗惹起来，她们放肆地笑着撒腿就追，山坡上乱成一团，惹得几个男兵过来看热闹。

　　"站住！"拧着湿毛巾，从泉湾那边绕出来的何苇杭一声断喝，"咋咋呼呼成何体统！"女兵们像被施了定身术，瞟一眼夏侯雪，乖乖地退回去站成了一排。男兵们吐吐舌头，也悄悄散开去。

　　苇杭冲夏侯雪悄悄笑道："你还在打我女兵的主意吧？"

　　夏侯雪指着远处的老兵："你看，那俩厌蛋，叫几个丫头吓得满山跑。我有劲也使不上呀。哎，苇杭姐，问你个事，你那侄媳妇多大了？"

　　"二十五六岁吧。我这侄媳妇真是可怜，结婚不久，我大侄子就暴病殁了。后来她遭那些日本兽兵强奸的事，你是知道的——你问她干啥？"

"随便问问。"夏侯雪淡淡地说,"前几天我去山北看立刚哥,感到他们好像有那么点意思。"

"那太正常了。"苇杭笑道,"真要那样,我还要请你做红娘呢。立刚还有个把月就归队了,到底是从小就下苦力的,身子骨真硬邦。哎——夏侯啊,你不该是……吃着碗里的,看着锅里的吧?做人可别太贪心了呀。"

"说啥呢!"夏侯雪打了何苇杭的手一下,突然笑了,"碗里的是自己的饭,当然该吃,锅里的是大家的,人人有份,看一眼总还可以吧?"

"你这张嘴呀,就不知道有啥话不该说。不怕撑着,你就看吧。"苇杭点了点夏侯雪的额头,"你那口锅也忒大了,大概是你们东北大灶上的大铁锅,烙饼、做菜一锅熟。"

夏侯雪脸上的笑容倏然消失。也不知啥时候能回到老家。狍子肉就锅贴配一壶烧刀子,满山的雪都是暖和的。

这茜茹是真够让人操心的。本来说好了的,立刚归队前就让她和立刚先回何家,体体面面地把事办了。她却又变卦了,非得自己先回何家拜见公婆,等到立冬后三天给玉樟上了生日坟,把话给玉樟说明白了,才能跟郭立刚走。苇杭前几天去看郭立刚的时候,茜茹的嫂子跟她说:"我这小姑子不是早就嫁给郭队长了吗?她咋就不跟他住一间屋呢?说是为了让郭队长养伤,我咋看着不是那回事呢?他们就不像在一盘炕上滚过的。"她当即去问了立刚。立刚说茜茹不让碰,一碰就浑身惊悸。她说得回何家听公婆亲口跟她说句话才能嫁给他。苇杭脸忽然红了——茜茹从小到出嫁都生活在大宅院里,没有获得真正的名分,咋会让男人碰呢。苇杭便道:"立刚呀,在这里你们是假扮夫妻,做做戏可以,碰是碰不得的。"

夏侯雪很快缓过神来，拍拍苇杭腰间的小手枪："你带这么个玩具干啥？"苇杭掏出蓝汪汪的小手枪递给她。夏侯雪托在掌心掂了掂，给她放回枪套："这德国造可真精巧，瞧这烤蓝多漂亮。"

苇杭咯咯地乐了："你这枪手看走眼了吧，啥德国造，地地道道的章丘造。"

夏侯雪睁大了眼睛："别蒙我，铁砧子上能锤打出这样精致的手枪来？"

"看看，又小瞧章丘铁匠了吧。"苇杭把手枪摆在她脸前夸耀道，"章丘打快枪的，可真是藏龙卧虎呢。锻件的，钻枪筒、组装校枪的，各有各的绝活。听说，何一钳当年打跑铁时，曾闯过汉阳的兵工厂，连外国的军械师都对他的蘸火和烤蓝手艺挑大拇指呢。"

夏侯雪嘴巴上可不甘示弱："我也听铁峰这样吹过——哎，你们章丘铁匠为啥要把淬火说成蘸火呢？"

苇杭笑笑："章丘铁匠的手艺可不是吹出来的，等过几天夺回机枪，你就可以见识他们造枪的功夫了。蘸火嘛，你想想，淬火可不就是拿火往水里蘸吗？章丘方言更讲究形象感和形式感。好了，咱们不扯闲篇了，快开始考核吧。"

夏侯雪拔出驳壳枪，噘唇吹吹枪口，眯起眼欣赏着枪口发出的金属声响，脸上涌满陶醉："苇杭姐，我送你把好驳壳枪吧，真打仗，还是这个管用，一抬手就撂倒一片。"

这话有点挑衅的味道，有点想较个高低。苇杭装作没听出来，摊摊手笑道："你还真指望我像你一样，在敌阵中呼啸出入，杀敌如割草啊。你不是看过章丘铁匠打铁吗？我就是那个铲煤拉风箱的，偶尔也敲打几锤，但我的正活是把火烧旺，帮掌钳的、抡锤的掌握好火候。这支小枪，只不过是预备着在危急时刻，对付我自己的。"

山风扬起苇杭的齐耳短发。她双手拢一拢,平静地看着山坡下站着的女兵。

夏侯雪一脸肃然。

去年冬天下第一场雪的那天,卢毓奎去鹁鸽崖找梁铁峰喝酒——山上这三大寨主挺有意思,喝闲酒时卢毓奎和尚郫英都喜欢拉上梁铁峰,可他俩很少互相约在一块儿,倒是梁铁峰,约酒时总是尚、卢一块儿请。那天夏侯雪陪着他俩边喝酒边扯闲话,话题不知咋的就拐到何苇杭身上了。卢毓奎感慨道:"苇杭就那么一身灰布军装,武装带往腰间一束,随随便便往那里一站,就足以叫任何一个男人心向往之又不敢轻举妄动。""这位何家大小姐已经把自己修炼成了一部女性词典。"梁铁峰也跟着感慨。"词典是啥?"夏侯雪突然插了一句。卢毓奎说:"词典就是碰到弄不明白的词句,翻开它看看就知道了。""那我是啥?"夏侯雪盯着梁铁峰眼睛问。卢毓奎朝他眨眨眼:"叫你跟着瞎说,碰翻醋坛子了吧?"梁铁峰提提夏侯雪给他披上的狐皮大氅,一本正经地说:"你嘛,当然是一幅美女图了。"夏侯雪有点狐疑地看看他,又看看卢毓奎:"要是让你挑,你要词典还是要美女图?"卢毓奎哈哈大笑:"这还用问,自然是要美女图。"说着向梁铁峰抱抱拳,"得罪了。"梁铁峰举起杯:"喝酒喝酒。"

"苇杭姐,你可真是个女人词典。"夏侯雪突然说,"怪不得大家都那么喜欢你。"

"什么女人词典?"苇杭惊讶地看着她,"你咋蹦跶出这么个词。"

"是铁峰跟卢毓奎说的。"

"别听他们瞎扯。"苇杭揽着她的肩膀往前走,"枪林弹雨中,我要是有你十分之一的本事就知足了。"

121

3

入夜，何宅一团漆黑，只有后院一扇窗户透出微弱的灯光。

苇杭的小屋里还大体保持着她远赴云南时的格局，看不出多少闺房的气象，倒更像一间少年公子的书房。黑漆三屉桌上放着一盏洋油罩子灯——这玩意儿别说在长岭村，就是在长岭山一带也算得上是个稀罕物件——扁扁的灯芯噼啪爆出几个灯花，屋里弥散出浓浓的油烟味。何如山取下葫芦形灯罩，剪掉灯花，用抹布托住灯罩，往里面哈几口气，从抽屉里摸出块灰色绒布轻轻擦拭。苇杭看着大哥细长灵巧的手指。在她的记忆里，这双手捏泥人、捏小动物，在瓜果上刻戏剧脸谱，把她的童年捏得妙趣横生。

屋里一下亮堂了许多。何如山擦擦手，把灰色绒布又放回抽屉。

"刚被父亲赶回老家的那年春天，你带我去逛明水寺散心还记得吗？那时我脑袋里混混沌沌，连咋进的城咋出来的都迷迷糊糊，只记住了一些零零碎碎的场景。"

咋会不记得。何如山拍拍苇杭的头，他喜欢这样表达对小妹的喜爱，从苇杭还不懂事一直拍到现在。苇杭摆摆头笑道："你都把我拍老了，还拍。"何如山又拍了一下，苇杭又笑，干脆把头伸给他。何如山也笑了："又耍赖。"

那天他兄妹俩从北门进的城。所谓北门并没有像东、南、西门那样矗立着城门楼子，只是城墙在冲着街口的地方留了个口子，口子外面就是大片的稻田和藕塘。进城后先去小表姨家放下礼品，算是点个卯，好让她准备午饭，接着就去了明水寺。他在寺庙大殿梵王宫上香时，留了笔不大不小的香火钱，住持老和尚出来跟他寒暄了几句，得知是故交后人，热情地延至客堂。苇杭蹙着眉头听了几句他们陈腐迂阔的闲聊，转身出去到梵王宫台阶下，沿着品字形的百脉泉池转了三个圈，惘惘地俯在栏杆上，看着珍珠般晶莹剔透的泉泡从水底汩汩冒出，一簇簇一串串扶摇而上，在水面散成一圈圈波波漾漾的浅细涟漪。学运时的秘密策划、热血沸腾的游行，还有飘拂的米黄色围巾，都在涟漪里交织重叠起伏动荡。

跟老和尚正聊得投缘，何如山猛然觉得身边的妹妹不见了，起身奔出客堂。大殿前烧香的已经稀稀落落，观泉看鱼的却密密匝匝围满了三个泉池。他一眼就看到了紧靠着栏杆的苇杭。她一手撑住栏杆一手抓着斜伸到泉池上方的柳树枝，上身已悬空在栏杆以内，身后的人还在探着身子往前挤。他不敢出声，拨开她身后的人，一把抓住她胳臂，拉着她离开泉池。身边的人立即占据了腾出的空位。苇杭看看大哥，眼里一片空茫。他轻轻拍打几下妹妹的脑袋，说："后边的人再往前一蹭，你就掉进泉池了。"她摇摇头："落进去也会被那些摇摇曳曳的泉泡托住的。"

"那天我也不知道咋走到小表姨家的，只记得进了北门就往东拐，在一条潮湿的小胡同里。"

"从北门里边往东穿过两条街，小表姨家就在街东面第一条胡同里的路南第二户。胡同的东头就离明水寺不远了，秋天水大，胡同里的青石板缝里咕咕嘟嘟冒泉水，墙上都挂着水珠，咋能不潮。"何如山挑起左眼眉看着苇杭，掏出铜锅旱烟袋。

这时候可不能理会他额头上的问号。苇杭从条几上的小包袱里拿出个银白色铝盒递给他："这是卢毓奎让我送给你的英国烟丝。"

何如山熟练地打开烟丝盒，凑到鼻子上闻闻，说不错。点上一袋烟，屋里飘散开缭绕的香气。在济南时，他用的是洋气的烟斗，回到家里就换成了这杆父亲用过的烟袋。

那天中午小表姨夫陪着何如山喝酒，苇杭突然拿起大哥的酒盅抿了口，咂咂嘴一口喝干，接着又连着喝了三盅，脸颊泛起红晕，气色通爽了不少。何如山看着一脸惊诧的小表姨夫，摊摊手："我们这位大小姐，都是让我父亲惯的。""不对吧？如山，你咋把账赖到我姐夫头上了，听说在济南时，你就经常偷偷带着苇杭去酒店呢。"小表姨拉着苇杭的手笑道："这有啥，大户人家的小姐大都会喝几盅的，都是你姨夫少见多怪。是吧苇杭？"何如山笑笑，劝有点尴尬的小表姨夫接着喝酒。别看小表姨年龄比他这个表外甥还小几岁，长辈的架势可是从年轻时就拿捏得挺正。说话时论起两家人的称呼来，小表姨从来不兴带"表"字的。她一向这样，称呼谁都四舍五入往近乎里滚。

吃过午饭，苇杭跟着何如山从东门出城，站在锦江桥头往东南望去，城墙外一片丛生着芦苇、荨麻和竹子的水乡沼泽，野性十足的东麻湾水流汇合百脉泉水穿桥而过，注入绣江河。河两岸轰轰隆隆的水磨让她一下子兴奋起来，匆匆走近一处研磨香料的磨坊。乍受束缚的河水冲激着水中的木轮，溅起一片水花，带动上边巨大的石磨呼呼转动，加料口将浸透的破碎木材输入磨眼，香料源源不断地从出料口涌出。震耳的水磨声中，岸上堆满白色香料，水面上漂浮的白色泡沫也被湍急的河水涌向岸边，漾动在柳树根和芦苇间。顺河望去，就像刚刚下过一场春雪，空气中飘逸着淡淡的清香。苇杭扯过大哥的手摇晃着喊道："知道了，知道了，这不正是'一天春卷千堆雪，三月晴轰两岸雷'吗！过去读钟运泰咏绣江河的这两句诗，总认为这位乾隆年间的章丘知县是胡扯，阴历三月间，章丘怎么会卷起千堆雪，还晴天轰雷。现在才知道原来咱们老家还有这样一片风景。"何如山逗她："那就请我们的大诗人也来一首？"苇杭的兴致瞬间消逝，又是一脸落寞。

"现在还有小表姨家消息吗？听说小表姨夫跟着王连仲干，她咋还敢住在明水城里？"

"日本人刚打过来那年，小表姨来过一趟，后来就断了往来。"何如山眼里闪过一丝明显的诧异和警觉，拇指按按蓬起的烟丝，接连吸了几口，徐徐吐出一团烟雾，"那边日本人的主要兵力都驻守在火车站。王连仲也常在城外活动。这家伙打共产党跟打鬼子一样狠，抓住长岭山一带过去的，一眼看不顺就杀人。咱们这边的人很少再过去，小表姨夫成了王连仲的枪械师，小表姨自然也不敢轻易过来了。她一个妇道人家，又深居简出，不会引起鬼子的注意。加上王连仲出了名地心狠手辣，动不动就杀人全家。他在明水城里到处都有眼线，伪政府、伪军里也都安插着他的人。那些汉奸犯不上去招惹他的军械师家属。没有汉奸们的眼睛，日本人还不都是些睁眼瞎。前几年我还没被日伪怀疑的时候，去明水给你们买药膏，跟一家药铺掌柜的在城外见过一面，问起小表姨夫，他说任先生吃住在浅井村王连仲的军械所，王连仲弄了个年轻女人侍候他，他几乎不进城，只是定期往家里送钱时，才在家里住一宿。"

他盯住苇杭："小表姨，活得可怜哪。"

"这个姓任的该杀！"

"在章丘胶济铁路沿线，小表姨夫是把造枪的高手。他念过书，会绘图看图，铁匠行里都称他'任先生'。听说前些年王连仲带手下摸了日本鬼子的岗楼，缴获了一挺歪把子机枪，就把仿造机枪的活交给了小表姨夫。不到一个礼拜的工夫，他就端出了一挺一模一样的机枪。不知这传言是不是真的。——哎，你是在打小表姨夫的主意吧？绕了一大圈打听小表姨家的事，你要进明水城！"

"这不是来跟你商量吗。"苇杭端端茶杯又放下，顺手摸了摸桌子角。

何如山把烟袋啪地拍在条几上："这事没得商量。多么正义的事也不能伤害无辜。小表姨从小在咱家里长大，咱娘拿着她当亲妹妹，现在娘没有了，咱们说啥也不能做伤害她的事。再说我也不会眼睁睁地看着你拿自己的命去冒这个险。"

"哥，你别着急，听我慢慢说。"苇杭摸过烟袋，重新装上烟丝递给何如山，划着洋火看着他。何如山瞪她一眼，将烟袋锅凑到火上吸口气，火苗卷了个柔和的弧扑到烟丝上，烟从鼻孔里袅袅冒出来。

"大哥！"苇杭挤挤眼挑起左眼眉。何如山不理这个茬。平常她一模仿这个表情准会把大哥逗乐。

"是这样，"苇杭认输，"我们准备搞一次集中造枪，最大的难题是我们绝大多数铁匠师傅，只能比着枪造枪，效率低误差大，难以短时间大量生产。卢毓奎请来的枪械师手里有图纸，但死活不往外拿，只领着他的徒弟关上门偷偷干。更何况我们这次要仿造鬼子的九九式机枪，急需小表姨夫这样能绘图识图讲图的人。再说我们已经打探到，他还收藏着不少各类枪支的图纸。这样说吧，我们有何一钳，再把小表姨夫全家和他的图纸一起带回来，在集中造枪这事上，就不用担心卢毓奎再掣肘，游击队也就有了把控长岭山抗战局面的主动权。"

"所以你就盯上了小表姨夫。"

"沉住气，沉住气。哥，你不是多次说过，这天下早晚是共产党的吗。你想想，王连仲欠下我们这么多血债，小表姨夫跟着他干，还被封了个官衔，到时候他也难逃惩罚。我们现在把他全家接到长岭山来，将来他就是功臣，这对小表姨是最好的保护哇。再说了，这样小表姨夫不就又跟小表姨住在一起了嘛。"

何如山耷拉着眼皮抽烟，吧嗒吧嗒，一口接一口，脸前罩起一层烟雾。

屋外一阵溜墙风从门前穿过。何如山挥手扇开烟雾，看着苇杭。她暗自舒口气，说："你放心，尚邨英也不同意我去明水城。"

何如山依旧看着她，含着烟袋嘴不说话。灯芯又爆出几个灯花。褐黄色烟丝蓬松出烟袋锅，像朵开败的菊花。

苇杭躲开他的目光，看向拉得严严实实的窗帘。

"你等等。"何如山起身出去，脚步声响过通往中院的小门，很快又折返回来。

"这或许有用。"何如山把一个泛黄的塑料硬皮小本本推到苇杭面前。

苇杭拿起来。封面上印着身份证明书第003714号，发证人是山东省章丘县警察所长，时间是民国二十七年八月十三日。"良民证？"她疑惑地看着大哥。何如山示意她打开。

苇杭打开良民证，惊讶得"咦"了声，这竟然是她的良民证，照片却是姐姐的，照片上盖有"章丘"两字的钢印和警察所长的印章。她已经猜透了事情的原委，肯定是大哥一直盼着她随时回家，就在办良民证时花钱打通关节，用姐姐跟她年龄相仿的照片，办了这张证件。她从小就常听周围的人说，她长得跟姐姐像一个模子刻出来的。姐姐自幼多病，一直被父母带在身边，苇杭上女师的第二年，姐姐就病逝在济南。大哥此时拿出它来，显然是要让她拿着它进明水城。

抬头时，苇杭眼角闪烁着亮光。

"小表姨来时说，日本人押着老百姓把几处坍塌的城墙豁口都补上了，出出进进都要经过小鬼子和汉奸把守的城门。"何如山捏起撮烟丝填进烟袋锅，"别这样看我。你认准的事，啥时候让别人挡住过？再说，你不出面，小表姨和孩子是不会轻易出城的。国破家亡的时候，我咋会只顾保全咱何家呢。不过你进明水城之前，我得见见尚郫英，他得有个万全的安排才行。嗨，这么大人了，咋还哭鼻子了你。"

他伸手拍拍苇杭脑袋。

4

苇杭走后，何如山一直坐在堂屋里摩挲那个柿子木雕花烟斗。父亲临终前嘱咐他，无论如何也要把苇杭从云南接回来，一切都依着她，只要她肯回家。本来父亲最疼爱的是大女儿。大女儿早夭后，他就把所有疼爱都加到苇杭身上，即便任性也百般娇惯。苇杭出走云南后，这是父亲第一次提起她，浑浊的眼里满是怜爱和悔痛，说："长兄如父哇，你要约束好你妹妹，匡正我这个当父亲的过失。"父亲哪里会料到，他的小女儿现在已是一支部队的首领，他这个兄长何以约束啊。

太太拿来件披风给他披上，关上半开的后窗，倒掉残茶斟上热水，悄没声出门，返回到堂屋东侧的卧室。何如山这才感觉到满屋的凉气。何家的商业注定要败在自己手里了。他双手握住水杯，奇怪心里竟没有一丝悲凉，更没觉得对不起祖宗，反而感到一种从来没有过的沉稳淡定。

何家起家于老老爷爷。那是个本分的买卖人，缺乏商人的机变算计，从年轻就到处跑着买进卖出，也就挣了个殷实之家。四十岁那年，听说他常去进货的宁波那家大商号得罪了官府，家产全被抄没，就带上欠人家的货款急匆匆赶了过去。在一处偏宅里，见到卧病的那家商号东家，这才知道他家遭难后，靠着他吃饭的亲戚们都作猢狲散，连他的义子也卷了所剩无几的细软跑得没了踪影，太太气急之下撒手归西，身边只剩下一个老仆人。老老爷爷送上货款后，又花钱给他请了医生，雇上用人。临别时那位东家把那处偏宅的房契和一份房产买卖契约递给他，说："你签上字这处宅子就归你名下了。遭难后我就在契约上签字画押，就等着那些欠我账的人，谁第一个来就交给谁，没想到只有你这个欠款最少、路途最远的来了。"老老爷爷急忙推辞。那东家叫他把话听完，"这房契不需要你拿钱，你只是担个虚名，我怕的是死后，那个逆子，还有那些亲戚们，又来争夺这座宅院。生前将它卖出去，我身后就不会再起风波了。到那时，你还得把这座破宅院从根基到屋顶，给我全部重新翻建，在大门上挂上我家的老商号牌匾。"他指指老仆人："然后你将房契和你与他的房产买卖契约一块儿交给他。这，你可愿意？"老老爷爷明知自己力所不及，但看着时日无多的老人那殷切的眼神，还是郑重地点点头。老人对老仆人说："以下的话你也给我记住，这位何先生翻建房子时，屋里屋外屋上屋下，所有的东西都归他所有，你不得干涉，也不可透露给任何人。还有，何先生，请你一定记住，翻建房子时，你要从你老家带上信得过的人来干。"老老爷爷脑子一时有些糊涂，只是不住点头应是。

回家不久，老仆人就派儿子来告诉老老爷爷，东家去世了。他就按照老人的嘱咐，筹足银票，带着一帮泥瓦匠、木工和铁匠，又去了宁波。房子拆完后，那老仆人看着一堆破砖朽木，悄声对老老爷爷说："何先生，你亏大啦，老爷当初说得神秘兮兮，我还以为房子里藏着啥宝贝呢，这哪有什么可以带走的东西呀。"老老爷爷笑着摇摇头："我可从没指望扒出啥宝贝。"

泥瓦匠头踢踢房屋基石："还挺结实的，就别再挖了吧，在上面砌墙就行了。"老老爷爷说："那可不行，我答应人家的是重新翻建，必须从顶到根基都是新的。"正是老老爷爷的实在，给了何家一次机会。接着挖下去，就从堂屋与卧室的墙根基下面挖出一大石缸元宝。那老仆人也果然是个实诚人，让老老爷爷不要声张，等天黑后，他去当地一家声誉最好的钱庄，叫来掌柜和账房先生，将元宝兑换成银票，全部交给了老老爷爷。老老爷爷已将房契提前交给老仆人，当晚就带上三个身强力壮的铁匠往家里赶。宅院翻建一新后，老老爷爷又与老仆人签了买卖契约，重赏了干活的人，和老仆人一块儿去他老东家坟上磕头祭奠。

何家就此发家。

门前响起阵窸窸窣窣，是什么小动物爬过的声音。何如山忽然起身，拎起手杖走出门去。他掌管何家后，就一直恪守"关锁门户，必亲自检点"的朱柏庐治家格言，睡前必亲自检查前后院门，今天因苇杭回家一搅和，就把这事给忘了。走下台阶后，他略一停顿，把手杖夹到腋下，免得包嵌的铜头在青砖甬道上拖曳出声响，现在已经快到下半夜了。平日里这从前门响到后门的手杖声，是提醒全家应该睡下了。

回到堂屋，太太已将桌子上的烟袋和水杯都收拾起来，轻声说："洗脚水刚换上热的。"何如山点点头："是该睡了。"被太太扶回卧室。

躺下后定了好长时间的心神，脑子里还是转悠祖上的那些事，他就又坐起来，披上衣裳靠到床头上，拍拍也要起身的太太："先睡吧，我再坐一会儿。"

何家真正兴盛起来是在老爷爷这一辈上。做小买卖出身的老老爷爷只是靠了那笔意外之财，凭着自己的老实巴交给何家的日后发达打下了根基。他临终前把老爷爷和全家男丁叫到床前，又讲了一遍宁波那个老商人的故事，嘱咐老爷爷每年清明节都要去给老人上坟，伸出两根手指说："你们都要记住，做买卖靠信用。不要和官府拉扯上。这两条，就是今后咱何家经商的训条。"老爷爷接手后雄心勃勃，一改他父亲"扳倒树摸老鸹窝"的谨小慎微，大刀阔斧，大出大进，几年的工夫就把何家商号开到了江浙一带。那是何家的鼎盛时期。只可惜天不假年，老爷爷不到五十岁就去世了，将偌大的家业扔给了爷爷。爷爷就是个十足的纨绔子弟。商事家事全然不顾，一年也在济南待不了一个月，一头扎在江浙的花花世界，流连勾栏瓦舍、青楼歌馆，结交了一帮官宦子弟，很快就卷入他们之间的纠纷，当地的黑帮接连砸了何家几个商号，官府也不断找何家掌柜的麻烦。好在老奶奶是个拿得起放得下的女人，果断把儿子赶到她青岛的弟弟家严加管束，不准他涉足何家的任何商号，让父亲以东家身份去江南收拾局面。其实父亲就是老老爷爷的一个翻版，并不具备重整旗鼓的格局和气魄，只是以他的厚道宽容步步为营，渐渐稳住了大掌柜和各商号掌柜，花银子撇清了跟官府的关系，算是将现存商号的经营引回祖上的正道，但江浙买卖的日渐式微已无力回天，又加上战乱频仍，能挣大钱的买卖都掌握在官府和军阀手里，老实巴交的商家只能敛些人家丢弃的边角料，费心劳神也已捞不出多少油水。也就两三年的时间,何家江浙商号就只剩下地处偏僻的几家还能勉强支撑。父亲无奈,只好退回济南惨淡经营。

太太翻了个身,又沉沉睡去。这位"续弦"一进家门,何如山就呵护有加,使她很快就在何家上下确立了掌家太太的地位。她也是个明事理、知进退的人,明白何如山的这份呵护里,有他对前妻的一份断弦之痛,对丈夫的心思越发细心揣摩,照顾得熨熨帖帖。长夫少妻之间算得上琴瑟和谐。何如山胸口一阵幽幽疼痛。他被父亲招到济南,名义上是帮着父亲协理商务,实际上却全盘掌管了何家的济南商号。半年间就把各号买卖调度得井然有序,利用几家日本株式会社的商业渠道,接连做成了几笔大交易,一年下来就扭转了何家商号惨淡经营的局面。"何家少东"的名号在济南商埠迅速传播开来。自觉风光无二的少东家踌躇满志,却突然被父亲叫回家,劈头盖脸一通教训,说他违背祖训,要将何家带上当年宁波那位商家的路。他蒙了好一会儿,才小声争辩,说没做衙门和军营的买卖。父亲的烟袋锅敲得桌子当当响。他缩了缩脖子,要是小时候,这烟袋锅就敲到头上了。"你比跟他们合伙做买卖还危险,那样他们还可从中渔利。你的做法是直接断了人家财路。不要以为你下了着妙棋。他们不敢招惹日本商人,对付你、对付何家是连计谋也不屑动用的。别不服气,去,你叫上几个伙计,到咱家门前和各商号去看看。"他脸色铁青地回来后,父亲的语气和缓下来:"那些在咱门前转悠的,穿警服、穿便衣的,都是一个路数,自古以来就官匪一家、军匪一家,战乱时期尤其如此。乱世不作为,你连这点道理都不懂,枉读了一肚子书。要不是当下济南的官府和军阀正明争暗斗得不可开交,你怕是早就挨了闷棍、中了黑枪。"父亲说着说着就又上来气,"到那时怕是我给你收尸都找不到地方。本来把这一摊子交付给你，我是想好好将息下这把老骨头，一直也懒得过问商号的事，要不是大掌柜觉得要出大事，我还不知道你胆子竟会这么大。"招手让门口的伙计叫来大掌柜，说："从今天起，少东家不再管商号的事，你马上中断跟那些株式会社的联系，还是做咱们的小买卖。今晚就去那几家衙门和军营，道歉、告饶、说好话，别不舍得花银子，能安抚下就阿弥陀佛了。"事后大掌柜想跟何如山解释，何如山拱拱手："我正想感谢你呢，你提醒过我，我也觉得走急了走远了，只是一时没得收手。放心，咱们还有机会。"

后院响起头遍鸡叫。太太眼皮掀了几掀，惺忪睁开："还没睡呀？睡吧。"何如山撩开她脸上的乱发，顺手伸进敞开的睡衣里。她呻吟着似忍痛又似忍俊地半张开嘴唇，却发觉他的眼神又游移开，手也停止了揉捏，就搂住他的腿，把脚搭在他另一条腿上，下身忽然热乎乎一阵流泻，赶紧蜷缩起身子闭上眼，慢慢将急促的喘息调匀。

头一拨鸡叫渐渐零落下去。

旋风般旋转的节奏冷不丁停下，何如山闲得手脚没处安放。本来父亲要把他赶回老家，他托大掌柜求情才勉强留下来，没想到却被圈禁在家里一个多月。直到确信危险已经过去，这只鹰也被熬得绵了爪牙，才允许他按老规矩重掌东家职权。老头子没有料到，这只瘦了一圈的鹰内心依然桀骜，压根就没瞧上给他划定的那些麻雀、老鼠之类的猎物，可各商号却不再听从他另辟蹊径做大买卖的调度。一气之下何如山干脆不再理各商号的事，跟一帮要好的少东家、少掌柜轮流坐庄，泡剧院捧戏子喝花酒——胖夫人就是在那个时候做票友认识的——花银子的事自由各商号跟在后面处理，他只顾风流潇洒。"何家少东"又以另一番面貌出现在商埠。大掌柜交代各商号掌柜不得向老东家透露消息:"这样的事咱们见多了,有几个少东家不是这样走过来的。就是咱们这些给东家扛活的,谁也没少干过。等时局一好,咱们这位胸襟阔大的少东家,笃定还会再干他个风生水起,到那时咱们都会跟着沾光。"

何如山轻轻吐出口气。时局反倒越来越乱了。幸亏那时因苇杭的缘故,结交了尚郸英他们,使他从花天酒地中决然回头。太太动了动。看着她不住弹动的眼皮,他忽生愧疚,扯下披着的衣裳,把她揽在怀里。她趁势往下一坠,把他拉进丝绸夹被,绵绵地紧贴到他怀里,用呢喃的指头肚抚弄稀疏卷曲的胸毛。

第二茬鸡叫响亮地透进窗户。

第十章

1

"咋还不回来呢？"宋子辉来回走动的影子被灯光放大到墙上，扯得整面墙都在动。

子辉这插花是越来越赶节令了。尚邨英看着酒瓶里的一串红，有些好奇地想，给恋人采的花和给大姐采的花有啥不同呢？譬如这一串红，不管送给大姐还是送给恋人，都是一样的颜色，火辣辣的，不一样的只是心情吧，浓淡的味道不同？

子辉还在来回晃。

尚邨英摆摆手让他坐下，倒了盆热水泡上脚，双脚交替搓动，看着墙上灰暗斑驳的壁画。这段时间卢毓奎接连换了两员大将，送走了阴阳怪气的军师，和跟翟义昆搅在一起、不断撺掇独立旅拉出长岭山的那个营长，不知通过什么渠道，从国民党野战部队请来两个副营长，一个姓佟，任参谋长，一个姓郝，任一团团长，显示了坚持长岭山抗战的姿态，也震慑了翟义昆他们的分裂势力。队伍建制也一改过去的混乱，统一为团营连排班。三支部队联合抗日的大局基本稳固下来。只是潜伏在山上的特务一直悄无声息。三支部队各自安排了几次小型突袭活动,都很顺利。莫非长岭山上最大的特务就是林福,剩下的小喽啰都吓得趴窝了?这不可能。造枪前的几次行动还得严格保密,放松不得。特别是突袭普集车站夺取机枪,三支部队都会派出骨干参加,他已跟卢毓奎和梁铁峰达成一致,三人都亲自点将,对身边最信任的人也要保密。卢毓奎先是有点敏感地看了看他,随后也点头答应下来。

何苇杭推门进来。

宋子辉一眼就盯住她手上提的两瓶酒,抢过来抱在怀里。尚邺英伸出手:"还有我的一瓶呢。"宋子辉护住两瓶酒,转身放在自己的小桌上,解开捆着的细绳,递给尚邺英一瓶。尚邺英捅他一拳:"你不是不好喝酒吗?""那不一样。"宋子辉憨憨地笑道,"大姐的酒,我得好好留着。"

尚邺英与何苇杭相视一笑。尚邺英伸出食指摇了一圈,点着宋子辉说:"那你就留着吧,早晚是我的。"

何苇杭简要说了下跟大哥的交谈,掏出那本"良民证"递给尚邺英。尚邺英翻看了一下,递给宋子辉:"这下,咱们三个游击队的首长,手里就都有一本大日本帝国皇军的良民证了。将来跟孩子说起来,他们怕是会觉得挺滑稽。"

何苇杭和宋子辉都没回应。他们都没觉得这事滑稽,难不成进出鬼子据点还要亮出抗日的旗号?二十世纪八十年代,何苇杭与尚邺英再次拾起这个话题,不禁感慨不已。他们都曾因保存着当年的"良民证",受到孩子辈的小将们反复批斗,而且百口莫辩,这可实在是够滑稽。

没得到两人回应,尚邺英双脚拍打几下,说:"那好,咱们商量下进明水城的方案。"

"就这样商量？"何苇杭点点他的光脚。

尚邶英咧嘴笑笑："你这大小姐事真多，商量方案用脑子又不用脚，让人家在盆里舒服着怕啥。"提起脚在裤腿上正反蹭了几蹭，趿拉上鞋子。

"看着臭脚丫子影响动脑子。"苇杭忍不住笑，"你倒真像个山大王了。"

"本来嘛。来，子辉，打开瓶酒喝一口提提神。"

"你啥时候有这习惯了？"宋子辉抓起尚邶英那瓶酒咬开盖子，尚邶英一把抄过来，耸耸鼻子："嗯，不错，好酒。子辉，这瓶是你打开的，就是你的了。"

"那可不行，我还要留着呢。"

"留啥留，都开瓶了还咋留。"

"打开的又不是我那瓶。"

"你打开的就是你的，那瓶归我了。哎哎，瞪啥眼呀，真小气。明天下午我和政委要去看立刚，这酒是个舒筋活血的物，他正好需要呢，总不能让我和政委提着瓶打开的酒去吧，那叫啥话呀。别急别急，我就说是宋副大队长送给他的，这人情记在你身上，总行了吧？"

何苇杭把刚喝进嘴的水喷了出来，指点着尚邶英说："你真是老奸巨猾。"

尚邶英嘿嘿直乐："来，兄弟，坐下。你咋这么死心眼呢，改天苇杭再给你拿瓶来不就是了，你送了人情又有了酒，稳赚不赔。"

"休想，我可不会让你也给套进去。"

"好好，不套不套。那，咱们言归正传，进明水城的方案必须环环相扣,每个细节都精准无误。而且除了咱们三人和参加行动的,对其他人一律严格保密,就更别说其他两支部队了。"

等尚郁英说完自己的设想,三人又从头推敲了一遍,窗户已经透亮。他抓起酒瓶子喝了口,宋子辉也嗞溜吸口气。他捋捋胸口,舒服地呼出口气:"好酒哇。子辉,你也来一口?"

宋子辉推开酒瓶,没好气地瞪他一眼:"这瓶,也……归你了。"

"那好那好,这份情我领了,我也还你一个人情。你不是一再提出辞去一中队长的兼职,专管大队部的事务,省得两头忙两头都顾不周全吗?这事政委已经与我商量过了,就让立刚接替一中队长职务,带领侦察队参加夺机枪行动。前几天我和政委去看他,这小子当场表演了一套擒拿拳,根本看不出受过那么重的伤,身体恢复得真够快的,简直神了。这员虎将正好派上用场。"

宋子辉乐呵呵地抬手敬礼:"那瓶酒我就心甘情愿地送给你了。"

2

山北的天黑得格外快。

宋副大队长走时阳光还亮堂堂的,他前脚刚出门,太阳就噌地落到西山,顺山谷而下的雾气随即飘进茜茹娘家的小院,碎石院墙上的扁豆秧模糊成一片毛茸茸的暗绿。她大哥和嫂子都还在地里抢一天中最后一刻。

小院静悄悄,白纱似的雾气顺着墙根游走。

郭立刚养伤的小东屋没有后窗,门和前窗都关着,憋了一屋浓郁的药味。他站在窗前听着核桃树上归宿的鸟叫,心里的兴奋还没平复下来。

茜茹低头收拾衣物。她将刚刚包好的蓝花包袱解开来，一件件地把东西点数一遍，又重新包好，自言自语般地说："天天盼着你的伤早日好起来，刚好了，你就急着要去打仗了。"悄悄揉揉鼻头，仍低着头，叮嘱道，"你仗着底子好，阳气旺，伤口愈合得快，可身子骨毕竟还虚弱，要记着按时吃药。我给你包上了一袋核桃仁，每天要吃上几个。山上的天气一早一晚很凉，要及时加衣裳。我给你织的毛坎肩就常穿在身上吧，护住伤口，不能一冒汗就脱，免得着凉。"

郭立刚把枪放在桌子上，走到床边，从身后轻轻抱住她："我真舍不得离开你。"下地后一个多月的百般抚慰，茜茹终于不再拒绝他的搂抱，但晚上还是要回到她的小西屋去。

茜茹挣了一下，郭立刚两臂稍一用力，她的后背就靠在他的怀里。她叹息一声，把头仰在他肩膀上："要再把你关在这间小屋里，还不得把你急出病来。你们有本事的男人，一个个的都不会老老实实待在家里。"

郭立刚在她额头上轻吻一下，把茜茹的身体翻转过来拢到怀里，脸贴在她脸上，轻轻叫着"茜茹，茜茹"，胳臂慢慢收紧，把她贴在身上。茜茹浑身绵软，禁不住呻吟了一声。郭立刚觉得全身的血哗地冲进小腹，抱起茜茹滚到炕上，重重地压在她身上。她叫了声"立刚哥"，闭上眼睛。立刚感到身下柔软如水，回应着她急促的呼吸，手慢慢探进她怀里。她不断叫着"立刚，立刚哥"，两臂松松展开。立刚摸索着找到她的腰带结，拽了几下没拉开，反而弄成死扣，焦躁地用力一扯。茜茹浑身一震，眼睛猛地睁开，满脸惊悸，忽然尖叫一声，一把推开郭立刚，翻身跑了出去。

郭立刚扯过被子抱在怀里。

院门哗啦推开。茜茹的一对侄子先喊着"姑姑"跑了进来。

"他姑,"嫂子叫道,"黑灯瞎火的,咋还不点灯?"

院子里的核桃树摇起阵风,初秋的暑热骤然消散。

郭立刚狠狠捶了脑袋一拳,枕着双手摊开身体。终于要归队了,真不想干什么中队长。在何政委手下,他和他的小队随时可以出击,到了一中队怕就没那么自由了。等夺了机枪,得好好跟大队长说说,还是当侦察锄奸小队长好。

3

普集火车站碉堡上的探照灯突然启动,将黑沉沉的夜空劈成两半。

铁丝网圈成的围墙里悄无声息,像一个深不可测的洞穴。郭立刚、夏侯雪和郝团长率领的突袭小队,掩进靠近铁丝网壕沟的高粱地。几只蛐蛐跳动了几下,又轻轻振动翅翼,发出铮铮的金属声响。

郭立刚又闻到熟悉的战场气味,连手指头都觉得振奋。他碰碰夏侯雪,悄声问:"你咋穿一身灰色?"夏侯雪左右看看一身黑衣的郭立刚和郝团长,说:"忘记告诉你们了。这是江湖上的经验,晚上,在有光亮的地方,黑衣服一离开隐身地,就是一团黑影,灰色衣服就模糊多了。你们就猫在这里别动,只要封锁住碉堡的枪眼就行了。"说着手一撑地就要跃起,被郭立刚一把压住:"别动。"他扭头对郝团长说:"我觉得不对头。""对。"郝团长点点头,"我也感到有点异样,只是没想出哪里不对。"

郭立刚摸起块石头,扬手丢进围墙内的平房前边。石块"啪嚓"

落地，弹跳了几下。碉堡顶上站岗的鬼子兵扭身隐进黑暗，平房内仿佛起了一阵骚动，立即被一只大手压住了一般，围墙内重新陷进深邃的静寂。

郝团长向后压压手道："鬼子有准备了，在站内设了埋伏。咱们得快撤。"

夏侯雪心中一惊，看一眼郭立刚。郭立刚拉一下郝团长的胳膊，说："我们天黑后侦察时，这里还一切正常，能这么快赶来的鬼子和伪军，肯定是离这里最近的普集据点和呆家坡车站的。郝团长，你看我的想法行不？我和夏侯熟悉地形，带队火速去呆家坡车站夺机枪，你们留在这里，不时搞出点小动静，让他们继续兜紧这张网。"

郝团长拍拍郭立刚的手背："好主意。我就扮演一条准备上钩的鱼，只扯动浮标不咬钩，把他们牢牢地稳在这里。要注意，看来鬼子得到消息比较晚，要警惕他们的后续部队。"

郭立刚使劲攥攥他的手："好，呆家坡车站枪声一响，你喂王八羔子一阵手榴弹就赶紧走人。"

郝团长跟身边的班长耳语了一阵，班长招招手，带着几个战士向一侧迂回过去。

虫声唧唧，不断有露珠从高粱叶上滴落下来。

郭立刚和夏侯雪分两路赶到呆家坡车站。

郭立刚绕着围墙转了一圈，猫腰回到玉米地里，夏侯雪和几个战士凑了过来。"这里已经没有多少敌人，碉堡上的哨兵也换成了伪军，我们争取一招之内解决战斗。你先动手，你枪声一响，我就干掉大门岗哨，打开大门。你们几个负责封住碉堡的枪口。"他拍拍夏侯雪肩头，"注意，围墙有一人半高，墙头上插满了碎玻璃。"

夏侯雪抽出匕首，切下一截二尺来长的玉米秸根部，右手拔出驳壳枪，习惯性地把枪管在腮上贴了贴，拉拉身边的战士："你站到壕沟那边，双脚钉在地上。"冲郭立刚一扬下巴，"我去了。"趁着探照灯闪过的余光，猛地跃过壕沟，脚在战士肩头一蹬，身体腾空而起，在围墙上空一压上身，平身扑向墙头，左手的玉米秸轻轻一点，倏地翻了过去，"叭叭"两声点击，哨兵的脑袋和探照灯应声而碎。郭立刚双枪齐发，大门口的岗哨一左一右栽倒在地上。十几个战士同时分前后两排跃过壕沟，前边的在围墙前一蹲，待后面的踏上肩头，挺身站起，几条火舌忽地喷向碉堡枪眼。夏侯雪几个翻滚贴身到碉堡下，手一甩，一个闪亮的钢钩带着绳索飞向碉堡顶的垛口。冲进院内的战士长短火力全开，严密封锁住枪眼。夏侯雪一摆手，趁着短暂的火力间隙拽住绳索，噌噌几个蹬踹，眨眼间跃上碉堡顶，一把抄过九九式轻机枪。郭立刚一挥手，几个战士冲过去，往射击孔里扔进几颗手榴弹。随着几声闷响，碉堡枪眼里冒出一团团浓烟。夏侯雪顺着绳索唰地落在地上。

普集火车站传来密集的爆炸声。长岭村和东河庄方向，阻击敌人增援的枪声也响成一团。

山下的会合路口，突袭小队的战士们欢呼着拥抱在一起。

郝团长高兴得忘了男女之别，抱着夏侯雪的肩头哈哈直笑："咱们三个战士受伤，炸死了最少十多个敌人，夺回一挺机枪。他娘的，这一仗打得痛快！"

郭立刚把郝团长和夏侯雪拉到一边，小声说："从这一战的情况看，咱们的队伍里确实有鬼子的眼线。回去以后，咱仨分头向卢旅长、梁大队长和尚大队长报告。"

"我已经盯着了。"郝团长咬牙，"他娘的，不管是谁的人，敢当汉奸，老子先一枪崩了他。"

郭立刚朝他拱拱手。看来郝团长已经了解了独立旅的一些情况。

夏侯雪拍拍郝团长的光脑袋："郝团长，我都出汗了，你老搂着我干啥。"郝团长一阵朗声大笑，把帽子扣到头上："兄弟我一时高兴，这事，就别向梁大队长报告了啊。"

"咋着，敢做不敢当啊。"夏侯雪伸开胳臂拥着他俩，"走吧。"

4

明水城之行有惊有险但圆满成功。

实施劫持计划最大的危险来自王连伸方面。此时日军的兵力部署已呈现收缩之势，胶济铁路沿线的驻军大都集中在各个火车站，常驻明水城的兵力也就只有一个小分队，城防、治安主要靠汉奸们支撑着。

值得庆幸的是，小表姨夫的生日正赶在明水寺庙会的第一天。这时候进城，城里到处是外乡口音，对我们是很好的掩护。城里的地下党组织做了周密的接应准备。郭立刚小队的战士也已经混进城里。立刚说大队长下了死命令："不管行动成功与否，必须确保政委她们安全撤离。"

进城门时就险些出了大麻烦。我一直观察前面的人咋递交良民证、鞠躬进城，等轮到我时，年轻的鬼子兵对照着照片看了看我，顺手把良民证还给我，可我在心里操练了好几遍的鞠躬动作却没有完成，只是草草弯了下腰。鬼子兵"巴嘎"一声，伸手拦住我。站在他对面的伪军赶忙跑过来，向鬼子兵深鞠一躬，说我是他的表姐，大户人家的女人不常出门，心里发慌。他扭头朝我眨眨眼，我重新朝鬼子兵鞠了一躬,他推我一把,喊道:"早点回家,省得我舅不放心。"我借机匆匆挤进赶会的人群。好险,估计这伪军不是地下党的人就是郭立刚的眼线,进城前我就注意到他在远远地打量我。等到心跳平稳下来,又忽然觉得挺有意思,对小胖说:"这进了趟城又捡了个表弟。"小胖擦擦额头的汗水,呃呃着说:"吓死我了都。"

在胡同口跟小慧会合,敲开了小表姨的家。小表姨惊喜地拉住我的手:"你咋来了!"旋即满眼狐疑,"你不是……"我说:"没空拉家常了,赶快收拾下跟我出城。王连仲怀疑小表姨夫通共,要抓他。他已经从浅井村逃出来,在城东门外的水磨坊那里等咱们。"她站着不动:"今天是你小姨夫生日,等他回来再走吧。"咋就赶得这么寸!我真急了,抢白道:"再等就走不成了,他哪里还敢回家过生日。"她看看十多岁的老生儿子,迟疑着说:"我总得等他个信呀。"这时小表姨的邻居大哥慌慌张张跑进来:"嫂子,赶快离开,王连仲在城里的人很快就过来,咦,这位大妹子?""我是来接小表姨的。"小表姨这才慌慌张张地收拾细软。我事先已经知道,小表姨的邻居是地下党的堡垒户。我提醒小表姨:"表姨夫有啥心爱的东西吗?"她一拍大腿,拉着邻居跑到厕所里,从苇席顶棚上拿下一个破皮箱子,递给我说:"他的命根子,净破图纸。"

这时我犯了个大错。得到图纸光顾着尽快离开小表姨家了,没注意小胖就这么大摇大摆地提着箱子,跟着小表姨娘俩走出小胡同。等和赶会的人流一起汇入通往东城门的大街时,才发觉她一身大小姐随从的打扮,提这么一个箱子太扎眼了,赶紧让江小慧靠上去遮掩,走了几步还是觉得别扭。身边的人开始不断打量我们。出城时鬼子一定会打开箱子检查。我急出一身汗,扯一把小胖、小慧,挤到一个煮嫩玉米的摊前,给小表弟买了几个,借机观察街上的情况，发现后边不远处的小笼蒸包摊边，两个商铺小伙计打扮的人也在观察我们，跟我目光一碰，慌忙低头咬口包子，接着捂住嘴不住摆头，大概是被包子里的汤给烫了。毫无疑问，这是两个盯梢的，只是不知是伪军的便衣还是王连仲的人。

情况危急，必须尽快赶到康家大门楼子，跟郭立刚小队的人会合。我问小表姨："康家大门在哪边？"她往前边一指："不远，过去通往明水寺的街口就到了。"我让小慧背起小表弟，我和小胖拥着小表姨，不管不顾地推开身边的人往前硬挤。

郭立刚小队十来个战士的土特产摊摆在康家大门楼子两侧。我们还没挤到跟前，副小队长就吆喝着"看看我们的野菜、野果吧"，过来把我们拉过去。我拿过皮箱放到脚边，就近蹲在摊前装作挑拣，对也跟着蹲下的副小队长说："箱子里的东西你必须带回长岭山。大门西边熬膏药的摊子跟前，那两个不断往这边看的小伙计是跟着我们的尾巴。"他往那边瞄了眼，低声说："利索点，把他们弄到偏僻处灭了。"顺手把皮箱推到装土特产的几个麻袋后边。两个叫卖鲜核桃的先后起身，不紧不慢地走向膏药摊。副小队长拍拍手站起来："这位大小姐看着就是个有钱的，咋跟我们穷人这么计较，不卖了不卖了。"一步跨到麻袋后面，弯下腰低声跟麻袋两边的三个人说："护送她们到康家磨坊，去北门外接应我们。"我也站起来，拉着骨碌着眼珠子看得迷迷糊糊的小表姨往东门走去。身边有立刚小队的战士，心里踏实多了。

到城门时已经十点多钟，进进出出的人都堵在门口。负责检查出城的是一个四十多岁的伪军。我递给他良民证，他色眯眯地看着我，让我抬起胳臂，伸出两只脏分分的手要搜身。紧跟着我的战士悄无声息地跨前半步，挡住后边人的视线，狠狠瞪他一眼，右手在腰间摆了摆："王司令的人。"那伪军脸色一凛，把良民证往我手里一塞："磨蹭个啥，快走。"

出门后意外地看到夏侯雪从排队等候进城的人中间走过来，拉住我胳臂摇了摇。

在康家水磨坊跟郭立刚会合后，并没看到小表姨夫，小表姨当时就哭了，说见不到孩子他爹，就是死在这里也不走。小慧机灵地抱起小表弟跳上马车，几个战士将小表姨连推带拉弄进车厢，马车迅速驶离。没办法，这不是个久待的地方。

一路上我心里七上八下。要是子辉他们劫持任先生失手，整个行动就全盘失败。

等到过了东巴漏河，在道流庄头跟接应的一中队战士会合，得知子辉已押着任先生回长岭山，我才长出一口气。按照原计划，子辉带队装扮成伪军，埋伏在浅井村通往明水城的必经路口，等候回家过生日的任先生。他们先制服了两个护送的卫兵，接着亮明身份，告诉他老婆孩子已顺利出城，跟他们会合后就一块儿去长岭山。没想到他突然大喊大叫，还想往浅井村跑。子辉只好下令捆起他来堵上嘴，押着他先往明水火车站方向兜了一圈，才直接奔往第二接应点。这一折腾倒弄出了一个意想不到的效果，目击劫持现场的老百姓都说日本鬼子绑走了任先生。别看子辉平时憨憨的，关键时刻却沉着冷静，不像我总是毛手毛脚。

经过长岭村上山的路上，我才腾出心思问夏侯雪："你咋也去了明水？""还不是为了你这个女人词典。"她似乎带着股情绪，说，"俺那位非让我去城里给你当保镖。我怼他一句，说'你的女人词典脑子那么好使，哪里还用得着我呀'。"品咂着夏侯的醋意，我心里觉得好笑，肯定是尚邶英去找了梁铁峰，就故意逗惹她："我啥时候成了你那位的了？什么脑子好使，你别自说自话呀，我听不明白。"她甩了甩手："我明白就行。"我嘻嘻哈哈装憨："我得先去你们山寨谢谢梁兄。"她醋意不散："别价，还是我替你捎给他吧。省得你梁兄看见词典就啥都忘了。"

——摘自《何苇杭回忆录》

作者附记：动笔写这部小说之前，我对照着何苇杭的日记和她发表的关于长岭山抗战的文章，仔细阅读了她的回忆录。满满一小纸箱子手稿，足有二十多万字，大异于一般回忆文章的八股腔，文笔生辣有趣，散发着本真气息，常常让我忍不住拍案叫绝。遗憾的是，何苇杭留下了遗嘱，她所有的文字都不准后人出版。

相比于回忆录，她的日记就更加率性。看得出她写下这些文字时，根本就没打算让人看，就更别说公开出版了。譬如在明水城行动当天的日记中，她在"明水劫持行动大获成功"这十个字后边画上句号，笔锋一转，留下了这样一段文字：

我带着小慧、小胖提前一个小时赶到明水城东北方向的一片柳树林子。

幸好，我对这里的记忆大体不差。从柳树林南边望过去，是一段石砌的河道，两岸有十来户人家。再往南去，河道斜斜地向西南方向拐了道弯，掩进一丛丛杂树、芦苇。杂树、芦苇的尽头就是东城墙的最北边，城墙根有个石砌的出水口，估计城墙里面有股不小的泉流。记得跟大哥从这里经过时，我看见几个光屁股的孩子在出水口游出游进，他们浑身泥鳅一样黑亮，只有一段短裤的印痕特别白嫩，小鸡鸡毫不害臊地在这片白嫩里东张西望。人的记忆真是奇怪。大哥那天把水磨坊的事讲得那么生动,我脑子里却依然一派混沌,偏偏就记住了这条小河汊子和这个出水口。

如果能从那个出水口钻进去,就可以免遭给日本鬼子鞠躬的耻辱。我知道这很危险,而且是擅自改变行动计划的违规动作,这与我的政委身份极不相称,但我还是想试试运气。我知道这是我的性格弱点,总不愿叫既定的东西束缚自己。山北的姜副司令曾说过,何苇杭不该当事事拿捏分寸的政委,而应该做个举火燎天的战将。我也不知道这是表扬还是批评,但心里很认可他说的话。

走上那段石砌的河岸,十来户枕河人家正在烧火做饭。我看看周围动静,正要找一户人家问问情况,一盆洗锅水从窗户里泼刺倒出,带着油腥味,贴着我们的脸落进河里。这"泼刺"一声竟让我有些小小的激动。那次赶会大哥特意带我到这里喝茶休息,下午的阳光斜斜落到河里,给河水划出一道半明半暗的界线,河藻在水流中摇摇曳曳,摆到阴影里的青郁,晃进阳光里的碧绿。水底的房屋也一半灰暗一半清亮。恰好有一桶污水从对岸门口里边泼出来,泼刺落进河里,扯开明暗界线,荡漾出满河光影,待到欢快的小鱼抢吃完残渣剩饭,污秽已被流水带走,河水依旧清澈。那天我赖着不走,非得再等第二桶水泼到河里。正跟大哥耍赖,就听身后人家的窗户一响,一盆水泼将出来,等我回过神来望向河面,小鱼已散开,流水恢复平静。一叶独木舟顺流而下,撑船的小伙子向河底杵一下绿油油的竹竿,独木舟嗖地从眼前晃了过去。

"你瞧。"小胖指指前边,一个大嫂正在提放在河里的虾篓,水哩哩啦啦落到河里,从竹编篓子的空隙里,可以看见蹦跳的鱼虾,"又是鱼又是虾的,还这样过日子,都成亡国奴了。""你想让他们咋过?挺起胸膛冲进城里,跟鬼子拼命?"这胖丫头,恨不得所有人都上战场打鬼子。

小慧从出水口那边转回来，低声告诉我，出水口封上了铁条，老乡说里面有伪军日夜把守。

在转道北门的路上，我继续跟小胖说，不能埋怨老百姓苟且偷生，是国家是军队让他们遭此大难。他们只要能把日子过下去，生儿育女，抗战就有希望，救亡的责任应该我们承担。她"唔唔"着点点头，又往嘴里填了点什么，鼓起腮帮子咀嚼。我奶奶常说胖人都嘴馋。这话一点也不假，老人的俗话都是实话。

下午从道流庄回长岭山的路上，夏侯雪拉住我胳臂，说："苇杭姐，你生我的气了？"我赶紧解释："感谢还来不及呢，咋会生气。我是一直在想进城时给鬼子鞠躬的事，心里腻歪。""那还不好说，"夏侯笑道，"我宰了那个鬼子，给你出了这口气。"我没当回事，顺口应道："那敢情好哇。"

晚上尚郅英把大哥约上山，跟小表姨夫一家一块儿吃顿饭。小胖把我叫出去，夏侯雪笑眯眯地递给我一个纸包。打开一看是一只耳朵，我干呕了声，赶紧扔在地上："是那个日本鬼子的？"夏侯雪踩住耳朵蹍了蹍，一脚踢到路边。"这回你不用腻歪了吧。"她耸耸鼻子，"喝酒了？咋不叫我呀。"大步走进庙门。

夏侯雪的率性，很对我的脾气。

5

接回小表姨一家那晚上的接风宴，气氛很是尴尬。

小表姨夫耷拉着眼皮枯坐着，满脸阴沉。小表姨手足无措，眼睛在每个人脸上寻摸。小表弟则惊恐不安地依偎在妈妈身边，不时偷偷地瞅一眼何苇杭。何如山和尚邨英费力地挑拣着话题，试图调节席间气氛。小表姨夫不抬头不回应，酒杯不端，筷子不动。

幸亏夏侯雪的贸然闯入撞破了僵局。何苇杭借着介绍夏侯雪的机会，站起来给小表姨夫端起酒杯，说："小表姨夫，请您原谅，以这种方式把您接来，实在是迫不得已，这杯酒是我给您道歉了。"

小表姨夫抬抬眼皮，瞅着脸前的酒杯"哼"了声："我可不敢当。您哪里是接我，分明就是劫持嘛。"

何苇杭脸上的笑和端着酒杯的手一时不知所措。她扭头看看大哥，忍了忍又说："小表姨夫，这不光是为了我们游击队好，也是实实在在为您一家好。以后您一家就住在这里，跟我大哥走动起来也方便，不是挺好嘛。"

"为我好？"任先生的火气一下蹿上来，朝何苇杭吼道，"我辛苦了半辈子的家没了，还好？哪里好？"

夏侯雪一把将苇杭按坐在凳子上："任先生，不要敬酒不吃吃罚酒。要不是因为你是苇杭姐的亲戚，哪里用得着这么费事，我一个人就把你捆来了。你的老婆孩子，我才不操那份闲心，让王连仲、让日本鬼子抓了杀了，你倒更死心塌地了，哪里还有现在这些啰唆？"

任先生惊诧地看着一只脚踩在凳子上叉腰立目的夏侯雪。

"咋着，你不信？"夏侯雪扭头朝门外喊道，"小胖，把那只耳朵给我找来。"

何苇杭赶紧阻止小胖，给大家讲了刚才夏侯雪为了给她出"弯腰鞠躬"那口气，返回明水城北门，杀了那个站岗的鬼子兵，割下他一只耳朵的事。任先生脸色煞白，扶正歪倒在桌子上的酒杯，抬头看着何如山。

"坐下坐下。"何如山先招呼夏侯雪落座,又安抚小表姨夫,"这位夏侯女侠,向来快人快语,您别紧张,这里比明水城、浅井村都安全,你尽管放宽心。咱们虽是表亲,但处得跟至亲一样。苇杭是小表姨从小抱大的,她咋会害你们呢?我说小表姨夫呀,论辈分你是长辈,论年龄我比你大几岁,今天就听我念叨几句吧。你觉得跟着王连仲官禄都有了,可你没往远处想想,王连仲这样杀人不眨眼的魔王,将来不管是老百姓还是共产党,谁能饶了他?到那时别说你的家产,怕是脖子上吃饭的家伙也保不住。当着尚大队长他们,我也不用拿捏着说话,你以为我全力支持他们是一时头脑发热吗?凡事应往大处看,大处明白了,究竟是'接'还是'劫',这些细枝末节,还值得计较吗?"

小表姨频频点头,满脸白毛子汗水。任先生脸色由阴沉转为灰白。

尚邺英及时端起酒杯:"来,咱们一块儿敬任先生一杯酒吧,是接风也是压惊。"大家都端起酒杯。小表姨慌忙给丈夫斟上酒,碰碰他胳臂。任先生端起酒杯抿一口,对尚邺英与何如山道了声"谢谢"。

石峪寺大殿里的空气总算流动开来。

得知游击队将任先生全家"请"回,还带回了一批枪械图纸,卢毓奎眼馋得拍打得屁股"啪啪"响,埋怨尚邺英不该瞒着他。尚邺英笑而不语。梁铁峰哈哈直乐,拉卢毓奎坐下,拍打几下硬实的长案板,说:"你把屁股拍打得这么响干吗,咱们可是说好了各尽其能请高手的。怎么请来了任先生,你又生气了呢?"

夏侯雪和宋子辉,以及常、佟两位参谋长都有点紧张地瞅着卢毓奎。

"我生气了吗？没有啊。我只是眼红罢了。"卢毓奎响亮地大笑，"这何苇杭，咋就不在我们独立旅呢？"

苇杭听出他笑声里的空洞，正想说话，被卢毓奎摆摆手抢过话头："既然南任北何与我从天津请来的张先生，都凑到一块儿了，就抓紧请他们给那些粗识几个大字的军械师上上课，培训他们按图造枪，那集中造枪的效率可就大大地提高了。"

"卢旅长的建议很好。"苇杭先回敬他一顶高帽，接着说，"只是我那位小表姨夫还惊魂不定，心里抗拒得很，窝在他那间小屋里不肯出门。"

尚郓英伸出食指和中指夹了夹，向卢毓奎要了支烟，吞吐几口，说："任先生的工作还得靠苇杭和她大哥慢慢去做，让他屁股和心都稳稳地坐在长岭山，这事急不得。我倒有个新想法，咱们先摆一个集中造枪的虚阵势，试探下鬼子的反应，也借机触动一下那个内鬼，看看能不能发现他的蛛丝马迹。所以这虚阵的事，也必须就咱们在座的几个知道。"

苇杭发现卢毓奎脸上闪过一丝疑虑，知道他是在猜疑游击队是否要独占任先生，或许也是在怀疑尚郓英又提及内鬼的指向。果然，他又扔给尚郓英一支烟，自己也点着一支，说："我会按承诺，把独立旅的军械师一个不落地交出来。至于内鬼嘛，郓英兄，咱们确实都要警惕呀。"

"是啊是啊。"尚郓英摸起卢毓奎扔给他的那支烟，熟练地接在正抽着的烟把上，露出他的"弥勒笑"，"我可是连何苇杭也防着呢，毕竟身边人更防不胜防啊。"在一片笑声中，他模仿卢毓奎的声调："至于任先生嘛，我们何政委是把她小表姨夫从长岭山请来的哟。"

何苇杭暗自一笑，这两个大男人凑在一起，每句话每个动作每个表情，都隐含着忖度的幽曲回环，不动声色中几招彼此拆解就已悄然过去。相比之下梁铁峰就爽快多了。这倒不是完全出于性格。现在独立大队和另外两支队伍的关系简单明了，梁铁峰根本用不着动用他"化学脑袋"里那些复杂的公式和运算。战争环境下的部队头脑，哪个都不是省油的灯，谁都满脑袋的山高路远坑深。

送走大家后，何苇杭带上小胖，匆匆返回女兵小队营地。

在小表姨一家临时住着的房屋前，两个站岗的女兵迎上来，告诉她刚才任先生两口子在里边一阵忙乱，现在没动静了。

何苇杭推推屋门，门插得紧紧的，里面一阵惊慌的骚动。她喊道："小表姨，是我。"门哗啦拉开，小表姨夫背着那个包着细软的包袱，紧张地站在后窗前，窗扇大开着，小表姨和孩子都穿戴利索。

"你们要跑？"

"闪开，让他们走！"何苇杭对站在门口的女兵喝道。她推开身边的小表姨，冲任先生说："你不要以为离了你，我们就造不出机枪。走吧，去浅井村找王连仲去吧，我绝不拦着。"

任先生抖索着一屁股蹲在窗下。

"苇杭，你听小姨说……"小表姨抓住何苇杭胳臂哭诉，"他不是要跑。这些天来他慢慢高兴了起来，脸上都长肉了，说要实心实意地跟着你们干。你看看那一大摞图纸，都是你小姨夫这几天画的。这是要报答你们呢。不怕你笑话，昨天他都叫王连仲吓破了肚子了。"

"王连仲？"

"可不是嘛。昨天下午,早年间几个跟你小姨夫相熟的打快枪师傅来看望他,说这几天山上要集合六七百铁匠造枪。他一听就吓坏了。"

"这是为啥?"何苇杭扭头瞪了两个站岗的一眼。

"他怕王连仲的人跟着混上山来。去年冬天,胡山的保安旅挖走了你小姨夫的一个师弟,也……也是把他家老少都带上了,王连仲就趁旅长召集各村财主过年的机会,派人混上山,把这人的全家都给杀了。是你小姨夫让换上身像样的衣裳,说躲过去万幸,躲不过去也不能邋邋遢遢地去见祖宗。苇杭呀,你不知道,王连仲对背叛他的人有多残忍,把人抓回来,连孩子伢都不放过,一家几口十几口子,一个活口也不留。他们不用枪不用刀,就用石头把人活活砸成肉酱,叫石头炖肘子。我就被逼着去看过,吓得晕过去尿了裤子。现在我们除了留在这里,哪里还有别的活路?"

何苇杭拍了下额头,半蹲下扶起任先生,让他坐在椅子上,深深鞠了一躬,说:"表姨夫,我给您赔罪了。"又搂住小表姨说:"是我想歪了,对不起。"

任先生已经缓过神来,坐到桌边,点着支烟一口吸下去小半截。苇杭看了眼烟盒,是"老刀"牌,得告诉大哥这个牌子,保证小表姨夫断不了这种烟。

"报告!"小胖突然喊了声——任先生手一哆嗦,烟卷掉在地上——"郭队长来了。"

何苇杭转身横了小胖一眼:"报什么告!"小胖摸着脖颈莫名其妙:"我咋了?"

郭立刚靠近何苇杭问:"茜茹回到你家了?"

"嗯,改天我回家一趟,跟哥嫂说说你们的事。"何苇杭拉着他进屋，介绍给小表姨两口子，"这位是郭队长。"

任先生腾地站起来："就是那位锄奸队长郭立刚？"

"正是。"苇杭让小表姨夫坐下，说，"人家现在是中队长了。郭队长那里最安全，你们现在就搬到他们中队去。就算王连仲的人真混上山来，一听郭立刚的名字，保证立马就转腿肚子。立刚，我小表姨一家三口就交给你了。这几天任先生一家外出有卫兵，在家有门岗。一根汗毛也不准少。小表姨、小表姨夫，我还有事，你们放心跟郭队长走就是了。"

"我这脾气！"出门后何苇杭拍拍小胖肉乎乎的后背，仰脸叹口气，"小时候，小表姨对我可真好。"

"你说啥，政委？"

"没啥，刚才我不该凶你。"

"噢，也没啥，胖人度量大。"

何苇杭扬手要打，小胖咯咯笑着撒丫子就跑。

6

天黑后葫芦峪里突然摆开几十台铁匠炉，加上隔炉一堆篝火，显出很大阵仗。独立旅军械所卢所长一声令下，峪里立即火光摇曳锤声叮当。

前后峪口和左右崖头上，警卫队伍以伸手可及的间距，将葫芦峪围了一圈。三支部队主力天黑时已经集结在山腰待敌。

女兵小队悄没声地顺着沟沿巡查。

何苇杭猛地一抬头，她在震耳的锤声中似乎听到了枪响。几乎同时，女兵们都啪地拨开机头，竖起耳朵倾听周围动静。

又是两声枪响,在西侧。

何苇杭对小慧说:"你领着继续查岗,不要惊动峪里的铁匠。"她拉一下小胖,"走,跟我去看看。"

两人刚拐到二三里地以外的一处断崖附近,就看到崖上的火把和黑影。小胖刚要喊口令,前边树丛里忽然蹿出一个人影,苇杭拉着小胖往树后一闪身,子弹呼啸着从耳边掠过。小胖飞身扑向苇杭,手枪顺势一甩,苇杭急喊:"留活……""口"字还没出口,枪声已响,黑影扑倒在脚前。小胖扯住他的衣领一提,"啊"地张大了嘴巴:"政委,是咱们大队部炊事班的!"苇杭又一把将她扯到树后,回答了前边喝问的口令,郭立刚喊着"何政委"奔跑过来。

常参谋长踢着地上的尸体说:"这个是独立旅的干事,这两个是独立大队的,这个胖子也是独立旅的。"

苇杭说:"小胖刚击毙了一个游击队的炊事员,他们……怎么回事?"

佟参谋长举手敬礼:"他们带着绳索,看样子是要从这片断崖上坠下去。幸亏常参谋长想起这里没设岗,提议过来巡查。"

"可惜,都让翟团长一冲锋枪报销了,没留下活口。"一个独立大队的战士说。

"放马后炮管啥用。"翟义昆眼一横,"早干啥了?当时,他们口令答对了,说是奉卢旅长之命到这里设岗。我突然发现他们带着绳索,急令他们站住,他们边跑边开枪,我顺过枪就是一梭子,哪还来得及多想?"

宋子辉也很遗憾:"我在队尾,赶过来时,人就都躺在地上了。"

何苇杭摆摆手:"情急之下,也怪不得翟团长。在这里留下两组岗哨,大家继续巡逻。"

她示意子辉落后一步，叮嘱道："越是大家觉得不可能出事的地方、不可能出事的人，越是要盯紧。"

半山腰忽然枪声大作。葫芦峪里的铁匠按照事先安排有序撤离。

"你快去石峪寺报告大队长，通知各部队立即清点所有留守人员。这里那么多战士，小胖那傻丫头很快就会过来。"

"政委！"小胖和一个游击队战士喘着粗气跑过来，"常参谋长狠狠批了我一通，就差骂人了。我咋没发现你落在后边了？"

宋子辉撒腿跑向石峪寺。

何苇杭听着山腰的枪声。敌人的火力很强，分明是有备而来。看来这个"虚阵"的保密工作做得很不错。"那只手"发现峪里摆开阵势才向鬼子报告，等觉察上当后又派出刚才那几个下山送信。她在脑子里又将那几张嫌疑面孔迅速过滤一遍，拉近放大推远，回放跟他们"偶然"碰在一块儿，或者经常攀谈交流时每一个眼神表情动作，最终这些面孔又混杂在一起，没有一个跳脱出来。那只手就像只幽灵附体的蝙蝠，自在地飞翔在阳光明澈的天空，却没投射到地上任何身影。她几年的地下工作经验，竟然丝毫发挥不出作用。

日伪军的枪声突然渐响渐远。是"虚阵"的消息被送了出去，还是敌人发现上当主动撤离？

联席会议一散，何苇杭就径直奔往郭立刚中队。除了被击毙的那几个，三个"司令部"的留守人员一个也不缺。大家都沉着脸一声不吭。卢毓奎忖量了半响，说："尚大队长，如果这次不是虚阵呢？咱们三支部队是难以抵挡县城和普集、相公庄的敌人的。听郝团长说，这次参战的有县城的鬼子特战队，一旦被他们撕开口子突

157

进葫芦峪，后果不堪设想。叫我说，咱们还是先查出内奸，再集中造枪吧。"没等尚邶英宣布散会就拂袖而去。

7

苇杭先指挥郭立刚立即与他在县城和相公庄、普集的线人恢复联系，与何一钳的县城铁匠铺一明一暗，争取尽快查出一些那只手的线索。"哪只手？""就是山上那个特务头子。这段时间，锄奸反特是第一紧要的事，你还是要把侦察锄奸小队牢牢抓在手上。具体咋办，等会儿咱们再与何一钳碰碰头。"

紧挨着郭立刚中队部的一座石头屋子里，任先生正在教几个年轻铁匠识图。见苇杭来了，就对他们说："你们先回去，自己对照着枪支和图纸再好好琢磨琢磨。"

"小表姨夫，你咋也一直没睡呀？住在这里踏实多了吧？"苇杭摸起篮子里昨晚剩下的半块窝头，啃了几口，"得让伙房给你开小灶，我总是这么粗心。"任先生笑笑："还是跟大家一样的好。你说山下打得那么激烈，尚大队长竟然派郭队长这样一员大将，给我当贴身警卫。我惭愧呀，哪里还能睡得着觉啊，就让郭队长派人叫来我那几个徒弟。别说，何师傅给我选的这几个年轻人，脑子灵光得很，个个是好材料。当初我还很拒绝呢，真是对不住你们的器重了。"

苇杭喜出望外。这个周老师呀，关键时候总是一招见效。她把"老刀"牌香烟放到桌子上："这是我大哥送给您的，他说会一直供给小表姨夫这个牌子的烟。那我就先……"

"别走别走，你坐下，我正有事找你。鬼子进犯章丘前，铁道两边一下子冒起了很多队伍，我就想该着造枪的铁匠发财了。你别生气，我也知道这是发国难财，可你小姨夫的脑袋里当时就光装着老婆孩子了。我就跟康家商量，合伙开个小军械厂，不光打章丘快枪，还要造各种长枪、短枪，造机关枪，才能卖大价钱。我们两下一拍即合。康家出大头，我占小头，赚了钱对半分。康家很快就让我买进了三台车床，两台专门钻枪管的床子，还有一批军用钢材。"

苇杭眼睛噌地放出光："没让王连仲拿去吧？"

"你听我说……"任先生知道她的急脾气，点着香烟吸一口，"厂子还没开起来，鬼子就来了。谁知道他们竟然来得这么快，所有设备和一批军用钢材就都匆匆埋在康家一个废弃的磨坊里。王连仲不知道，康家更不敢吭声，窝藏违禁物资，掉脑袋的罪。"

苇杭暗暗舒口气，有点不好意思自己的沉不住气，三两口吃掉剩下的窝头，喝下小表姨递过的半碗温开水："听姨夫的意思，是要把这些车床和钢材交给游击队了？"她下意识将"小"和"表"一块儿给删掉了，脸不觉一阵滚烫，忙掩饰地抹把脸，"这天热得真邪乎。"

"康家那份钱，你们还是要给的。"任先生平静地说，"我那份就算了。"

苇杭脸颊又微微一红，赶紧说："那是当然，就是你那份也不能白要。说出这事就是你的大功劳，游击队肯定会奖励的。我马上去跟尚大队长安排，正急用呢。你放心，不会给康家惹上麻烦。我走了，早饭很快就会送过来。"

小表姨关上门，埋怨说："啥时候呀，你还想着钱，还连康家的心也操着。""啥时候人跟钱也没有仇。干这种掉脑袋的活，不给你们娘俩攒点钱还行？康家那边，买卖不成仁义在嘛，以后兴许还要

159

合伙呢。有那批东西和图纸,我就蛮对得起你这个表外甥闺女了。手艺人嘛,总还是干自家的买卖安心。"

半路上苇杭又想起张口喊出"姨夫",拍打着脑门笑出声。刚才也太势利了吧,敢情自己并没彻底摆脱商业家族的遗传,差点撞上匆匆走来的尚邨英。

"怎么了,这是?"

苇杭笑着把刚才的事复述一遍:"今后,我就再也不能叫任先生'小表姨夫'了。"

"值,太值了!"尚邨英满脸乐开花,"抗日统一战线不是讲究朋友越多越好嘛,亲戚也是这样,越往近里滚越好。好,太好了。你姨夫终究还是个明白人,脑袋转向还算不慢。只要他屁股在长岭山上坐稳了,咱们的造枪计划就顺利多了。"

"稳住稳住。"何苇杭朝他往下压压手,"今天早上,何一钳建议延后集中造枪行动,先把作为核心部件的枪机制造放在石峪寺后边的山坳里,组织起几十个老军械师,按需求的一倍下达制造任务,一盘炉一张图纸,由任先生和他手把手指导,提前突击行动。他说只要枪机制造好了,其余部件二百多台铁匠炉一晚上就突击个差不多。"

"好。明天就让何一钳集合人员,最好也叫上卢毓奎请来的那位张先生。我们调集精干力量进行保护,切断内外部联系。对外就说为集中造枪打造样板。我们可以请卢毓奎和梁铁峰经常去看看,免得他们以为游击队在干私活。还可以过几天就拿出挺没造成功的机枪,让三支部队的军械师验看,以迷惑那只手。也正好顺水送给卢毓奎一个面子,他不是提议先不集中造枪嘛。"

夏秋之交的处暑眼看就要过去，山上的树叶开始变黄发红，早秋的谷子已开始收割。

卢毓奎的脑袋就是卡在"虚阵"那根轴上不转了。造好的枪机放置了好长时间，他就是死咬住非等到挖出内鬼再集中造枪。再拖下去，节令眨眼间就会临近九月下旬的秋分，秋季作物大面积收割，到那时战争随时会爆发。

尚邺英把卢毓奎和梁铁峰约到石峪寺大殿，确定再次集中造枪的事。这是苇杭的主意，就由他们四人把事定下来，免得卢毓奎当着其他人特别是佟参谋长的面下不来台。何苇杭故意拉住梁铁峰在大殿外说了会儿话，进门时卢毓奎看看他俩，脸上有点发毛。

"卢旅长，造枪的事绝对不可再拖了！"尚邺英罕见地对他下了最后通牒，"否则游击队就和独立大队先行动。"

现在这位小诸葛底气十足呀。卢毓奎脸色一黑："我想听听尚大队长的安排。"

"我已请求上级调动暂时在山北邹平修整的八路军某旅，出兵牵制县城日伪军，必要时可分兵支援咱们三支部队对付相公庄、普集据点的敌人，强行实施造枪计划。"

"好！"梁铁峰率先赞成，"有八路军一个旅做后盾，咱们现在集中对付两个据点的日伪军绰绰有余。"

尚邺英轻轻拍拍手："那咱们就这样定了，尽快集中造枪。八路军某旅支援咱们的消息可以散布出去。"

第十一章

1

新军械所搭建在山崖前面的山坳里。两侧山梁上的杂树林已经色彩斑驳尽显秋色。壁立的崖顶上矗立着几棵老柿子树,拳头大小的橙黄柿子缀满枝头。

三支部队的头头脑脑和各造枪组组长齐聚在军械所前。从这里望上去看不见山顶,柿子树后面就是湛蓝透亮的天空,一只山雕在空中斜斜地滑翔。

尚邨英身着土灰色八路军军装,卢毓奎一身挺括的国民党军少将军服。游击队和独立旅的部队都换上了统一服装,显出正规部队的风纪。梁铁峰仍然是蚕灰色绸缎裤褂,圆口千层底布鞋,一副书生模样。他的部队一律着下深上浅的粗布服装,看上去,倒也别具风格。

卢毓奎拉过佩上校军衔的佟参谋长引见给大家。初次见面的都笑着向前拉手打招呼。大家礼数已过,他拍拍亓副官肩头笑道:"这参谋长的位置,本来是给他留的,可人家就认定副官这个位置了,我也不好勉强。"

夏侯雪一摆手，大声说："谁干都比那个没有腚的军师强。这佟参谋长平头正脸的，一看就顺眼。"

梁铁峰赶紧瞄一眼卢毓奎。卢毓奎一愣，随即感觉到梁铁峰的目光，呵呵一笑："夏侯真是快言快语。"大家这才跟夏侯雪打趣着热闹了一阵，在平房前的石凳上落座。

梁铁峰打量着山坳的地势。三排平房坐落在陡峭的崖壁下，山坳两侧山梁和前面平缓的山坡长满了粗壮高大的树木，从外面根本看不到里面的军械所，倒是非常隐蔽。卢毓奎并没有完全兑现夏天那个晚上的承诺，将军械师都交给尚邨英，并且执意把新军械所放在独立旅和游击队的中间地带，而不是原先商定的葫芦峪水库北面的山坳，他找了个能说得过去的理由：集中打造枪械的场合人员复杂，军械所还是远离那里安全。看来他还是被内部那股力量掣肘了，或者说慷慨昂扬时的表态，最终还是被利益考量打了折扣。这些尚邨英心里都清楚，他是个意志力极强，又能藏住心思的人，说破弊大于利的就尽量不去说破。这次他提议让卢所长主持造枪仪式，算是给足了卢毓奎面子，找补了一下那天的"最后通牒"。

"来，我先给大家介绍一下。"独立旅军械所卢所长站起来拍拍巴掌，指着坐在他身边的一个中年人说，"这位是卢旅长特地派人从天津请来的军械师张先生。"张先生起立拱手，顺便把自己带来的两个徒弟介绍给了大家。卢所长做了个请坐的手势，张先生坐下，右腿搭在左腿上，双手抱膝，矜持地微笑着，听卢所长一一介绍章丘铁匠中的名角儿，逐一点头致意。

"任先生没来？"何苇杭侧脸问尚邨英。"来之前你小表姨急匆匆地找我，说任先生要再琢磨琢磨那几张冲锋枪的图纸，就不来凑热闹了，他不喜欢人多的地方。"尚邨英回答，"估计他还是怕，怕这个场合人多眼杂。"

"他真是让王连仲给吓破胆了。"

卢所长响亮地咳嗽一声，朝坐在卢毓奎身后的何一钳点点头，对张先生说："现在，我要请我们的元帅升帐了。这位，就是人称'何一钳'的何秉祺师傅。"

张先生右腿噌一下滑落下去，站起来冲何一钳拱手点头："好一条山东汉子！久闻大名喽。听我们东家说，当年你一盘铁匠炉闯荡天津卫，硬是抢走了他那百年老店的不少生意。要早知道你在这里，说嘛我也不敢来呀。"

"话可不能这样说。"何一钳拱手还礼，诚恳地说，"我只是个靠手里的铁钳混饭吃的铁匠，张先生是专门造枪的，正要好好向你讨教几招。你可千万别客气。"

"好好好，大家都别客气。"卢所长说，"我来说说分工。这次集中造枪由任先生担任识图总指导。"大家转着脑袋寻找任先生。"他有事脱不开身，天黑后直接到现场蘸火和烤蓝，当然还由何师傅任总监。机枪组由张先生和何师傅负责，两人各带一帮精干人员。长枪组由袁老师傅负责，统领其下各个小组。短枪组由牛师傅负责。这几天张先生和任先生已经对挑选出来的看图员做了培训，大家要对照着样板枪械核定图纸，有不清楚的千万别自作主张，及时向在现场指导的看图员请教。好了，现在葫芦峪那边已摆开近二百台铁匠炉，长短枪的负责人可以带着各自人员去做准备了。"

军械所只剩下两个机枪组的人员。三支部队的领导们都兴奋地注视着他们。

一个独立大队的战士捧着那挺九九式机枪走过来，放在大家面前的方桌上。

梁铁峰附在夏侯雪耳边说:"你提议由独立大队保管机枪,卢尚两家异口同声地赞成。他们心里的小九九,彼此都清楚,只是心照不宣罢了。这对兄弟,外人打上门来时一致挥拳对外,说起家务事,又互相抡拳头,倒是都挺相信咱们这帮土匪。"夏侯雪笑笑:"他们是叔伯兄弟,跟咱们是表兄弟。叔伯兄弟常常闹矛盾,表兄弟倒能处得挺好。"梁铁峰笑出了声:"你越来越聪明了。"夏侯雪抗他一下:"去。"

卢所长早就不满张先生整天防贼似的关在屋里私自鼓捣,幸好游击队也搞来了图纸,张先生才极不情愿地把图纸交了出来。这回他要让何一钳镇一镇他们师徒,让他们明白,章丘铁匠就是没有图纸也照样能造出机枪。他瞥一眼何一钳,说:"造新式机枪对咱们来说是大姑娘上轿——头一回,咱们还是扳倒树摸老鸹——玩牢稳的,先对照实物看懂图纸。这家伙,咱们可是第一次摆弄,谁来拆卸?要不——"他把目光转向张先生。

"我来吧。"何一钳大步走向方桌。刚才卢所长介绍时,他见张先生的徒弟面露不屑,心想,章丘铁匠可不容你这毛头小子小看。

何苇杭蹙了蹙眉头。

"这天下所有的枪,其实都差不多。"何一钳眼睛看着大家,手下忙活着,喊里咔嚓一会儿就把一挺机枪拆解开了,零件摆了一桌子。张先生的俩徒弟互相看了看,冲何一钳跷起大拇指。何一钳向他们招招手说:"来,你们先量尺寸。"

俩人一个用卡尺测量报数,一个拿小本子记,很快就量完了。何一钳招手叫过他的大弟子,递给他一盒火柴、几根线绳、一把剪子,还有几个红黄蓝绿不同花色的小袋子。大弟子抽出火柴和线绳,一一比量机枪零件,量完一件就把火柴棒、线绳放进一个小袋子。张先生的徒弟愣了半天才明白，忙把卡尺递给何一钳："何师傅，您用这个。"

何一钳道声"谢"，接过来递给自己的小弟子："你再好好测量一遍。"一会儿工夫，大弟子把几个装着"尺寸"的小袋子仔细收起来，站在师傅身后。何一钳哈哈笑着对张先生说："过去老一辈铁匠都用这种祖传的笨法子，早就成老古董了。我这是叫大徒弟演示给大家看看，最初的章丘快枪就是用这种土办法造出来的。"他不等张先生回话，就对卢、尚、梁三人道："咱先说好，你们谁给开工钱？"

何苇杭笑道："何掌柜，我大哥不是每月都开工钱吗？"何一钳不笑："东家把铁匠铺和我一块儿交给了尚司令，当然得给我开工钱。今天这活，可是给三家干的，也当然该另外开饷。"

"好了，"卢毓奎也笑了，"工钱我来开。你说，我哪次少给你何师傅钱了？"

何一钳点头道："那倒也是。"

卢毓奎冲大家哈哈一乐："这何师傅哪里都好，就是钱上紧。也难怪，谁不知道何掌柜的在外边开销大呀。你说是吧，何师傅。"

"那倒也是。"何一钳随口一答，忽然又觉得说错了，窘急地改口，"那倒不是。"

众人一阵哈哈大笑。何一钳拍了徒弟一把："还不走，等着上菜呀。"

夏侯雪再也绷不住，扑哧一声，趴在梁铁峰肩头。梁铁峰悄悄碰她一下，用眼神把她的目光引向何苇杭。何苇杭平静地坐着，脸上似笑非笑。夏侯雪白他一眼，小声说："你就别指望女土匪成为词典。"

尚邨英把这一幕收进了眼底，余光从梁铁峰脸上扫过，一抹幸灾乐祸的微笑从眼角漾出。"你呀，好吃辣椒就得不怕辣嗓子，那位词典当年也辣得够火候呢。"他拍拍手,把卢梁二人拉到一边,压低声音道:"从现在起,到明天一早铁匠炉收工,咱们三支部队要统一口令。除正常布岗外,都要派出巡逻队,特别要加强各部交界处和上山大小路口的警戒。我提议今晚就以'蘸火'为口令。"

二人都点头同意。卢毓奎又补充说:"要组织前出警戒,对日伪军驻地实施盯防,上山的所有道路一律封锁。"

"对!"梁铁峰接道,"另外,三支队伍要共同组建一个小分队,打破防卫界限随机巡逻。这样一件大事,长岭山的特务不可能没有动作,必须严加防范。"

"是呀,突袭普集火车站泄密者到这会儿也没查出踪迹,那次行动我们防范得够严密了,还是走漏了消息,我真有点防不胜防的感觉。"

卢毓奎大声喊过通信员,吩咐道:"让报务员带上电台过来,从现在起到明天不准离开我。"又抬手叫过佟参谋长,"你马上跟郭队长、常参谋长碰碰头,组建一个巡逻队,对三支部队的防区进行统一巡查,无论官兵,凡有擅自脱离本部队的,一律拘捕,抗拒者就地枪决。"

"是。"佟参谋长举手敬礼,转身离去。

卢毓奎扯扯白手套:"好了,这下,咱们可以放心地去看铁匠们的大比武了。"

2

苇杭和小胖赶到葫芦峪,天已经麻麻黑了。

各组都已交代好锻件尺寸,将钢材分发到所属的铁匠炉,水库大坝下燃起一堆松树枝，火堆前立着一个锃亮的大铁砧，何一钳恭敬地向铁砧一拱手，率领大家拜祭郎王。传说在隋朝年间，章丘县衙门前有棵巨大的槐树，叶子长得像官帽翅，历任章丘县令都官运亨通，走马灯似的轮换，原本丰腴的章丘土地被刮了一层又一层，刮得瘦骨嶙峋。隋朝末年，王薄在长岭山聚众造反，自称"知世郎"，老百姓称其为郎王。郎王攻下章丘县城时，指着那棵槐树说："官多民必苦，咱们今天索性挖掉这棵官树，省得官多害民。"大家欢呼着把大树连根刨除，王薄哈哈大笑，把一把铁匠锤顺手砸进树坑。第二天锤把长成一棵参天大树，叶子酷似铁匠的烧瓜锤，秋后风吹叶落，变作一地铁锤。当地人叫作"郎王锤"，纷纷捡回家去。当夜都做了一个同样的梦，郎王手把手教大家打铁，醒来后大家按梦中所学演试，锻打各种器具竟然都得心应手，从此章丘铁匠名动天下，郎王也被奉为章丘铁匠神。

烧香拜祭后，何一钳在火堆上点燃松明子，高高举起来，沉声喊道："点火！"

各炉掌钳的依次过来，引回火种，一阵风箱鼓动的声音如潮水涌起，沿溪流两侧排开的铁匠炉一个接一个亮起了暗红的火光。卢所长将一枚铜制钱放在铁砧上，举起双手示意大家安静。何一钳剥光上衣，手持一把特大号烧瓜锤，点点头。

卢所长亮开嗓门，喊道："开——锤——"

何一钳退后一步，离铁砧足有三步开外。他向张先生和站在火堆两边的几位章丘铁匠响当当的名角儿拱拱手，往右手掌心吐一口唾沫，单手握住锤把末端，轻轻一提，双腿微弓，猛地将锤往后一抡，左脚也随着往后蹬出，锤头在空中划出一道圆弧，稳稳地砸落在铁砧上的制钱。何一钳单脚着地，身体几乎与地面平行，右臂绷成一条直线，借着锤头弹起的力道，手腕一抖，瘦硬的肌肉疙瘩由小臂到脊背一阵滚动，硬生生地将锤头又扯回空中，抡了一个圈，轻轻落回右脚边。

卢所长钳起制钱，伸到任先生和张先生面前。张先生见制钱被砸得薄如刀刃，面积扩展出一倍多，边缘却整齐如初，不由咋舌称赞："一把飞起的大锤能把握的力道如此均匀，章丘铁匠，果然名不虚传！"他的两个徒弟跳起来拍手叫好，引得葫芦峪里六七百名铁匠一起呼喊，向何一钳拱手施礼。

任先生微微颔首，向何一钳致意。何一钳也微笑还礼。

人群后面的何苇杭皱着眉头。这个何师傅啥都想得开，唯有这章丘铁匠的头把交椅就是放不下。看这股当仁不让的劲头，又被卢所长撺掇得入戏了，咋就不想想戏演完以后的事呢。"头把交椅"的魔力真的有这么大吗，一旦坐上去就再也离不开，连走路屁股上都像挂着把椅子。

叮叮当当的锤声中，天彻底黑了下来。沿着蜿蜒的溪流两侧，通红的炉火摆出了多个首尾相接的"S"，葫芦峪里紫烟升腾。

"机枪组注意了。"何一钳用手中的响锤敲击了几下铁砧，举起火把喊了一嗓子。他跟前的铁匠也跟着喊了一嗓子，声音很快依次传递到大坝下第一个"S"的末端，大家都安静下来，抬头看着何一钳手上的火把。他大步走向"S"的腰间，高声喊道："大家注意掌握枪管锻件蘸火的火候。等到炉火中的枪管变成黄红色，表面上像有水在流动，这就到火候了，大家就迅速起出枪管后放进盐水桶里。"

"好。"

"到了。"

"到了。"

"到了。"

十几台铁匠炉的掌钳师傅先后夹起枪管,放在炉边的盐水桶里。一股股热气蒸腾着冲天而起,白色的烟气在炉火上面翻卷滚动。

何一钳又举起火把晃动几下,再次发出指令:"大家等到附在枪管上的水泡变成大小均匀的一层,不再滚动时,就取出来。"

烟雾散开后,任先生和张先生各夹起一根枪管件,用锤子反复敲试,对望一眼,点点头。任先生说:"完全冷却后,硬度还会增强一些,这火候拿捏得真好。"张先生的徒弟凑到何一钳跟前,求教道:"何师傅,刚才您都是根据锻件的状态来把握火候的。这温度呀,时间呀,能不能有个精确的数据啊?"

"小兄弟啊,章丘铁匠造枪,就是三个人和几把锤子钳子,拿捏火候全靠一双眼睛。"何一钳有些不好意思,似乎也有点不耐烦,"这火候啥的,都是在火炉前反复琢磨出来的,至于啥道道、啥数字,我还真说不出来。"他冲张先生抱歉地一笑,脸上竟透出了一丝孩子似的腼腆。

夏侯雪胳臂肘捣捣何苇杭,凑到她耳边说:"瞧瞧,这铁汉子还像个孩子似的,不好意思呢。""说谁呢?我咋没看见。""别装!你眼珠子都快粘到何一钳身上了。瞧人家那一身肌肉疙瘩,眼馋了吧?""别胡扯。他是我家铁匠铺的掌柜。""还真瞧不上眼啊?嫁给这样一个男人,想想都是福气。哎哟,咋还真拧呀。"

3

曲星河在葫芦峪上空缓缓流淌,星光静谧清朗,已经是后半夜。

"何师傅，该亮出你的绝招了吧。"第一个"S"头上，一个年轻掌钳师傅高声喊道。

何一钳凑到卢所长和任先生、张先生跟前，说："这小伙子肯定是说的枪机部件的锻打和蘸火。可这一核心部件的制造，早已经完成了。咋回答这个愣头青？"

"嘛难事呀？"张先生笑得一脸狡黠，"装没听见就得了。"

卢所长扬声大笑，使劲拍了张先生一把。

何一钳用力敲打了几下铁砧，几个大组负责人都围了过来。"现在轮到枪栓了，要特别注意这一部件前端，火太强了就脆，容易开裂，火弱了又上不去硬度。"他顿了顿，干咳了几声，不好意思地一笑，"凭我这张嘴也说不透彻，这样吧，各组长都往我大徒弟的炉前凑凑，看我先做一遍。"

他接过大徒弟的响锤，大徒弟抄过临时搭档的大号手锤，何一钳夹起一小块道轨，放在炉火上烧红后，左手用长钳夹住放在铁砧上。张先生的两个徒弟不错眼珠地盯着。何一钳先是用响锤自己敲打了一番，又指挥大徒弟一起敲击。师傅轻点锻件，响锤刚起，手锤砸到，锻件在锤头起落间灵活地翻来覆去地旋转，两只铁锤，一把长钳，像操控在一只手里，快捷得让人的双眼眨巴眨巴地跟不上趟。张先生俩徒弟的下巴跟着锤头不断上下点动，直到身后张先生重重地一声咳嗽，这才停止了忙活。

何一钳的响锤已离开锻件，只在铁砧的靠板上轻轻敲击。大徒弟换了小号手锤，和着师傅响锤的节奏，当当当，一阵快锤碎击。待师傅停住了锤，大徒弟撩起围裙擦把汗，看着师傅用响锤又叮叮当当收拾了一遍细活。张先生近前一看，锻打好的枪栓精致光滑，竟如在模具里浇铸出来的一般，硬是看不出一点锤打的印痕。他心里暗暗吃惊，却不动声色地退回去，等着看何一钳如何给枪栓蘸火。

在师傅收拾细活时，拉风箱的小徒弟已除去炉中焦渣，换上新炭，用小风吹去煤烟。等师傅一挥手，立即快速拉动风箱，鼓出火苗，然后退后半步，双脚用力扒住地面，身体尽力后仰，将拉杆拉到头，又慢慢前倾，用力推到底。前仰后合的速度逐渐加快，炉火越烧越旺，一蹿一蹿地冒出蓝色火苗。何一钳将枪栓放进炉火，招呼大家注意观察火候。小徒弟不等师傅发话，就稳住腰身，只屈伸手臂，拉起了半杆子风。火中的枪栓逐渐变成了透亮的橘红色。何一钳夹出枪栓，举给大家看："枪栓烧成这个颜色，火候就差不多了。这里有一个小窍门，大家注意，这时拿响锤在烧红的枪栓表面一划，会像树枝在水面上划过一样，出现一闪就消失的暗纹。划不出水纹，火候不到，水纹很久才消失，就过火了。"

何一钳又将枪栓放进炉火中烧了一会儿，取出后用手锤的棱角在上面轻轻一划，一条赭黄色水纹随着闪过。大徒弟将一大铁壶开水倒进炉边盛满清水的小石槽里，何一钳随即放进溅着火星的枪栓，一股蓝紫色烟雾哧地蹿出水面，串串水泡从枪栓冲向水槽四壁，满槽水花翻滚，热气蒸腾，咕咕噜噜犹如开锅一般。等水泡渐渐平息，何一钳将枪栓立起，告诉大家，前端细巧透水快，要早脱出水面。又等了约莫十分钟的工夫，何一钳将枪栓夹出，把前端放在炉火中转动着烧烤："这是要给它稍微退点火，再用机油温蘸一下，增加它的韧劲。这道活，要紧的是烤烫就行，不能变色。"说着将枪栓放进一小桶机油中。他拍拍手，看看大伙说："这样，枪栓就蘸好火了，等在机油中自然凉透，连烤蓝也一并做完了。刚才，我跟卢所长和任先生、张先生商量了一下，为了加快进度，我们三个人抽调起三个小组，流动到各炉去指导蘸火。溪水东边的各炉按先枪管后枪栓顺序锻打部件，西边的先枪栓后枪管，好给指导组调开茬子，免得窝工。"

大家纷纷点头，几个年纪大的互相递个眼色，小声说："这回，何师傅可是把绝招兜底抖搂出来了，平时可是扒着门缝也不让看呢。"

何一钳笑着挥挥手："好啦，大家散开干活吧。"

山脚下突然响起一阵枪声。葫芦峪周围警戒的战士啪地推弹上膛。峪里铁匠都抬起头，听听不再有动静，就又埋头忙活起来。

一缕晨曦从葫芦峪东侧的树丛里冒出来。风从水库上掠过，顺着"S"形的炉火贯穿而下，抚过铁匠们赤裸的臂膀，滚动的汗珠在前胸后背的煤灰中划出一道道水痕。

斑斑点点的阳光很快就透进葫芦峪。

尚邨英、卢毓奎、梁铁峰顺着葫芦峪水库西侧走向大坝，一脸轻松地说笑着。"鬼子真的被八路军一个旅给震慑住了？"卢毓奎直摇头，"他们竟然一宿按兵不动。"尚邨英又笑出一副弥勒佛样："也不完全是这样。现在他们的上司正在加紧准备对泰沂山区和济南南部山区的大扫荡，驻章丘日军不经批准，是不敢轻易调动全部兵力，来对付长岭山的造枪行动的。估计他们的上司，包括他们，都不会相信就凭一群土铁匠能造出什么像样的武器。"卢毓奎捅他一肘子，叹道："你这个人呀……"又走了几步，"你这个人当个大队长屈才了。""这好说，那就请他再给咱们当司令好了。"卢毓奎瞥一眼随葫芦拍汤汤的梁铁峰，肩胛一阵紧绷。尚邨英赶紧打哈哈:"饶了我吧,咱们还是做兄弟的好。"

卢所长从大坝边上的石阶跑上来,兴奋地报告说,从统计上来的数字看,一宿锻打的零部件,足够组装成十五六挺机枪、两千多支步枪和二三百支手枪,还有部分冲锋枪部件没统计上来。现在,三支部队的军械师正收拢零件,准备分头钻枪管,组装枪支。

卢毓奎连声叫好:"告诉师傅们,完成任务后,我请客,粉皮炖猪肉,王白庄白酒管够。"

大家都乐呵呵地看着他笑。梁铁峰叹道:"还是有钱好啊,财大气粗好做人。"

"你看,你看,"卢毓奎指点着梁铁峰,对尚邨英说,"我这位老同学是得空就损我。平时净埋怨我越富越抠门。好不容易大方一回吧,又挖苦我财大气粗。你给评评这理。"

尚邨英摊摊手,笑道:"你们两个老同学,狗皮袜子没个反正。我一评理,还不都成了我的不是?我可不上这个当。不过,这晚的联合锻打成绩不小,是该庆贺一下。要不,中午我请二位?好菜没有,酒嘛,"他突然压低声音,"我倒是存着一瓶陈年好酒。"

"啥'要不'啊,就这样定了。"卢毓奎捅捅梁铁峰,"一定要去啊,拔一根铁公鸡毛,那是多过瘾的事。"

4

三人说笑的工夫,张先生对何一钳说:"我来时,带来一台钻床,再加上任先生那两台,卢旅长军械所还有六七台老钻床,钻枪管的活,就统一在军械所干吧。再怎么着,这铁砧子上总打不出孔来吧?"

何一钳宽厚地道谢:"张先生,我得先谢谢你的好意。可你没想想,就这么几台车床,几千多根枪管,得钻多少天?小鬼子能给咱这么多时间?你放心,章丘铁匠有自己的土办法,大约一天一夜就能完成任务。车床光干冲来复线的活就够吃紧的。"

张先生吃惊地瞪大眼睛:"土办法?钻枪管!"

何一钳又忍不住想笑:"说破天,你这使惯了洋玩意儿的军械师也不会相信,要不我领你去看看?"

二人走进葫芦峪东边山坳里的一座破寺庙。大殿、廊房和前后院子里,钻枪管的师傅们正在紧张忙活着。张先生站在一个师傅身后好奇地看着。见他面前的一架老虎钳上卡着一根枪管件,三根铁条把老虎钳和一个车轮轮毂模样的铁圈连在一起,铁圈上固定着一根钻头,师傅转动铁圈,钻头稳稳地钻进管件,黑蓝色的铁屑顺着钻杆卷了出来。他看了半天,摇摇头,又用力点点头,叹道:"了不起,真了不起。"忽然,他发现几个僧人也在满脸油污地钻枪管,吃惊地"噢"了一声,转身注视着他们。何一钳指着大殿前老荆蒿树下站着的老和尚:"这是庙里的住持,今年已经八十多岁了。"

张先生见老和尚抱手垂眉,静静地站着,似乎已经入定,犹豫一会儿,整整衣裳走过去,深揖一礼:"大师福寿。"

老和尚掀掀眼皮,合掌诵声"阿弥陀佛"说道:"老衲妄度年岁。兵连祸结,有寿无福哇。"

张先生看看老和尚长长的寿眉,张张嘴又合上。老和尚微耸眉毛:"施主有话请讲。"

"这,恕我直言,枪械都是杀生之物,为何寺内的僧人也参与造枪呢?"

老和尚仰起头来,捋一把雪白的长髯,缓缓道:"嗜杀倭寇皆是邪魔。降魔护法，乃佛家弟子之职分。止兵燹，当用兵戈，佛学从来不是迂阔之学。"

张先生肃然鞠躬，退后几步，才转身和何一钳继续在寺院里转。回到寺门时，他心里暗暗计算一番，疑惑地问："这几十台土车床，这样的手工速度，一天能钻出多少枪管？"

"这样的作坊，我们到处都有。"何一钳答道，"只不过有些比这还土还原始。你要有兴趣，咱们可以到绳峪庄看看，那是我的老家，人称快枪村。长岭山一带流传着一句笑话，说我们村的小脚娘儿们都会造枪。"

张先生忽然笑了，指点着何一钳揶揄说："说嘛呢，你这不是成心诱惑我吗，不用说，你老家肯定有你最想镇住我的东西。我呀，就满足了你这个心愿，去开开眼界。"

何一钳也笑笑，不答话，径直往山下走去。心想，这张先生人不错，就是话太油了。真不愧是卫嘴子。

站在一座还留着火烧烟燎痕迹的破门楼子前，何一钳小声说："这户姓牛，原先是一个有十一口人的和美人家，三年前日本鬼子从这里扫荡过去，他家就只剩下牛三婶子和她被砍瘸了腿的小孙子了。"说着用力拍拍大门，喊道，"三婶子，来客人了。"

张先生早就料到，这家里肯定藏着一个钻枪管的小作坊，可还是被院子里的情景惊呆了。坍塌了一半的破影壁后面，竖着一个大磨盘，磨眼里固定着一根枪管，一个十二三岁的小孩子，左腿跪在地上，受伤的右腿僵直地拖在身后，裤管被扯了上去，露出半截干细的小腿。他吃力地转动着支在铁架子上的木头小推车轮子，磨眼里的枪管下已落下一小堆卷曲的铁屑。他抬起头喊声"大叔"，巴眼看看何一钳身边的陌生人，抹一把汗，笑容在油污的小脸上甜甜地绽开。张先生心里被这笑容狠狠地一剜，想说点什么，却一时不知该咋说。

牛三婶子比小孙子反应迟钝，好久才停下手里的活，眨巴着昏花的眼睛定定神，放下钻柄，招呼道："他秉祺叔哇，你咋来了，俺祖孙俩的活，你还不放心呀，这是……"

"三婶子，这是天津来的张先生，帮咱们造枪的。"

老太太忙不迭地用袖子拂了拂身边的方杌子："大老远的，跑到这山沟沟里，贵客呢。你看俺这家，连个像样的座位也没有，你就将就着坐这个吧，别看它旧，正儿八经的老山榆木做的呢，连桌子带椅子一套，传了三辈子了，都让小鬼子给烧了。"

张先生抢前一步，把牛三婶子扶坐到杌子上，拿起她用的钢钻。钻杆上呈十字状锻接上四截铁棍，铁棍已被磨得锃亮。他看看老枣树树干上用铁箍子卡住的枪管，想了半天也没弄明白，就问："大娘啊，这，怎么钻？"

牛三婶子突然笑了，皱纹密密麻麻地拥挤在脸上，从张先生手里拿过钢钻，弯腰从地上摸起一个小铁碗，站起来，捯着一双小脚走到枣树前，把钻杆底部的圆凸放进小铁碗底的凹槽，顶在肚子上，钻头对准枪管，双手把住铁棍，转舵轮一样捯着手，用力扳动铁棍，铁屑一点点地从钻头的槽线中挤了出来。

张先生鼻子一阵酸痛："大娘啊，你就一直跟孙子这样钻？"

"俺跟他秉祺叔吵了好几次，一直吵到何家大小姐那里，才把这活争来。刚开始，可是没少给他秉祺叔糟蹋枪管子，到这会儿，就是闭着眼也能钻得溜直了。俺祖孙俩老的老小的小，还能干点啥？俺就白天黑夜地咬着牙钻，钻一下，心里就想又打死了一个鬼子。俺那叫鬼子糟蹋死的老头子、儿子媳妇、孙子孙女，就都对着俺笑。他们在阴间里解点恨，俺夜里睡觉才踏实些。要不，就老梦见他们浑身血糊糊地喊俺。"牛三婶子叹口气，抹一把干涩的眼睛，笑笑。

何一钳抓过她的手："三婶子，年纪越来越大了，别不服老啊，你就悠着劲儿慢慢钻，累了就歇歇，让年轻的替你多干点就行了。"

牛三婶子又笑笑，说："没事，习惯了。这位张先生比俺大儿子还小呢，俺也不怕笑话。你看。"她掀起衣襟，露出黝黑干瘪的肚皮，肚脐眼下边有一片巴掌大厚厚的老茧，"这样的小铁碗俺都顶破了好几个了，不觉得费劲。"

张先生抬头看看满树上的大枣，一只喜鹊歪着脑袋看看树下的人，挑拣着啄食红透了的枣。一群麻雀叽叽喳喳地落在树上，那只喜鹊翘了翘长长的尾巴，圆溜溜的眼珠转动了几下，抬起右爪仔细地剔着喙角的枣渣，阳光安静地从它身上滑下来。张先生感到鼻翼两侧凉凉的，抬手挥动了一下，树上喜鹊跟着一哄而起的麻雀飞走了。一颗大枣落下来，滚到他脚边，屁股上有个虫眼，虫眼周围胎记似的红了一圈。

"老人家，"张先生突然说，"能进您的屋里看看吗？"

"这？"牛三婶子抬头看着何一钳，摇摇头。

"不要紧的，三婶子，就让他看看吧。"

何一钳领着张先生进屋。张先生掀开灶台上的铁锅，里面少半锅黑乎乎的野菜，掺杂着几块嫩玉米棒子。"祖孙俩就吃这个？下这么大的力气。"何一钳淡淡地说："家家都差不多，粮食都送到山上去了。就这样，战士们平时也是半菜半粮。"牛三婶子跟进来，满脸羞惭地对张先生解释："叫你笑话了。这嫩棒槌子是做给孙子的，正长身子骨呢，得沾点粮食味。要不咋舍得掰下正上浆的棒槌子？"

张先生望着黑乎乎墙壁上一张烧去一角的"全家福"。照片上十一口人除了襁褓中的婴儿，都憨厚地看着他笑。看得出这曾是一户殷实人家。中间那位穿着白棉布长衫，罩一件黑麻布坎肩的，应该就是牛三叔了。他怀里揽着的小孙女眼睛弯弯地眯着，额头上有块亮点。照片是在院子里的枣树下拍的，树杈上挂着几嘟噜带皮的玉米。

从绳峪庄出来，张先生不住感慨。何一钳不说话，只顾低头走路，领着张先生到了绳峪尽头一个十来户人家的小村，走进村头的瞎奶奶家。

趁着瞎奶奶跟何一钳说话，张先生踮起脚溜进屋，灶膛里的木柴灰同样是凉的，他掀开灶台上盖着白瓷碗的残破老皇历，看看半碗黑乎乎的菜粥，扭头出门，忍不住吸溜鼻子。瞎奶奶把头扭向他："这位是个生人吧？您可别可怜俺。把粮食给山上的孩子们，俺心里熨帖。"

"咱们回吧。"站在瞎奶奶大门外，张先生还在不断吸溜鼻子，"不能再看了。"

"大前年，瞎奶奶的丈夫拒绝给扫荡长岭山的日伪军带路，被挑死在这里。她要把唯一的男孩牛子送到游击队，被尚大队长拒绝了。谁想她又让儿子投奔了独立大队，现在是夏侯雪手下特别小队的一个战士了。尚大队长说，就是这样一户户的庄稼院，支撑着长岭山的抗战。"

张先生按按被风吹乱的背头，没再说话。

179

第十二章

1

第三天下午,太阳正慢慢压向树林,山坳里的天色开始变得灰暗。

尚郲英、卢毓奎、梁铁峰和机枪组的军械师们都集中到军械所后边崖壁的洞口,看卢所长校枪。任先生借故没来,尚郲英知道他还是不敢离开郭立刚中队,也就没勉强。何一钳、张先生提着各自组装的机枪,随卢所长走进山洞,拐进洞穴深处的开阔地带。大家和带队执勤的翟义昆随后跟进去,站在三人身后。

卢所长伸开双手接过两人的机枪,举在胸前比试着,又转身让身后的看看,大声说:"咱这章丘造,模样不错哇。你们看,除枪托粗糙些,其他跟鬼子的九九式机枪没啥两样。这回任先生可是立了大功,没有他的绘图和指导,咱们做不了这么快、这么好。"

翟义昆歪歪头,似笑非笑地说:"卢所长,先别王婆卖瓜。光扮相好不管用,得唱得好才是好角儿。"

卢毓奎咳嗽一声。翟义昆低头退到一边。

"那好吧。咱就听听它嗓子脆不脆。"卢所长把何一钳那支递还给他,熟练地往地上一趴,支好机枪,先叭叭几个点发,然后哗地把弹匣里的子弹全射了出去,洞壁上石屑飞溅,留下一片弹孔。大家一阵欢呼。卢所长看一眼翟义昆,把枪往张先生怀里一抛,接过何一钳的枪,往前一顺,噼里啪啦就是一阵连发,接着叭叭两下单击。双手一撑跳起来,紧紧抱住何、张二人。大家互相击掌祝贺,翟义昆抹一把脸上的尴尬,也连声叫好。

卢毓奎满面通红,向洞外一招手,喊道:"机枪手!来试试枪!"

两个机枪手一人摸过一挺机枪,换上弹匣,倒地便射。两挺机枪响了几声,几乎同时卡壳。换上弹匣再试,又都先后卡了壳。

洞里一片沉寂。

何一钳推开机枪手,抓过机枪平端在胸前,一扣扳机,机枪在怀里跳动着,扫射得前面石壁腾起一团团烟尘。

翟义昆道:"咋了,这枪还认生啊?"

何一钳没理会,伸手要过弹匣换上再试,枪刚响了两声又哑了。张先生拖过他的枪试射,也是时响时哑,大家叹息一声,脸上一片沉重。

翟义昆看一眼卢毓奎,小声说:"这种羊角风机枪,咋拿到战场上使啊。"他使劲抿住嘴,低头往外走,快到洞口又回过头来:"我说嘛,咱这山沟里能造出单嘣个的快枪就不错了。要装备机枪,只有两条道,花钱买和从鬼子手里夺。等咱们造出机枪,怕是黄花菜都凉喽。"

"你咋这么多话!"何一钳猛地抬头横他一眼,"女人生孩子还许碰上难产呢,新枪就不兴有点毛病?有本事你去弄几十条机枪来，省得大家费这个劲。"

翟义昆瞪一眼何一钳，一甩手走出山洞。在长岭山，他一直忌惮何一钳三分。当年郭立刚他爹把翟老头子抓起来，扬言要铡了他，是何一钳出面保出来的。后来，翟家又把郭立刚他爹吊在梁上，也是何一钳登门求情才把人放了。"何一钳"的名头，早已在无数传奇故事中淬打成一种民间权威，在长岭山一带，没有人愿意驳他的面子。

何一钳和张先生蹲在地上，把枪拆开，仔细检查了一遍，对看一眼，摇摇头。几乎同时摸起卡壳的弹匣，拆出弹簧验看。张先生按压着弹簧，抬头对大家说："这弹簧都是代用品，可能是淬火前受热不均，挤压后造成局部疲劳，子弹有时弹不上去，有时顶偏。"他叹口气，对何一钳说："这个毛病，依咱们现在的条件，还真不好办。正宗的枪用弹簧，咱们又根本弄不到。"何一钳双手反复挤压着弹簧，沉默不语，过了好一会儿，突然站起来说："弹簧蘸火的事儿，我倒想试试看。总不能让一根掌钉毁了一匹好马。"

"对，老百姓都知道，心急吃不上热豆腐，咱们土法上马造机枪，更要有耐心。"梁铁峰对何一钳说，"这事，说不定我能帮上忙。你琢磨蘸火的技巧，我来配制点介质，呃，就是配点蘸火的药水。"

大家相继走出山洞，小声议论着各自散去。

大徒弟小声对何一钳说："游击队那边的老孟师傅在前边的槐树林里等你。"何一钳点点头。尚大队长不准他跟游击队的军械师交往，以免独立旅那边猜忌，老孟师傅也不会这样神秘兮兮地单独约他见面。是何政委吧，他一阵不安，这几天他没收住，太风光了。对这个何家大小姐，他这个铁匠中的铁匠一向有些怵头。

2

　　江小慧把何一钳领进一条树木掩映的小道，朝前指指就停在路边。

　　何苇杭待他跟自己并肩后，小声说："放心，前后左右都是女兵小队的战士。"何一钳点点头，汇报道："查奸工作还是没有大的进展，目前只知道长岭山的日本特务组织，由一个代号叫枭的控制着，从搜集到的情报看，他极有可能是独立旅一个担任重要职务的人。"

　　"应该叫蝙蝠才对。"

　　"什么？"

　　"没什么，我是说知道了那只手的代号，更夫就更容易查找它的蛛丝马迹。山上的特务组织已经对我们构成了严重威胁，我随时都能感觉到他们在背后窥视的眼睛。"何苇杭摘下军帽在左手掌上拍打着。从云南回来，她在鲁西根据地接受了三个月的培训就下了部队，回章丘前，负责根据地除奸反特工作的领导特别约她密谈，让她把长岭山的除奸反特工作抓起来，并安排了一个精干的小伙子以通信员的身份协助她。小伙子很快就唤醒了潜伏在章丘县城日本特务机关"绣江图片社"的"更夫"。可惜半年后他就在一次接头时，为掩护更夫牺牲。当时抗战形势相当严酷，她无法与上级取得联系。只好赶鸭子上架，让何一钳暂时充当更夫的联系人。他虽然文化程度不够高，但比起去相公庄赶个集就算出远门的游击队员，何一钳走南闯北见多识广，又有县城的何家铁匠铺做掩护，更便于开展活动。

"你恐怕已经暴露，至少引起了枭的注意。"何苇杭显然已经下了决心，"县城铁匠铺这个情报站要立即撤销，你不能再去城里活动了。我们另物色一个更夫的联系人。"

"我知道我根本不适合干情报站。"何一钳对何苇杭的这一态度也琢磨已久，尽力缓和着语气，一板一眼地回答，可话说出来，还是有些瘦硬，"你当初这样安排，也只是想借我的名头，硬逼着打铁的手捏绣花针。可从你返回老家到现在，已是第五个年头了，情报站寸功没立，就在这个节骨眼上撤出来，叫我这张脸往哪里搁？又叫你咋向尚大队长交代？再说眼下我们正需要更夫的情报，突然换接头人，哪里还来得及？"他躲开苇杭的目光，像是恳求，口气却又有些不容置疑，"我一定要揪出这个叫啥鸟啥枭的杂种，然后就干脆回长岭山把枪公开插在腰上。你就放心吧，在他们的眼里，我只是个干买卖养家糊口的手艺人，谁给钱就给谁干活。"

"你以为他们都是傻瓜！"何苇杭的目光紧紧盯着他躲闪的眼睛。他靠在树干上，低头搓手。这次集中造枪前，何苇杭要求他尽量躲在后边，让卢所长出头。可他经不住卢所长再三撺掇，还是唱了主角。锻打枪件的次日，他就被愤怒的何苇杭好一顿训斥："你忘了自己的另一个身份了？人家一恭维就搂不住自己了，就光想着显示你是章丘铁匠无可替代的头牌，是长岭山第一号男子汉了，就忘了你身边就有特务，就忘了六七百铁匠并不是人人都可靠！"

何一钳抬头看着她，眼睛不再躲闪："我已反复酌量过。他们即便是已经在怀疑我，也断不会马上动手。他们会拿我当鱼饵，我正好利用他们放长线的时候，顺线揪出钓鱼的人。我可以选择绣江河东岸的李家庄做落脚点，尽量少去城里。何家铁匠铺每到农忙前后都在李家庄支棚子，为城关以东十多个村庄打农具。现在棚子已经支起来了,白天黑夜都不断人,不会引起鬼子的注意。再说就是有危险,你也不该让我临阵脱逃,这些年来,你们哪天不是在刀尖上滚呀。"

何苇杭仰起头来,目光徘徊在重重叠叠的山峦间。暮霭云水般从山谷里升起,涌向山顶上孤岛似的东一块西一块暗红的阳光。这些年来,那些喊着"何政委",在她身边闭上的眼睛,一双接一双地在殷红的血色中浮浮沉沉。她咬咬嘴唇,平静地说:"牺牲只是不得已做出的选择。和战场上的战士相比,你肩负着更多的责任,无权轻言牺牲。"

何一钳的眼睛眯起来,显得更小了:"我懂。我能保护自己,反正在城外,一看不对头我就撤。"

山顶上,起起伏伏的夕阳孤岛,眨眼间就被黛蓝色的暮霭淹没。

看着何一钳刚走出槐树林就掉进暮色里,她突然感到一阵尖锐的不安。当初那个仓促而无奈的决定,重新定义了这位章丘铁匠头牌的人生轨迹,也注定了他现在面对险境的义无反顾。人在战争中的选择是极其有限的,特别是像何一钳这样强悍的男人,一旦盯上枭这样的马林鱼,怎么可能说撤就撤呢?

何苇杭喊小胖去石峪寺。江小慧过来说:"我跟你去吧。"俯在她肩头耳语,"她来月经了,肚子痛得撑不住。"

刚下过一阵细雨,天黑得更加厚实。

何苇杭边走边倾听着路两边的动静。大山深处从来没有绝对寂静无声的夜晚。无边无底的黑暗里,总有各种各样的声音在遮掩中交叉混杂,像灌木草丛下的潜流,不显眼却处处藏着机锋。

江小慧突然停下,轻轻拽一下何苇杭的衣袖蹲下来。她也跟着蹲下，这个小慧长了一对灵狐般的耳朵。

江小慧伸出左手朝下按按，示意政委原地别动，右手拔出枪，顺着路边一条似路非路的小堰，轻手轻脚地朝山坡上的树林走去。何苇杭看着她的身影没入黑暗又显现出来，看不清她的表情，但能感觉到她的不安，不，不是不安，是尴尬，浑身上下的尴尬。

"怎么了，你的兵？"何苇杭心一沉，还是来了。

"是祁英。"

"男的呢？"

"独立大队特别小队的一个战士，叫牛子。他们……"江小慧做了个搂抱的动作，"我一慌就回来了。"

苇杭脑子里迅速闪过那天女兵小队教练场上的一幕："去，让祁英来见我。"

祁英羞惭不安地站在政委面前。何苇杭看着这个喜欢文艺的女兵，好一会儿不说话。这样的女孩子，最难以说服也最容易被打动。她知道祁英双手扭结的动作，不仅是羞惭不安，这是情绪的表层，往下还有一层，是什么心理呢？她看到了当年自己的内心，羞惭不安掩饰下的是不服、不甘，还有几许"爱咋着咋着"的混不论藏在更下面，就等着有人戳呢。这一层祁英自己意识不到，但那股劲却执拗地上足了发条。

"政委，我错了。"祁英双手仍然扭在一起，声音却没有太多的慌乱。

"错什么？青春年华谈恋爱，天经地义，有什么错。"何苇杭拍拍身边的石堰，说，"坐。"祁英突然手足无措，扭头看看队长。江小慧正看着何苇杭，不对吧，这是气蒙了？平时可是声色俱厉地说，谁叫男兵缠上谁走人的。

她没注意到祁英在征询自己："坐不坐呀，队长？"

"坐吧。"何苇杭拉了下祁英。祁英顺势坐在政委身边，松开扭结的手。"祁英呀，"何苇杭拍拍她肩头，说，"错不在你，在这场战争、在该死的日本鬼子。但既然在战争中选择了做一名战士，你就必须做出牺牲，包括自由恋爱的权利。你们不是都喜爱长岭山岩石缝里的金针花吗，我也喜欢，它们跟冷硬的玄武岩搭配得多么完美。可在当初岩浆奔涌的时候，别说娇嫩的花花草草，就是参天的乔木，也无可选择地为造山运动做出了牺牲，把自己的心愿许给了冷凝后的岩石。"

"政委。"祁英抓住何苇杭的手，"我……"

"我尽管舍不得，"何苇杭嗓子有些不利索，轻咳了几声，说，"但是，祁英，你必须离开女兵小队。去山北的第三支队，还是去沂蒙山根据地，你可以选。"祁英垂下头，双手交替抹着眼睛，先是抽抽搭搭，接着哭出声。何苇杭伸胳臂挡住过来的江小慧，任由祁英独自哭泣。

树林那边突兀地咔嚓一响，是树枝折断的声音。何苇杭扭头喝道："要等着让江队长押你回鹁鸪崖吗！"树林里的动静戛然而止。她在等着或者是期待着，那个叫牛子的战士会不顾一切地跑过来，把责任都揽在自己身上。

一阵高抬腿轻落脚的声音消失在细微的风里。"溜了。"她失望地叹口气，对江小慧说。

祁英忽地站起来："政委，我不走，怎么处罚我都认，就是不能走。我发誓不再和他来往，一次也不。"

何苇杭也起身，两手搭在祁英肩上："这很难，没有对自己咬碎牙的狠劲，是坚持不住的，你要想明白。"她手上一发力，"祁英，你行吗？"

"行！"祁英腰杆一挺，啪地敬个礼，"政委放心，我是个战士。"

何苇杭眼睛一热，挽住她的胳臂，对江小慧说："到大队部后，你俩再一块儿回营地。"

何苇杭加快脚步不再说话。这孩子八成是着了夏侯的道。留下这八个丫头片子的时候，尚邨英就说过，她这是揽下一个大麻烦。按照部队的规定，战士是不允许谈恋爱的。可这些女学生娃子和咱们那些撸锄把子出身的战士，血液里是没有正规部队基因的。当时她还想，这算啥规定，分明是扼杀人性嘛。可等女兵小队真正成立起来，她却只能痛下封杀恋爱的杀手。不然呢，她还能怎么处理？让女兵们把整个部队搅乱，最终解散女兵小队？这就是战争，它的残酷不仅仅是剥夺生命。如果胜利后祁英和牛子还在，何苇杭肯定会主持他们的婚礼。前提是她自己也得足够幸运。

3

何苇杭刚进大殿就跟尚邨英争吵起来。

小慧朝院子里的人摆摆手，大家都笑着躲进东西廊。政委跟大队长发生争执，连宋副大队长都躲到一边，由着他们吵。反正他们的火蹿不上屋梁。

很快何苇杭就浑身胜利地出来，带领郭立刚中队的一小队战士，赶到军械所东边的山坡下。没等埋伏下就跟从山坡那边过来的梁铁峰和宋子辉相遇，看来他们是在军械所吃的晚饭。

"你咋带队过来了？"宋子辉刚照面就急切地问，"立刚呢？军械所不是已经有队伍警戒了吗？"

"大队长觉得还是就近埋伏一支预备队保险，山坳下边也部署了独立大队的一个小队。立刚率队前出长岭村一带警戒去了。我跟大队长吵了一架才争取到这点权力，除了八个女兵，我还没正儿八经带过队呢，你就别啰唆了。"何苇杭倒着回答他的连珠三问，心情很好地笑着。

"哪里用得着政委亲自带队，你回去，我留在这里。"

"子辉，再说我就跟你急了啊。"何苇杭不再理宋子辉，搭着梁铁峰肩膀，半戏谑半认真地对他说，"你那天提出的组建联合小队，打破三支部队界限随机巡逻的建议，我们的尚大队长可是赞不绝口呀。难怪大家夸谁聪明，就说他是化学脑袋，看来这学化学的脑子就是好使。咱们梁大队长从实验室一步跨进山里，就从化学家变成了军事家。"

"哈哈，何政委，不厚道了啊。我要是还听不出你的嘲讽，那可真就是笨死了。"

两人一起哈哈了一阵。宋子辉拔腿要走，不想，梁铁峰一听"化学"就来劲，拉住他一本正经地说："说实话，军事家从未奢望，化学家倒真有可能。这些年没进实验室，纸上的实验我可是从未停下过。等抗战胜利后，你们都去封爵拜印，我就再拾起老本行，说不定很快就会成名成家呢。"

何苇杭也敛容说："我是真的从心里佩服你。几乎每次去你那里，我都看到你桌子上摊着厚厚的笔记本，难为你能在打仗的间隙中静下心来。"

"谋略有常参谋长，拼杀有夏侯，我就是个挂名的山大王，只管在山寨观山景就是了。"梁铁峰轻松地抖抖肩膀，"倒是今晚上跟何师傅一块儿研究给机枪弹簧蘸火的事，叫我感到兴奋。"

石峪寺的一个警卫员带着两个女兵气喘吁吁跑过来。

女兵把何苇杭拉到一边，告诉她何一钳师傅派大徒弟去营地找她，说有急事，让她去鹁鸽崖山寨后边见面。何苇杭点点头。肯定是县城那边有新情况。分手前她一再要求何一钳，在返回县城前不准再跟她和游击队有任何公开接触。

警卫员向宋子辉敬礼："副大队长，大队长让你接替何政委带队。"

何苇杭过来遗憾地一摊手："这不，刚到手的一点权力，还没焐热就又被拿走了。梁大队长给评评理，也忒歧视女性了吧，亏我还是政委呢。"

梁铁峰笑而不语。宋子辉摩挲着胡楂子直乐，像个打赌赢了糖果的大孩子。何苇杭威胁地朝他挥挥拳头，突然提出想跟梁铁峰去看看给机枪弹簧蘸火。梁铁峰拉了她胳膊就走："那就快走。何师傅跟机枪组的几个老师傅正等着我呢。晚饭前他们已经试了几次，不太理想。他们还在试验火候，我也得再去调整一下介质的配比。"

何苇杭走出几步又回过头，宋子辉已经带领战士们钻进树林，山坡上黑黢黢一片。

4

与何苇杭和梁铁峰他们离开差不多同一时间，一个独立旅的战士正爬上军械所西侧的山坡，贴近隐藏在树丛中的人影，小声说："接头的冯参谋回来了，那边命令你要确保在皇军行动前，把军械所的警戒部队调开，到时他们会抽调日军特别警备队的精干力量实施突袭，消灭军械师、炸毁武器。突袭队就按你选的路径进山。"

树丛中的人影沉默了一会儿，沉声说："你马上让冯参谋去县城，让他们火速联系相公庄驻军，派一支部队埋伏在西河庄东北头的绿泉河谷里，我要再布一道迷惑阵，把水彻底搅浑。"他捅一下身边的人，"警戒部队调离后，你带人摸上崖壁干掉岗哨，接应突袭队。跟他们接上头后，你立即返回旅部睡觉。记住，从现在起到天亮，你不要再跟我有任何接触。去吧。"

树丛中的人影看着那战士溜进山谷，摘下军帽轻轻弹了几下，双手端端正正地戴上，张望了会儿山坳里的灯火，慢慢走下山坡。

翟义昆在值班室里打着哈欠，对值勤的一营营长小声说："还装这么些半哑巴机枪干屌使。旅长真是中了邪了，事事都听他们游击队的。国军的军服都穿上了，还跟他们瞎掺和个啥。你看着，我说啥也要搞到机枪，叫他们看看，到底是谁真行。"

一营长小心地轻声一笑，没作声。门外的哨兵突然一声喝问："谁？口令！"

旅部通信员小扯子回答着口令钻进屋里。翟义昆眼睛一瞪："你来干啥？"

小扯子举手敬礼，凑过来小声说："翟团长，卢旅长令你马上带着这里的两个连下山，到西河庄东北的绿泉河边，去接应一批军火。旅长特别交代，这批军火里有机枪，不要让游击队和独立大队知道。"

翟义昆用力拍一下一营长的肩头："咋样？旅长终于还是明白过来了。一到关键时刻，还是先想到咱们。"他扭头问小扯子，"谁来接我们的岗？"

小扯子指指远处移动过来的光亮："三营长带队来接替。"

"集合队伍跟我下山,一个班一个班往下撤,不要弄出响动。你殿后。"翟义昆说,"小扯子,你告诉旅长,我接回军火,会直接押送到旅部。"转身扎进山坳下的黑暗里。那串移动的光亮停了一会儿忽然熄灭。

山坳里的风渐渐大起来。

崖壁顶上的柿子树枝疯狂摇晃。两个哨兵用胳臂护住头,躲避着噼里啪啦掉下的柿子,大声回答查岗长官的问话,忽然捂住胸口瘫软在地上,被一个锅里抡勺子的弟兄拖到一边。

阴沉的天终于被风撕开几条口子,露出一片片亮晶晶的星空。

袁师傅眯起眼,晃着剃得锃亮的脑袋,端详着手里刚刚组装好的三八大盖,像抱孙子似的横搂竖抱了好长时间,才给卢所长:"爷们儿,看看咱这枪。这可是你大叔从锻打到组装一手活下来的。不是吹,就是送到鬼子的兵工厂,他们也看不出这是章丘造。"

卢所长点头一笑,转手递给张先生。张先生翻来覆去地看了一番,又拉开枪栓,扣动扳机听听响声,佩服地看着满脸花白络腮胡子的袁大锤,连声叫好,偏头琢磨了一下,笑着问:"袁老师傅,论辈分,你在章丘铁匠中最大,手艺也响当当顶呱呱,为啥就在章丘铁匠四大名旦中,名列何师傅之后呢。"

袁师傅含混地呵呵几声,黑红脸膛似乎浮起一丝赧色。卢所长责备地看了张先生一眼。

袁师傅抹一把脸:"秉祺呀,是我从小看着长大的。他还在我的炉上拉过一段风箱呢。说起来,也算有过师徒名分。这些年,他可是名利双收了。长江后浪推前浪,何一钳的名头也不是浪得虚名。这人哪,不能倚老卖老哇。不过要说到造长枪,在这帮小字辈里,倒是没人能抢了我袁大锤的风头。"

卢所长和张先生连声附和:"那是那是。"

袁师傅朗声一笑,一时兴奋,推开窗子把枪顺出去,做了个瞄准动作。

"叭",一声枪响,袁师傅脑袋往后一仰,翻倒在地上。

急剧的枪弹狂风暴雨般扫向崖壁前的平房,惊叫声、奔跑声响成一片,军械所顿时乱成一锅粥。几个人拥挤着从门口蹿出,立刻被枪弹扫得前仆后仰地倒在地上。卢所长一枪击碎屋梁上的汽灯,往窗外甩出颗手榴弹,拉着张先生翻滚到后窗,跳了出去。大声喊道:"不要乱跑,大家各自往两边山上撤。"

久经战阵的军械师们很快从惊慌中回过神,借着东边山坡上的火力掩护,顺手摸起把枪,边射击边猫腰往两侧的山上疏散。日军不再顾及山坡上突然出现的战士,密集的枪弹拽着火光扫向山坡下奔跑的军械师。

"他娘的,这里的队伍死到哪里去了!"宋子辉怒骂着率队冲向山洞前的日军。鬼子的火力哗的一下转向他们。军械师们趁机跃起,拼命往山上跑。

宋子辉吼道:"手榴弹!"

借着爆炸的火光,日军背上的掷弹筒暴露出来。宋子辉从警卫员手里夺过冲锋枪,带头往崖下的洞口冲。山坳下边的独立大队战士也冲杀上来,紧接着西侧山坡也枪声大作。

趁着日军被三面火力压制在平房前,宋子辉率队赶到洞口。日军小队长一挥指挥刀,鬼子兵们取下掷弹筒,在弹雨和手榴弹爆炸中翻滚腾挪,不顾一切地扑向他们。一条条火龙奔向洞口和两侧的枪械仓库,掷弹筒和燃烧弹的爆炸声接连不断,崖壁下立时淹没在一片火光中。宋子辉和小队战士全都浑身起火,一个个"火人"翻滚跳跃着将子弹、手榴弹泼向疯狂的鬼子兵,将他们顶在洞前。

东西南三侧的战士合围过来,狂风暴雨般的子弹倾泻向山坳。胳臂被打断的小队长命令伤兵靠过来,一只手稳住挂在胸前的冲锋枪,向爬不动的重伤员一阵点射,枪口朝山下一挥,带领伤兵向山坳口方向疯狂扫射,七八个鬼子兵每人端着两支冲锋枪,组成强大火力,狼嚎着冲下山坳。

各提一挺九九式机枪的夏侯雪、何苇杭带领独立大队的战士冲上来,与突出包围的几个鬼子兵兜头碰上。两人就地一个翻滚,两挺机枪一起开火,追过来的战士们又"噼噼啪啪"一阵攒射。何苇杭把机枪扔给他们:"看看吧,这是咱们的章丘造。"突然,她听到几个人同时喊叫宋子辉,神色一凛,扯开围着的人群,躬身往山坳蹿去。

尚邺英、卢毓奎、亓副官和几个游击队战士站在躺在山坡上的宋子辉身边,苇杭看到一只烧焦了的大脚。

"快找医生,怎么不找医生呀!"她喊着拨拉开人墙,"啊"的一声惊叫。宋子辉浑身烧成了焦炭。他率领的一小队战士一个个被抬上来,紧挨着他排成黑乎乎的一溜。

"子辉,子辉!"何苇杭抱住他脑袋,"小老弟,本该我带队的呀。"

卢毓奎抹把眼睛,悄悄转身走下山坡。

尚邺英拉起苇杭,向抬担架的士兵摆摆手,担架队小心翼翼地搬上宋子辉他们的尸体,缓缓从人群中穿过。山坳上空的硝烟已被晨风吹散,缭绕在淡青色天幕上,衬托着几颗尚未被晨光淹没的星星。

尚邨英仰脸向天，眼睛里星光熠熠。

平房废墟那边突然一阵吵嚷，一个游击队员跑过来，兴奋得大喊大叫："我们小队发现了一个活着的鬼子！"

大家急匆匆过去。那个受了重伤的日本兵瞪着惊恐的眼睛哇哇乱喊。宋子辉的警卫员拔枪就往前扑，被尚邨英一把扯住。围观的战士呐喊着："杀了他，杀了他！"尚邨英站在鬼子兵身边，大声喊道："都退下。我们是中国军队，不是日本鬼子。优待俘虏是我们的纪律。卫生员！给他包扎伤口。"那个日本兵骨碌着眼睛，看看尚邨英，又看看蹲下给他查看伤口的卫生员，昏迷过去。

经过简单包扎后，这个长岭山的第一位日军俘虏，被送到山北，伤愈后在鲁西根据地参加了"反战同盟"。他于二十世纪五十年代返回日本，重新在山口县其家族企业从事铸锻工艺研究。中国改革开放后，他多次访问章丘县，亲眼见证了章丘铁匠后人迅速改变命运的神奇。

5

卢毓奎看着瓦砾狼藉、遍地枪械残骸的山坳，脸色灰黑："翟义昆！翟义昆呢？"

一个伤兵吊着胳膊走出队列，怯怯地报告："鬼子突袭前，翟队长接到旅部命令，率领担任警戒的连队下山去了。留下我们几个等待三营长来接防，没等到三营长，鬼子就……"

卢毓奎冷厉的目光扫向佟参谋长和亓副官："旅部命令！旅部谁下的命令？"

佟参谋长和亓副官一起摇头，把目光转向伤兵，伤兵脊梁骨一阵发冷，立正说："是旅部通信员小扯子传达的命令。"

"传小扯子。"卢毓奎脸色迅速恢复平静，问佟参谋长，"翟义昆他们有消息吗？"

"这里打响后不久，山下西河庄一带就有枪声。由于那里是山脚地带，敌我常常发生一些小接触，大家也都没在意。等枪声越来越激烈，我发现翟团长不在军械所，立即令赶来支援的郝团长率队赶过去。刚才，那边枪声还紧过一阵，现在没动静了。"

警卫连长跑步过来："报告，旅部没找到小扯子，挨个查了伤亡人员，也没有他。"

卢毓奎与尚郸英、梁铁峰交接一下目光，一挥胳臂："搜。"

独立旅的副参谋长拿着一张清单过来，看看卢毓奎，又睃一眼他身边的人，双脚在原地踏了几下。卢毓奎冷着脸道："说。"他这才举手敬礼，报告战场清理结果："二十一名鬼子被击毙二十人、重伤一人，缴获日军冲锋枪、手枪和匕首各二十一件，军刀一把。我方死亡四十七人，其中，军械所十九人，宋副大队长率领的游击队十七人；其余十一人为独立旅郝团长的第一营、独立大队二中队第三小队所属。卢所长说，幸亏天黑后，梁大队长和宋副大队长让我们把枪械仓库里的成品和零部件都搬进了山洞，要不损失就大了。"

卢所长提了支冲锋枪过来，在大家面前亮亮说："驻章丘的日军一般不装备这种冲锋枪，可这支鬼子小分队却是清一色的德国伯格曼冲锋枪。他们都配备了掷弹筒，带着炸弹、燃烧弹和爆破装置，从鬼子小队长身上还搜出一张军械所地形图。他们是从山顶绕过，用绳索从峭壁上坠下来的，崖壁上边的哨兵被日本军刀捅死。这支鬼子特别小队目标明确，就是冲着军械师和枪械来的。要不是游击队和独立大队及时赶到，宋副大队长他们又拼死守住洞口，不仅我和军械所的师傅们都难幸免,连枪支和零部件也保不住。"

佟参谋长点点头,沉吟了一下,分析道:"很明显,这是一次里应外合的突袭。翟团长率队脱岗和鬼子实施突击,时间上拿捏得严丝合缝。"

"姓翟的要是内奸,我决饶不了他。"夏侯雪忽然拍一下腰间的驳壳枪,咬牙道,"就是跑进城里去,也要割回他的脑袋来。"

卢毓奎冷冷道:"那我倒要感谢夏侯掌门替卢某清理门户了。"

梁铁峰面色一紧,嗫唇轻轻吐了口气。夏侯雪眉尖一挑,刚要说话,何苇杭攥住她的手轻拉一下,抢先道:"现在就说翟团长通敌,还为时过早。大家想一想,要是他还想继续潜伏下去,擅自带队脱岗,撇开门户配合鬼子袭击,他回来如何交代?要是他想带队投敌,何不干脆在这里接应鬼子?这里面必然另有蹊跷。"

卢毓奎看看何苇杭,脸上泛起一片暖色。亓副官频频点头:"这就是说,整个事件还另外有人操控。"

大家心里同时想到小扯子,现在,他就是解开这团迷雾的关键人物了。尚邨英跟卢毓奎、梁铁峰小声商量了几句,喊道:"大家各自回营地待命。"何苇杭、常参谋长和佟参谋长各自带队离去,夏侯雪踌躇了一下,留在了梁铁峰身边。

警卫连长浑身汗湿地跑过来,说在军械所西边的山沟里,发现了吊死在树上的小扯子,经军医检查鉴定,他是被人勒死后又吊在树上的。

尚、卢、梁三人面无表情。卢毓奎抽出根香烟,点上吸了一口,又扔在地上,抬脚踩了一下。

"立刚回来了。"夏侯雪喊了一嗓子。

郭立刚接过夏侯雪递过的水壶,仰头咕嘟咕嘟一气喝干,喘口粗气，说："这仗打得窝囊。我奉命在长岭村南边一带警戒，听到西河庄附近枪响后，就率队往那里冲，杀开包围冲进绿泉河谷，翟团长已身负重伤。战斗结束后，听他带的那两个连幸存的战士们讲，翟团长带队一进河谷，就被早埋伏在那里的日伪军包围了。伪军先是劝降，说他已经背上擅自脱离阵地的罪名，回去要被军法处置，战死在这里，也洗刷不掉通敌的罪名，不如率队投诚，保证会给他个比团长还大的官。翟团长举着火把痛骂，老子宁肯倒在自己人枪口下，也绝不跟你们这群婊子养的汉奸王八蛋为伍。他向战士们喊，'想活命的就举手过去，我绝不背后开枪，是爹娘养的，站着尿泡的男子汉，就跟我和这些狗杂种拼了。'我们冲进去后，翟团长率领的弟兄们已伤亡大半，翟团长双腿都被打断了。我命令战士们背起他突围，他已抱定必死的决心，用枪抵住太阳穴吼道：'谁过来我就开枪！'他说，'立刚兄弟，拜托你把还能动的弟兄们带出去，要审查小扯子，告诉卢旅长，旅部里有鬼。让他替我管好爹娘和老婆孩子。我跟受了重伤的弟兄掩护，你们快突围。'我们往外打了一个冲锋，翟团长他们就都牺牲了。敌人是下了决心不放一个活口出去，不惜代价地拼命缩小包围圈。幸亏郝团长率队杀到，我们才没被敌人全部包了饺子。郝团长他们一到，敌人就立即撤了。"

"翟团长死得很壮烈。我晚到了一步。"郭立刚抬起胳膊抹了抹脸上的汗水。

卢毓奎仰头长叹："你们，都是好样的。"

夏侯雪低头说："平常我总是看着翟团长不顺眼，没少甩脸子给他看。我得去他灵前烧炷香。"甩开大步就走。卢毓奎示意亓副官陪她去旅部，亓副官匆匆赶了过去。

卢毓奎看着夏侯雪的背影消逝在树丛中。好个爱憎分明的女人。他抬手喊过卢所长:"把这次缴获的日军所有武器都送给宋副大队长带领的那个小队。"

卢所长高声答应着刚要离去,被尚邨英叫住:"还是把冲锋枪分配到三家去,给军械所留下几支,让咱们的铁匠师傅试着仿造一下。"

卢所长看着卢毓奎不动,尚邨英摆摆手:"去吧去吧。三支部队都需要。"

6

何苇杭看着窗台上的菊花。一茎一花高高挑出瓶口,花不大,黄得单纯而炫目。花托下的一个叶片掐去了半边,大概是嫌它遮住了绽开的花头。可见插花时他一定是歪着头端详了好长时间。花是昨天早晨插在土黄釉瓷酒瓶的,当时她没发现这片掐去一半的叶子。

从军械所回来,她就这样坐在窗前。尚邨英一直陪她坐着。一个多小时了,她一动也不动。

终于,她耸耸右肩,拉开抽屉。尚邨英悄悄出去。

她打开日记,写下"一九四三年九月二十五日",另起一行,又写下"宋子辉牺牲"。何苇杭抹一把眼睛,又抹一把,泪水还是往外溢,干脆放下笔,任眼泪滴滴答答落在字上,洇成一片模糊的淡蓝。等再摸起笔,却一个字也写不下去。虽然从那天晚上起,子辉再没有一点不合姐弟关系的表现,可她还是能从他偶尔一个眼神、一个细小动作,窥见他内心深处那份执着的情感,那种挣扎和无奈。可是她又能怎么样呢?泪水又溢出。她把菊花从瓶口剪断,放在日记本中缝，在菊花旁边补上几句："这是他给我插在土黄釉瓷酒瓶里的最后一枝花。土黄釉，我最喜欢的颜色！不知他怎么知道又怎么淘来的，这个络腮胡子兄弟的心思，如此纤细如此绵柔。可如今他却成了一具乌黑的焦炭。今生我无以为报。"

"兄弟，我要把这枝花带进我的坟墓。"她把花瓣一片一片理顺压平，直到花朵保持半开的姿态贴在纸上，掏出针线包，将两页纸仔细缝合在一起，针脚细密匀称。何苇杭今生第一次这样认真地做针线活。合上日记本，用力按住。泪水"啪"一颗，"啪"一颗，砸在手背上。

第十三章

1

太阳升起来，山坳里的寒气渐渐退去。崖壁前面一片坟墓静静地躺在阳光里。

按照长岭山一代的风俗，三支部队在官兵们牺牲后的第三天举行葬礼。尚邨英、卢毓奎、梁铁峰和何苇杭为宋子辉、翟义昆扶棺，紧靠崖壁下葬。然后其他烈士棺木依次安葬。何苇杭在悼词中说："这三百三十七座坟墓将成为长岭山三支队伍团结抗日的历史见证。"

葬礼后何苇杭匆匆离去。梁铁峰拉着卢毓奎和尚邨英坐在山坡上，三人都看着远处不说话。山坡上的红色和黄色已成片成片地扩展到山峰沟壑。

"山上山下已经开始秋收秋种了，庄稼一倒，鬼子的扫荡就要开始。"尚邨英隔着梁铁峰拍拍卢毓奎肩膀，说，"咱们必须尽快把新装备发放到部队。"

梁铁峰嗯了声，三人都不再说话。

"你们两个呀，独立旅造成的损失，咋就一个字也不提，憋在心里不难受啊？"卢毓奎看着蒸腾着水汽的新坟，"邨英兄，我有个请求，让苇杭给子辉、义昆和这次牺牲的官兵，写一篇碑文刻在崖壁上，让弟兄们记住这笔账。也叫我，记住这个日子。"说完，也不等他俩回答，起身就走。

尚邨英喊住他，拉着梁铁峰起来，说："有件事，我琢磨了两三天了，想跟二位商量一下。济南日伪军今年秋季扫荡的重点是济南南部山区和泰沂山区。这两大山区里面，国共两方面部队的部署相互交叉，肯定会共同组织反扫荡。山北的第三支队要调到泰沂地区作战，游击队已接到上级命令，要我们拖住章丘的日伪军，配合主力部队反扫荡。我的想法是，咱们三支部队在鬼子扫荡前夕，组织一次联合行动，狠狠干他一下。"

"好！去年鬼子围剿胡山的国民党部队，我们不是也从背后捣了日伪军一拳吗。"卢毓奎答应得痛快，"这一仗，你不打，我也要干他们。我不能任由小鬼子在我心窝白白捅这么一刀。"他向两人拱拱手，大步走下山坡。

梁铁峰看着卢毓奎的背影摇摇头："毓奎兄觉得这回在咱们面前栽了个跟头。你们俩啊，都有上级，服从命令听指挥，我是山大王，一个人说了算，谁打鬼子我都跟他干。不瞒你说，我确实很怀念实验室的气味了，就盼着早一天把日本人赶走，在化学方面搞出个正儿八经的成果，遂了吴老先生的心愿。"他呼出口气，拍拍胫上的土，"咱们也走。"

"这次反扫荡注定会很残酷，毕竟日军的实力还在。眼下你还是继续做我们的炸药大王吧，制造出更多的子弹手榴弹，还有掷弹筒。等抗战胜利后再进实验室，你肯定会很快成为大化学家的。"

尚郉英兴奋起来，"回想起曾经跟你这样的化学天才并肩战斗过，呵，够吹一辈子牛啦。"

梁铁峰挥挥拳头："这我毫不怀疑。"

站在山坳东边的坡顶，尚郉英回身望着树木遮掩住的坟墓："真不敢相信，子辉就这样埋在这里了。卢毓奎想让我指责他一通。其实我连揍他一顿的心都有。这样致命的失误要是出在我部下身上，我他妈的就崩了他。可指责有啥用，那些躺在坟里的人能再出来？"他一脚踢翻块石头，看着它蹦跳着带起一串石头，哗哗啦啦滚下山坡。

梁铁峰扳过他肩头，拉着他往山坡下走。两人闷头走到石峪寺下面的路口，尚郉英嘱咐梁铁峰："山上情况复杂，你出出进进脑后要长只眼，多带几个人。特务要搜集情报就不可能一点蛛丝马迹也不留下，咱们都要警觉起来，争取尽快挖出特务组织，要不这配合主力部队反扫荡的任务也难以承担。"

梁铁峰答应着，大步往东走去。

2

黎明前的黑暗散而未散，晨曦将升未升之际，一弯橘红的月亮像偷渡光明的小船，在黛蓝的天空穿行，何苇杭身前那几丛结满着紫褐色种子的荆蒿，染上层淡淡的血色。江小慧和小胖脊梁一阵发冷。何苇杭却很神往地久久望着那橘红弯月。子辉下葬已经三天了，她还能清晰地感受到他的气息，似乎一转身就能碰到他憨厚的笑脸。她捋下一把荆蒿籽粒，双手下意识揉搓几下，埋头深吸着浓郁的药香。

小慧似乎听到一声悠长的叹息，从苇杭胸腹间缓缓吐出，与橘红光晕融合在一起。小胖靠到小慧身边，肃然地看着仰头望月的苇杭。她们的政委通身散发着融融的橘红。

远处隐隐传来喝问口令、拉动枪栓的声音。何苇杭叹口气，这样的季节，这样的月色，真不该有这样的声音，把荆蒿籽粒往地上一撒，仰脸看着头顶上疏疏淡淡的星星。

小胖也抬头看天，问道："政委，你看啥？"

何苇杭仍仰着脸，没理她。大战迫在眉睫，反特还没有取得突破，长岭山的一切行动仍然暴露在枭的眼皮底下。如果战斗突然打响，后果不堪设想。

江小慧拉了小胖一把，两人悄悄退后几步。小胖踮起脚，双手扒住江小慧的肩膀，耳语了几句。江小慧捅她一下，转过脸去不再理她。小胖伸伸舌头，冲江小慧一耸鼻子，也安静下来。

不远处岔道口传来重重的脚步声。苇杭抹一把脸，迎了上去。江小慧和小胖拉开距离，隐身到树影里。

何苇杭拉住何一钳的手，用力握了一下，立时感到那双瘦硬的大手传来的情绪有些沮丧。"咋了，不顺利？"

何一钳点点头，汇报了昨晚跟更夫见面的情况。更夫近来一直在设法弄清枭的真实身份，但绣江图片社突然加强了内部保密措施，他试了几次都没得手。他也知道时间紧迫，不过他感觉到敌人可能已经在怀疑他，或者仅是怀疑他们内部有卧底。何苇杭扫了把荆蒿上的月色，橘红光波一阵流泻，复又覆盖上去。何一钳咂咂嘴，没告诉她更夫已明确通知他，敌人掌握了他长岭山军械师的身份，随时会实施抓捕，让他立即撤离。

江小慧看着何苇杭和何一钳走进树林。迷蒙的天色忽然明朗了一些，诡异的血色被冲淡开，荆蒿籽粒的药香也清亮了不少。真不愧长岭山第一男子汉，身上的阳刚气真足，不知道那些传说是不是真的。

何苇杭拍拍何一钳瘦硬的肩膀。何一钳苦笑着摇摇头，说："唉！我这个人，除了打铁，干啥都笨手笨脚的，根本就不是搞情报的料。"

小胖踮脚跑到江小慧身边："喂，你发现没有，咱们政委跟谁在一起都谈笑风生的，可跟何师傅，总是有那么点生分。你说，她端的是政委的架子还是何家大小姐的架子？"江小慧戳了她额头一下："你少说一句能憋死呀。胖丫头吃得多话也多。快回你的岗位去。"小胖踮脚跑了回去。

何苇杭往她们那边瞥了一眼，点头道："也真难为你了。别再硬撑了，情报站立即撤回。你明天就不用再回县城了。"

"那咋行？"何一钳急了，"离鬼子扫荡的日期越来越近，图片社和枭的联系会更加频繁，这时候撤不得。再说眼下也不是一点办法也没有了。"他平息一下情绪，说出了自己的想法。昨天更夫提供了一个重要情况，绣江图片社为保险起见，跟枭一直没使用电台，都是用接头的方式联系，而且接头的地点都在城外。这几天，为了避开我们的注意，他们中断了联络，估计很快他们就会设法接头。派出来接头的，肯定是图片社伪军特别警备小队的人。让何一钳看到希望的是，这些年以来，铁匠铺的账房先生一直在精心喂着伪军特别警备小队的副队长，这家伙好色成性，吞下了账房先生的钓钩已经好长时间了。

何苇杭情不自禁地双手一拍。何一钳受到感染，语气也活络开来："想想真有点好笑，洋鬼子一直用土办法跟枭联系，我们的几个土包子，反倒老想用洋办法办事，走岔了道。现在，咱改用土办法，弄准敌人的接头地点，"他双手一掐，"抓舌头。"

何苇杭眼睛一亮："好好，好哇。等得到你的报告我就安排郭立刚去抓舌头，干这个，他内行。不过，你能保证安全吗？不行你就先撤回，由账房先生去实施计划。"

"我突然撤回，会引起鬼子警觉。他们会立即更换接头人员，改变接头方式，那我们不就抓瞎了吗？明天我处理一下军械所的事，后天一早必须出现在李家庄的铁匠铺里，而且要大摇大摆地去城里的铁匠铺转一趟。"他也没告诉苇杭，更夫获悉他的小徒弟已被敌人收买，这些天来，鬼子一直在跟他玩猫捉老鼠的游戏。幸亏，小徒弟只知道他是游击队的军械师，不了解情报站的事。但他很清楚，鬼子随时都会收网，他已拿定主意，把自己当鱼饵，去钓住枭这条溜滑的黑鱼。这些天，他已把平生绝活都传给了大徒弟，解决各种枪支弹匣、弹夹弹簧弹力不足的蘸火方法，上次下山前，也跟任先生和梁铁峰交代清楚，心里异常踏实。这次回来，也是想跟孩子他妈和杨嫂交代好儿子的事情。

何苇杭再次抓住他的手："千万小心。活着回来。你的孩子还小。"

何一钳掏出把手枪递给苇杭："你那把小手枪只能三连发，这把体积稍大点，却能十连发，关键时候能挡一阵。"苇杭接过枪仔细端详，见月光下黛蓝色的枪柄上印着一个凸文篆书的"祺"字，心中一动，刚要说话，何一钳说："我还要去村里给孩子送点东西。"转身匆匆走了。

苇杭低头嗅着枪身上散发的淡淡烟火味，身上洒满了无数个细碎的残月。她跨前一步离开树影，不自觉地又仰头看天。天色正在变淡，月亮已隐入曲星河，河床里水汽氤氲，更加稀稀落落的星星不安地眨着眼。曲星河里还会增加多少颗星星，才会把鬼子赶回老家？

她对走到身边的小慧、小胖说："明天，怕是又要阴天了。"

3

绳峪庄东北头，有一座孤悬于山坡上的闲宅子，院子已经很破败。战前何家像这样散布在四乡八村的小铁匠铺很多，都由何一钳统一打理。

长长的弯弯曲曲的村庄已经沉在深睡眠里。何一钳走到自己住的东屋门口，掏出钥匙，发现锁没有了，心脏一阵急跳，推门闯了进去。窗前的土炕上，坐着一个身穿粗布衣衫的身影，微弱煤油灯光下，她仰脸看着他，胸脯微微起伏。

何一钳用力搓着双手，发出摩挲砂纸一样的声响。女的看看他的手下，并没有沙屑落下。她暗自一笑，何一钳在炕前月光下搓手的动作和她奇特的感觉一下刻在脑子里。这以后，她常常回想起这一情景，临死前她的脑子里反复响动的，就是何一钳搓手的声音，她含糊不清地吐出的最后一句话，竟是"那晚月光真好呀"。其实那晚上已接近阴历月末，月亮要等到黎明时分才出现，是她记错了。

"我知道你会在这里。"

"我以为你会领孩子来。"

"我想领来了，杨嫂说，他一直等着我，刚睡下。天亮后，我去背他来。"

"……"

"杨嫂唠叨了好几回了。她说,这孩子的妈真忍心,把孩子扔给一个大男人……你,冷吗?"

何一钳弯腰抱住她,她反手箍住他的腰,往后一仰。何一钳感到扑进了一片波涛汹涌的大海。无边的浪涌推撞着他在光明和黑暗间不停地起伏。

院子里杂草上凝结起细碎的露珠。窗户里面传出女人虚软的声音:"记住,明天是咱们结婚的日子。一定记着回来,晚上一起吃顿饭,我陪你喝杯酒。"

村子里断断续续响起鸡叫声。

4

宋子辉和翟义昆他们下葬后的"头七"这天黄昏,尚邨英拉上卢毓奎来到鹁鸽崖。梁铁峰迎上来问:"有情况?"尚邨英摇摇头:"今天是子辉和义昆他们牺牲的第七天,长岭山一带把这天叫作头七,家人们在这天要摆酒祭奠死去的人。逝者已去,亲人们也借此压下悲痛,开始正常生活。乡亲们把这叫洗泪。"

"好。"梁铁峰吩咐身边的人去拿酒,"这事在我这里办正好,省得再惹苇杭难过。"

卢毓奎摆手叫住去拿酒的战士,让警卫员把带来的章丘老窖放进小木屋,埋怨尚邨英不早告诉他,他压根就不知道老家还有这个风俗。

尚邨英仰头望天。

梁铁峰知道他还憋着股火,赶紧说:"今天咱们遵从旧俗,以酒洗泪。谁也不许再悲伤。"

三人都望着远处山梁上血红的夕阳。

随着太阳渐渐沉下山脊，周围大块橘色云块被晚风吹散，撕扯成一片片黛青条索，在明灭不定的落日余晖中不断弯曲伸展扭动，彼此牵连，前后呼应，贴着山谷沟壑间涌起的雾气逆风飞扬。

"弟兄们，"卢毓奎脱帽鞠躬，"我卢毓奎一定会给你们一个交代，绝不会让你们白白牺牲。"

周围独立大队的战士们浑身一激灵，脊梁骨蹿起一股冷气。

暮色完全笼罩住长岭山。鹁鸽崖下岩壁石缝的灌木噗噗啦啦一阵响动，接着就是猫头鹰扑扇翅膀，壁鼠尖厉惨叫，猫头鹰哭一般啸叫着飞回崖头。夜幕掩盖下的一场猎杀瞬间完成。不远处的残败石墙后面，刺猬怯怯地咳嗽几声。鹁鸽崖骤然归于寂静。战士们不觉间靠拢在一起，觉得那些黛青色影子还在黑暗里舞动，不时带着风声从脸前掠过。

三人泼酒祭奠。围着小木屋里的矮桌坐下。卢毓奎突然问："夏侯呢？"尚邺英告诉他夏侯和小慧她们在陪着何苇杭。"尚兄，你咋搞的，咋不早撮合一下他们。"

尚邺英轻轻叹口气。

"我欠子辉老弟一杯酒。"卢毓奎说，"试枪的前一天，子辉到我那里去，正赶上家里送来几坛这种酒，他说他不好喝酒，就是这个酒还能喝两盅。我答应他等造枪成功，我献出这箱酒，咱们大喝一场。没想到他再也喝不上了，早知道该送给他一坛。"

"不说这话了。"梁铁峰摆上酒杯，"这几天夏侯雪说起翟义昆就后悔得直拍打头。这也不说了，按尚大队长说的，今晚咱们以酒洗泪，这一页就翻过去了，眼下要紧的是如何挖出内鬼。"尚邺英端起杯子："铁峰说得对，现在我们得浑身长着眼睛。再就是，我提个建议，现在武器已经发放给各部队，我们可以各组织一支精干的小分队，突袭一下县城和相公庄、普集据点的外围队伍，促使敌人早一点对长岭山展开行动。这样我们才能更主动地完成拖住章丘日伪军的任务。"

梁铁峰和卢毓奎先后点点头。

"好，咱们干了这杯。"尚邨英带头喝干。

几圈酒转下来，三人都有了些酒意，神情慢慢松弛下来。宋子辉、翟义昆的牺牲一下拉近了三支队伍的关系，三个人往常聚在一起的那种吞吐试探、旁敲侧击没有了。三人越拉越近乎，话题不觉间就回到了队伍初创时期。

"说实话，"梁铁峰酒量最小最先说实话，"尚大队长，尚兄，尚大哥，说实话，最初我最看不上你的教师做派，动不动就讲道理。大家都是拉队伍抗日，谁听谁的呀。"

"所以就在那次劫粮后，也不听人家常参谋长极力劝阻，就又去伏击伪军的运粮小队。你倒是干点别的去呀，结果人家早有防备，遭到了反伏击，弄得狼狈不堪，要不是郭立刚他们到得及时，你这条化学家的小命就丢了。我琢磨着呀，你可能是又忘打开机头了吧？"

"不是那回事，根本不是。"梁铁峰冲着卢毓奎瞪眼，"我击毙了好几个伪军，连雪儿，呃，都夸我呢。我使枪可是很溜了。"说着拔出枪扳开机头，在两人面前晃着。尚邨英托住他手腕一抬，下掉枪关上机头，交给他的警卫员。

"这回你们信了吧？"梁铁峰端起杯，"来，再喝一杯。"

卢毓奎夺过酒杯喝干，又喝了自己那杯，晃着倒过来的杯，让尚邨英也喝干。

梁铁峰不服气，连呼警卫员倒酒，指着卢毓奎，手指在他脸前摇晃着画圈："欺负我酒量小，是吧？有本事等着雪儿，夏侯，把你灌个小辫朝天。"见卢毓奎看着尚邨英，摇着脑袋直笑。"不服气是吧，哪次不是你告饶呀。"梁铁峰哈哈大笑，说："老同学，卢大旅长，别光说我，你也好不到哪里去。那次你去劫鬼子运武器的汽车，还以为是到嘴的肥肉呢，也不跟我们两家打招呼，想吃独食，结果噎着了吧，还搭上了好多兄弟。要不是雪儿也盯上了那块肥肉，替你抵挡了一阵鬼子的机动队，你可就惨了。"

卢毓奎脸红了，这可是位喝多少酒都不会上脸的主儿。尚邨英脑袋也有点晕乎，似笑非笑地看着他俩老同学斗嘴。他没觉察自己在笑，却被卢毓奎一眼看到，拨拉开梁铁峰的手："别闹了，尚大队长在看笑话呢。"

"笑话？什么笑话？谁笑话？"梁铁峰撑住桌子站起来，伸手指向尚邨英，刚叫了声"尚兄"，腿一软跌坐回树桩。尚邨英一把拉住他，扶他坐稳。他笑得前仰后合，说："这酒，这酒不咋样，咋不上头专上腿呀。"

"那是你脑袋比腿能喝。我这老窖市面上可轻易见不到，碰到你算它倒霉。"

"酒喝多了，时候不早了，咱们散了吧。"

"看完笑话就想拍屁股走人呀？不行。"卢毓奎把尚邨英按坐在树桩上，"你的事咱们也得捯饬捯饬。你们游击队也不咋样。独立旅劫鬼子武器的第二天，你就派郭立刚小队去相公庄据点弄回一批药。比起我们两家的外围行动，你这夜闯据点可厉害多了，为啥也对我们捂得死死的？你老兄也不够地道吧。"

这卢毓奎敢情是一直惦记着那事呢。何如山进药这条渠道是万

211

不可透露的。尚郸英胡噜把脸，不紧不慢地说：“那事不是跟二位都说了嘛，那是第三支队组织的行动，郭立刚小队只是担任外围警戒。要是我们游击队自己的行动，咋会瞒着二位。"

"别打岔。"卢毓奎盯住他不放，"你肯定有一条进药的渠道，那些日本人严控的药，可不是能轻易弄到的。"

"我不是说了嘛，那都是山北第三支队匀给我们的。再说了，你们有重伤号，哪次我不救急呀。"

"你也别打岔，老同学。"梁铁峰似乎清醒了点，伸手摸起空酒杯喝了口，"我是土匪，这江湖，江湖规矩，还是要讲的。你们两家的秘密，我可是，可是从来不打听，不打听。"

卢毓奎不再说话，低头凑到杯沿搁了口酒。日军占领章丘后，他本来是想南下参加"青年军"，老爹死活不肯，硬把他拉回老家，让他以卢家看家护院的十几个家丁为基础，拉起队伍保护老家。队伍拉起不久，老爹又劝他投靠省政府地方保安军驻扎在南部山区的队伍。他脖颈一挺："不干！现在这支队伍我是司令，与其受他们辖制，何如当初就去参加正规军。从拉起队伍开始，我就想明白了，自己掌握着一支独立的抗日武装，将来前途肯定比跟着别人干强。"老爹不再吭声，谁不知道他家这位大公子的脾气，从小就不愿听人摆布。

夏侯雪带着风闯进小木屋，跟来的游击队警卫队长和独立旅警卫连长，带领各自的战士分布在门口两侧。"何苇杭火了、急了！"她一看屋里情景也火了，"苇杭说现在山上是什么时候，什么形势，你们三个还凑在一起。"她又补上一句："你们还喝上酒了！"推一把趴在桌子上的梁铁峰，直接撑上卢毓奎："又是你灌的俺家铁峰吧？先别走，我跟你碰两杯。"双手抄起坛子咕嘟了几口，手背在嘴上一抹,"我补上梁铁峰欠的酒了。来,卢大旅长,咱们再连干三碗。"

卢毓奎忙起身拱手施礼。夏侯雪直视着他:"你认尿?""认尿认尿,兄弟我在酒上,就服嫂夫人。"

夏侯雪扑哧笑了:"是铁峰自己酒量不行,我哪能真的再跟你拼酒。"

"大队长,"常参谋长匆匆进来,一下愣住,看看两眼模糊的梁铁峰,对夏侯雪说,"按大队长的命令,特别小队在周围警戒。我刚转了一圈,咋就没找到牛子?"

"他还在游击队营地。"夏侯雪忽然觉察说冒了嘴,看一眼尚邺英,一脸尴尬。

常参谋长怕尚邺英误会,赶紧说:"那事,副大队长,还是跟尚大队长挑明了吧。"

"是这样,听说我去见何政委,那小子非跟我去找你们的祁英。"

"他们不是断了吗?"

"这男人和女人一挨上,咋会这么容易断。"夏侯雪突然调转话头,"没想到苇杭姐会看上宋子辉,按说你尚大队长跟她才更般配。"

尚邺英一脸哭笑不得。常参谋长扯扯夏侯雪衣袖,她冲门外喊一嗓子:"按何政委吩咐的,你们把这两位押解回去吧。"

第十四章

1

何一钳打起手罩望着绣江河西岸，见太阳离城门楼子还有一竿子高，吩咐坐在铁匠棚下的小徒弟焖饭。

小徒弟狐疑地看着师傅："今中午剩下的饭还足够，热一热就行了。"

何一钳淡淡说："还是焖锅新的吧。"

小徒弟熟练地淘米、上锅，慢慢拉动风箱。章丘铁匠一天三顿都吃小米干饭，学徒的都要先学会焖小米干饭。焖干饭讲究的是水量和火候，开锅后小火慢蒸，水尽饭熟，不燥不稀，锅底的一层，微微有点发黄，又焦又嫩最是可口，总是盛给师傅吃。要是焖煳了，学徒的自己要把黑煳的烟炝锅巴吃下去，拉的屎都是黑的。他瞥一眼不远处的西门洞。这个庄的圩子墙只有东西两个门口。

饭刚焖好，太阳就压向了城门楼子。小徒弟掀开锅盖，铁匠棚里飘散起小米干饭特有的爆米花似的香味。何一钳不招呼盛饭，慢慢装上一袋烟。小徒弟用铁钳夹起一块火炭给师傅点上，心里七上八下的,有点磕巴地说:"师傅,我,我去迎迎师哥吧。"

何一钳不答话,狠狠抽一口烟,对何苇杭硬派给他的一个郭立刚小队的侦察员说:"你去桥头上迎迎。"转脸叫小徒弟打一桶井水。

小徒弟抖抖索索地提过一桶水,往地上放时一失手,水桶差点歪倒,洒出的水泼了一鞋。

何一钳目光犀利地盯住他的眼睛,丢给他一把小勺:"自己蘸着吃吧。"

小徒弟扑通跪倒,哇的一声哭起来。章丘铁匠祖传的规矩,谁要做了欺师灭祖的事,就逼他用小勺舀了新焖熟的米饭团,蘸了凉水吞下去,吞完一大碗滚烫的小米干饭后,宣布将其扫地出门。走出不远,米饭就会把逆徒的肠胃烫烂,倒地翻滚着惨叫而死。小徒弟一把扯开衣扣:"他们杀了我,我也不会背叛师傅,可他们折磨得我受不了哇。"

何一钳心头一震,小徒弟的胸膛上重重叠叠的满是翻卷着肉皮的伤疤,有的疤痕平滑光亮,汪着通红的血色,显然是烙烫出来的。他的目光像遇火的钢丝,在徒弟的伤疤上慢慢软了下来,刚要说话,大徒弟和侦察员跑过来。小徒弟慌忙掩上衣襟站起来,背过身去系上衣扣。大徒弟不及细想,附在师傅耳边说:"那小子终于吐口了。后天上午,一个货郎在祖营坞村北头杂货铺门前,暗号是……"

何一钳摆摆手打断他的话,说声"好",指着那个侦察员对大徒弟说:"你把接头暗号告诉他。你们立即分头行动。一个去孙家大院,一个去李记包子铺,两处都有人接应你们出村。"

"那不行,何政委命令你必须天黑前离开这里,你先走。"侦察员说,"我等一会儿不要紧,这里没人认识我。"

何一钳粗暴地一挥手:"别啰唆,快走。"

大徒弟拉住师傅的手,急切地说:"师傅,咱们一块儿去吧。我们进庄时,在西门发现了鬼子兵,还有很多伪军。"

何一钳脸色一沉,他本想从西门出庄,把监视他的特务引开,然后找机会从村头的庄稼地逃离。看来不行了,这是要在安排接头前先抓住他。这时溜走了,鬼子肯定要更改接头方式和时间。

大徒弟一把扯住他胳臂就走,他猛地甩开:"他们并不急于进村,还是想把我当作钓饵,发现我不在,他们势必要封锁路口,包围村庄,挨户搜查,大家一个也走不成,捉舌头的计划就会泡汤。记住,长岭村何家铁匠铺里,有校好的机枪、冲锋枪。"他用力推一把两个人,"走!"

大徒弟跪下冲师傅磕一个头,拉着侦察员冲出铁匠棚。

幸好昨天晚上就让大徒弟去了趟鹁鸽崖,把伯格曼冲锋枪弹簧蘸火的改进方法,交代给了梁铁峰。何一钳长舒口气,拿起响锤敲打铁砧。回头对小徒弟说:"你欺的可不光是师门,是祖宗。死后能不能进祖坟,就看你今晚这一霎了。快,起火!"

小徒弟铲开炉火,扯动风箱。何一钳夹起一把錾子塞进炉火,等錾子稍一变红,夹出来用响锤碾一下尖,又放进炉火。小徒弟紧拉几下风箱,炉火熊熊地蹿了起来。何一钳夹起早煨在炉火边的一把旧镢头,向小徒弟一翘下巴。小徒弟拿起大锤蹲好马步,等师傅的响锤轻轻一敲,就抡起大锤用力砸下去,当的一声,火花四溅。

何一钳点点头,锤声一响,鬼子就沉住气了。"小子,行,心神又抱住了。这人哪,亏啥不能亏心,卖啥不能卖祖宗。人生在世,活多大年龄不重要,要紧的是能活出个人样来。爷们儿,到了地下你还能喊我师傅。"边说边连连挥锤敲击,小徒弟平端大锤加

216

快节奏，一锤比一锤有力地跟进。何一钳把镢头放到一边，夹出錾子点击根部，小徒弟肩膀较住劲抡圆大锤，当当几下将錾子根部砸扁。"叮当叮当"的锤声在傍晚的十字街口格外焦脆。

街口上响起咔咔的皮靴声。

"别怕！"何一钳看看小徒弟，把响锤往靠板上一挂，左手从容地将钳子递到右手里。

十几个伪军呼啦将铁匠棚围住，一名日军中尉带着两个士兵不紧不慢地走进来，中尉伸手摆住两个士兵，很放松地背起手，围着铁匠炉转了一圈，笑么悠悠地看着何一钳："何，什么的干活？"

何一钳认得他是特别警备队的一个小队长，点点头，夹起镢头晃动一下，也微微笑道："打镢头。"他做一个刨地的动作，"杀高粱收棒子。卖钱。"

"你——"小队长用力摇摇头，笑得眼睛眯成一条缝，伸手做了个扣动扳机的动作，眉毛忽然拧了起来，"军械师，造枪的干活！"

何一钳哈哈大笑："太君真会开玩笑。我打的可都是锄镰锨镢，你看。"他把钳子插进铁匠炉，手中暗暗用力，牢牢夹紧那根烧得流火的铁錾子，突然飞快拔出，挟着噼噼啪啪爆裂的火星，划出一道火光，唰地捅进站在两步开外的小队长微微腆起的肚子。小队长惊愕地瞪大眼睛，看看还面带笑容的何一钳，低下头，小肚子里忽地蹿出一股烟火，号叫一声，仰身往后跌倒，一股浓血溅着火星喷向空中。

两个鬼子兵好像不明白眼前发生了啥事，瞪大眼睛呆愣着，直到小队长仰身倒地，才猛地回过神来，一阵哇哇乱叫，一起向何一钳开火。何一钳踉跄着后退几步，靠在铁匠棚的立柱上，鲜血从弹洞里喷涌而出。

小徒弟喊一声"师傅",吼叫着"狗日的",抡起大锤扑向鬼子兵,被伪军一阵乱枪打倒。

何一钳看着小徒弟,浮起一脸慈祥的微笑,腿一软,顺着立柱滑坐在地上。

2

太阳还在县城东关门楼子上打转的时候,石峪寺的阳光已经被树木遮住。

"何一钳现在的处境很危险,今天无论如何也得让郭立刚把他带回来。"何苇杭点着头,心里很明白,得不到绣江图片社与山上特务接头的时间地点,谁也把他弄不回来。她突然起身往山下走去。

山顶上最后一抹夕阳瞬间熄灭。尚郓英心里闪过一阵不祥的预感,也跟了下去。

天上的夕照正绚烂。何苇杭看着水库里流动的晚霞。一天绚烂倒泻进水底,被水面的波纹带得动荡蜿蜒。她已经让侦察小队的战士通知何一钳,天黑前务必赶到这里来。刚才郭立刚、郝团长和独立大队二中队的刘队长在这里会合,准备分头率突袭小队出发,尚郓英特别嘱咐郭立刚,实施对县城东门外日军突袭前,一定先派人去李家庄看看何一钳还在不在,告诉郭立刚,可以动用强制手段,一定保证何一钳跟他一块儿回来。何一钳重返县城这几天,她一直忐忑不安,今天总算稍稍安定了一点。她自己察觉不到,这只是自己的一种心理期盼。

水库里的夕照渐渐变成单一的麦黄色,很快又转换成淡青色。何苇杭仰起头,淡青色迅速加重,星光开始疏疏朗朗透出天幕。她自己也觉得奇怪，自从宋子辉牺牲后，她经常会望着曲星河出神。教练女兵练武功那段时间，夏侯雪讲了很多东北深山老林里的诡异传说，满脸严肃地对她说："你别笑，人死后魂灵真的会再出现。"也许吧，夏侯从小就跟着爹在刀尖上讨生活，经历了那么多生命无常，瞬间生死，浑莽山林间很多认知界限包括生与死，就会宽泛模糊乃至混沌，所谓绿林好汉的狂野无羁，多是由这种混沌生发的。作为游击队的政委，何苇杭的职责却是要让这些农民子弟明确生死大义，激发视死如归、向生而死的士气，成为一支抗日的铁血部队。

她招手让小慧和小胖过来，一起看水库里变幻的光影。估计现在何一钳已经在路上了。看来，让这个打铁的汉子搞情报，是用捞笤钩子钓鱼了。回来后，就让他公开组建起游击队军械所吧。何苇杭微微一笑，这家伙总是想拿起枪上战场。尚邺英说有机会，倒也可以让他带带队伍。

黛青光影突然消逝。何苇杭胸口刀剜似的一阵绞痛，心噗噗慌跳，伸手扶住江小慧，好久才吐出一口气，冒出一头冷汗。小胖尖叫了声"政委"，抱住她胳膊。

尚邺英闻声过来，问："咋了？"何苇杭摆摆手："没事。有点累了。小胖就爱咋呼。"

尚邺英看不太清楚何苇杭的脸，感到她的声音有些疲惫，就说："这段时间，明里暗里两条线都交叉在你这里，把你忙坏了。先回大队部养养神，我再在这儿盯一会儿。"

何苇杭她们的身影很快没进暮色。

何一钳的大徒弟和前去接应的几个战士回到石峪寺。一直站在庙门前的何苇杭没看见何一钳，心忽地一沉，踮脚往他们后边看看："你师傅呢？"

大徒弟摆手让其他人留在原地，拉着侦察员走进庙里，何苇杭吩咐身边的战士："去叫大队长。"大步跟进去。几个女兵列队站在台阶下。

"我们出庄后，铁匠棚里响过一阵枪声。"侦察员报告了敌特安排明天上午接头的情报后，说，"我俩按何师傅嘱咐的，急着回来报告，留下几个人了解庄里的情况，估计他们也差不多快回来了。"

大徒弟忽然一阵哽咽："师傅，他……"

何苇杭看看大徒弟，扶着桌子慢慢坐下，摇摇手没让他说下去。

"何师傅很机智，应该会设法脱险的。"尚邨英问清情况后，拍拍大徒弟的肩膀，喊进警卫队长，命令道，"安排他俩先去我宿舍休息。大队部周围严密布防，没有我的命令，任何人不准外出，违令者击毙。让二中队长跑步过来。"随即走进宿舍。

很快尚邨英就返回大殿，俯在何苇杭耳边说："老何干得漂亮。后续的事我已安排下去。大徒弟和侦察员离开时，鬼子还没进村，他还有时间撤离，你先别着急。"她抬头吁一口气，说："老何从来不说空话。这回，活着回来的承诺怕是要落空了。"她竖起手掌，不让尚邨英说话，向门外喊了声："小胖。"小胖应声进门，何苇杭交代道："你让侦察队派人骑摩托去绳峪庄的杨嫂家，把她和何师傅的孩子一块儿接来。"她看看有些惊讶的尚邨英，小声道："老尚，请你原谅，纯粹出于私人考虑，我一直没告诉你，大家一直在猜测的，何一钳孩子的妈妈就是我。"

尚邨英"哦"了一声，果然是这样。平日的种种疑惑一下子碰在一块儿撞碎了。他头一回在需要说点什么的时候，找不到合适的话，蹙着眉头似乎是在仔细收拾满脑袋的碎片。其实他早已断定苇杭的"那个人"就是何一钳，那个孩子就是他们的儿子，只是心里总有疑惑始终散不开。他也知道这疑惑与理智无关，它来自掩藏在情感深处的那段经历。

大殿里外一片异样的令人不安的气氛。风时紧时松，残破的檐铃不定啥时候就叮当一阵。

何苇杭慢慢走出大殿，走出庙门。往山坡下走了几步，停下，又转身往东走去。尚邺英跟着她，站在通往女兵小队营地的路口。"我生来就注定不会是个好妻子。""战争啊。"尚邺英叹了声就不再说话，接过小慧递过的外套给她披上。从侦察员和大徒弟的报告看，何一钳是想自己稳住敌人，掩护他俩出村，在鬼子的眼皮底下，他怕是难以脱身。

尚邺英卷了支旱烟，绕到苇杭另一边的下风头点着，烟卷微弱的火头明明暗暗。

山坡上一阵嘈杂。有人喊："何师傅怎么了？"接着就听何一钳的大徒弟喊了声师傅后号啕大哭。

"老何！"何苇杭晃了晃，抓住尚邺英伸出的手，望着深邃的夜空一动不动。

檐铃又一阵丁丁零零，何苇杭打了个寒噤，推开扶住她的江小慧，快步走过去。郭立刚说："我们按大队长和你的命令去接应何师傅，在村头与鬼子巡逻队相遇，等拼命冲进铁匠铺，击毙了准备撤离的日伪军，发现何师傅已经……"她摆摆手，顺着大家闪开的道，引导担架走进东廊坊她临时休息的那间小屋，将何一钳移到床上。他两只大脚伸出床外，千层底的牛鼻子布鞋浸满血迹。她拽拽被子盖住他的脚，坐在床沿上，抚摸着他蜡黄的脸："秉祺呀，你咋又忘记刮胡子？"她手伸向江小慧。江小慧不知所措："政委……"

尚邺英说："去我房间里拿刮胡刀、毛巾，端盆热水来。"

何苇杭将毛巾在脸盆里浸了会儿,轻轻拧拧折叠了几下,捂在自己脸上试了试,小心翼翼地在何一钳胡子上涂肥皂,把热毛巾敷在上面,抬头看着屋梁。"秉祺呀,你最享受我给你刮脸了,说让大小姐刮脸,心里真滋润。"尚邺英小声提醒:"该刮了。"何苇杭受到惊吓似的抖了抖,没头没脑地说了句:"咋能是今天。"接过江小慧递过的刮胡刀,深长呼吸一口,熟练地一气刮完何一钳不浓密却根根粗壮的胡子。

"今天是咱们的结婚纪念日啊,秉祺。"刮胡刀当啷掉在地上。

尚邺英一把扶住何苇杭:"你先到大殿里休息一会儿,剩下的让卫生员来收拾。"她摇摇头:"我垮不了。"泪水便哗哗地涌流出来。她抹抹脸,拔出那把手枪,慢慢抚摸着枪柄上那个篆书"祺"字,一股腥热火辣辣直冲咽喉,她用力吸口气,慢慢压了下去:"他下山前就做好了牺牲的准备。我感觉到了,可我,没阻止住他。我是能够阻止住他的。何一钳,他一辈子只有我这一个女人,只有我们一个孩子。他是个极重情义的男人。"

尚邺英感到何苇杭抽搐了一下,摇摇她的肩膀,叫声"苇杭",苇杭看看他,嘴角溢出一缕血水。尚邺英大喊一声:"卫生员!"

门外,突然响起一声小孩子稚嫩的喊叫:"爹,爹——"

3

苇杭牵着儿子的小手,走在星光莹莹的小路上。儿子感到妈妈的手一直在抖动,有点怯怯地问:"爹到哪里去了?"

苇杭指指头顶上的曲星河:"爹在那里呢。"

"那里远吗?"

"不远，"苇杭蹲下把儿子揽在怀里，"就在那里。你看，最亮的那颗星星就是你爹。他在看着你呢。"

儿子用力举起小手向天上摇晃："爹朝我挤眼睛了。妈妈也会去那儿吗？"

"妈妈现在不去，妈妈在这里陪着小祺。儿子，你上学时，名字叫何小祺。你爹他叫何秉祺。"

"爹不是叫何一钳吗？"

"那是他的号，你上学时要填一张表，你要在父亲那一栏里写上何秉祺，记住了吗？"

儿子有点不明白，但不想让妈妈知道他啥也不懂，就使劲点点头："嗯。爹一个人在那里，多没意思啊，谁跟他玩哪？"

"有很多叔叔跟爹在一起呢。你看，爹的身边有那么多星星，它们在陪你爹说话呢。"

"咱们也跟爹玩会儿去吧。"儿子拉着妈妈的手站起来往前走，晃着脑袋寻找那颗最亮的星，脚下绊了一下。苇杭弯腰抱起儿子。

风沙沙吹过，几片树叶飘落在小路上，沾满了蓝莹莹的星晖。

小路边的树影里，尚邺英望着苇杭和孩子的背影。郭立刚就是晚到了一步。出发前他告诉郭立刚，如果发现李家庄附近有日伪军，不要等天黑就行动，但他们在李家庄以东被鬼子的巡逻队耽搁了。"该料到这种情况的，该让郭立刚他们提前出发。百密一疏啊，我算什么小诸葛？何一钳牺牲，我难辞其咎。"

身后响起脚步声。尚邺英快速抹一把眼睛，何如山已站在他身边，几步以外站着郭立刚和几个战士。他拉住何如山的手，两人都沉默着。

"我去见见苇杭，把孩子和杨嫂一块儿接回家。"

223

第十五章

1

在三支突击队分头下山、伯格曼冲锋枪弹簧蘸火组进入军械所的时间交叉点上，卢所长焦急地望着山脊上闪动的夕阳。这个何一钳，难不成又被哪个女人缠住了？他搓搓手，憋着一股子火气，急匆匆奔往鹁鸽崖。

"梁大队长，何师傅不在山上，只好劳驾您亲自出马，去给几位师傅讲讲你俩研究的冲锋枪弹簧蘸火方法。"梁铁峰答应一声起身就走。头发蓬乱的老兵急忙叫上小警卫战士跟上去，小声嘀咕着："总是抬腿就走，夏侯副大队长和常参谋长刚交代过，大队长离开鹁鸽崖必须跟上一个班。"

"又嘴碎。"梁铁峰回头斥责，"沿途都有警戒点、巡逻队，带这么多人干啥？又不是去打仗。"老兵不服气地哼了哼。这是个老兵油子。在东北时给常参谋长当过班长，好摆个老资格。刚上长岭山那阵子做过梁铁峰的警卫员，因为老是管不住那张嘴，经常在梁铁峰读书思考时，憋不住讲他当年在深山老林里的过五关斩六将，被夏侯雪打发出了大队部。今晚正轮到他在这里值班。

梁铁峰边走边跟卢所长介绍他和何师傅琢磨的弹簧蘸火新方法，应何苇杭的要求，他没说出新蘸火方法是何一钳在李家庄铁匠铺琢磨实验出的。他大徒弟特别嘱咐梁铁峰，伯格曼冲锋枪弹簧的强度和韧性要求，比九九式轻机枪的还要高，药水也得重新配制。

老兵悠悠荡荡地跟在后边，压低声音给卢所长的警卫讲梁铁峰喝酒的故事：

"机枪试射失败的那天晚上，我也正好在大队部值班。梁大队长和何师傅反反复复鼓捣了好长时间，终于解决了弹簧蘸火的难题，高兴得他当着大家的面把夏侯副大队长抱了起来。副大队长咯咯笑着，说是不是又要喝一杯心情呀。啥叫喝心情？这话可远了去了，那时我还跟着大队长呢。那段时间我们大队长和军械师忙着配制炸药造手榴弹，脸上整天脏兮兮乐呵呵的，满山上都能听到他脆生生的笑声。每当看到弟兄们大呼小叫地用笸箩、抬筐运走手榴弹，他总会央求夏侯副大队长熬一锅东北乱炖，倒上一盅酒，跟大家乐滋滋地抿上几口。夏侯副大队长可是个酒仙，从没见她捏着小盅子喝过酒。人家倒上满满一大碗，跟大队长的小盅子一碰，几口就喝个底朝天，朝他一亮碗底。大队长不急不躁，继续笑眯眯地一点一点地抿。刚抿完几小盅，就连鼻子带耳朵都红成了下蛋的老母鸡脸，眼角也堆上了眵目糊。副大队长就数落他，你呀，这点小量还喝酒，这不是找罪受吗？大队长举举盅子，又抿上一口，说你喝的是酒精，还仰起头一字一顿地说'谭二青六杨'，又拍拍胸口说：'我喝的是心情。'嗨，你说这有学问的人，说话云里雾里的，也不知道他说的'谭二'和'青六杨'是谁，难道还有姓青的人吗？"

卢所长附在梁铁峰耳边说："你这个老兵，把 C_2H_6O 当成人名了。"梁铁峰笑笑:"他这人就这样,蚂蚱头炒碟子——一盘子碎嘴。"

到了葫芦峪,卢所长回头看看嘟噜了一路的那个老兵油子。这张嘴可真是够碎的,梁大队长真好脾气。

梁铁峰从衣袋里掏出一个弹簧和一张牛皮纸,举起来朝大家摇了摇,说:"何师傅托我给大家讲讲他琢磨的让弹簧均衡加热的办法。很简单,先把牛皮纸裁成跟弹簧钢丝同样长度,能包裹钢丝五六层、七八层不等的纸条,具体包几层,要看弹簧材质和硬度。按尚大队长的安排,这批冲锋枪部件全用的军用钢材,统一包六层就行。裁好纸条放在机油里浸透,晾至机油不再滴淌。这时正常的蘸火要走完最后一道程序,冷却到不至于见油起火,将纸条平整均匀地卷在钢丝上,埋进不带明火不冒煤烟、能使油纸慢慢受热的炉灰里,等到油纸完全烤成灰烬,立即放入我配制好的药水里,彻底冷却后就能使用了。"

几位老师傅纷纷点头,称赞何一钳总是能想出绝招。也有人感到太简单了:"等了几天诀窍,就是这几层纸呀。"

卢所长由衷地折服:"最简单的办法往往最管用。这就是一层窗户纸,戳破了,大家都觉得稀松平常,可这一指头价值千金,这可是淬火工艺里无记载、铁匠老祖宗也没使用过的。这章丘铁匠的头把交椅可不是随随便便就能坐上的。大家可要反复试验,其中的几个重要关节,可不是轻易就能掌握的。梁大队长,要是你跟何师傅联手开个兵工厂,准能赚大钱。"

梁铁峰哈哈大笑:"我可不想发国难财。那药水的配方也很简单。回头我写给大家,今晚上,配好的这些就足够了。"

"还写啥,你那些洋码子大家也看不懂。"卢所长也笑道,"我们啥时用,你啥时配就行了。"

梁铁峰点点脑袋说:"还是写下来牢靠,枪林弹雨的,不知哪天哪颗子弹不长眼,就把这记东西的家伙给敲碎了。"

"呸呸呸。"一位老师傅着急道,"这话是能随便乱说的?快,呸几口。"

梁铁峰仰头想笑,见老师傅瞪着眼一脸严肃,就听话地朝地上呸了一口。老师傅才如释重负地笑了:"没事了,一咒十年旺。记着啊,打铁的时候,郎王爷在呢,可不许说不吉利的话。"

梁铁峰恭敬地点点头,忽然又想笑,赶紧转移话题:"卢所长,咋没见张先生呢?"

"走了。"卢所长给大家分发着牛皮纸,"军械所遇袭的第二天就走了。一来是受了惊吓,二来嘛,觉得何师傅先造好了机枪,不好意思了。手艺人嘛,大都好面子。"

梁铁峰随口应了句:"那倒是个挺有爱国心的人。"招招手走出军械所。

亓副官和几个独立旅的战士走过来,站在路边等梁大队长先过。

梁铁峰笑笑:"亓副官总是这么客气。"亓副官看一眼他的俩警卫战士,提醒道:"大队长最好多带几个战士。"

梁铁峰拍拍他的肩膀,笑道:"放心吧。咱们这次放了三道警戒线,每条线都是三支部队混合编队,路上还有巡逻队,被偷袭的事不会再发生了。"

"那也要小心,内患未除,大意不得呀。"亓副官随口问道,"咋不见夏侯副大队长?有她在你身边,大家就放心了。"

"她到山下巡查去了。"梁铁峰挥挥手往前走去,忽然又停下,朝亓副官招招手。亓副官紧走几步过去。梁铁峰笑着指指太阳穴："我这里常常乱蹦问题，那天听卢旅长说起，你在北平师大读过书，你认识一个叫辛树卿的吗？"

"不认识！"亓副官眉毛一扬，"听说过有这么个人，没见过面。大队长认识他？"

梁铁峰忽然又不感兴趣了："不认识，也是听别人提起过。好了，你忙去吧。"他摇摇头，不知道脑子里为啥冷不丁跳出这个名字。

2

回到小木屋，小警卫员点上灯，冲上杯梁铁峰喜欢喝的银杏叶茶，闪身站在门口。梁铁峰心里笑道，这个"入伙"的小家伙终于让雪儿给调教出来了。他打开封面上写着"枪械弹药制造"的笔记本，边翻书边配写着化学方程式，很快就沉浸在一个个分子式里。

平常日子，这时候雪儿总是悄悄地坐在一边，安静得像个淑女。梁铁峰开玩笑说："过去常听中文系那帮秀才谈论什么红袖添香夜读书，觉得酸得倒牙。没想到当了山大王了，倒真应了那句话，这滋味敢情还挺受用的。"夏侯雪幸福得晕晕乎乎："我可不懂啥红袖绿袖，听起来是句好话。哎，听你唠叨了好几年的啥化学变化、物理变化，我问你，这男女生孩子是啥变化？"梁铁峰一脸坏笑："有物理变化也有化学变化。""那咱俩为啥总也不变化？""山寨正值用人之际，我岂能因贪得一小人儿捆住一大将手脚也。""呸！变不出来就乱编理由，还故意咬文嚼字糊弄我。我从小就被当男孩子养着，是你把我变成了女人，咋就变不出孩子呢，是你说的那个啥方程式不对吧？不许笑。听我给你讲个笑话。我小的时候，见小伙伴们都站着撒尿,我也跟着站着尿,把裤子尿了个透湿,我娘就训我,不许我站着撒尿。我就说,他们咋站着尿?娘说他们有小鸡鸡。我问我的小鸡鸡呢。娘说让黑老鸹子啄掉了。我就哭着嚷,都怪你,你咋不给我看好小鸡鸡,一直哭了大半天。"梁铁峰翘翘嘴角,算是配合着她笑了。"你咋不笑?"夏侯很诧异。"有啥好笑的,你不就是个野小子吗。"梁铁峰故意气她。夏侯咬牙道:"那时我才刚刚会走路,咋就野了?"梁铁峰毫不让步:"从大看小,可不就是个撒泼耍赖的小屁孩。""好哇。"夏侯扑过去要打,梁铁峰顺势把她揽在怀里,结结实实亲了一口。

小警卫员进来倒水:"大队长,歇会儿吧,都下半夜了。要是夏侯副大队长在,绝不会让你再熬一宿的。"

梁铁峰有点恼火,晃晃脑袋,自语了句"该回来了呀",问:"谁在这里带班,是二中队长吧?叫他带人去接替副大队长。"

二中队长喊道:"杨秋收,你去中队营地让一小队长带人来跟你值班。"又叮嘱小警卫员,"让梁铁蛋和于芒种留下在门口站岗。你们给我精神点,瞪大眼睛。一小队长过来之前,不能让大队长离开。"

杨秋收撒开瘦长腿跑到拐弯处,停下听听身后动静,掩进树丛又溜了回去。

梁铁峰记下弹簧蘸火配方,合上笔记本,站起来伸伸懒腰,做了个扩胸动作,接过小警卫员递过的湿毛巾抹了把脸,脑子里突然浮出一个惊悸的眼神,是亓副官。在他说出辛树卿名字时,亓副官眼里飞快地闪过一丝慌乱。当时他脑子里正琢磨着几种蘸火和烤蓝介质的材料配比,那眼神一滑就过去了,现在却清晰地定格在脑子里。一下想起当年方鸿铭来劝降,吐出辛树卿名字,马上截住话头的情景。"又要来一次里应外合!"他把毛巾猛地扔到脸盆里,"走,跟我去石峪寺。"

小警卫员伸手拦住他:"等一小队长他们来了再走。"

"来不及了!"梁铁峰扒拉开小警卫员,大步闯出去,被于芒种一把抱住。小警卫员和梁铁蛋也扑过去,挡在他面前。梁铁峰一脚踹开梁铁蛋:"快,通知一中队集合队伍,火速赶往军械所!"甩开于芒种就走。小警卫员拉着于芒种跟了过去。

一个瘦长身影闪进山寨下边的树林,喘息着对坐在地上的人说:"他要去石峪寺。""你那两个手下呢?""他们临阵又怂了。"杨秋收做了个捅刀子的动作。那人扭头问独立旅战士:"你那个警戒点就剩自己人了?"

"是。"

"走。快过去。"

梁铁峰他们不时与巡逻的战士相遇。他不像往常那样气定神闲地还礼,手匆匆抬一抬,脚下越走越快,不断催促前边的于芒种。

突然两声鸡蛋掉在地上的啪嚓声,于芒种和小警卫员扑通倒在地上。他伸手掏枪,又一声鸡蛋破碎的啪嚓声,他感到后胸被撞击了一下,身体一软,被人从后面一把搂住。他慢慢回头,几乎碰上亓副官阴阴冷笑的脸:"——你!"

"梁大队长,你怀疑得很对,我就是辛树卿。"

山寨方向响起急促的跑步声。亓副官向身边的三个人一挥手,冲梁铁峰胸膛快速扣下扳机,啪嚓一声轻响,梁铁峰往后一仰,亓副官顺势放开胳膊,把他撂在路旁,噌地钻进树林,朝三人后背啪嚓三枪,将无声手枪往游击队战士手里一塞:"对不起了,兄弟。"猫腰往树林深处跑去。

3

尚邨英和卢毓奎从鹁鸽崖回来,站在何一钳棺材前。一夜间,破庙前高大的白果树叶子突然都黄了,像一片片金色的纸帛挂满了树冠。从石峪寺院墙上望出去,刚冒头的太阳正在一片接着一片地给树木染上鲜亮的明黄,躲在树叶深处的小鸟拍拍翅膀,抖落羽毛上的露珠,跳上枝头唧啾鸣叫,新的一天以同样的节奏和姿态拉开帷幕。

卢毓奎拍拍棺盖:"真是一条铁血汉子。"他半眯着左眼瞄瞄尚邨英,嘴角漾起一丝不好解读的意味,说,"刚才我才知道,何一钳是共产党员,我简直不敢相信。沉下心来一想,他不是共产党才怪了。有你,有苇杭,有何一钳这样的人,将来的天下,会是你们的。"

"咱们会永远在一起。"尚邨英迎住他的目光,"不管到什么时候。"

"铁峰兄死不瞑目啊。"卢毓奎拂去落在棺材上的白果树叶,"我一直在琢磨,他牺牲前蘸着血写在衣襟上的那个'二'字,是啥意思?二队、二团、二班,还是老二、第二?"

"这还不好办?"准备带领侦察小队出发的副大队长郭立刚挥了挥胳臂,"把三支部队凡是带二字序号的头头,还有名字中有二字的人,统统隔离开来,严格审查一遍。"

卢毓奎、尚邨英惊讶地看着他。

"立刚。"何苇杭在她的小屋里喊了声。郭立刚答应着进去。江小慧出来关上门。

"立刚，"何苇杭拍拍床沿让他坐下，压低声音说，"你咋会冒出这样的想法？这会使多少人蒙冤！把人抓起来，就会有人为洗刷自己，不负责任地乱揭发，再有特务趁机制造混乱，乱咬一气。不等鬼子来扫荡，我们自己就乱了套。你还年轻，不知道我们曾经有过这样的教训。搞人人过关，背靠背审查，会造成严重内伤。不管是谁，也不论是针对谁，类似'宁可错杀三千，决不放走一个'的主张，都是极其可怕的。"

尚郫英看一眼手表，喊道："立刚，该行动了。"看着他匆匆跑出院子，扶住卢毓奎肩膀说："立刚刚才肯定挨了顿批。不管是以政委身份还是茜茹姑婆婆的身份，苇杭数落郭立刚，那都是卤水点豆腐，一瓢下去立马清汤。"

卢毓奎皱着眉头不知在想什么。

4

"你们二中队长呢？"夏侯雪脸色煞白，杀气腾腾地闯进石峪寺，独立旅警卫队长带了几个战士在后边紧紧追赶。

何苇杭迎出门，拉住夏侯雪冰凉的手："二中队长巡逻去了，你找他……"

夏侯雪甩开她的手，吼道："他的兵杀了铁峰，我不找他找谁！"一眼看到卢毓奎，又冲他咬牙喝道："还有你的兵。"忽地拔出双枪。尚郫英和卢毓奎看着她凌乱的头发，血迹斑斑的衣裳，不知该如何应对。

何苇杭搂住她肩膀："大家都难过。可你现在是独立大队的主心骨，心里再急再痛，也得强迫自己沉住气。"

"沉个屁！"夏侯雪一横肩膀撞开何苇杭，竖眼瞪着她，"他是独立大队的当家的，是我男人。换作你试试。"

何苇杭感到胸口被撞击了一下，脸色一阵煞白："那好。夏侯，你认定是游击队、独立旅害死了铁峰，就冲我，冲尚队长、卢旅长开枪吧。"

夏侯雪啪地拨开机头，往前冲了一步，又猛地刹住脚，原地转了一圈，举枪向天一阵狂射，脚下突然趔趄了几步，摇晃着向前扑去。何苇杭伸手抱住她，被她带着一起跌坐在地上。警卫队长伸手抄下她的枪关上保险。何苇杭把她揽在怀里，紧紧掐住她的人中，叫道："快，绞块湿毛巾来。"

很快，夏侯雪就醒了过来。汗水湿透了头发和胸前的衣裳。何苇杭给她擦拭着脸和脖子，向大家摆摆手："没事了。她是急火攻心，歇一会儿就好了。我陪夏侯说会儿话。"

卢毓奎对尚邺英说："我回去安排一下，早饭后咱们一起去鹁鸽崖。"

尚邺英点点头，叮嘱独立旅警卫连长："跟好卢旅长，心里多长只眼睛。"

夏侯雪慢慢定下神站起来，发现了院子里的棺材，惊问："这是谁？"

何苇杭拉她在大殿的台阶上坐下，简要述说了何一钳牺牲的经过，沉默了一会儿，又说："他是我丈夫，我孩子的爸爸。"

夏侯雪惊异地睁大眼睛，一把抓住何苇杭的手，脑子里蓦地跳出夏天黄栌树丛中何一钳瘦硬的背影。

"1935年深冬，我大哥让何一钳去大理找我，劝我回家过年。他当然劝不动我。不久我成了他的入党介绍人，他成了我丈夫。我奉命回山东参加抗日斗争时，他先我一步抱着孩子回到长岭村。一年后我也来到长岭山，让老何利用何家铁匠铺掌柜的身份和他的名声，在县城建立情报站。我们没法公开夫妻身份，老何只好以私生子为名，把儿子托付给绳峪庄的杨嫂带着，因此担了个花心男人的名声。我不仅无法替他解释，还要利用这层色彩去掩护他的地下党员身份。我这个当妈的，一年也见不了儿子几次，见了面也不敢让儿子知道我的身份，怕小孩子说漏了嘴。可儿子特别依恋我，每次见面总缠绕在我怀里不肯离开。在儿子面前，我是个狠心的妈妈，每次见面都要硬扯开他的手，头也不回地离去。这次回县城，老何是下了必死的决心的，我能感觉得到。作为妻子，作为母亲，我有权阻止他，可我不能。明知道他是往刀丛里钻，可还是眼睁睁地看着他一步步走下山去。这一去，果然就阴阳两隔了。"

"苇杭姐！"长岭山上两个同一天失去丈夫的女人拥抱在飘落的白果树叶里。

夏侯雪悄悄告诉苇杭，她怀上了孩子，铁峰高兴得喝醉了，说要把孩子培养成化学家。谁想到他只高兴了三天。

一只胖乎乎的松鼠从树梢上溜到枝杈间，转动着圆溜溜的小眼珠瞅着她们。

夏侯雪眼神忽然迷离。

冰雪覆盖的长白山老林子里，雪落得如烟如絮。爹爹牵着女儿的小手，跟一个穿反毛皮袍的老人搭讪。小女孩一直盯着老人乱糟糟的胡子，他一说话胡子上的冰碴就往下掉。老人拂拂她小皮帽上的雪。爹爹说，雪儿叫爷爷。老人眨眨眼，长长的眉毛也抖落下冰碴。"你这个女儿呀，"老爷爷招手让爹爹凑过去，压低声音说，"怕是天不假年。不过她人缘好，她的孩子会有人照顾。"女儿还是听到了老爷爷的话,第一句话她不懂,只知道有人会照顾自己的孩子,不知咋的,她认定那是个女的,就问老爷爷:"那个大姐姐会对我好吗?""会呀,她还会对你的孩子好。"白茫茫的"大烟泡"卷地而来,将天上地下的雪搅在一起,林子里一片呼啸莽荡。大风过后,雪儿从爹爹怀里挣开,问:"老爷爷呢?""他骑着风走了。"停在空中的雪变成老爷爷胡子上的冰碴,一串串落下来,唰唰啦啦,唰唰啦啦。

第十六章

　　傍晚的时候我实在撑不住了，躲进小屋靠在床头上想歇一会儿，很快夏侯雪那个穿反毛皮袍老人的故事，把我的梦带进了东北的深山老林里。

　　我被一个面目模糊的人抵住胸口打了一枪。我知道我死了，奇怪的是意识还清醒。老何抱着我拼命呼喊，我没法回应，身体渐渐僵冷。白毛风呼啸得天地一片混沌。老何和我都被雪严严实实地埋住。我心里急，老何，赶快挣出去呀。老何突然浑身喷血。热腾腾的血化开我身上的积雪。场景一下就转到长岭山，金色银杏叶漫天飞舞。老何还抱着满身血迹的我。夏侯雪挥舞着双枪从我们身边冲过去，卷起一阵罡风。我忽然惊醒，猛地想起夏侯雪的浑身杀气，起身出门，差点撞进尚邺英怀里。"做噩梦了？""得看住夏侯，防止她干出莽撞事。""我都跟常参谋长交代了，再说郭立刚他们还在那里。"他把我推回小屋，"快天亮了，再睡一觉。山上的事有我呢。"

　　趴在床头的小胖站起来揉揉眼，一脸不安地看着我。"没事。"我把她扳倒在床上，"接着睡吧。"

门外的脚步声还在轻轻地来来回回。

窗户的光亮渐渐暗淡，我在小胖深长的呼吸里越来越困。

感觉好像睡了长长的一觉，看看表才过了二十多分钟，正要再睡，院子里闯进急促的脚步，我拉小胖一把，几步跨出屋门。尚邺英正指着小屋门口，示意郭立刚和跟来的战士安静。我随他们走进大殿。

"天刚黑时，夏侯雪说要睡一会儿。不长时间那个跟着她的警卫员就告诉我，夏侯副大队长和特别小队的战士不见了。常参谋长分派各中队长找遍了独立大队的营地，也没发现他们。"尚邺英把帽子往案板上一摔："这个常参谋长咋这么大意。""常参谋长已经下令把住营地出口。"郭立刚接着说，"这事怪我。临黑天常参谋长要带队巡逻，嘱咐特别小队的副队长和我，一定看护好夏侯雪。可她要去睡觉，我……这个夏侯，啥时候呀，咋还想起一出是一出，她……""要是凡事思前想后就不是夏侯了！"尚邺英粗暴地挥手打断郭立刚的话，"夏侯是什么人，她要下山还需要路口？这个夏侯啊，她这是要提个仇家的人头祭奠梁大队长。东北深山老林里讲究冤有头债有主，她要的肯定是特务的人头。她的目标肯定是县城的特务机关。夏侯和她的特别小队战士，从哪里都能翻墙进城，但他们无论以什么方式进入绣江图片社，结果肯定是有去无回，还会毁了我们精心设计的计划。"

估计这时候夏侯他们还在树林间穿梭绕行。我命令郭立刚带上侦察小队，让小胖叫上小慧和祁英，都换上便装，跟我抄山顶捷径直奔最西边的山头，在日伪军的绕城布防中，山下那条道是通往县城的必经之路。尚邺英皱着眉头没阻拦。他知道能阻止夏侯雪的只有我。这也是我一直佩服他的一点，虽然机变百出，却总能在关键点上拿得起放得下。这是个在大格局上得与舍都豁得出去的男人。我朝他点点头。他拉住我的手用力攥了攥:"我会让卢旅长派兵在山头接应你们。"

我们赶到西山头的时候,夏侯雪他们正掩在树林里观察山下的动静。她眼睛里泛着嗜血的磷光:"这回,谁也别想阻拦我。我陪了铁峰一天,听他在棺材里不断叹息。他死不瞑目啊。我必须血洗了鬼子的特务窝子。""咱们一起去。"我搂住她肩膀。她已经被仇恨冲昏脑子,只有让她双枪见血,才会稍稍缓解一下瘀堵在胸口的气血。她语气里带着疑惑:"我可是没打算回来。""那我就陪你一起死。"

夏侯雪二话没说,挥枪扑向山下。我拍拍郭立刚的冲锋枪,他会意地点点头。我们俯在山腰的灌木后面,等山下公路上鬼子的摩托车队闪着灯光过去,迅速越过公路,分散开钻进庄稼地,靠近通往县城的小路,慢慢往前边的村庄移动。三五个日本兵带着一小队伪军,从县城方向大摇大摆地过来。郭立刚和我、小慧、小胖紧靠着夏侯雪,他悄悄朝身后的战士一摆手,他们猫腰紧走几步,朝着伪军就是一阵扫射。夏侯雪冲到路上双枪齐发,几个鬼子兵全部毙命。郭立刚边开枪边把她拉回庄稼地。附近村庄的日伪军吹着哨子咋呼着往这边赶来。夏侯雪破口大骂:"谁他娘的开的枪!"抡开双臂就往前冲,被郭立刚和小慧小胖七手八脚拉住,我站在她对面吼道:"夏侯,你和孩子死在这里,铁峰会更死不瞑目。"

这时鬼子摩托小队的轰鸣越来越近,我命令大家从庄稼地里迂回后撤。夏侯雪吼道:"躲什么躲,特别小队的跟我迎上去。"我叫郭立刚带队断后,不准留下一个伤员,随着她扑向冲过来的摩托小队。

　　幸亏独立旅的队伍及时从山上扑下来，冲垮了两面夹攻的日伪军，掩护我们安全撤离。

　　刚撤到山上，夏侯雪就把双臂搭在我和郭立刚肩上。我也已经支撑不住，她身体的重量更多压在了郭立刚身上。作为女人我又能比她强多少呢？只是我的悲伤不能像她那样宣泄罢了。把她扶到我那间小屋的床上，我也瘫在她身边。"开枪是你安排的吧？""是的。"我坦言，"作为大姐，我不能看着你去送死。这时候我们谁也不能死。独立大队还靠你支撑。我死了，老何还有小祺，你死了，梁铁峰就断后了，这个你可要想明白。等大战过后，我保证和你一起去县城血洗绣江图片社。你以为我不想亲手宰了那帮鬼子特务？我和你一样，是个失去丈夫的女人。我心里也有仇有恨有泪。"夏侯雪侧头看看我，很快响起鼾声。我第一次知道女人也会鼾声如雷，随即浑身一松，也沉沉睡去。

　　醒来时伸手一摸，我惊叫："夏侯呢？""常参谋长把夏侯大队长接回去了。"尚邺英在门外回应，"放心吧，夏侯的神志安稳住了。"

　　满寺院风声走动，残破的檐铃乱成一团。老何重拙的脚步在空中走过，在空中他会不会也踏出深深的脚印？

　　　　　　——选编自《何苇杭日记》和《何苇杭回忆录》

第十七章

1

　　半上午的时候天忽然阴沉起来，不时飘落下阵阵细雨。尚邶英和一中队长站在离祖营坞不远的山头上，等待抓捕接头特务的郭立刚。

　　何一钳和梁铁峰突然牺牲激起的震动是空前的。震波裹挟着梁铁峰衣襟上蹊跷的血书、何一钳的神秘身份，夹持着夏侯雪挥枪怒闯石峪寺，给各种晦暗不明似是而非的流言蜚语提供了添油加醋的传播空间，迅速波及长岭山每个角落，使得那两支队伍的神经变得纤细敏感而又疑惑不定。黑暗中的枭肯定还在紧张地揣摩、思量下一步的行动。现在斩断这只手的唯一希望，就寄托在何一钳拿命搏来的情报上了。但愿那个特别警备小队的副队长没耍滑头。

　　尚邶英举起望远镜观察祖营坞村的情况。各家各户都在场院里忙活着收拾晾晒的粮食，村北头静悄悄地连个人影也没有。挑着担子慢慢走近村头的，应该就是那个货郎，他刚靠近杂货铺跟迎上来的人凑在一起，就被几个从杂货铺冲出来的人包围起来。

尚郸英舒出口气，向身边的几个战士挥挥手，转身走出不远，祖营坞方向突然响起枪声。他几步蹿回山头，望远镜里的村头空空荡荡，山坡上的杂树在风中摇晃。

莫非中了敌人的反埋伏？"快，带队赶过去。"

审讯在石峪寺大殿进行。何苇杭主审，江小慧担任书记员，尚郸英、常参谋长都在座。卢毓奎一直站着，他的脸实在是挂不住了。虽然早已知道接头的特务是独立旅的人，但等人被押进来，卢毓奎还是吃了一惊，这小子是他旅部的一个参谋。更让他无地自容的是，枭竟然就是他最信任的亓副官。参谋和盘托出了亓副官指示他安排林福暗杀郭立刚，接应鬼子偷袭军械所的所有细节。丢人现眼呀，最近三支队伍接连遭受重大损失，问题偏偏都出在独立旅。这次是不是小诸葛给我做的局？他脑子里突然闪过一个念头，接着就否定了，何苇杭与尚郸英断做不出这种事。

两个家伙被同时押进大殿对证完毕。江小慧合上笔记本。

卢毓奎突然一掌狠狠拍在案板上，两个搪瓷缸子被拨拉到地上，一阵当啷乱响，瓷屑溅了一地。蹲在地上的假货郎和参谋吓得瘫倒在地上。

尚郸英喊一声，两个战士应声进屋。"把他俩押起来，严加看管，不许任何人接触。"

"押什么押！"卢毓奎狂暴地一劈手，"拉出去宰了。两个废物了，免得再横生枝节，死人嘴巴最保险。"

何苇杭附在卢毓奎耳朵上说了几句，他铁青着脸点点头。尿了一裤裆的两个家伙被拖了出去，地上留下湿漉漉的臊味，江小慧抓起笔记本不停地在鼻子前面扇。

"现在明白了，"尚邨英蘸着水在桌面上写下两横，说，"铁峰写在衣襟上的血书不是二，而是亓字的前面两笔。是姓亓的亲手杀了他。"

"真是无颜见长岭山父老子弟了，叫我咋向夏侯交代啊！"卢毓奎拍打着额头道，"我一直将姓亓的视为心腹，从知道咱们身边有日本特务后，怀疑过很多人，就是从没怀疑过我的这位副官。"

"卢旅长也不必过于自责。"何苇杭劝慰道，"我跟尚大队长私下里也常对这位副官赞赏有加。他伪装得太好了。"

"谢谢你。"卢毓奎拍了拍何苇杭的手，连说"耻辱，耻辱"，问尚邨英，"我先抓起姓亓的，再由咱们会审，好吗？""理应如此。"尚邨英知道他是担心亓副官掌握的一些独立旅内部秘密被泄露，抚住他的手按了按，"枭使咱们蒙受了重大损失，我们可不可以也利用他一下，让他的情报帮我们完成反扫荡计划。咱们先不抓他，你找个借口调整一下旅部人员，控制起他来。"

卢毓奎摇摇头："你的想法挺好。但人不能不抓，一旦再……我就真成了长岭山的罪人了。再说，我绝对不能容忍，他还在我眼皮底下晃。我会掏出他肚子里的东西，一举肃清长岭山的特务组织。这种出卖祖宗的家伙，挨不过三鞭子的。我要让铁匠给他打一套特大号手铐脚镣，先关押起来，等到反扫荡后把他交给夏侯雪。我先走一步，你们这里封锁好消息。"

"是得先瞒着夏侯。"尚邨英送怒冲冲的卢毓奎走出院门，小声嘱咐江小慧，"你赶快给佟参谋长报个信，让他劝劝卢旅长，对亓副官动鞭子可以，但别伤着脸和筋骨，咱们还要利用他继续跟绣江图片社保持联系。"

何苇杭喊进郭立刚，让他说说抓捕情况。

"我们在祖营坞村将接头的两个家伙同时抓获。没想到枭还留了后手,在村口庄稼地的玉米秸垛里埋伏下了杀手。要不是小慧带领女兵小队暗中配合行动,能不能把他俩顺利带回来还真难说。按照大队长的指示,我们行动前全部化了装,行动结束后,又对现场进行了伪装,枭现在肯定还搞不清情况。"他顿了顿,忍不住又夸赞,"江小慧的女兵们真厉害。我们抓住接头的特务后,都很高兴,大摇大摆地把他们押在中间往村外走,刚出庄就听到玉米秸垛里有动静,赶紧把两个家伙摁在地上。幸亏江小慧她们及时开火,一阵点射就报销了他们。我看了看,倒在地上的杀手全部被一枪击中要害。真是好身手,好枪法。"

"这可都是夏侯的功劳。"何苇杭翻开江小慧的笔记本。

"螳螂捕蝉,黄雀在后。"尚邺英笑道,"枭的算计,这回可是输给了咱们的政委一着。在这次较量中,老何用生命给我们争得了主动权。只可惜铁峰啊,就差半天的时间。立刚,你马上把这边的事交代一下,带几个精干的战士去独立大队,帮着处理一下后事,帮助常参谋长保护好夏侯的安全。"

何苇杭点点小慧的记录,示意郭立刚先别走,说:"咱们应该立即再审两个特务,弄清楚枭跟绣江图片社联系的方式和暗号。然后把这次接头地点暴露、接头人都被枭灭口的情报送出去。立刚,你抓紧提审。就你自己。"

尚邺英点点头。这一招好啊。绣江图片社不能及时得到这一情报,就会产生严重怀疑,危及更夫的安全,我们下一步行动就难以顺利展开。

"昨天晚上,夏侯跟我谈起过,铁峰生前曾交代,他如遇不测,让她带队投奔游击队。"

尚郫英张开双手,十指指尖互相磕碰着,琢磨了一会儿慢慢说:"以夏侯的心性,大仇未报,她不会立即收起独立大队的旗帜。从当前长岭山的抗日大局计,游击队和独立大队还不宜进行合编,那会将独立旅逼走。今早晨,我们从鹁鸽崖回来的路上,卢毓奎似乎是很随意地跟我说,要是夏侯撑不起大局,独立旅跟独立大队合在一起倒挺合适。这话看似轻描淡写,实则是深思熟虑,因此看,眼下咱们跟独立旅之间存在一个第三方,更有利于合作抗日。"

"这几天我会常去跟夏侯聊聊,帮她依靠常参谋长控住局面,把独立大队的旗帜树住。"

郭立刚进来,满面笑容地说:"招了。平时绣江图片社有紧急指示,会派人去长岭山下的某个紧急联络点,每次派出的人员、接头地址都不同。绣江图片社给紧急联络点和枭制定了几套轮番变换的暗号,双方派出接头的只是按轮换被告知一对暗号。在规定接头日,或者枭有紧急情报,会派人去县城找墨轩书画店老板,这天属于哪个二十四节气,节气名就是暗号。今天恰好是规定的接头日,我已经派人去县城了。"

何苇杭沉下脸:"你现在是副大队长,除非万不得已,要先请示大队长和我再行动。"

尚郫英立即命令侦察小队火速追回去县城的战士。

郭立刚尴尬地瞥一眼何苇杭,小声说:"我习惯了。"

"改!"何苇杭敲一下案板。他刚才的满面笑容触痛了她,使她懒得跟他解释。情报工作不是侦察锄奸,在这个节骨眼上,冒冒失失派一个游击队战士去接头,根本不了解枭的任何情况,说不上两句话就会露出破绽。以为情报站的特务是吃干饭的吗?审讯枭的结果还不知道,万一枭被控制之前已经派人去接头了呢?眼下这项任务必须由卢毓奎安排旅部的人去完成。

"那，我去鹁鸽崖了。"郭立刚不安地请示尚邨英。

"等等。咱们先和政委合计一下晚上的抓捕行动和后天的葬礼警戒。这两件事都需要三支部队协同行动，不能有任何脱节和一丝疏忽。咱们先做好预案，晚上我再跟卢旅长、常参谋长碰一下头。"

"你们先商量着。我得抓紧去找卢毓奎，情报必须尽快送出去。"

尚邨英望着苇杭的背影。这份大悲不乱的心性，哪里还有当年那个女学生的影子？这些年来，参谋长位置上没有合适人选，她其实一直就干着这个职务的活。

2

从独立旅回来，一直低头想心事的尚邨英没在石峪寺停步，绕过庙东边的山坡慢慢往前走，在女兵营地前的小树林跟前猛地一抬头，自语道："咋到这里来了？"回身看看跟在身后的警卫队长，拍拍额头，走进小树林。

夜里的湿气沉涩黏冷，随风在树木间浮沉。尚邨英抱臂望着树枝间的星空。从昨天晚上到现在，他不知道她都在想些什么，但能够体会到她心里的苦痛，肯定比夏侯要复杂得多，比大家看在眼里的表象要深刻宽泛得多。他忽然又想起那场学潮。她不是一个小女人，可当时她毕竟只是个涉世未深的女学生，正被爱国和爱情烧得滚烫，作为她的老师、她的思想启蒙者、她的爱人，自己却甩手就走了，从此杳无音讯。不管有多正当的理由，对她都是一种不可原谅的背弃。

几颗凉涔涔的露珠结结实实落在额头，他晃晃脑袋。警卫队长小声提醒："天不早了。"

女兵营地的栅栏门吱呀一声，何苇杭披一件日本薄军大衣走过来。

"你咋起来了？"尚郏英迎过去。

"睡不着。"

"反正睡不着，还不如就在这里等着她们。"

等她们？为啥就不能直说放心不下你呢？绕这个弯子，就因为老何刚牺牲？不正是因为他的牺牲，才这个时候来这里守候吗？作为生死搭档，放心不下对方的伤痛，本不需要遮掩，曾经爱过不应成为说出关心的顾虑。闹学潮时，她每次晚上去别的学校联络，尚郏英都会在校门前的柳树下等着。她远远地出现在街口时，都能听到他提着的一口气呼啦散开的声音。

何苇杭裹紧大衣，抬头看浓黑的天空。与尚郏英心思的枝繁叶茂比起来，何一钳就是棵没有多少枝杈的爽爽利利的小树，枝干透着婴孩头顶般的青葱，让她迷恋，让她沉醉其中。她企望这棵小树永远这样青葱。现在它却再也长不大了。

警卫队长招招手，几个战士散开在尚郏英和何苇杭周围。

两人并肩站着。

山谷里传上来一阵咕咕的山鸡叫声，带着凉凉的寒气。

卢毓奎的马鞭子并没抽开亓副官的嘴。自知必死的他冷静得像块石头："卢旅长，你拎刀子旋了我，那是我罪有应得，可我不会告诉你名单。当初给日本人当了狗，就是因为我父母落入了他们手中，现在二老还在县城里。我已经不忠，不能再不孝。"得知情况后，尚郏英立即决定让郭立刚带几个侦察员进城，设法把亓副官的父母弄出城来。何苇杭提议以江小慧她们为主，郭立刚带领侦察员暗中策应，毕竟女孩子更容易获得两位老人的信任。

现在他们应该快回来了。

3

尚邺英赶到独立旅时已是深夜。卢毓奎打着哈欠将他迎进旅部："咋这么晚了还过来？"

"你先看看这个。"尚邺英递给他一张信笺。

卢毓奎疑惑地看看他，伸手接过来，凑到灯前展读："吾儿见字如面。闻你竟堕为甘受敌寇驱使之走狗，如遭唾面，惊愕莫敢以信。我家世代本分经商，于地方邻里间口碑颇佳，不意至吾辈竟养育了你这等不肖之子。我与你母亲皆感无颜出入于人前矣！今游击队已将我们接出县城，生活、安全均无虞。如尔还自视为辛家之子孙，就应自洗耻辱，将功赎罪。否则，纵使九泉之下，我也断不与你这辱没祖宗的逆子相认。父手字。"他见"父手字"三字上揿着一个红手印，低头嗅了嗅，说："是血印。"抖了抖信笺问，"这是姓亓的父亲写的？"

尚邺英点头道："昨天晚上，苇杭安排女兵小队去了趟县城。"

"你就得意吧。"卢毓奎凝视着他说，"瞧你说得多轻巧，去了趟县城。那县城戒备森严，辛家必定会有人暗中监视，几个女兵去了一趟就办成这样一件大事，不得了哇。这可不是单凭功夫好、枪法准就能办到的。"他吸了口气，看样子有些不快，大概是觉得这次行动不该瞒着他。尚邺英刚要解释，他却弹了几下信笺，连叫了几声"好"："大概姓亓的父母你也安顿好了。这下，既解除了他后顾之忧，又使他心有忌惮。的确是着好棋。"他喊进警卫连长，递给他信笺，"把这拿给姓亓的。"

很快，关押亓副官的石头屋子里，传出呜呜咽咽的哭声。卢毓奎轻一下重一下地敲打着桌面，听着亓副官似在水中浮动的哭声，跟尚邨英相对无语。

抓捕行动在黎明时分实施。

各部队按照名单分头行动，迅速将潜伏的敌特从被窝里提溜出来，押送到关押亓副官的石屋——验明身份。郭立刚在抓捕大队部陈干事时却扑了空，屋内被窝里躺着通信员小赵的尸体，陈干事不见了。"今天早晨，我按照何政委的要求，让陈干事和小赵抓紧修改保安和保密条例，拿到特务名单前，他们就一直待在东廊坊那间他和小赵的小屋里。"

尚邨英命令郭立刚率领一、二中队和侦察小队快速下山，切断通往鸣羊山和相公庄、普集、呆家坡车站的要道。对苇杭说："姓陈的知道通往县城的西山头我们封锁得最严密，他上山后一直在队部，没有下过山，去普集、呆家坡的路他不熟悉，他是长岭村人，极有可能往鸣羊山碉堡逃窜，让女兵小队快速插往鸣羊山。"

何苇杭让警卫队长立即派人去通报卢旅长和常参谋长，让他们配合搜捕。

东边山脊已微微透亮。尚邨英凝望着灰蒙蒙的山下，自语道："一旦让他溜掉，我们精心策划的以特行特方案就会砸在他身上。咱们的警惕性不可谓不高，可还是让他们钻到了眼皮底下，想想真让人后怕。"

警卫队长报告说，独立大队和独立旅的抓捕行动已经结束，没有漏网的。

"这才是最可怕的。"何苇杭懊恼地说,"为什么整座山上唯独游击队的这个陈干事事先逃脱了?他是怎么提前一步得到消息的?"她拉上警卫队长就走,"跟我去独立旅,提审亓副官。"

女兵小队一路搜索着到达长岭村南边的相普公路,郭立刚已经在各条路口布好哨卡,他朝江小慧招招手,告诉她相公庄鬼子的摩托小队刚从这里往东去了,我们要在这里守候,以防他们带走陈干事。你们负责搜索鸣羊山,发现目标能抓活的更好,不行就击毙,绝不能让他越过碉堡外边的围墙。江小慧答应着带领女兵们快速插向鸣羊山。

从鸣羊山山顶上远眺明水城,看火车从城里爬出爬进,是每个家在小山周围的孩子们必不可少的成长记忆。日本鬼子占领这一带后,就在山上筑起一座碉堡,用来监视长岭山的抗日武装,瞭望胶济铁路的运行。江小慧她们伏在一道石堰下放眼望去,山不高,树木也早被砍光了,视野很开阔。光秃秃的山冈暴露在晨光里,两个牧羊人赶着一群羊,刚从山沟里出来。她们打量着羊群和牧羊人,一时竟不知该如何行动了。要是郭立刚他们,一眼就会看出破绽,老乡们根本不会到鸣羊山上来放羊,这样一小群羊也不可能两个人放,但很少与老乡打交道的女兵们却没觉出有任何异常。

两个人不紧不慢地随着羊群,顺着离她们不远的山坳往山顶走去。

江小慧皱着眉头四下打量了一圈,忽然觉得不对头,一挥手带领大家向两个牧羊人跑去。扶着老汉的年轻人一阵惊慌,拖着老汉就往山顶的碉堡跑,边跑边向她们开火。羊群"轰"的一下四散奔跑,江小慧喊了声"陈干事!"碉堡里的火力呼啦朝她们扫射过来。

陈干事趁机拖着牧羊老汉做掩护，跑向乱石干垒的碉堡围墙。

江小慧喊道："小胖，电话线。"在小胖端起冲锋枪扫断电话线的同时，她连续几个起跃扑向陈干事，滚到一条小土堰下，啪啪两枪击中他的腿弯，翻过土堰就地一滚，拉着老汉贴在围墙下，枪口点住翻滚到地上的陈干事，陈干事横枪指向自己脑袋，两人的枪几乎同时搂火，陈干事的脑袋、手腕各中一枪。女兵们腾跃着迅速冲到墙边，几支冲锋枪同时精准连射，消灭掉冲出碉堡的几个伪军。

"江队长，郭副大队长让你们快撤。"一中队小队长苦娃带领战士冲上来，"我们掩护，你们带着老乡下山。"江小慧心有不甘地咬咬嘴唇，突然喊声："祁英，给鬼子碉堡留个纪念。"

"好嘞。"祁英一手一个手榴弹朝大家晃晃，女兵们一阵快速连击，碉堡枪眼四周石屑纷溅。祁英退后一步，胳膊一甩，手榴弹在碉堡枪眼上磕了一下，弹跳起来凌空爆炸。她借着烟雾一个前冲，扬手又扔出一颗，手榴弹拖着一缕轻烟准确飞进枪眼。

祁英随着爆炸声欢呼着跳起来。江小慧一声惊叫还没出口，祁英已中弹倒地。苦娃和战士们推开围墙后边的女兵，迅速展开火力。苦娃冲口骂了句粗话，朝江小慧怒喝："快走！"江小慧吐吐舌头，指挥女兵抬起祁英向山下撤去。

越过相普路，江小慧向郭立刚汇报了截击陈干事的经过，很遗憾地说没想到姓陈的会自杀。郭立刚听出她最后补上的这句"检讨"只不过是随口一说，大概还满心骄傲地等候表扬呢。他皱皱眉头，直截了当地指出女兵小队这次行动中的两个问题：一不该擅自超越命令范围，贪功恋战，二不该在陈干事还没放下武器时就放松警惕。

江小慧的脸瞬间就阴了，小声嘀咕了句："你不是说抓不到活的就击毙吗?""击毙是迫不得已的选择,让他在失去逃跑能力的情况下自杀是失误,这能一样吗?"郭立刚知道除了何苇杭,大家都娇宠着女兵小队,连尚大队长也没怎么批评过她们,但这次行动中她们随意得像过家家一样的儿戏,就发生在自己眼皮底下,还想让他夸奖一番,没门。他没理会江小慧已经流下眼泪,照旧伸着指头数落:"没有及时识破陈干事的伪装,这可以原谅,但在已经截获目标,又接到撤退命令的情况下,仍然自作主张向碉堡展开攻击,造成战士不必要的受伤,这是应该受批评甚至受处分的。你别不服气,鬼子的摩托小队就从我们眼皮底下走了个来回,我们为啥不灭了它?因为外出执行任务心里得装着整支队伍的目标,尚大队长他们正在下一盘大棋,我们这时冒冒失失地打了摩托小队、端掉鸣羊山碉堡,还不把这盘大棋给搅乱了?还有,你们也不该打断电话线,敌人会猜测长岭山上发生了我们想极力掩饰的事情,断定这两个被截击的人不是一般的逃跑者,而是这件事情的知情者。但愿碉堡里的鬼子没注意到这些。"

江小慧把头扭向一边,心想:哼,说得这么吓人,那让你去长岭村拿药,你咋找孙有灿算账去了,那不叫"擅自"?

男兵们都于心不忍地看着垂头丧气的女兵。小胖骨碌着眼睛瞅瞅郭立刚,看看江小慧,亲亲抱在怀里的一个雪白的小羊羔,弯腰把它轻轻放下,小羊羔瞪着圆溜溜的大眼望着她,咩咩叫了几声。小胖心疼得泪都出来了,蹲下抚摸它一圈一圈的柔软细毛。

郭立刚这才发现队伍里还有只羊,忽然笑了:"苦娃,想着给放羊的李光棍送钱,按一只大羊给。"

"谢谢郭大队长!"小胖抱起小羊羔几步就跟上了队伍。江小慧瞪她一眼,一只小羊羔就让她把他给提拔成大队长了。出息!小胖挤挤眼，不兴这样的呀，队长，别逮不住兔子就拿狗出气。"

何苇杭匆匆迎过来，听了小慧的报告长舒口气："干得好！得给你们记上一功。"小慧瞪了郭立刚一眼。何苇杭看看他俩："怎么了？咋像打了败仗似的。"

上山的路上何苇杭告诉郭立刚，这个陈干事在抓捕前逃脱纯属侥幸。派去接头和接应的人没按时回来，亓副官就意识到了危险，马上传话给陈干事，让他注意你们小队的动向，一旦发现接头人被抓就灭口，不能得手就立即去县城报信。想想真是后怕，如果他不是一直跟小赵在大队部无法脱身，直到发现情况危急，才冒险杀死小赵逃脱；如果他是个铁杆特务，不顾死活地枪杀了接头人；如果他早一步采取行动，损失就无法挽回了。

第十八章

1

卢毓奎和佟参谋长、郝团长正在安排葬礼的警戒部署，一团一营营长满头大汗地闯了进来。

佟参谋长抬头瞪他一眼，斥道："怎么连报告也不喊！你不是到独立大队帮助料理丧事去了吗？跑这里来干什么？"

"我被人家赶回来了！"一营长看一眼卢毓奎，说，"要不是常参谋长拉着，我就叫那娘儿们一枪给崩了。"

卢毓奎直视着一营长。一营长清清嗓子，继续说："大家在一起闲说话时，我就跟他们的一个小队长说了句，你们梁大队长殁了，不如跟我们独立旅干算了。我们可是正规部队，武器好，军饷又高，省得在这鹁鸽崖上顶着个土匪的名声。那家伙就跟我吵了起来，扭着我去见夏侯大队长。那娘儿们说我挑动哗变，二话没说就拿枪点住了我。"

卢毓奎纵声大笑："你小子这是找揍。人家在出丧，你却唆使她的部下改换门庭。换作我，不用搭话就一枪毙了你这混球。"他沉下脸，一挥手道："好啦，归队吧。"

一营长咕哝着转身出门："郭立刚可是从昨天晚上就一直在那边，听独立大队的战士说，梁大队长生前有交代，要他们投奔游击队。"

"站住！"卢毓奎猛地站起来，盯住又转回身的一营长看了一会儿，摆摆手，"去吧。"

警卫连长忽然插了一句："昨天晚上，游击队的一个小队长差点跟我们巡逻的战士交起火来。"

佟参谋长一敲桌子："你添什么乱！"他转向卢毓奎说："昨天晚饭后，他们的几个战士撵一只獾，越过了我们的界限，跟咱们的战士闹了个误会。这事已过去了，尚大队长对他那个小队长好一顿训斥。"

"那不算啥事。"卢毓奎慢慢坐下，"就是死伤几个人，也只不过是场误会。倒是一营长刚才说的情况，可是非同小可啊。"他轻轻拍打着桌子，自语道："这小诸葛下手好快呀。"他沉吟了一下，忽然重重一拍桌子，站起来对警卫连长喊道："走，跟我去鹁鸽崖。"

佟参谋长赶紧提醒："独立大队可是正在举丧呀。这时候种下伤可就不好恢复了。"

卢毓奎收住脚步，犹豫了一会儿，一挥手道："那，我就去找尚邨英。就是撕破脸皮，也要阻止他们合编。"

"长岭山保持三足鼎立的现状，以我们的实力足以牵扯其他两只脚的走向。一旦那两只脚合在一起，我们一迈步可就得看人家怎么走了。"佟参谋长一语点破卢毓奎的担忧，却口气一转，劝解道，"不过，大战在即，尚邨英不会鲁莽地做出与独立大队合编的决定，夏侯雪也不会轻易地把梁铁峰创建的队伍交出去。你此时找上门去，反而会送给他们一个彼此把话点破的由头。"

卢毓奎点点头："你说得有道理。但你还不太了解这位一眨巴眼就一个心眼的尚大队长。他要想跟夏侯雪说破这件事，不需要任何人给他提供借口。夜长梦多，我就要在反扫荡前把话撂给他。他和独立大队合编之时，就是我跟他们分道扬镳之日。走，你跟我一块儿去。"临出门，他忽然问郝团长："刚才那个营长是你们团的吧？"

郝团长点点头。

卢毓奎说："这小子有头脑，是块好料。你那里不是缺个副团长吗？就让他去干吧。好好带他。"

旅部的一个参谋看看卢毓奎的背影，捅一下郝团长，小声提醒他："那小子可不是盏省油的灯。"

郝团长笑道："放心，敢在我手下参刺，我连毛都给他拔光了。"

卢毓奎一头闯进大殿，就冲尚邨英吼了一嗓子：

"独立大队要投奔游击队是咋回事？"

"我正要问你呢。人家全队举丧之时，你的部下却公然策动人家的下属哗变，这是咋回事？"

"你少来倒打一耙！"

"倒打一耙？就是说你先打出了第一耙！"

"别兜圈子。回答我的问题，独立大队的人说铁峰生前有遗嘱，让夏侯率队投奔游击队。是你让郭立刚透出的风吧？这几天他可是寸步不离地黏着夏侯。"

"你的团长、营长也天天钉在鹁鸽崖，这么说，煽动人家部下编入独立旅，也是你的主意！"

"我可没有你小诸葛那么多弯弯绕。"

"可你有吞并独立大队的野心。"

"你这是胡搅蛮缠。"

"你分明无中生有。"

尚郸英一改平时硬招软接,善于在嘻嘻哈哈中化解矛盾的风格,上来就毫不相让地强硬反击,两人你一言我一语地顶了起来,火药味越吵越浓,双方的嘴巴都开始擦枪走火。自从拉上长岭山后,大家就从来没见过两人翻脸,就是卢毓奎率队脱离救国军时,他们也都克制着,却在这样的时候,为一件捕风捉影的事较上了劲。佟参谋长和游击队的人都扠挲着手插不上嘴,一起看着何苇杭。

何苇杭静静地坐在一边,冷眼看着两人争吵,一副事不关己的神态。她知道这两个人都在演一出"事态很严重,老子很生气"的戏,等借着演戏把想说的话都挑明了,让对方明白,"兄弟,这事真的不行,趁早连想也别想",就会自敲锣鼓自下场,一下场就又成了勾肩搭背的好哥们儿。他们当然希望有人劝一下架,可何苇杭已打定主意不掺和,她要看看这两个大男人到底有几张脸可变,就朝游击队的几个人摆了摆手,大家都悄悄溜了出去。

尚郸英先敲响了退场锣鼓,朝卢毓奎摆摆手,声音也一下跌落下来:"你就是冲我吼行,有本事找夏侯吵去呀。"

卢毓奎似乎余怒未息,瞪着尚郸英盯了半晌,忽然一阵哈哈大笑:"找她?我才不上你的当。我鼻子不大,不经碰,就跟你吵最过瘾。"

尚郸英淡淡一笑,提起那把黄铜提手黑陶鼓肚的老式大茶壶,给卢毓奎倒上一杯茶:"喝杯我的菊花茶,消消火。"

卢毓奎一口气喝下一大杯不凉不热的茶,抹一把嘴,称赞一句

"将就",说:"下午就举行葬礼了,咱们一块儿再去看看夏侯吧。"冲何苇杭抱歉地点点头,拉起尚邨英就往外走。

何苇杭坐着没动,眼前一下浮现出何一钳那张瘦硬而神情通透的脸,他是个只有一张脸的男人。她心中一疼,思绪忽然间转向点苍山下,无遮无拦的阳光又在眼前铺展开,弥散着"响雷茶"的味道。何一钳嘬嘴吸溜着给她腿上的伤口敷药,好像受伤的是他。眼里的水雾集聚成两颗泪珠,在眼帘边缓缓转动,噙在眼角滞留了会儿,终究滚落到脸颊。

对何一钳和大哥,这两个与她最亲近的男人,她都心感愧疚。秉祺牺牲的当晚,大哥陪她在山坡上坐了很长时间,连个责备的眼神也没有。以他世事洞明的透彻,不可能觉察不出她和秉祺的关系,可他一直装作浑然不觉,还替她在大嫂面前遮拦。他有颗比父亲还宽容宠爱的心。他也喜欢大理澄澈的阳光,喜欢响雷茶的甘醇。大哥离开大理那天,她能感觉到他心里的不甘不忍和山一样沉重的担忧,可他仍然满面笑容,在给她和她的同学买下的白族宅院里,与雇来照顾他们的宗阿姆泡制响雷茶。慢腾腾地先用细火把砂罐烘热,再放入精选的下关沱茶,不断地抖动颠簸砂罐慢慢煨烤,待茶叶微黄时,冲入一勺开水,砂罐里轰嗡一声,泡沫花球般涌至罐口。这时大哥还像平常一样闭上眼睛,翕动鼻翼,享受满室四溢的清香,可在一低头之间,大颗的泪水就滴落下来。

何苇杭忽然捂住脸痛哭失声。

2

太阳刚过头顶,各条上山路口的警戒部队就送上信来,山下村庄的老乡和铁匠，还有十来支唢呐队，都要求进山参加葬礼。

尚邺英跟卢毓奎和常参谋长商量，乡亲们自发地来给梁大队长和何师傅送行，硬挡住怕是会伤了大家的感情。卢毓奎一拍腰间的枪："放进来。那些作祟的内鬼都抓起来了，我们不再担心背后的黑枪。要真有个把敌特混进来，正好割下他们的脑袋祭奠英灵。"

常参谋长沉稳地说："老乡们倒好说，让各村推举一个带队的，凡是知根知底的一律放行，由战士们护送上山，按指定位置参加葬礼。铁匠和吹鼓手都是临时凑起来的，情况就复杂点了。"

尚邺英点点头："也有办法，给铁匠和唢呐队的专门规定一个路口，让卢所长挑选几个老军械师，再从咱们队伍中找几个干过吹鼓手的，负责点验身份。"

卢毓奎双手一拍，说："好。就这样办。"昨天他向尚邺英提出，要在葬礼上向三支部队的弟兄们讲几句话。尚邺英说："你的民族大义，大家都清楚。道歉的话完全没必要。明天的葬礼就由你主祭。我们要把葬礼办成一次无声的反扫荡誓师大会，让大家把仇恨和伤痛都暂且憋在心里！"

人群渐渐聚拢到峭壁下的山坳。

两口棺材放在刚挖好的墓穴旁，后面一排排坟头前还残留着被风雨吹打过的纸灰。何苇杭书写的挽联从峭壁上红黄相间的灌木中垂挂下来："投笔从戎，力挽宗邦真将军；熔犁铸剑，笑戮倭寇奇男子。"风在山坳里打着旋儿，舞动起棺材周围的白幡，峭壁上的挽联扑扑噜噜随风翻卷，暖烘烘的阳光洒在棺材和墓穴上，空气中流动着黏腻的油漆味和新鲜泥土的腥咸味道。

卢毓奎朝尚邺英点点头，沉声宣布："梁铁峰、何一钳同志葬礼开始。"

一缕悲音破空而起。

一百支唢呐同时举起,一百个锃亮的铜碗喇叭花似的朝着太阳,晃动着白花花的阳光。领头的老吹鼓手舔了舔扁平的哨子,用力吮了一口,干瘪的两腮陷进去两个坑。周围有人小声议论,从来没见过这么大的阵仗,整整一百支唢呐。咋就没有别的乐器家伙呢?老吹鼓手刚轻轻吹出个音,就又放下唢呐,干咳一声说:"别人配不上这上百支唢呐,别的乐器也配不上这两位英雄。"

老吹鼓手又把哨子重新含进嘴里,双臂一架,将铜碗迎向阳光,从丹田里深提一口气,两腮猛地鼓成了造型夸张的泥塑胖娃娃,一串高亢沉郁的哭声从每个人的心里冲出,冲得一天澄澈的秋阳剧烈抖动起来。紧接着,九十九支唢呐同时吹响,哀婉的哽咽一波压着一波,海浪般扑向峭壁,又被撞了回来,山坳里回荡着宏阔的悲泣。

天忽然阴了下来,一阵凉风掠过,飘起了蒙蒙细雨。

一把把纸钱撒向空中,在唢呐声中盘旋飘舞。人群中先是响起了女人的哭泣,接着一阵阵压抑的低泣连成了一片。几个中年女人憋不住大放悲声,奔跑着冲向棺材,扑通跪倒在地上。人群一阵骚动,老乡们都往前挤去。穿插在人群里的战士们一边劝阻,一边紧紧把住腰间的枪。更多的人冲出了人群,棺材前的平地上男男女女跪了一地,各自祝祷着、念叨着焚纸烧香。

唢呐声骤然停了。人们就像忽然失去了依傍似的晃了晃。战士们趁机把烧纸的老乡劝回人群。

老吹鼓手张开双臂喊道:"伙计们,死去的两位都是打鬼子的英雄,是要上曲星河的星宿。"人群中许多人随声附和,可不是,很多人亲眼看到,昨天傍晚和今天一大早,都有一颗红色的星星升上了曲星河。梁大队长是文曲星,咋能是红星,应当是白星。净瞎扯,带兵的司令呢,不是武曲星是啥。

老吹鼓手拔高嗓门,压过了众人的声音:"他们不能听着哭声升天。咱们吹一曲《奏凯歌》送梁当家的和何掌柜上路。"

一百张脸都鼓成了泥塑的胖娃娃,吹鼓手们脖子上的血管涨成了蠕动的蓝色蚯蚓。在微风细雨中颤动的一百个铜碗,江河决堤般奔泻出千军万马冲杀疆场的雄浑。吹鼓手们架起的胳膊大幅度摇晃,一大片亮晶晶的铜碗似风中的喇叭花起伏摆动,一派铁马冰河攻城拔寨的厮杀声惊天动地,人们都身临其境般地攥紧拳头,提起一股杀气。忽然,唢呐声一阵滑动,天空中礼炮齐鸣,大军凯旋万众欢呼。九十九支唢呐一起放下,只剩老吹鼓手的唢呐声,在人们头顶上回转盘旋慢慢上升,渐渐消歇。

大家都抬起头来,天空阴云乍开,一缕阳光垂挂在峭壁顶上。

卢毓奎喊一声:"亲属祭奠。"

何苇杭和夏侯雪一人一只手牵着何小祺,慢慢走向棺材。风卷着雪白的纸钱和黑色的纸灰,在他们脚下打着旋儿。云隙中的阳光追光灯似的罩着他们。何苇杭一身整齐的军装,左臂上缠着黑纱。夏侯雪穿着粗布孝衣,头上用麻线勒着一方白布。

唢呐声又起。是老吹鼓手的独奏,声调平缓苍凉,不疾不徐。

两人带领小祺跪下敬香烧纸,三鞠躬后起身往回走。人们惊讶地看到,两个女人脸上都没有泪。何苇杭面沉似水,嘴唇紧绷着。夏侯雪脸色冷凝如霜,浑身腾着一股杀气。她们一步步走得很沉稳,直到何小祺挣脱开两人的手,哭喊着"爹爹"又跑向棺材,才腰身一软,泪水夺眶而出。几个女兵跑过来,抱起孩子,把她们扶回临时搭建的帐篷。

人群中又响起哭声。

尚郓英下意识地朝帐篷走了几步又突然停下。卢毓奎看着他。尚郓英暗暗吁出口气。

卢毓奎朝铁匠们举起手挥动一下。

卢所长带领手执灵幡、腰缠白布的章丘铁匠,从老乡后边绕过来,走进人群中间的空地。几百支灵幡在铿锵的脚步声中猎猎迎风,不时有一片片纸钱挣脱下来,在起起伏伏的唢呐声中纷纷扬扬,山坳上空雪花漫舞。

一声"祭拜",几百人同时扑通跪倒在地,人们感到脚下一阵震颤。几个年轻的铁匠抬过何一钳用过的大铁砧和石槽,迅速支炉点火,往石槽里灌满水。章丘铁匠"四大名旦"中最年轻的牛师傅起身朝大家抬抬双臂,等大家都站起来,走到两口棺材前躬身三拜,然后指挥十个铁匠炉同时把数根二尺多长的铁条捅进炉火,手中响锤往铁砧上一敲,当的一声,拉风箱的小伙子几下拉到头送到底的推拉,炉火熊熊地蹿起了尺把高。牛师傅夹起一块烧红的铁板放到铁砧上,手持截锤,指挥两个抡大锤的截成铜钱大小的铁块,又放在炉火中烧红,用特制的圆钳夹放在铁砧上,大锤此落彼起,一个个纸钱般大小的圆形铁片很快就堆满了铁匠炉。

卢所长把一桶按梁铁峰开出的配方配制的药水倒进石槽,喊道:"上铁香——烧铁钱——"

三位年长的铁匠各夹起一根冒着火苗的铁条,插进棺材前的香炉里,铁香噼噼啪啪地爆着火星,散发着血腥味的青烟袅袅上升。

各炉铁匠抄起铁锨,连铁钱带火炭一起甩向峭壁,铁钱碰撞火花四溅紫烟蒸腾,烟雾火气一缕缕旋扭着冲向空中。

一百支唢呐同时吹出刚硬的旋律,与蒸腾的烟雾碰撞在一起,缠绕在空中久久不散。

周围的人都看直了眼。一位头发斑白的老头激动地戳打着拐杖，瘪着嘴说："开眼界了。我还是在穿开裆裤的时候，看过庄里的铁匠给何一钳他爷爷烧铁钱。那阵仗比这可差老远了。"

人群中一个胖墩墩的年轻人往前挤了挤，给一个几乎与他一模一样的小胖墩使个眼色，往外挤去。走了几步，见小胖墩还傻傻地站着不动，就又回去拉了他挤出人群。两人小声议论着。一位游击队战士扫了他们一眼，大胖墩脸色一紧，拉着小胖墩又钻进人群。

卢毓奎冷喝一声："立正！"山坳里顿时静了下来。两个胖墩缩了缩脖子，从面前晃动的脑袋中间看场中的动静。

几百名铁匠和唢呐队迅速后撤，与老乡们一起排列在墓地两侧。三个部队的祭奠方阵整齐地走进空地，按照卢毓奎的口令将枪"啪"的一下换到左手，脚跟一碰，持枪敬礼。刺刀在时隐时现的阳光下闪着寒光。

"全体肃立，安葬两位英雄。"

何苇杭和夏侯雪又回到墓地，看着两口棺材同时被缓缓放进墓穴。

夏侯雪跪在坟前大放悲声。何苇杭仰脸望着盘旋的纸灰。秉祺真的要离开了。棺材落进墓穴的闷响让她胸口猝然一阵绞痛。刹那间她忽然感到想不起何一钳的模样了，这让她极度恐慌，叫声"秉祺"，身体一下失去支撑，江小慧和小胖紧紧架住她的胳膊。唢呐声突然高亢，何一钳又清晰地出现在眼前，眯着那双小眼睛看着她笑，双手不住摩挲，发出沙沙声响。她不觉往前迈出半步，周围一下没了声音。上百支唢呐无声晃动，尚邨英他们手里的铁锨无声地铲起土，又无声地撒进墓穴，无声地落在棺材上。

两座新坟突兀地立在旧坟前边，像两颗钉子揳进山坳。

卢毓奎低沉地命令："全体举枪，为梁大队长、何一钳同志送行。鸣枪！"

急剧的枪声中，弹花横空绽放，空气啵啵的爆裂声在崖壁前持续回荡。山梁上的人群张大嘴巴，惊惧地看着山坳前的沟壑里忽然卷起遮天蔽日的狂风，打着滚冲进山坳撞向崖壁，呼啸着四散溅开，扫过连绵重叠的大小峰峦，扑向山顶的黑色玄武岩，发出狼群一样的嚎叫，搅得脚下的山梁不住晃动。眨眼间，狂风在一片惊叫中停息，树叶杂草悬浮在空中，打着旋儿纷纷散落。人们再次张大嘴巴——天哪！簇拥着山顶岩石的树木全都赤条条一叶不挂，只剩下刺向天空的枝杈。

褪去秋装的长岭山脊裸露出瘦硬的筋骨。

3

参加葬礼的队伍都已经各自带回，铁匠和唢呐队也散在一攒一簇的老百姓中间，议论着往山下走。

山坳忽然寂静下来。

大胖墩拉着小胖墩来到帐篷前，扑通跪倒在尚邨英、何苇杭、卢毓奎、夏侯雪等人面前。他们同时一愣，尚邨英立即跨前一步，伸手拉起他俩，大声说："你们咋来了？家里老人都好吗？来来来，进去说话。"

进了帐篷，何苇杭仔细端详了大小胖墩一会儿，问："县城何家粮店胖掌柜是你们的父亲？"大胖墩点点头："俺爹死后，东家就把俺兄弟俩招进了店里。您是？"何苇杭揉搓着太阳穴没接话。

大胖墩溜一眼帐篷里的人，垂下头，怯怯地说："每年夏秋两季，俺兄弟俩都来这一带走村串庄，到大户人家场院里验粮砍价，为粮店订购粮食。不知道为啥，那些汉奸偏偏看中了俺俩，去年麦收时，他们逼着俺兄弟俩借走村入户的机会，给他们收集长岭山队伍的情报。这次是让俺听听山上山下有没有关于独立旅的议论。"

何苇杭耸了耸眉头。

"在山下正巧碰上老乡们上山看出丧，俺俩仗着人熟，混在人群中上了长岭山。刚才的场面让俺浑身起鸡皮疙瘩，一下看清了顶在头上的罪恶，觉得乡亲们那些咬牙切齿地咒骂汉奸特务的话，都一句句戳在俺脑门上。这之前，因为家里经常出现神神秘秘的人，老娘就已感到不对劲，多次问俺兄弟俩，说我们要是跟那些不三不四的人混在一起，她就一头撞死在我们面前。俺就对弟弟说，咱们干这种人干狗不干的勾当，和上天的英雄相比，连狗都不如。这样下去，不但保不住俺兄弟俩的命，还会连累她老人家死后也被戳脊梁骨。"

大胖墩痛哭流涕，拉着弟弟再次跪下，说："请长官发给俺每人一支枪，俺打鬼子立功赎罪。"

卢毓奎伸手拉起他俩，重重地拍一下大胖墩的肩膀，大声称赞："好！自古以来就有弃暗投明成为英雄的，你们胖兄弟还算有种。"他问尚邨英："你早就认识他们？"

尚邨英摇摇头，喊进警卫队长吩咐道："这兄弟俩是我的亲戚，你带他们先去营地歇着。他们还要回城里去混饭吃，不要让其他人知道。"然后才对卢毓奎说："当时的情景下，他们那样做，身份肯定非同一般。我当时也来不及细想，只是直觉到他们的身份不能暴露。现在看来，或许可以通过他俩，替枭传递情报。"卢毓奎指点着尚邨英叹道:"你呀,你呀,肚子里咋这么多弯弯绕,真是聪明得叫人感到可怕。"尚邨英笑道:"你这是夸我还是骂我?"卢毓奎不笑:"不杀亓副官,又让你深谋远虑了一回。"他看看夏侯雪,一下刹住话头。

何苇杭抚着夏侯雪肩膀,说:"不要紧,大家就直说吧。葬礼前,我就把实情告诉了夏侯大队长。"夏侯雪拢拢长发,似乎淡淡地笑了一笑:"我得像苇杭姐那样,心里能够埋得住山一样的仇恨。我知道,现在靠山倒了,我必须替铁峰把独立大队带好。"常参谋长站起来说:"放心吧,大队长,我们都听你的。"夏侯雪点点头,眼睛闪过一道泪光。

卢毓奎沉吟着,似乎想说什么,握起双手按得指关节喀吧喀吧响了一阵,啥也没说。何苇杭知道他的心思,游击队把大小胖墩押回自己营地,让他心里有点恼火。他是担心尚邨英抢先握住胖墩兄弟这张牌,就抓住了利用亓副官的关键一环。她无奈地暗暗叹气,胖墩兄弟充其量也就是特务组织的外围线人,估计是一手交情报一手接钱的那种,况且他们的底细还没摸清楚,是真觉醒还是敌人设的圈套,尚在两可之间,着的什么急呀。她脸上沁出层细汗。

常参谋长劝她和夏侯雪先回去休息。尚邨英摇摇头,他注意到了何苇杭刚才的表情。

"咱们得让胖墩兄弟带回消息,就说亓副官还深得我卢某信任。"卢毓奎看看靠在夏侯雪肩头的何苇杭,问,"还撑得住吗?看来你想让姓亓的出现在葬礼上是对的。"

"参加葬礼的毕竟人太杂,谨慎一些也好。"尚邨英插了一句,也看着何苇杭。

她吮吸着干裂的嘴唇:"看来卢旅长也注意到了,胖墩兄弟这次的任务，主要是打听亓副官的消息。不过绣江图片社的日本人并没有直接接触他们，更没提及亓副官。这说明他俩并没得到信任，我们也不能轻信他俩的痛哭流涕。让他俩带回去的消息只能是道听途说，模棱两可，能让特务头子赤井似信非信就达到目的了。这段时间，敌我双方都会以多种方式考查胖墩兄弟，这是一个考验双方谁更有定力谁更细心的过程，咱们要沉得住气。赤井肯定会通过多种途径了解枭的现状，所以，卢旅长最好还是要时常让亓副官露露面。"

卢毓奎连连点头。

第十九章

何一钳牺牲不久的1943年10月13日（阴历九月十五），何苇杭写下这样一篇日记——

何政委——我的大姐，我的妈妈：

犹豫再三，还是给您写了这封信。与其说这是一个不争气的女兵写给政委的检讨，倒不如说是一个小妹、一个女儿向大姐、向妈妈的坦白。

那天晚上，小慧抓了我和他的现场，我顿觉无地自容。但当她把我带到您面前的时候，心里的羞愧就被破罐子破摔的倔强顶碎了。事后我才意识到，当时我其实在等着您说出羞辱我的话，立马就脱下军装走人。没想到您不但没有声色俱厉地批我——就像您平时说起这个话题时的样子——反而说青春年华谈恋爱天经地义，这一句话就把我心里的倔强打趴下了。您接下来说的岩浆和黄花的比喻，一下就落进我心里。我心底有一片文学田地，最受不了的就是这样的词句，几乎是不假思索地当即表示要与他一刀两断，这一誓言百分之百地发自内心，并准备经受由此带给我的痛苦。但后来我还是没有坚持住。您知道吗,政委,这不仅让您失望,首先更让我失望,让我一次次背负上辜负您、欺骗您的负罪感。

我的大姐、我的妈妈,请相信我,我是真的想信守对您的承诺。可我管得了自己的心,却管不住自己的身体,约束不了身体内奔突的火焰。我唯一能做到的是,除了初次我主动拥抱他那回,绝对没有主动去找过他,一次也没有。但他每次来找我,我平时暗自淬炼过无数遍的决绝,最终都会化为一汪水。就这样,每次分手我都沉着脸,声色俱厉地告诉他,这是最后一次。可下次他再来,我还是先甩脸色发脾气,然后就在他粗蛮的搂抱中不能自已。一次最后一次接着另一次最后一次,最终我怀上了他的孩子。听说初次受孕是一个女人最羞怯最幸福的时刻,可我那一刻却只有惶恐和耻辱,它火一样灼烧着我军装包裹着的身体。为此我甚至多次想过逃离长岭山,但都由于怕令您蒙羞而作罢。

他不识字,长得也粗粗拉拉。我跟他的恋爱纯属一场荷尔蒙事故。

去年阴历六月十五那天,您说是夏侯副大队长的一个什么日子,我记不清了,派我去给她送两瓶酒,回来时我按照夏侯副大队长的指点,顺着鹁鸪崖北边的山谷往回绕,发现了一处清澈的水湾,就把裤腿挽在大腿上走进水湾,没想到刚走了没几步就滑进了坑里,我惊慌地双腿乱蹬想冲出水面,却陷在水底的淤泥乱草里。是他把我拽了出来。他说他正在水湾边上摸鱼,看到我下水就躲在了芦苇里面。我浑身透湿就像没穿衣裳,他的短裤也紧贴在皮肤上。惊魂甫定,我发现他还把我紧紧抱在怀里,便恼羞地挣脱下来,他却猛地又抱住我,硬邦邦的大手粗暴地把我的脑袋按在他胸前,热烘烘的异样气味熏得我一阵眩晕。他忽然惊惧地放开胳膊,我跌倒在地上，恶狠狠地瞪他一眼，跑进山坡的树丛里，三两下剥下衣服甩出去。他愣了愣，将衣服拧干抖开，晾在山坡下的杂草上。

我从树缝里瞅着他。他也偷偷地向树丛打量，紧张得握紧拳头半举着，浑身黑黝黝的肌肉在阳光下泛着亮光。那团热烘烘的异样气味又包裹住我。就在那一刻，我疯狂地爱上了他。晚上我就像魔鬼附体似的，不由自主地走向那片小水湾。如果他也出现在那里，我就把他当作长岭山上的大卫，把我的初恋奉献给他。

他果然在那里。与他同时出现在水湾边上的，还有清泠盈晶的月光和山谷里大片大片飞翔的萤火虫。我从来没见过这么多的萤火虫，真可以说是浩浩荡荡，动人心魄。我仰望着又圆又大，似乎要滴下水珠的月亮，心里涌起敬畏和喜悦、忧郁掺杂的情绪，眼里的泪水一波一波涌出，怎么也停不下。那一刹那我毫不怀疑，今夜是上天让我和他相爱。我张开臂膀，主动拥抱了他。

夜已深，月更高，碧水漾漾。我和他躺在山坡上，朗月微风浸入每一个细胞。大片的流萤随风流转，绿莹莹蓝汪汪的萤火阵或聚成团或散成线，在弥漫着青草野花药香的山坡上飘飘忽忽，将光影斑驳的山谷笼进梦幻般的迷离。这是我们的婚礼。我想说点什么却说不出来，他的嘴紧紧裹住了我的嘴唇。自从那次拥吻之后，每次见面他的嘴总是一次又一次地寻找我的嘴，就跟中了毒似的。

我的妈妈：您和小慧发现我恋情的那天晚上，其实我已经怀孕，只是那时还不知道。我之所以最终没有守住那个誓言，与这个肚子里的孩子有着直接的关系。就在前几天，为了这个还在孕育中的小生命，我已经横下一条心，甘愿顶着当逃兵的骂名，躲到我老家去生下这个孩子。何师傅的牺牲震撼了我。我跟他说，无论如何也不能在这个时候背叛您的信任，让您在刻骨的伤痛中再为我蒙羞。我们到山北找了个老中医，打掉了这个还没成形的孩子。何师傅葬礼的当晚，您就来看望我，尽管您早就知道，我只不过受了点皮肉伤。您一进门就"咦"了声，皱起眉头仔细打量了我一会儿，将小胖她们都赶出去，一把掀开被子，发现了我身下的血迹。我赶紧说来了月经，到鸣羊山跑了这一趟，血就收不住了。您扶住我肩膀，说："祁英，跟我说实话。"我只好如实坦白。您泪水哗地就淌下来，抱住我说："傻孩子，你该早告诉我，我会帮你保住这个孩子的。我们拼命打鬼子，不就是为了孩子们吗？"我突然就喊了您一声"妈妈"。您哽咽失声，泪水热滚滚的，滚落到我脸上。当天晚上您就亲自带人把我送到您家里养伤，嘱咐您嫂子按坐月子的食谱给我补养身体。

政委，之所以写这封信，就是为了说出以下这几句话：我会成为您的一个好兵、一个好女儿的，请您放心。您嫂子请来给我看病的医生说我已经不能再怀孕。这是医生跟您嫂子说话时我偷偷听到的。既然这辈子不能当妈妈了，就请您答应我，让我留在您身边，永远做一个女儿吧。写到这里我又忍不住哭了。妈妈，我爱您！

——这是祁英写给我的一封信。抄录的过程我泪流不断。抄完最后五个字，终于忍不住哽咽失声。感谢祁英给了我一次痛哭的机会，在这皓月当空、清辉柔媚的中秋之夜。这封泪迹斑斑的信是长岭山抗战的一部分，把它留存给小祺他们，会让孩子们更深刻地理解战争的残酷，永远珍爱和平。

一天后，在这篇日记的页眉和页边，何苇杭又做了补记，不知她为什么不在补记的当天另写一篇，却要返回来在这里做个补充：

在我家只住了几天，祁英就归队了，她说再在那间小屋里憋下去，会发疯的。看她的神情确实好了很多，我就没硬往回撵她。第三天小慧告诉我，刚回来时祁英还好好的，现在又整天闷声不响了，跟谁赌气似的。晚上我去看她，她一个人躲在营地旁边的树林里哭。我问她，你心里的苦痛，怕不仅仅是因为不能再生育，能不能告诉我，又怎么了？她说："我的爱情，也破碎了。归队的当天晚上，我捎了张纸条给牛子，告诉他医生说的话，让他放心，我好好的。昨天晚上他捎话给我，他娘说他家就他一根独苗，不能断了香火。他还没出生他爹就死了，他娘哭瞎了眼，把他拉扯大，他不能不听他娘的话。我立时愣了、傻了。月光下的大卫雕塑碎了一地。我能够理解他的老娘，可我说什么也理解不了他，我想不出一个不识字的农村孩子，一个打仗不要命的战士，脑子里怎么会有这样顽固的香火意识，咋装进去的。今天他又捎话要见我。我给他捎话回去——离我远远的，我不愿意再见到你，永远。"说这些话时，祁英没再流泪，眼神却空泛得叫人担心。我沉默着，不知该如何劝慰。我知道这种状态下，别人说什么也无用，这样的伤口，只有靠自己舔好。祁英不理解，面对瞎眼老娘砸下来的传宗接代这块大石头，夏侯手下这个牛子的反应其实并不让人诧异——说不定夏侯会支持他离开不能再生育的祁英——这和他在战场上的表现无关。单论居家伦常之类封建意识的顽冥程度，农村和城市、下层和上层、不识字的和读书人相比较，前者要远甚于后者。在感恩情绪和月光流萤下，祁英忽略了她和牛子之间的文化差异。这个年龄的女孩子往往是靠冲动支撑爱情的，何况是在生死须臾的战争年代。环境无法给她提供反反复复思量回环、百回千转审视猜度的机会，面对的人、心里的爱恋，也许眨眼就没了着落。战场上与死亡相伴的爱情，就像骤然卷起的烽火一样，仓促爆发、浓烈绽放之后的结局常常难以预料。爱情的残破和枯萎也是战争的一部分。

第二十章

1

自从葬礼那天山脊岩石下的树木打开季节通道,时间便开始以耳畔生风的速度呼啸前行,几步就踏进晚秋,长岭山南麓到处岩浆奔涌,血气蒸腾,漫山落叶渲染出一派绚烂。

何苇杭在鹁鸽崖与夏侯雪吃过早饭,带着小慧和小胖,沿着林间时断时续的小道,直接穿插到石峪寺后面的山顶。玄武岩在阳光下黝黑透亮,岩石下的树木枝杈赤条条直指天空,像一群仰天呐喊的男性裸体雕塑。她心里一阵动荡,目光转向看不见的墓地方向。

"常参谋长告诉我,这些天卢旅长经常去找夏侯。"江小慧给她披上外套。

她点点头。梁铁峰死后夏侯雪像换了个人,一下就收起放浪不羁的心性,对所有男人都冷若冰霜。最近这段时间卢毓奎频繁去看望夏侯雪,几乎都吃了闭门羹。过去她可是不止一次碰见夏侯雪和郭立刚、郝团长、卢毓奎亲热相拥。在郭立刚养伤期间,她当着茜茹和她哥嫂的面,也毫不顾忌地张开双臂就抱住他,弄得茜茹几次想退缩。这个在东北老山林土匪窝里长大的夏侯，浑不拿跟别的男人搂搂抱抱当回事。昨天尚邺英还提醒她，卢毓奎这是项庄舞剑意在沛公，眼睛盯着夏侯雪身后的队伍呢。她倒不完全这样想。那次日本特别警备队袭击军械所之后，卢毓奎对夏侯雪赞不绝口，羡慕梁铁峰找了个好媳妇。这些天他对夏侯展开攻势，可能也夹杂着拉拢独立大队的考量，但心思应该更多在她这个人上。只是这个一直单身的家伙也太猴急了。夏侯雪要守住身体做梁铁峰的未亡人，自有她内心的观念做支撑，绝非一时心血来潮。这个堡垒一时半会儿是任何人也攻不破的。

山脊下叶片稀疏的树木一阵摇摆起伏，不时有红黄斑驳的树叶从枝头挣脱，转着圈落在脚下。

大小胖墩下山后，好长时间没有动静，尽管山上一直没间断以枭的名义报送情报。直到尚邺英和卢毓奎下了重饵，报出几次小分队行动计划，得到绣江图片社的验证，兄弟俩才再次出现在长岭山下。他们慢慢取得了赤井的信任，被定为与枭接头的联络员。这期间，兄弟俩也经受住了游击队的考验和内线的考查，担当起了以特行特计划的牵线人。

何苇杭裹紧外套慢慢下山。山腰下田地里的秋庄稼差不多都上了场，地里只剩下一排排整整齐齐躺着的高粱秆、玉米秸和吊着一串串死蚊子的谷秸垛。阳光下的层层梯田蒸汽浮动，像重重叠叠参差错落随风荡漾的水泊。她拉着小慧和小胖的手，攀上几块重叠堆垒的岩石。

长岭山以南的平原地带，像一张铺开的地图，打眼一望就能看出十几里地，村落、河流、道路一览无余，山下村头上出出进进的人清晰可见。

失去了青纱帐的掩护，三支部队收缩到山腰以上，只派出小分队前出巡逻。日军摩托队和小股伪军的出动越来越频繁，经常会突然出现在山脚下的村庄，遭遇战的枪声，有时一天就能响起两三次。连山上山下村庄的老百姓都知道，尽管扫荡与反扫荡的帷幕还紧紧闭着，幕后的开场锣鼓已经一阵紧似一阵。

何苇杭看看手表："走，去卧牛山。"

从卧牛山望下去，长岭村周遭的场院里忙活着拉碌碡、扬场、晒粮的人，西头文昌阁前的青石板大道上冷冷清清。大道两边和青石板缝里，应该零零落落地撒着些玉米粒、高粱粒。小时候每到麦收秋收时节，父亲总要带着她回老家。娘说："你爹骨子里一直是个庄稼人。"她喜欢到村南头的路上去捡麦穗、豆粒。娘不让她捡，父亲说："捡吧捡吧，回来我给你奖励。"回来后父亲让她把捡来的粮食放在一个柳编小笸箩里，一样样点数，然后就牵着她的手，去一家姓靳的火烧铺买油酥火烧，接着又牵着她到了一家肴菜铺，夹上油嘟嘟的肉片，她想着脏兮兮的靳老头和脏兮兮的火烧铺，迟迟不肯下嘴，父亲说："吃吧吃吧，比城里的可香多了。"她咬了一口，哎呀，满嘴咝咝啦啦，香得要翻跟头。

不知那家火烧铺还在不在。何苇杭想去村里看看，陪大哥吃顿油酥火烧夹肉。小慧和小胖一起阻拦："不行不行，大队长下了死命令，不许你下山，否则就处分我们。到卧牛山就已经违规了。"苇杭只好作罢。等到她后来去福州前回长岭村跟大哥道别，那家火烧铺又重新开张，可不知是老靳换成了小靳的缘故，还是因为她年龄大了，再也没吃出当年的香味。

大小胖墩肩搭褡裢，不紧不慢地走在青石板大道上。

"快到文昌阁了，"大胖墩对弟弟说，"你落后一点，看着周围动静。"快步走向文昌阁下青石砌成的门洞，游击队的接头人立即迎了上来。大胖墩告诉他，绣江图片社对三支部队闹矛盾的事很感兴趣，指示枭争取挑起内讧，并要尽快弄清目前三支部队的最新部署，搞到反扫荡的具体计划。后天上午，让枭本人进城，特务头子赤井要亲自接见他。接头的游击队员也转告了"枭"的两条情报，一条是游击队计划在后天袭击日军摩托车小队。这是尚郓英替枭送给赤井的礼物。一条是尚郓英和卢毓奎都在加紧拉拢夏侯雪，两人关系越来越紧张，独立大队上下对他们两家的趁火打劫都有怨恨情绪。

小胖墩扯着嗓子喊了声"哥"，两人一抬头，见远处一帮人担着粮食和高粱秸走过来。

尚郓英先跟夏侯雪和常参谋长通报了情况，带上郭立刚匆匆赶往独立旅。

"不行！"没等尚郓英说完，卢毓奎就一挥手截断了他的话，"绝对不能放姓亓的进城！"

尚郓英笑笑，说："这回，赤井这老鬼子确实出了个高招。不管枭进城还是不进城，咱们的计划都会暴露。"

"那你这小诸葛可要好好斗一下司马懿了。"卢毓奎朝佟参谋长眨眨眼，琢磨着说，"咱们还是可以争取将接头地点改在城外中间地带的。理由嘛，也很充分。亓副官自从投奔我就一直没有离开过长岭山，现在山上迭遭变故，这时候进城太惹人注意。还可以再加一条，说咱们的人已经盯紧了绣江图片社，城里到处是咱们的眼线，他进城很容易暴露身份。只要接头地点不在城内，咱们就能想法控制，实在不行，就把他们一勺烩了。大不了放弃原计划，硬干一场。"

佟参谋长轻轻拍了下手，说："这些理由足以说服赤井。对他来说，让枭实施离间计，配合他们的大扫荡，毕竟太有诱惑力了。只是，就算在城外接头，咱们也难以完全控制住亢副官。他心里很清楚，之所以让他活到现在，就是想利用他，在咱们手里早晚他是死定了。他势必会利用这个机会拼命一搏，说不定还有一线生路。何况，鬼子要他亲自去接头，就是想验证一下，他是不是已经暴露，肯定会准备好后手。"

"对，这才是难题所在。"尚邨英点点头，"关键是要让姓亢的明白，他揭破我们计划的结果，就是跟接头的日本特务一起死。他保住狗命的唯一出路，就是配合好咱们的行动。"

"这太难了。"佟参谋长看一眼夏侯雪，说，"让他明白，我们有本事把他跟鬼子一块收拾了不难，说咱们会不杀他，他怕是很难相信。"

大家都看着夏侯雪。

"我会当面向他承诺，饶他一命。"夏侯雪平静地说，"这些年来，姓亢的知道，我夏侯从来言出不悔。我也会让他知道，他只有乖乖地配合我们行动这一条生路，我有办法让他不敢在接头时轻举妄动。"

大家将信将疑地相互看看。郭立刚蛮有把握地说："大家放心，没问题。"他多次听夏侯雪说过，长白山老林子里的土匪，都有很多控制卧底的招数。

尚邨英见夏侯雪抱着肩膀仰脸看天，赶紧招呼大家说："走吧，常参谋长还在游击队营地等咱们呢。昨天我们讨论过他拟定的作战计划，路数虽然土旧，可挺实用。"

卢毓奎附在佟参谋长耳边嘱咐了几句，拍拍他肩膀。他"嗯嗯"着瞥一眼夏侯雪。

2

常参谋长跟大家打过招呼，往山谷上边的尼姑庵水库走去。卢毓奎刚走到水库边就惊讶地"咦"了声。这座废弃了多年的水库，竟又蓄满了水。在刚回老家拉队伍时，老百姓就因担心危坝溃塌危及水库下边那片良田，就在大坝上扒开个口子，把水通过石峪寺下面的水湾引往葫芦峪水库。肯定是尚郅英又安排人把缺口给堵上了。看来，这小诸葛早有谋划。他打量了一下水库两岸只露出一片干枯穗子的芦苇，又扔块石头，把一群在大坝前游弋的野鸭子赶起来，看它们落在水库尾部，变成一片模糊不清的黑点。心想，这满库蓄水一旦放出，威力够大的。又转身目测了一下大坝跟山谷的落差，点点头，微微一笑，这是想唱一出水淹七军呀。

"大家看，"常参谋长抬手在水库下边划拉了一圈，向大家介绍着他的作战构想，"这里属于游击队营地，三面都是山坡。西边长岭村那条进山的路在游击队和独立旅防区交界处，东边鹁鸽崖下面的小路，不适合大部队展开。敌人要直冲游击队营地，只有沿南面这条开阔的山谷进来。我估计，日军能调集的战力不足两个大队，两千来人。加上伪军三个大队，总人数上我们占优，但武器装备敌人占优。从单兵战斗力上看，日军强于我们，我们强于伪军，我们的优势在于有备而战，能在游击队正面阻击时，从山谷两侧的树林中出其不意地实施夹击。这几天，我已跟郭副大队长、佟参谋长就作战方案进行了初步磋商。我的设想是，在与敌正面接触前，先利用地形优势，制造两轮冲击，争取在我方尽量减少伤亡的前提下，给敌人以重创。"他停下来，扫了大家一眼，观察几个人的反应。

夏侯雪蹙蹙眉头："你就别吊大家胃口了，快兜底说了吧。"

常参谋长看看周围的树林，说："我绘制了一张草图，咱们还是进庙说吧。"把大家引进水库下边山坡上的尼姑庵。本就不大的尼姑庵已经彻底荒废，屋顶大部都坍塌下来，院墙也所剩无几。卢毓奎望着西边山坡上的石峪寺，疑惑地自言自语："真的有和尚庙的地方就会有尼姑庵吗？平时和尚跟尼姑有交往吗？如果有，佛门戒律如此严苛，他们该如何交往呢？"

何苇杭乐了："你这佛门三问，就留待战后再深入探讨吧，现在我们还是先听常参谋长讲打仗的事。"

"呵呵，"卢毓奎有点不好意思，"早就听说你大哥对佛学颇有研究，抽空跟他好好探讨一下。常参谋长，你开讲吧。"

听常参谋长介绍完作战方案，卢毓奎拍手称赞："办法确实土旧，但构思确实得算大手笔。我再补充一点，作战前，我大张旗鼓地把队伍向西拉过两座山头。独立大队也把鹁鸽崖西边的一个中队收缩回去。游击队一定要在山下迎敌，且要顽强抵抗，不让鬼子产生疑惑，然后再逐步后撤，做出撤往山北的姿态，诱使敌人急于在山南咬住你们。"

"这点非常重要。"何苇杭拢拢头发，"章丘日伪军的任务，是从闫家峪到曹范一线，向章丘南部山区展开攻势，协同济南和历城长清两县日伪军，对济南南部山区形成包抄合围之势。敌人容易被我们利用的心理因素，就是他们急于在向南围堵之前，先解除长岭山的后顾之忧，之所以迟迟没对咱们下手，是因为他们计划的着眼点，就是利用我们三支部队内讧的有利时机，先集中力量击溃游击队，然后再对付独立旅和独立大队。现在看，实施我们计划的关键，就在于我们能否真正控制住枭了。要是这一环节出了问题，咱们就只得像卢旅长说的，改变计划，硬打一场了。"

夏侯雪自信地一挥手说："这事交给我办。我已想好一个周密的方案。到时我带人护送姓亓的去接头，保证让他乖乖地听话。"

"那不行。"尚邨英断然否决，"你目标太大，再说，大战在即，一军之帅不能轻易离队。就让郝团长、郭立刚和你特别小队的周队长，各自挑选精兵强将去执行这一特殊任务。就是他们三个人也不能露面，只能在外围指挥。等会儿，你向他们交代好控制枭的方案就行了。"

卢毓奎见夏侯雪眉毛一扬，似要再争，就冲她笑笑，说："夏侯大队长，尚队长的意见是对的。我们是绝不会答应你再履险的。"何苇杭搂住夏侯雪的肩头，在她耳边嘀咕了几句，夏侯雪的脸泛起一抹红晕，不再说话。

"为避免扯皮，这次行动得有个临机决断的头儿。"卢毓奎对尚邨英说，"我想，就确定郭副大队长任总指挥吧。"

尚邨英爽快地答应："好吧。他在这方面经验多一些。好了，该议的都议了。等明天定下接头地点，咱们再合计一下行动细节。现在到饭时了，合该我请客，要不就又该挨骂了。炖野兔，炒山鸡，高粱煎饼卷大葱，咋样，够出血了吧？要不，就再加一壶我泡的药酒？"

咔嚓一声焦雷，树根一样叉开的闪电从天空直插水库，轰隆滚动的余音淹没了大家起哄的笑声，刚才还晴天碧日的山谷，唰唰啦啦地落下了急促的麻秆子雨。

卢毓奎笑道:"哎呀,真不得了。铁公鸡请客惊天动地呀。我看,咱们还是赶紧离开这破庙,挪到坡上苇杭的女兵小队去吧。"

"咋了?"何苇杭蹙眉看着卢毓奎。

"咋了——你眼睛瞪那么大干啥?"卢毓奎指指天上,"这么大的雨,你不怕上边的危坝溃堤,把大家连人带庙都冲到山谷里去?"

常参谋长仰头望天,眉头蹙成了疙瘩。

3

枭的联络员直到傍晚才与大胖墩接上头。

郭立刚汇报了绣江图片社指定的接头地点后,独立旅旅部一片沉默。赤井又走了一着好棋。他把接头地点选在了相公庄北边三里地外的林家洼村,由他的助手代替他跟枭会面。林家洼村跟相公庄仅隔着一条绿泉河,既便于枭的行动,更利于相公庄据点里的日伪军在一旦发生变故时,迅速控制局面。

"这只老狐狸,事事都算计好了。"郭立刚笑道,"不过,他没有料到,相公庄的鬼子把具体接头地点定在了维持会长林占财家,这林占财是个白皮红萝卜,他给日本人当维持会长,是我们安排的。"

大家悬着的心轻轻往下一落,紧绷的脸色稍微松弛了些。卢毓奎旋即皱起眉头,佟参谋长附在他耳边悄声说:"这事,郭立刚跟我通报过,我当时没太在意。"

"汉语太深奥,再狡猾的日本狐狸,也破译不了中国民间鸡叫的密码。"尚邺英哈哈一笑,"不过,林家洼村毕竟在日本人的控制范围内,到时只要姓亓的稍一犹豫,我们的计划就会功亏一篑。我

280

们要把所有的细节都算计到，让他不至于看到满街满院的鬼子兵就心存侥幸。"

大家一齐看着尚邨英。尚邨英张开双手，十根手指指尖互相磕碰着。

"大家看这样行不行。"尚邨英十指交叉握起，在桌子上捶打了几下，"今天晚上，我们设法透露给姓亓的一个消息，我们已经在接头地点林占财家做了周密布置，在他跟鬼子特务会面的堂屋里埋上了炸弹。不过，消息一定让他在不经意间听到，话要含糊一些，不要让他觉察到是故意漏话给他的。还有，从女兵小队中挑一个相貌特征明显的，等会儿故意让他见到。"

尚邨英看着苇杭说："我看，小胖就行，女兵中她的章丘话最地道。让她晚上就潜入林占财家，扮作他家的丫头。明天一早，姓亓的一进林家，就让她跟他打个照面。女兵小队的战士个个都练就了夏侯大队长的飞镖绝技，他早就见识过她们的演练。有小胖在林占财家，会在心理上给他一种震慑，足以让他明白，就是在鬼子的眼皮底下，我们也随时能要他的小命。"

卢毓奎不错眼珠地盯着尚邨英。这家伙的脑袋呀，总是藏着这样一些曲里拐弯的小道道，要不咋是小诸葛呢。可眼下这节骨眼上，这些手指头磕碰出来的小招数正好派上用场，鹅毛扇摇出来的大计谋还真不管用。他忽然一阵哈哈大笑："好，咱们就把姓亓的领进你的溶洞，估计他一时半会儿是找不到出口的。"

尚邨英淡淡一笑，随口道："我糊涂，听不明白，你这是损我曲里拐弯吧？"

"嗨嗨嗨，"夏侯雪拍拍巴掌，"你们说话咋像老和尚似的，没头没脑的。本寨主我可要说黑话了，保证把你们都说得一愣一愣的。"

"还是留着你的黑话对付枭吧。"卢毓奎朝夏侯雪拱拱手，对尚郸英笑道，"这么明显的恭维你还听不出来？"

独立旅的侦察连长进来报告，相公庄据点里出动了两股日伪军。一股沿着公路往东来，一股奔林家洼村方向去了。接着独立大队的战士也来报告，普集村西头出现小股敌兵，正在往鹁鸽崖方向移动。

尚郸英急问郭立刚："若是鬼子在林家洼村周围布上防，我们的人还能不能潜进去？"

郭立刚点点头："能！"

"那就好！"尚郸英转向卢毓奎，"这回，鬼子是周密部署，频频出招呀。"

"那就见招拆招呗。"卢毓奎收起笑容，"鬼子出动这三股小分队各有目的，林家洼村那路，是摆出阵势给我们看的，如果枭已暴露，我们就不会冒险放他去接头。同时也就近监视独立旅的动静。往东来的这一股，很明显是冲着游击队来的。去鹁鸽崖方向的则是监视独立大队的。他们要来个火力试探，验证一下枭送出的情报是否可靠。他们三箭齐发，咱们就给他来个单拳迎敌。我和夏侯任由敌人在山下折腾，你狠狠敲一下接近游击队防区的日伪军。"

夏侯雪点点头："我跟卢旅长的部队不与敌人接触，你的地段闹翻了天，我们也按兵不动。咋样，你们俩脑子里曲里拐弯的路口上，我也给刻上记号了。"

卢毓奎爽朗地笑了："咱们散了吧，明早再在这里集合。"

"啥叫散了吧？"尚郸英指指窗外，"又到了饭点了。"

"你呀，真是一点亏也不吃。中午刚请了客，晚上就要捞回去。"卢毓奎指点着尚郸英，对佟参谋长说，"安排得丰盛点，咱们可不能小气了。"

4

天还没亮，尚邨英、何苇杭和郭立刚就来到独立旅，接着夏侯雪、常参谋长等人都陆续到了。

卢毓奎对警卫连长一摆手："押过来吧。"

熹微的曦光中，一身买卖人打扮的亓副官被押出石头屋子。他眯了会儿眼睛，神情木讷地看着眼前的人群，目光刚一碰到卢毓奎犀利的眼神，就现出一脸惊惧，惶恐地垂下头。

"你罪无可赦。"卢毓奎语气平静，"夏侯队长咽下仇恨饶你不死，我忍住厌恶看你苟延残喘，可我就纳闷，你咋就能有脸再活着站在长岭山上。"

"卢旅长！"亓副官哭号一声跪倒在地，"这些天我生不如死，地下的先人天天拷打我，我活得猪狗不如哇。我多次想到过一头撞死，可，可我知道，你们不杀我，是因为我或许还有点用。我愿意被驱使，哪怕是把我肚子里塞满炸药推到阵地前。不为别的，就想临死前能挣一块遮羞布蒙在头上，好在见先人时，不让祖宗把唾沫吐在脸上。"

一阵风裹着落叶从山谷里扑上来，在山坡上打着旋儿。人人心头都掠过一阵异样的寒凛。

夏侯雪一把薅起亓副官，掏出一粒黑色药丸，用拇指和食指捏住，在他眼前一晃，左手掐住他的咽喉上部，喝声"张嘴"，把药丸塞进他嘴里，左手一抬，药丸咕嘟咽了下去。在大家好奇的注视下，她一挥手，一个特别小队的战士过来，递给她一个用黑丝线绳拴着的核桃木小佛像。她给亓副官套在脖子上，右手小拇指指甲往他后颈上轻轻一弹。又伸手从那战士手中接过一个比纽扣略大些的黑色东西，托在掌心往亓副官脸前亮了亮，说："这玩意儿，你该认识吧，这可是外国货。"挥手抛向山坡下的小树林。

大家都转身望着小树林。

夏侯雪喊道："周队长，给姓亓的演示一下。"

周队长一挥手，两个店铺学徒打扮的年轻战士走过来。个子稍高的一个伸手从领子上的纽扣往下摸，摸到第三粒时看亓副官一眼，用力一按，小树林里传出一声闷哑的爆炸，一股细小的烟尘冒了起来。

山坡上的战士们直吐舌头："真厉害，扣子大小的东西，威力可不小。"

夏侯雪对亓副官说："挂在你胸膛上的小佛里，就藏着这样一粒小炸弹。"她指指两个学徒打扮的特别小队战士："起爆器就在跟随你的两个学徒身上。"

亓副官脸色已恢复正常，他看着夏侯雪说："你把我大卸八块都应该。"他似乎也想恢复昔日的从容，喘息却不自觉地急促起来，不断扭动脖子，终于忍不住抬手去挠后颈。

夏侯雪直视着他的眼睛："不用挠，刚才你吞下的，是我们夏侯家祖传的药丸。现在你后颈上的大椎穴已开始麻痒，两个时辰之内不服我的独门解药，你就会胃穿肠烂，七窍流血而死。我已把解药给了周队长，你从林家洼村出来，就马上服下，很快就没事了。"

亓副官脸色一灰，叹了口气，脸上浮起一抹怪异的笑容。

何苇杭转到他对面，眼睛里似有一丝怜悯，语气里却透着寒气："昨天傍晚你到崖壁下的墓地去过了。那些密密麻麻的坟头下边，有多少抗日将士断送在你的情报下。你还亲手杀死了我们的梁大队长。你不可能不受惩罚。但我们绝不食言，只要你老老实实地配合我们的行动，我们会留你一条命。反扫荡一结束，就按你的请求，把你和你父母送到大后方。"

亓副官又垂下脑袋。

佟参谋长过去拍打了他一下："我再说一遍，跟你会面的，可是个老牌日本特务，又是个中国通，你的言谈举止和神情上露出任何异常，都等于你自己要了自己的命，就不用说将功赎罪了。还有，你很清楚，这次行动风险很大，当面临死亡时，你是像一条日本狗那样死，还是像一个中国人那样死，你只有一次选择。死后敢不敢去见祖宗，可就全在你了。"

亓副官点点头："我明白。"神情自若地看看大家。佟参谋长捏住他肩膀晃晃，这家伙还真是个人物。

卢毓奎朝尚邺英仰仰下巴，尚邺英点点头："出发吧。"又对郭立刚说："一旦有啥变故，就把林家洼村的日伪军一锅端了。我们三支部队会随即扑下山，连相公庄据点一块儿踏平。咱们这把剑，在深山老林里锻打了六七年，也该出山一蘸钢火了。"

5

郭立刚他们带着亓副官走后，大家都围住夏侯雪，七嘴八舌地问那是啥炸药，这么厉害。

夏侯雪笑道："那种日本特务们专用的微型炸弹，我哪里有。我们早就埋在小树林里一小管炸药，当那个扮作学徒的队员摸到第三颗纽扣时，站在亓副官身后的战士做一个手势，小树林里的战士就拉响了雷管。"

卢毓奎的警卫连长"嗨"了声，又问："那毒药丸呢？"

"一粒跌打损伤丸。"

"他的大椎穴咋会麻痒？"

"我弹到他脖子后面一点痒痒草粉末。"

"哎呀，哎呀，全是假的呀。"

众人哈哈大笑，警卫连长嘟哝道："有点，有点太那个了吧。"

夏侯雪脸色一凛："我是土匪出身，办事向来只管结果不择手段，没有你们那么多讲究。"甩手走下山坡。

卢毓奎狠狠瞪一眼警卫连长，骂道："你个小兔崽子，知道打仗是咋回事吗？不杀姓亓的这个王八蛋，夏侯心里有多难受！"拔腿跟过去。

何苇杭对大家说："是我告诉夏侯，不管啥法，只要能扰其心神、慑其胆魄就行。"

常参谋长接一句："成大事不顾细谨。"

大家都不再说话，原地坐下等待行动结果。

山下突然响起激烈的枪声和手榴弹爆炸声。大家猛地抬起头。是游击队开火了。刚才山下报告，敌人又派出一伙伪军，两股敌人同时从游击队和独立大队、独立旅营地之间发起进攻，鬼子是豁上用这两伙送命鬼来验证三支部队是否真的各顾各了。

早饭刚做好，外边就响起一阵喊声："回来了，郭队长他们回来了。"

大家呼啦迎过去。高个子"学徒"对大家说着接头时的紧张和亓副官的从容应对，话语中竟透出些许佩服。亓副官也一脸振作，告诉卢毓奎："看样子，我通过了赤井助手的当面考查，他也相信了我说的，眼下三支部队既不可能打起来，也不可能再联合行动。他指示我进一步离间三支部队,最好能让独立旅拉出长岭山,尽快把游击队和另两支部队的地形和兵力部署图送下山。"

卢毓奎盯着亓副官的眼睛,暗自叹了口气。亓副官捕捉到了这一声不着痕迹的叹息,目光一阵混沌,赶紧低下头,嗫嚅道:"我想,可以在图上再做点文章。"卢毓奎想起他上山以来的善解人意和体贴周到,目光散了散,点头道:"嗯。这次,你总算做了件对得起祖宗的事。"

亓副官垂手站了会儿,重重叹口气,抬起头说:"我请求再去墓地看看。"

卢毓奎对警卫连长说:"派两个战士带他去墓地,快去快回。"待警卫连长回来后,又命令道:"反扫荡结束前,要对他严加看管,不得有任何闪失。"

警卫连长立正答应,转身磨蹭到周队长身边悄声问:"他吃了解药没有?"

周队长说:"吃了,刚跟我们会合时,他脸色苍白,满头虚汗,腿都软了,吃下药躺了一会儿才好了。"

大家互相看看,都轻松地笑出声。

"砰!"墓地那边传来一声枪响。

夏侯雪唰地拔出双枪,大声喊道:"快,包围墓地!"旅部前边三支部队的战士"哗"地冲了过去。

两个押送亓副官的战士咻咻地喘着粗气跑过来,喊道:"亓……死了!"

等冲到几位首长面前,平息了会儿气喘,年龄稍大的报告说:"到了墓地,他就跪在梁大队长和何师傅墓前,嘴里不住地念叨,最后又喊了几声列祖列宗,站起来向我招手,我刚靠近,他就突然

287

夺下我的枪,抵住太阳穴勾了火。"

卢毓奎冷冷地问:"他要是向你们开枪呢?"扭头冲警卫连长吼道,"你带的熊兵。马上关他俩禁闭。"

大家赶到墓地,见亓副官俯卧着,血流了一地。周队长不解地自语:"刚刚还那么怕死,这会儿又自杀了!"

尚邺英摇摇头:"他刚刚挣扎过由鬼到人的过程,可恨可悲亦复可叹!"

"浪子回头。"卢毓奎接道,"他最终踏在人字上走了,能有这样一个结局,也属万幸。佟参谋长,找个地方把他埋了吧。想着,给他老爷子送笔钱去。"

何苇杭抱着臂膀,无语地看着地上的尸体。不知道那位辛老太爷得知儿子的结局后,究竟是安心还是痛心呢?

尚邺英招呼郭立刚和郝团长、周队长过来,嘱咐他们立即召集起参加这次行动的人员和所有知情人员,严密封锁亓副官的死讯和这次行动的任何细节。又对卢毓奎和夏侯雪、常参谋长说:"这关系到我们计划的成败,咱们三支部队再分别安排一下,所有知情者严禁脱队行动。"何苇杭接过话头建议,除郭立刚、郝团长和周队长外,从现在起,在大战前所有知情者一律集中在各自部队的指挥部食宿,归属各自警卫连、队,不准与指挥部以外的任何人接触。

夏侯雪抬头看天,太阳已升起老高,天空瓦蓝瓦蓝,一丝云渣也没有。

6

入夜,曲星河星辉璀璨。今晚的星星格外亮格外密,红的白的大大小小地拥在一起，眨巴着湿漉漉的眼睛。

何苇杭和夏侯雪各自披了件大衣，靠着树干坐在泉湾边的小山坡上，仰脸望着曲星河。河床里的星星渐渐地拖曳下长长的光线，雨丝般斜织着，与泉湾里的星辉牵在了一起。

下半夜的时候，何苇杭刚从梦中惊醒，夏侯雪突然来找她，说睡不着，心里憋闷得慌，想跟她说说话。可坐到这里好一会儿了，却一句话也没说，只是望着曲星河出神。

"小时候，听绿泉河和曲星河的传说，很入迷。长大后才知道那不过是人们的一种臆想，晚上就很少再仰望曲星河。自从子辉牺牲后，我倒又希望那传说是真的了。现在，我真愿老何就化成了天上的一颗星，能看到我，看到小祺。"

夏侯雪从胸腔里吐出一声叹息："苇杭姐，长白山老林子里拉杆子的人，都信神。我从小在他们中间，对天上的各种星宿深信不疑。你看，从北边往南，在曲星河第一个拐弯的地方，那颗银色的大星就是铁峰，他旁边那颗橘红色的是何大哥，他们常常靠在一起说话。铁峰离去后，我几乎天天晚上坐在他读书的石桌前，跟他说道白天的事。今晚上，他不住地跟我打招呼，何大哥和曲星河里的很多星星，都不停地跳动。我想，他们肯定知道要打大仗了，都想下来参战。铁峰可是早就盼着狠狠地跟小鬼子打一仗了。那些天不住地跟我叨叨，说等到反扫荡的时候，要我把率领部队打冲锋的任务让给他，他要杀出个样子来，省得卢毓奎常笑话他不会打仗。谁知道他会突然那么不声不响地死了呢，死得不值啊。他心里该有多不甘呀。"

何苇杭坐直了，伸手抚住夏侯雪放在膝盖上的手。她的手冰凉。没能亲手宰了亓副官，会是她一生的憾恨。

289

披上层薄霜的草丛里,秋虫发出断断续续的瑟鸣。

"苇杭姐,我多希望铁峰能从那又高又凉的曲星河里下来,再陪他读一回书。"夏侯雪反握住何苇杭的手,"也许,这一仗后,我也去了曲星河,就天天跟他在一起了。"

"不许胡说!"何苇杭用力摇摇她的膝盖,嗔道,"你肚子里有铁峰的孩子了。谁死你都不能死,你要好好活到抗战胜利。你不是还要找人帮着整理铁峰的笔记,给他出本书吗?铁峰可是一直有出本专著的愿望。出版时我写篇序,把你们并肩抗日的事写进去。"

"那,你也要好好活着。小祺不能成了孤儿。"

"好,咱们都好好活着。抗战胜利后,我也为老何出本长岭山诗草,扉页就写上'献给我亲爱的丈夫和战友何秉祺'。不,还是写何一钳好,大家都不知道何秉祺是谁。"

夏侯雪没再搭话。两人看着泉湾里的闪闪烁烁的光影,想着下午的作战会议。

她们心里都很清楚,尽管那几个男子汉在会上都表现得很轻松,但这一仗注定会非常惨烈。目前,日伪军已经初步形成了对济南南部山区和泰北地区抗日根据地的合围态势,上级命令长岭山游击队密切监视章丘日伪军动向,联合独立大队和独立旅,伺机发起进攻,在章丘南部山区撕开道口子,配合主力部队运动作战。

何苇杭从曲星河抽回目光,掏出手枪,双肘抵住膝盖,抚摸着枪柄上的"祺"字,在心里跟何一钳通报情况:"老何呀,现在已是十月末,敌我双方蓄势已久的恶战就要开始。山北邹平一带的军区主力已经转移到泰北山区,咱们失去了一个坚强后盾。以往的反扫荡,我们都是牵着敌人在山里转,跟敌人打游击。这次为完成上级交给的任务,实施咱们三支部队酝酿已久的重创章丘日军的计划,我们必须跟敌人打一场硬碰硬的阵地战，长岭山这把烧得通红的剑，一旦掷入战场，必定是血花四溅。"她忽然听到何一钳爽朗的笑声。笑声伴随着烧红的锻件蘸火时哧哧排气和咕噜咕噜水泡四窜的声音，清晰地回旋在耳边。她眼角又蓄满泪水："也许战后我就真的找你去了。你别着急呀，我当然要力争活下来，我也不想让咱们的儿子再失去妈妈。"

"苇杭姐，你看！"何苇杭顺着夏侯雪的手指方向抬起头，曲星河的第一道弯处，夏侯说的那两颗大星周围，溅射出五彩缤纷的火花。

第二十一章

1

何苇杭在路口停住,借着半月微光,看着夏侯雪和周队长等人的身影,目送他们绕过泉湾往葫芦峪方向走去,跟着警卫队长急匆匆地赶往大队部。

"啥事这么急?"

"我也不知道。大队长和副大队长都满脸紧张。"

没等何苇杭和警卫队长坐稳,郭立刚就汇报了更夫刚从县城传递来的紧急情报。绣江图片社收到一份济南泺源公馆的电报,济南日本特务机关要立即唤醒一个在长岭山游击队冬眠的特务,指令绣江图片社届时配合他们派出的接头人员进山,同时增加枭那条线的活动频率,以掩护这个特务的活动。更夫说这个特务是由泺源公馆直接安插和掌控的,跟枭完全是两条线,绣江图片社连他的代号也不知道。目前更夫了解的情况只有这些。

大殿里一阵沉默。

何苇杭示意尚邺英先说说。尚邺英语气吞吞吐吐,显然还没考虑成熟:"我和立刚已经框定了一个范围,这个卧底肯定不会出自队伍初创时那些不识字的农民子弟,应当就在那些被俘和投诚的伪军中间,我们是不是先从对他们的排查做起?只是这会惊动那个特务,迫使他主动与敌人联系,再说敌人也不会给我们这么多时间。"

何苇杭点点头:"那我们都再好好琢磨琢磨,明天早上再商量。"她掩嘴打个哈欠,说,"散了吧,今晚我就住在这里了。"起身时又嘱咐警卫队长严格保密:"就是你绝对信任的人也不能透半点口风。"

郭立刚疑惑地看着她。

尚邨英连声说:"散了散了,空空脑袋明天再议。"

听到庙门咣当关上,何苇杭倚在床头上紧急搜索着脑子里有关泺源公馆的信息。一粒亮光在黑暗深处猝然一闪,就像一个划崩了的洋火头,没来得及燃烧就熄灭了,但这已经足够让她兴奋。她几乎是小跑着奔进大殿,还坐在里面的尚邨英腾地站起来:"有线索了?"何苇杭满脸的光亮瞬间黯淡,又蹙起眉头。

转回来的郭立刚憋不住问道:"你怀疑警卫队长?"

"你想哪里去了,紧急时刻我只是不能都放心他所信任的属下。"她把目光转向尚邨英,"这样的情报,知情范围不该超出我们三人。"

尚邨英点点头,又追问了一句:"有线索吗?"

"线索说不上,只是一点提示。"何苇杭刚才忽然想起大哥的一句话。在她刚回章丘住在家里时,最讨厌的人就是大哥从济南带回来的胖厨师。这个家伙不光嘴馋——作为厨师这不算毛病,不馋得跟猫似的咋能做个好厨子——他还耳朵尖舌头长,包打听爱传话,更让她反感的是,他仗着是东家从济南府带来的,觉得在何宅耳朵梢子也得比别人高半截,甚至连何苇杭在家里赖吃赖喝也要欠他一挖耳勺子人情似的。大哥那句话就跟这肥猫有关。苇杭抱怨大哥把他宠得不像话。同样嘴馋的何如山哈哈大笑："你是被他的一身肥膘和小毛病给蒙了。"然后拍拍妹妹的脑袋，又一本正经地说，"他是胖夫人的侄子，胖夫人是我的吃友，大家都知道胖厨师是我带回来的，其实是胖夫人指派他来照料我这张嘴的。这胖夫人可是济南芙蓉街一带的名人，他在芙蓉街开了家日式小菜馆，做一手地道的日本卓袱料理。啥叫卓袱料理？简单说就是围着一张桌子坐着，吃鱼片、寿司，喝清酒。他牛气得很，每天只做两桌，中午一桌，晚上一桌。那菜做的，真叫一个够味。想去芙蓉街胖夫人菜馆吃顿饭，得至少提前十天预订。我可以随去随吃，他给我在客厅里单独加一桌，这可是好大的面子。我得把这面子还给他侄子，你也得给他点面子。前几年我去济南给游击队弄药，在他叔的菜馆碰上了几个洑源公馆的日本人，他们过来盘问我，让胖夫人几句话就支开了。打那往后，去济南买药的人一时出不了城，大都会去他的小菜馆躲一躲。"说到这里，大哥加重了语气，"要知道胖夫人心里是很清楚这些药是干啥用的。"

"我说的提示，就是我大哥说的，那家餐馆的食客有洑源公馆的人。"何苇杭两颊又现出兴奋的红晕，"我觉得这里有道缝，甚至是我们唯一可以从洑源公馆得到情报的门径。然而往细里一琢磨，这道缝并没透出多少光亮。"

尚邺英张开双手，轻轻磕碰着十根手指的指尖。郭立刚紧张地盯着他的手，盼着他把双手扣起来往桌子上一捶，可那十根手指头还在不住地磕碰。郭立刚失望地低下头，咬住白天碰裂了的大拇指甲，试图把裂开的锐角啃掉。

"要害的问题是我们不知道，他掩护买药的行为究竟仅仅是因为跟你大哥的私交，还是出于民族义气。"尚邨英终于不再碰手指头，扣住双手抵住下巴。

"应当都有吧。"何苇杭说，"恐怕私人感情的成分更多一些。"

"那你不能去见他，不能！"

"你是不能去。"郭立刚附和道，"我先去给你探探路吧，弄清楚那位胖夫人的底细再说。"

何苇杭低头转动着那个淡蓝色搪瓷水杯。别看立刚在章丘境内到哪里都兜得转，真进了济南准会发蒙，怕是一上街就会被人家盯上。再说他肯定不知道如何跟胖夫人打交道，一旦把那位胖夫人惹毛了，就没有第二次机会了。

秋夜的风从墙角的缝隙里透进来，带入泠泠凉气。

尚邨英示意郭立刚把搭在椅子上的大衣给苇杭披上。他不自觉地瞥了一眼窗台上的酒瓶，子辉在的时候根本不用他操这份心。何一钳牺牲后，他一直心存愧疚，觉得如果早一步介入何苇杭和何一钳的"钓饵计划"，也许能够保住何一钳。这次苇杭又面临生死抉择。他见过胖夫人几次，也去他的菜馆吃过一次饭。听何如山说胖夫人的爷爷是有名的京戏票友，小时候的胖夫人长得眉清目秀，经常跟着爷爷出入剧院、堂会，迷恋上青衣角色，长大后就出不来了，声音做派都着了女人相，后来就干脆把自己当成了女人，在三教九流中混得很开，渐渐叫响了胖夫人的名头。这样一个背景斑驳不男不女的人，即便是跟何如山颇有交情，也实在难说会冒着杀头的危险帮助抗日武装。去济南做胖夫人的工作，这个任务可谓九死一生，哪怕出现万分之一的失误，她就回不来了。如果说明水城是狼窝的话，那济南就是名副其实的龙潭虎穴。再次让何如山放妹妹深入险境，实在是太强人所难，简直是不通情理。但一边是曾经不顾一切地爱过，并且一直爱着的恋人，一边是反"扫荡"关键一战，是三支部队的一万多战士，还能有别的选择吗？这是战争啊。看着对面握着杯子沉默不语的何苇杭，尚郮英再次看透了自己的内心，那里始终深藏着一座岩浆回旋奔突的火山。

何苇杭知道尚郮英心里的纠结，但危机迫在眉睫，她和他都别无选择。这次她已决定瞒着大哥。不再让他背负这么大的担忧，在等待中经历煎熬之痛。长痛不如短痛，如果真的回不来了，就索性让大哥撕心裂肺一次，也比让他跟妹妹做易水之别强。只是真要那样，可就苦了小祺了。她双手握紧杯子，摁住心里突然而至的刺痛，抬头接上两人的目光，仍然没说话。直接去找胖厨师，说服他陪着自己去找他叔，她心里实在没有把握。以她的观察，胖厨师是个胆小又自私的家伙。但愿还是大哥看人的眼光准。

2

何苇杭赶到济南时太阳已升起老高。

走出火车站，她抬头看看太阳，太阳又大又圆。巴洛克建筑风格的车站依旧优雅地矗立在阳光下，厚重、坚实又匀称协调。济南哪里像尚郮英说得那么可怕了。虽然德国建筑设计师作品下，站着忽搭着两个大耳朵帽子的日本兵，但在苇杭眼里，那不过是一些恶狠狠但是瞎的狼。她忽然被自己生造的句子逗乐了，牙齿在阳光下闪耀。目光落在旁边的胖厨师身上，好心情立刻消失了。一想到他那个扭捏作态男扮女装的叔，她就感到滑稽和不踏实，觉得自己像个义无反顾的肉包子，正在扔向一群饥饿的狗。她笑出声，这个比喻可不太恰当。郭立刚就好打这样的比方。要是夏侯在身边，又得逼着她"呸"一口。

"咱们现在走的是西花墙子街,街南口就到芙蓉街了。"

胖厨师晃着脑袋,一脸从小在这里长大的自得。十来岁就把这里跑得烂熟的何苇杭点着头,回应着他的得意。胖厨师一见她的笑容,话就更收不住:"我说,这芙蓉街一带可是藏龙卧虎捎带着鱼鳖虾蟹,哎——你这样的神情动作可不对,得收一收。"

"收什么收?"何苇杭不耐烦地斜一眼胖厨师。真是个话篓子,叨唠叨唠不住声不住气,一路上聒噪得她心里直拱火,好几次想踹他一脚,可眼下正用得着人家,踹是踹不得,脸上挂点颜色,让他歇歇这张嘴总是他该得的惩戒吧,我可是何家的大小姐呢,姑奶奶级别的,可这胖家伙这点账也不买,板起油光光的脸指点道:"瞧瞧,瞧瞧,咋还火了?收什么还用问呀,把眼神呀举止呀,都收进这身少奶奶衣裳里,尤其是对我的态度,得有个夫唱妇随的样子才行。假扮夫妻可是你说的。"

胖厨师扭头问跟在身后扮作仆人的小李:"你说对吧?"

"这话可不该问我这个下人。"浑身上下透着憨气的小李笑笑,"那就露馅了,老爷。"胖厨师扑哧笑了:"是呀是呀,本老爷这身份,是不应当不耻下问。"

何苇杭欣赏地冲小李笑笑。本来她是要带着江小慧和小胖来的,胖厨师说他叔不愿跟女人打交道,尤其不待见年轻的女孩子,这才挑选了个适合装扮成仆人的侦察员。

昨天晚上苇杭从后门悄悄溜进家,把喘气像拉风箱似的胖厨师从被窝里掏出来。本来想试试能否说服他,让他找个由头背着大哥领着她去见他叔。谁知这胖家伙一听就毛了:"不行不行。这明摆着是要把我们爷俩往火坑里推,这我不能干。"她把觉得能打动他的话都说尽了,他还是摇头。没办法,只好闯进大哥卧室。大哥撩起被子盖住裸露着半截身子的嫂子,穿上睡袍,趿拉着鞋走进客堂。苇杭直截了当地把话挑明,抹下他挑起的左眼眉。大哥看着她不说话。她也不说话,眼里渐渐湿润。大哥抽完一袋烟,长叹一声:"谁让你是政委呢。"匆匆写了封短信,说让厨师带上这封信,要不胖夫人是不会轻易见生人的。他对着信封吹口气,把折好的信笺放进去,摁上火漆封印交给苇杭,说:"胖夫人近乎崇拜地喜欢这种封缄方式,认为这是一种郑重交托的仪式。这胖夫人哪,许多人仅凭传言就说他妖异。其实他只异不妖,不过是异于常人罢了。若不是透彻他的性情,我是不会答应你去的。"

起程时胖厨师一点不好意思的表情也没有,说:"我的命是东家给的,我只听命于老爷一人。到我父亲这一辈,老兄弟仨就我这一个男孩。我叔就是为这个跟东家成了莫逆之交。"她问:"我大哥咋救过你一命?"他没作声。这么好说话的人能忍住不说,看来是确实不便让我这个外人知道,这家伙还是很有分寸的。原来还担心他进了城就会转腿肚子呢,没想到人胖胆子也不瘦,一路上碰到盘问的,不管是日本兵还是伪军,他都能应付自如。真得服大哥的气,他那双看人的眼睛贼准。

小李跟在两人身后心里暗暗觉得好笑,对这个嘴碎的胖厨师,政委可真够好脾气。不过他们这么喊喊喳喳地边走边聊,看起来倒挺像一对恩爱夫妻,就是年龄和相貌不是很般配,有点鲜花插在牛粪上的感觉。但在街上或闲或忙的人的眼里,这很正常。这年头鲜花大都奔着牛粪去了。

胖厨师终于不再叨叨,双手提起灰布长袍,一只脚小心地在湿漉漉的青石板上踏实,另一只脚才慢慢抬起来,不一会儿喘气就不匀和了。何苇杭噗地吐出口气,看着青石板缝里淙淙的泉水,芙蓉街到了。不断有酒足饭饱的人从两边的饭馆里出来,勾肩搭背地横进人流,本就不宽的街道忽然拥挤起来,长长短短的腿的影子斜向西北方向。小李紧走几步,跟在何苇杭身后。

南北不足一里地的短街走了不到一半,鞋子就差不多全湿了。何苇杭瞥一眼"卓袄小馆"的匾额,见胖厨师不时用胖腚抵住着急的人,还在高抬腿慢放脚地受长袍马褂的罪,就轻轻扯了他一把,小声说:"到了。"他头也不回:"跟着。"声音被喘息挤得短促又细软,语气颇不耐烦。待走过菜馆门脸,拐进向东的小胡同,站在路北一家小砖门楼子前,敲敲生满暗绿锈斑的铜门环,才说:"老爷让先到这家落落脚,一个年轻女人进了胖夫人的菜馆,会引起人家注意。""你咋不早说?""老爷没让我早说。"小李忍不住瞪了胖厨师一眼。何苇杭却笑了,这张能炒个盘子的胖嘴唇,可不只是品菜刁钻。

"谁呀?"未脱净章丘口音的女人声音。

"我,胖三。"

门里边传出卸下顶门杠、拉开门闩、摘去锁链的声响。一个俏净净的中年女人侧身让进大家。何苇杭把胖厨师拉到一边,将大哥的信塞给他,附在他耳边小声嘱咐几句,胖厨师点点头,又退了出去。她转身和女主人目光相碰,两人同时咦一声。女主人眉心那颗黑痣,闪电般照亮了苇杭一直模模糊糊的记忆,那条跟大哥去县城的山路,那两把花,那个接过山野花低头轻嗅的好看的大姐姐。

"你是苇杭小妹?"

"你是大姐姐!"

3

女主人噙着两朵被一声"大姐姐"叫出的泪花,带领何苇杭走出门洞。

小院不大,就北面一座四间砖瓦房,东西两侧各一溜风雨连廊,与北屋的前出厦廊台相接,院中间一个青石栏杆围起的泉池,喷涌的泉头像朵硕大的风中盛开的墨菊,池壁的暗影在水花周遭狭窄的空间荡来荡去。泉池边一个茶几、一把旧竹椅,茶几上一把拳头大的茶壶、一个比酒杯略大的茶杯,紫砂色泽暗沉。

居中两间房屋的布置一如城里中等人家的堂屋,由于兼作会客室和餐厅,家具摆设得有些拥塞。不同的是东墙靠窗户的拐角放了一张美人榻,榻上卧着一只肥猫,懒懒地睁开眼看了看何苇杭,张开嘴打了个深长的哈欠,弓弓腰把自己弄得更舒服些,发出痰喘一样疙疙瘩瘩的呼吸。

"猫也打呼噜?"何苇杭很是惊讶。

"它老了。"大姐姐说,淡淡地一笑,"像我一样,不知不觉地,就老了。"

何苇杭感到喉咙有点发堵,这拥塞的堂屋瞬间空荡荡得像不着一物,只剩下看不见的光阴,在无着无落的虚空间盘桓。

她瞥一眼条几上小巧的西洋座钟,胖厨师才去了不足半小时。尽管明白他要是很快就回来反而不好,可心里还是悬吊着。

小李再次经过窗口,何苇杭伸手摆住,示意他不要来回晃。

大姐姐的目光始终追着苇杭每一个细微的表情和动作,眼神里满是掩饰不住的亲切:"苇杭,沉住气。不管啥事,有你大哥的信,胖夫人肯定会办好。"

"你咋知道我大哥写了信？"

大姐姐摸起身边即将收针的浅驼色羊毛坎肩，勾下头将毛线往小指上缠绕了几圈，双手灵动地穿针勾线。那只肥猫蹒跚地摇晃过来，趴在她的腿上。大姐姐的脖颈刺痛了苇杭的眼睛，细长的脖子白得毫无杂质，被低垂的花白脑袋拉扯出几道松弛的褶皱，腐蚀了曾经的圆润。这是一段经不起触碰的幽居岁月，任何不经意的言语举止，对大姐姐来说都会成为伤害。这话问得唐突了。浅驼色是大哥喜爱的颜色，只是从没见他穿过这种颜色的手工毛坎肩。她又看了眼座钟。

"胖夫人这会儿一定是在点上香琢磨，不把事情想透彻，他是不会让你过去的。"大姐姐放下毛坎肩，拍拍肥猫的脑袋，说，"我说说跟你大哥的事吧。"

肥猫朝何苇杭翻翻白眼，极不情愿地爬到地上，又摇晃回美人榻。

苇杭跟着她走进西侧卧室，一缕香火味随着开门的风萦绕起来，她微微抽动几下鼻翼，香气淡淡的，比寺庙里的清幽，来自床边小书架上的一尊小观音瓷像，脚下的香笼里正有细微的烟气逸出。书架的东侧墙角竖着一个衣架，挂着件大哥在济南时常穿的浅驼色长袍，背上的折痕还在，看得出是件还没过水的手工制作。大姐姐取下长袍轻轻抖了抖又挂上："这还是刚住进这座小院时做的，那年我二十三岁，刚立夏不久。你大哥试了试就不想脱下来了，我硬让他脱下，除了他来这里看看我时披一会儿，就一直挂在这里。"她又取下长袍，迎着窗口的光展开，"你看，布料都麻纤得透光了。"苇杭抚摸着松弛裸露的棉线，鼻腔一阵酸楚。大姐姐没留意她的神色,坐在床沿上,一条腿盘屈在床上一条腿耷拉到床下。苇杭在屋里唯一一把旧竹椅上坐下。"做了这件长袍,我就开始织毛衣,织了拆拆了织,一不留神就五十岁了。如山是个有家室的人,我不能让他身上有一点我的东西。夫人可是个好人呢。"

竹椅子吱吱悠悠,苇杭的脊背凉涔涔发紧。在这座风声和水声交集的院子里,一个人,守着日出日落,将一地寂寥和说不清的心绪织成结又拆解开,拆解开又织成结,从二十三岁织到五十岁,头发都织白了,却从不让心爱的男人穿上自己编织的毛坎肩回家。

"小妹呀,别这样看我。我挺知足的,要不是你哥把我接出来,也许我早就成了绣惠老镇街头的疯女人。你刚进院子时叫我声大姐姐,看见我眼里有泪,就一直为我难过,其实那是我心里高兴。你们兄妹可真像。"

接下来大姐姐的话就有些凌乱了。苇杭按捺住焦虑,听完大姐姐和大哥的一段情史。他俩是在苇杭姑姑家认识的,至于怎么就互生爱意了,大姐姐语焉不详,只说他们的关系得到了姑姑的暗中支持。苇杭小时候模糊记忆里的缺失,至此大致勾连起来,那次跟着大哥走姑姑家,大哥特意从长岭山上采了两把野花,给她的是顺便,给大姐姐的才是心意。那天父亲应该是知道了大哥和大姐姐的事情,才会罚他在院子里站了半宿。大姐姐的父亲是个私塾先生,她从小跟着读了不少诗文,言谈举止也浸染了不少文气,认识大哥时,新学堂已经兴起,她父亲落得穷困潦倒。苇杭的父亲自然不会答应这样一桩门第悬殊的亲事,更何况还是私定终身呢,当年就给大哥把嫂子娶回家。结婚前大哥曾让姑姑约大姐姐见一面,当面向她道歉,作为何家的长子,他违拗不了父亲的意志。姑姑说大姐姐的父亲也已经将她许配了人家,你们都是要结婚的人了,再见面不合适，她可以把话传给大姐姐。等到有了第一个孩子，大哥才从姑姑那里得知大姐姐一直没出嫁，人也变得有些恍恍惚惚。大哥跟嫂子实话实说，背着父亲把已经是孤女的大姐姐接到这个小院。被父亲赶回老家之前，大哥时常来这里。大姐姐说两人在一起的时候，总是她的话多，大哥话少。偶尔嫂子也会陪大哥一块儿来，总是嫂子话多，她的话少，大哥不说话。苇杭由此推断，大哥将大姐姐接到济南来，应该是为了给当年的青春孟浪还债，道义多于情感，所以嫂子才会那么大度。

苇杭忽然觉得时间又过去了很久，起身出门瞅一眼小座钟，时间才过了不到二十分钟，心里稍稍安稳了些，不好意思地回头向大姐姐笑笑，床头那个孤寂地飘零在浅色床单上的枕头，又让她胸口一堵。大姐姐抱住她肩头："看你，又替我难过。我说知足是心里话，本来我在老家都打好出家的谱了，如山把我接到济南，还安置得这么好，我就当是居家修行了，不觉得孤单，也不觉得日子难熬，清清净净的，真的挺好。"

"胖夫人究竟是个啥样的人？"

"咋说呢？"大姐姐习惯地摸起毛坎肩，往小指上绕了圈毛线又放下，想了想说，"我轻易不出院门，他除了你大哥单独过来时偶尔来坐坐，平时轻易不进院门。他的事都是听你大哥零零碎碎说的。你大哥说他是女儿心肠男人骨血。如山跟他交往，是因为嘴馋、因为好听京戏吧，这是我瞎猜的，要不以如山的脾气，咋能瞧得上一个娘儿们似的胖男人。听他菜馆里的伙计说，胖夫人道上的朋友挺多，这条街上的商家都靠他给罩着。日本人用得着他那些朋友，也得给他个面子。他们说，你大哥救过他侄子一命。这事我问过你大哥，他不想说，我也就没再问。胖夫人的伙计告诉我，他兄弟仨就这么一个男孩，所以小名叫胖三。胖夫人因为没娶妻生子，觉得对不起祖上，对这个侄子很亲，跟命根子似的。你就放心吧，如山托他办的事落不了空的。"

苇杭心里反而更不踏实了，看来邨英的担心是有道理的，胖夫人的背景太过复杂。他那些黑道朋友能为日本人所用，那他呢？要知道性情这东西是最靠不住的，生死关头瞬间就会变形。

大姐姐又开始编织毛坎肩，肥猫瞄一眼何苇杭，犹豫着过来，趴在主人腿上。

如山离开济南前，把她托付给胖夫人。胖夫人摇着白白胖胖指节凹下豆窝的手，说："这话你这当小弟的就不用说，放心吧，保证如夫人她连根汗毛也不会受损，饮食起居更不须她操半点心。"如山起身施礼，胖夫人也起身双手在腹胯间摇了摇，"今后你在济南但凡有事，只需一张信笺，我自会尽心竭力。"这就是她知道如山肯定有信带给胖夫人的原因，她没有告诉苇杭，不知道为啥，就是不想说。

院门的铜环吧嗒吧嗒叩了两下。不是三根手指捏着是拍不出这个动静的，她把肥猫放在地上。

"胖夫人来了。"

4

一袭介于戏装和家常衣着的青素长裙，外罩一件米色坎肩，左手抚于腹胯，右手轻摇兰花，胖夫人就这样步态娴静地走过来，微微一笑，眼神温婉而又清泠透彻地一凝，隐含在妩媚后面的凛然直抵苇杭内心，让她不由怦然一动。只这一个照面，瞬间就颠覆了想象过多少遍的那个不男不女的形象,这哪里是一个扭捏作态的胖男人,分明是在世间磨炼和舞台濡染中养出包浆的、风雅而通透的丰腴女子。

"果然有令兄之风。"落座后胖夫人双手兰花轻轻一凑一举,颔首赞道。苇杭起身答谢问候,刚说:"这次的事,家兄……"就被胖夫人立掌打住:"我跟如山之间从不客套,也请小妹不必多说。"苇杭略觉尴尬,旋即被他脸上温和的笑容化解。

"听听我这兄弟咋说的,"胖夫人从长坎肩里面取出何如山那张信笺,中指弹了几弹,念道,"弟之所托乃出于家国大义,若属私情断不会让夫人冒此大险,也不会叫小妹身涉险境。内奸不除,长岭山万余抗日战士和六十多个村庄的父老乡亲都会付出惨重代价。深知夫人性情,弟自无须多言。"读罢,他轻抬右手做了个没有水袖的小抖袖动作,悠悠长叹一声:"知我者,如山也。"细长的眼睛里霎时水波流转,顾盼间隐含着无尽的柔媚和丝丝幽怨。苇杭脑子里响起悠长明亮、委婉缠绵、回环往复的京胡伴奏,鼓板声如小鹿踏碎石,时急时缓地穿插其间,胖夫人咿咿呀呀的一腔心事,随着舒卷自如的水袖百转千回,云水般抛向旁边若有所思的大哥,哦然沉吟余音袅袅兰花如雪……忽然当的一声,胖夫人将茶杯放在桌上:"你大哥呀,他的率性从不为世俗所羁绊,可他的义气和硬气又总是收着掖着,藏在儒雅的长衫下的,这才可以当得起男人这两个字。只可惜……"只可惜什么,胖夫人抿嘴含住了,眼角露出一抹潮湿。

"在我认识的我大哥的几位好友中,您是他的知音。"苇杭一直惴惴在心里的疑虑忽然就平复了,不觉向胖夫人嫣然一笑。

"这话我爱听。"胖夫人眼波里闪过一丝羞涩,撩手指指窗户,让苇杭将仆人叫了进来，仔细打量他一番，说，"进门时一打眼我就知道这是个练家子。今晚的局怕是很难以文戏收场，道上的人是靠不住的，他们的人只能做些外围的活，我身边需要一个短打武生，等会儿让他跟我回菜馆，叫我侄子在这里陪你。"苇杭点头："一切听您的。"

胖夫人把信递给苇杭："替我收好。"苇杭一怔接过信，犹疑了一下，从条几上摸过洋火点着。胖夫人哎哟一声站起，又慢慢坐下，盯了她一眼，"你可给我记住了，菜馆你是万不可去的。""听您的。"苇杭再次点头。"那边一得手，我就叫仆人回来，你们立马从后墙走人，外边有人接应。菜馆那边要是不顺手，到八点他还不回来，你们也要准时走。菜馆和这里，洑源公馆都一直在监视，稍一拖拉就难以脱身了。"胖夫人盈盈一个盘腕，沉吟片刻，说，"你们也不必太担心，客人已经答应了我今晚的邀请，他有把柄在我手里。好了，我得赶紧过去。"他右臂往上一扬，顺势站起，念道："走了。"脚步摇摇曳曳，径直走出堂屋。

小李看看何苇杭，跟了出去。

苇杭没有跟随相送，她从一声绵长如缕的吟哦中，听出了冰雪般晶莹的决绝。

"等天黑后，你把我送到卓袱小馆。"

"啥？"胖厨师撑开眼缝，"你可是刚说了一切听我叔的。"

"别啰唆，从特务嘴里掏东西我有经验。坐在这里让夫人孤身涉险，我还来干啥。"

胖厨师脖子涨得通红："我……"

苇杭赶紧安抚："对不起，我知道你是为我好。送下我你就回来，想清楚撤离路线。这次行动你是功臣。"

胖厨师不好意思了，揉搓着脖颈"嘿"了声："这话说得，好像我要让谁支付人情似的。"

大姐姐暗暗盯着苇杭看了会儿，拉住她的手，说："跟我去换身衣裳，你这身在济南早就不时兴了。"她拉开卧室的衣橱，"这些都是你大哥在民国二十七年阴历七月初八，七夕节的第二天，来济南买药时给我置办的，他眼光年轻，我也没穿过，整天待在家里，穿这么好的衣裳给谁看呢？打那儿他也没再来过，日头长的时候，真想见见他。"

苇杭知道她不需要回应，就挑了身素淡些的换上，别说还挺合身。大哥还真是够操心的。大姐姐前前后后给她整理了一番，叹口气："你们兄妹都一样的脾气。我看出来了，你比你大哥又多了一股犟劲，想干的事怕是谁也拦不住。"

天黑后苇杭在胖厨师一再劝阻下，耐着性子等到快七点半，胖厨师才把她领进菜馆通往胡同的便门，指指假山旁边的餐厅就弯腰跑了出去。看来这个满嘴牛气哄哄的胖子是真怕他叔。

苇杭刚迈上餐厅台阶，正门门口就传来一阵吵嚷，两个被门卫追赶的小伙计慌慌张张地跑过来。从餐厅急匆匆出来的小李跃下台阶，截住跑向便门的俩小伙计，一手抓住一个交给门卫。门卫把他俩推进餐厅，喊道："掌柜的，小马哥说有一队日本宪兵往芙蓉街这边来了。这俩家伙想从便门出去，碰到您侄子又踅往大门，我看他们神色不对，还以为又要偷偷溜出去赌博，刚一拦截，他们扭头又往便门跑，八成是他们把鬼子引来的。"

胖夫人坐着没动，摆手让他沉住气，去街口把把风。然后优雅地拍拍手，对应声进来的二掌柜吩咐道："把这俩东西先绑到酒

307

窖里。告诉大家该干吗干吗。"他不满地看一眼苇杭，瞪一眼小李，"还不快走。"小李悄声对苇杭说："得手了，咱们走。"

苇杭站着不动。

胖夫人招手把二掌柜叫到身边耳语了几句，又说："凡是见过这两位的，"他指指苇杭和小李，"都打发出去办事，告诉他们不准说今晚上来过生人。找人去替换那个门卫，让他也躲出去。"

"咱们一块儿走。"苇杭伸手去拉胖夫人。胖夫人拧身躲开："那队宪兵要是冲着这里来的，发现我不在，必定会调兵对附近大肆搜查，那就谁也走不了。"

"那就让小李留在你身边。"

胖夫人急了，霍地站起来："这里多一个生人就多一份麻烦。亏你还是带兵的，这是济南，你留下一百个人也没用。"他狠狠推了小李一把，"快走！"

俩人刚走出便门，就听到大门那边涌进沉重的皮靴声。

小院门无声拉开，大姐姐先迎上来："快走，芙蓉街那边的胡同口站上黑狗子了。"说着闪身出门，苇杭发现她穿着自己的衣裳，急忙伸手拉门，门外已咔嗒落锁。芙蓉街那边传来纷沓的脚步声，接着是杂乱的喊叫声："谁？站住！"胖厨师拽着苇杭往后墙跑。苇杭和小李跳下墙头，胖厨师还趴在墙头上犹豫，砸锁踹门声砰砰响起，他朝何苇杭挥挥手，抛下一个鼓囊囊的大信封："我叔让交给东家的。快走，我得回去收拾一下。"没等苇杭反应过来，就顺梯子溜回小院，嗨嗨吆吆爬起来，将梯子藏进院墙和屋后墙之间的夹壁，嘟念着："豁出命换来的东西，说啥也得让大小姐带回去。东家，今晚我把这条命还给你了。"他摸起块甜瓜大小的煤块，不慌不忙地拉着门闩，骂道："急他娘的个啥劲，又不是来接新媳妇，老子没有红包给你们这帮龟孙。"

门哗啦被推开,他猛地举起煤块:"炸弹!"枪弹争先恐后撞进他胸膛。

枪声响起之前,宪兵小队长已叉开双腿,隔着桌子站在胖夫人面前:"夫人,今晚的酒可给我留了一壶?"小队长的汉语纯正流利,眼角的笑意像是遇上了久别重逢的故人。胖夫人微微颔首,慢慢站起来,浑身轻松长袖垂落:"今晚喝的是中国的烈酒,怕是不太合阁下胃口。"语音间带着点青衣韵白,眼波里流动着一丝不经意的妩媚。"那就请夫人跟我去洙源公馆,"小队长敛起笑容,"我请你喝一壶日本大关清酒。"胖夫人左脚悄悄往外一撇,右脚暗暗蓄力,笑道:"多谢阁下了,确实是好酒,可惜我这身子骨怕是消受不了你那里的刑具呀。"突然一个侧旋身,衣袂飘飘长袖流云,手中匕首借势一挥,血花如雨缤纷洒落……

5

太阳正一顿一顿地坠向西山。何苇杭坐在卧牛山山顶,望着家里灰色屋脊上飘动的炊烟。

昨天晚上脱离险境后,她让小李抓紧去车站买到普集站的车票,上山直接抓捕警卫队副队长袁勇。然后就坐上黄包车返往芙蓉街。刚进西花墙子街口就被往回跑的人流堵住,黄包车夫一听戒严,撂下她就掉转车头,连钱也没要。她拉住一个商人模样的问:"出啥事了?"那人倒不怎么惊慌,说卓袱小馆门口站满了宪兵,警备队正押着伙计们往外拖尸体。胖夫人和他侄子,还有一个女人,都死了。听人说那女的被好几把刺刀从后背捅穿到前胸。苇杭想起大姐姐让自己换衣裳时的眼神，原来那时她就拿定了主意，她想干的事是悄无声息地埋在心里的。这一行啊，胖夫人死了，胖厨师死了，大姐姐也死了。他们拿命换回来的情报，挽回了多少战士和老百姓的牺牲，是难以估计的。长岭山三支队伍反"扫荡"计划，包括利用亓副官诱敌上钩的谋略，哪一项也瞒不过袁勇这个警卫队副队长。要不是抢先一步抓捕他，敌人就会利用我们的计划，反过来牵着我们走。想想都让人浑身冷汗。

太阳又一顿就挨住了山头。咋跟大哥说呢？我这个被他们舍命掩护的，连他们咋死的都不清楚。青衣如梦，胖夫人是他精神世界里一个旖旎的梦，照顾好胖厨师是他回报胖夫人难以着落的一片缱绻、一腔幽怨的唯一依托，现在梦碎了，抚慰内心歉疚的依托也碎了。还有大姐姐，那个为一份初恋空寂一生的人，也走了。他何以承受？

太阳终究还是落在了山后面。"政委，天黑了。"小慧和小胖拉起何苇杭，小李和几个战士也都站起来。

大哥拆开胖夫人的信封，一张一张地翻看那些他写的信笺。此刻这可都是二人交往过程中，一些刀子一样锋利的往事。大哥脸色平静得让苇杭心疼。信笺摊了一桌子。他拈起唯一一页淡粉色的，推到妹妹面前。

"如山吾弟，把这些信捎给你，你将我写给你的那些一并保存吧，作为咱们姐弟二人十多年交往的一个念想。完成你之所托，我已抱定必死之心，弟不必难过。我这一生大都耗于玩乐了，想来每每惭愧不已。近年在异族淫威下苟延残喘已是生不如死，夜深人静之时，戏曲里那些忠肝义胆的唱腔常折磨得我难以入眠，临了为长岭山的抗日队伍和弟之父老乡亲洒了这腔血,我这一生就值了。谢谢你,我的弟弟。就此别过,如有来生,我愿以女儿身出现在弟之面前。祈请保重。"

"我知道会有危险的。"大哥一直绷紧的力道忽然坍塌,双手抱头瘫在椅背上,胸膛里呼呼啦啦痰喘,泪流满面哽咽失声。

苇杭抱住哥哥胳臂,脑子里一片空虚。"走——了——"胖夫人那句"程腔"韵味十足的念白乍然响起。一摇三曳的袅袅遗韵里,一只猫蹒跚的影子被院子里突然亮起的灯光映在窗户上。是大姐姐那只肥猫吗?

6

当晚苇杭住在了家里。

大哥睡下后,她让小胖帮着把小祺从杨嫂屋里连被子一块儿抱过来,看着睡得小猪一样的孩子,泪水忽然就不受控制地溢满眼眶。老何下葬时她在灵前许诺一定照顾好孩子。又好长时间没有陪儿子睡觉,他早该心疼了。

院子里安静下来。她挨着儿子躺下,轻轻亲吻他汗津津的脸蛋,鼻翼里吸进一丝何一钳的味道。四肢忽然沉得一动也不想动,脑子里却起起伏伏一片纷乱。去济南之前,尚郲英郑重地向她求婚,说:"苇杭呀,让我代替一钳做孩子的爸爸吧。"她低头想了想,说:"面临这场反扫荡,生死未卜,打完这一仗以后吧,如果咱们都活着,我会给你个答复。"他点点头说:"好。我得现在就把这话说出来,要不到了地下也会憋得慌。"苇杭心里被戳了一下,她承认他会是个合格的丈夫,但又总感到他们之间还是隔了点什么。在她心里合格不是她爱的标准，当年他站在街头的桌子上演讲，被风吹起的藏蓝长衫、米黄围巾才是标准。只是那个场景已经非常遥远了，遥远得捕捉不住。

窗外起风了，树上的皂角已经没了多少水分，擦碰得唰啦唰啦响个不停。

大雨如注，火光闪闪。炮弹一发接一发在山坡上炸开。尚郓英从弹坑里跳出来，呼喊着"活着，咱们都还活着"，拼命跑向何苇杭，脚下踏起的水花黏稠晶亮，像阳光下溅开的乳汁。硝烟弥漫。他被爆炸的热浪抛向天空，米黄围巾卷进硝烟，长衫撕裂开，像一对藏蓝翅膀，她奔跑着伸开双臂去接他。院门轰然倒下，十几个日本宪兵端着刺刀逼向何苇杭，胖夫人碎步从她身后绕出，旋转着迎向刺刀，青素长裙舞成一片荷叶，一朵朵鲜艳的红莲在旋舞中绽开，鼓板急促，莲瓣飘落，兰花指伸展如箭。

中院一阵吵嚷，苇杭跑过去，嫂子正吩咐管家去请医生，她瞥一眼小姑子，眼神里明显带着埋怨。这是第一次，年轻的嫂子用这样的眼色看她。不怨嫂子，哪次回家不给大哥带来麻烦呢？

大哥烧得像块火炭，打针服药后沉沉睡去。

今晚在家里，思维暂时从战争中解脱出来，我感到深深愧疚。为大哥，一次又一次，他为长岭山抗战做出了无数不能为外人知道的牺牲；更为胖夫人，她的牺牲让我百感交集——从现在起，胖夫人在我心中就是一位为民族大义从容赴死的美丽女性了，将来在她坟前祭奠时，我会叫她大姐——在大姐姐的小院里，我虽然多次被胖夫人感动，但这感动是来自意想不到，并非源于内心的理解，在骨子里我压根就没将她的设宴诱敌和民族大义联系在一起。那么那些没有亲临其境，没有读到她最后那封信的人呢？会不会也像我一样心存偏见甚至不屑？胖夫人和胖厨师、大姐姐的牺牲，使我再次见证了尚邺英所说的那股隐匿于民间的绵长而浩大的力量。邺英让小慧告诉我，已经审讯了袁勇，他计划让袁勇充当第二个"枭"，让他们送出的情报相互验证，叫鬼子更踏实地上钩。还对小慧说："咱们的政委是长岭山当之无愧的女英雄，为反扫荡立了首功。"我羞愧得脊梁冒汗。如果不是我去济南找胖夫人，他们三人还会活在各自的角落里，直至终老。真正的英雄是他们。邺英的话让我担心，抗战胜利后胖夫人他们的牺牲，还有那些市井陋巷、穷乡僻壤里形色各异的个体抗争，将来会不会因其斑驳混沌而湮没不彰，甚或被武装抗战的宏大主流所淹没，永远不再被人提起呢？我们正在长岭山坚持的可是一场地地道道的全民抗战哪。

天亮前我去看望大哥，他已经退烧，推开嫂子喂他蛋羹的手，倚在床头上看着我，目光缥缈柔软像丝绸，里面有父亲的模样，或许是因为那头白发，昨天晚上还是花白的。我坐在他身边，他伸手放在我头上摩挲几下。我知道他是在安慰我。

苇杭合上日记本。去济南那天她就把日记本捆起来都带回家，放在小书橱里。如果回不来，或者死在即将开始的恶战中，大哥会帮她收好的。

第二十二章

1

一颗迫击炮弹吊射在山谷底部，轰的一声炸开。接着又是一颗，又是一颗。

终于来了。水库上方岩洞指挥部里的紧张空气噗地吐出洞口。尚邨英等人紧绷的脸色舒展开来，那神情不像是扫荡的鬼子杀到了山下，倒好像盼望已久的客人敲响了大门。

侦察小队传来报告，山下的日伪军在三支部队的营地前同时展开了攻击队形。紧接着独立旅和独立大队的营地也先后落下了迫击炮弹。大家互相看看，指挥部里的气氛骤然紧张。莫非袁勇被抓捕之前已经被涑源公馆唤醒？还是敌人在火力试探"情报"的真伪？卢毓奎和常参谋长命令各自营地留守的队伍立即后撤，继续保持警戒状态。

从洞前望下去，游击队正在水库两边的山上调动兵力，山下没有任何动静。

炮弹突然亮闪闪地尖啸着从太阳边上密集地飞下来。山谷和两侧的山坡蹿起一丛丛黑烟，刺眼的太阳瞬间变成一片苍黄颤抖的薄纸。尼姑庵残存的屋顶全部飞了起来，几个屋脊兽头滚出老远。山下响起急骤的枪声和呐喊声。

常参谋长带领爆破队冲进山谷，跟着逐渐向山下移动的爆炸烟尘，动作麻利地埋炸药包、布地雷。一筐筐地雷、炸药包源源不断地送进山谷。

郭立刚指着常参谋长的背影说："不服不行。到底是在东北跟日军周旋了多年，反围剿经验丰富。要是按我说的，把炸弹事先埋好，这一阵炮击就露馅了。现在埋上，被弹坑一遮掩，就等着鬼子来送命了。"

他看看夏侯雪，说："梁大队长早就说过，要给鬼子摆一个雷火阵，现在，终于等到雷公登场了。"

"只可惜，打头阵的都是伪军。"佟参谋长举着望远镜往山下看，嘀咕了声，"树太密了。"大步跑向山头，爬上一堵残破石堡的断墙，掩身在几棵小松树后仔细观察了会儿，连跳带跑地冲下山头，神色紧张地说："还是看不到，不过根据刚才一个批次的炮击量，我粗略地估计了一下敌人的步兵炮数目，这次参战的鬼子兵不止两个中队，足有一个联队的规模。"

卢毓奎不满地瞪他一眼："哪来的一个联队！有这么多炮，也不一定就有那么多步兵。反正这个节骨眼上，鬼子很难从外地调来援军，慌啥？再说，开饭店还怕人多？一只羊是放，一群羊也是放，来的都管饱肚子。"

"看来，敌人也或许会从临县调集部队，他们想毕其功于一役。还是谨慎点好。"尚郓英对卢毓奎说，"起码章丘日军是倾巢出动了。"

"你是说，抄一下他们的后路，让鬼子有覆巢之虞？好！"卢毓奎伸出手指点点脑袋,"夏侯大队长,你我各抽出部分预备兵力,等这里与敌人短兵相接,突袭一下县城,迫使鬼子抽兵回援。"

枪声响到山谷的中段突然停了。

尚郫英"咦"了一声:"咋停下了?通信员,令阻敌的三中队迅速脱离接触。立刚,让两个小队的战士往后面的山顶上跑,做出后撤山北路口的姿态。你亲自带领一个小队,带上掷弹筒,迂回到敌人的炮兵阵地,等这里爆炸声响起,趁机摧毁狗日的大炮。"

炮弹呼啸着掠过指挥部上空,落在冲向后面山上的战士中间。山谷里,枪声又爆豆般地响起,蝗虫般的鬼子兵嗷嗷叫着冲了上来。常参谋长拍着巴掌大叫:"鬼子,鬼子兵进入雷火阵了。"

夏侯雪碰碰何苇杭的肩膀:"两边部队按兵不动,给小鬼子壮了胆。"

何苇杭点点头:"他们急于咬住游击队,想把我们一口吞下。"

鬼子的尖兵突上了山谷前的平地。他们还没看清前边的地形,就感到脚下卷起一股强劲的热风,四肢舞动着飞了出去。整个山谷就像点燃了的炸药库,爆炸声不分点地响成一团,石块、泥土、硝烟裹挟着鬼子兵的钢盔和断臂残肢,翻滚着腾空而起,呼啸的气浪冲击得两边山坡上的树木剧烈起伏摇晃。

硝烟散开,山谷里横七竖八地倒着鬼子的尸体和伤兵,其余的一阵慌乱后,哇哇叫着迅速形成战斗队形,在增援部队的掩护下且战且退,撤了回去。

郭立刚喊叫着跑进山洞:"鬼子的大炮阵地被我们炸翻了。何师傅他们造的掷弹筒真来劲,一炸就是一片。"一把撸下帽子,狠狠地拍打着身上的泥土,"不过,冲上去的战士,一个也没回来。我们打掩护的也差点被困住。他娘的,小鬼子发起疯来真够厉害。"

"鬼子的战斗力真没啥说，个顶个能打。"常参谋长说，"可这次他们的亏吃大了。两个中队的鬼子，撤回去的也就一少半。只可惜，梁大队长没能亲眼看到他构想的雷火阵大显神威。"

常参谋长突然问卢毓奎："鬼子会不会不敢再从山谷进攻了？"

卢毓奎摇摇头："不会。他们会断定游击队的雷火阵，只不过是掩护撤退的土八路战法。你看，咱们的小诸葛又给鬼子下钓饵了。"

常参谋长顺他手指看去，水库北边的山坡上，正有大批游击队战士奔向山顶。他回身望向山下，说："我心里还是不踏实。咱们应该在各自防线上亮亮兵，让鬼子知道，我们可以按兵不动，但决不允许他们踏进我们的防区，在我们眼皮底下攻击游击队。要不这戏就演过了。"

"好！"两人刚安排下去，山下就又响起枪声。

这次，鬼子采取日伪军混合编队，由伪军打头，小心翼翼地搜索前进。行至半程，他们也没遇到像样的抵抗，只见游击队战士一批批地翻向山后，这才发出呐喊，狂奔着向山上扑来。

埋伏在树林灌木深处的独立旅和独立大队主力呐喊着扑向山谷两侧，游击队战士也反身冲杀下来，呼啸声、枪弹声震荡山谷，冲在前面的日伪军瞬间扑倒一片，后面的迅速后撤。

战场突然寂静。

卢毓奎摘下白手套在腿上拍打几下："这回，狗日的们也尝到了被扫荡的滋味。"

话音没落，鹁鸽崖上腾起黑色烟柱，山寨东侧枪声大作。紧接着独立旅营地也响起枪炮声。山谷里撤回去的鬼子又哇哇吼叫着扑了回来。

鬼子还是留了后手。尚邺英冲卢毓奎和夏侯雪喊道："你们杀回去，打破他们的反包围。这里交给游击队。"两支部队迅速脱离阵地，杀回各自营地。战场态势陡然逆转。一群群鬼子兵胁迫着伪军，不顾死活地向谷顶和两侧山梁发起轮番冲击，扼守谷口的战士成批倒下。预备队已经全部投入战斗，还是堵不住两支部队留下的空缺，两侧山梁很快被撕开若干口子，大批伪军穿插到山梁后面，两侧山梁上的战士被迫两面作战，山谷里的鬼子兵乘机突破了谷口阵地。郭立刚率预备队重新封住谷口。

两边的伪军包抄过来，鬼子再次发起冲锋。

尚邺英夺过江小慧的冲锋枪："你和小胖守住政委。警卫队跟我下去！"何苇杭一把薅住他："我去！""我去！"卢毓奎拉住他俩，对尚邺英说，"这里不能没有主心骨。你盯在这里。"

水库下边枪声乱作一团。夏侯雪率队杀了回来。西边的独立旅也冲进战场。三支部队和日伪军互相分割包抄，分成无数战团，混战在了一起。

尚邺英、卢毓奎观察着下边几种服装搅在一起厮杀的乱局。何苇杭拍拍夏侯雪肩膀："这样打下去不行。拼刺刀，我们的战士可不是鬼子的对手。"

夏侯雪喊过周队长："你带特别小队下去，用手枪、毒镖、匕首，专门对付鬼子军官，摁住他们的气焰。"

周队长点头："看我们的吧！"率领特别小队旋风般冲下山去。

何苇杭喊一声："女兵小队跟上。"

江小慧向女兵们一招手就往山下冲，被夏侯雪一把拉住："你们要留在指挥部。"

卢毓奎点点头："也好。山下乱成了一团，咱们已是首尾不能相顾，特别小队这一去，这里只有不到两个小队的兵力，确实太单薄了。"

何苇杭指指山谷另一侧:"江小慧,你们短促出击一下,马上返回。"

2

太阳慢慢向西边下滑,风顺着山谷吹上来一团团硝烟。在山谷两侧一阵紧似一阵的枪声喊杀声中,指挥部周围安静得令人不安。尚邨英拍打着身上的尘土,叹道:"这仗打的,指挥部没事干了!"

突然,大柏树上的哨兵喊道:"山上有人。"

大家都哗地拨开枪栓,紧张地注视着山顶。

"是老百姓。"树上的战士又喊,"都带着枪,是长岭村的民兵队长。"

大家都松了口气。民兵队长得意得满脸通红,对何苇杭说:"我把这一片战场以外村里的年轻人都敛够了起来,可是家伙不够呀,多亏你大哥串联了几个村的大户,把他们看家护院的家丁和能搂火的家什都动员了出来,看,连我一共三十六人,手里都有枪。"

"太好了!"尚邨英拉住民兵队长的手连声感谢,"刚才大家还说,这里快唱空城计了。"他问卢毓奎:"把大家编入两个小队吧。"

"好。"卢毓奎对郭立刚说,"你来安排。"然后对民兵队长说:"感谢了。你派个人回去告诉何老爷子,要是有可能,拜托他抓紧去请几个能拿起手术刀的医生,送到山后的临时医院,我们的卫生员太少。""何东家都安排好了,还派人去周村请了专治枪伤的一把刀父子。大家也敛够了不少能清理伤口上药的,连何政委的侄媳妇都上来了。噢,尚大队长,何东家让你约束住她妹妹。"何苇杭轻松一笑："子弹不好意思往我身上飞。"

卢毓奎看着身上打满补丁的民兵，捏捏尚郸英肩膀："我是越来越佩服你们游击队了。什么人都能动员出来。""咱们三支部队打的都是老百姓的仗呀。"尚郸英抬头看一眼太阳，指着县城方向说，"也该打响了啊。"

民兵连长又想起件事："何东家听管家说，在这边枪声响成一锅粥的时候，一小队鬼子在山下的村里抓向导。"尚郸英眉头一皱，立即安排警卫队长在指挥部外围布哨巡逻，招呼大家进洞。卢毓奎站在洞口，对郭立刚说："还是得再调上一个小队。"

旁边树丛里一阵石头滚动的声音，卢毓奎的警卫员扑到他身边，举枪甩出一梭子子弹，被一排横扫过来的子弹打倒，郭立刚一膀子撞倒卢毓奎，双枪同时开火。夏侯雪一步跃出，啪啪一阵连射。树丛里没了动静，几个战士冲过去，拖出几条三八大盖。东边山梁上的旧石堡遗迹里扫下一阵机枪子弹，在岩洞上面击起一片尘土。战士们迅速冲进掩体还击。

卢毓奎抱着郭立刚喊叫："兄弟，立刚兄弟！"郭立刚脖子上翻开的伤口里不断冒着血泡。他用力睁开眼睛，寻找到何苇杭，抬手指指上衣口袋，嘴唇一张一合不住翕动，伤口的血泡汩汩地涌成一堆，嗓子里呼呼啦啦地说不出话。他眉毛立起来，拨拉开卫生员的手，用力捂住伤口，终于发出了含糊的声音："我，茜茹……这是娘的……"身体松弛在卢毓奎的怀里。

尚郸英把手放在他鼻子上，摇摇头，把他的眼皮轻轻抹下。何苇杭从他的上衣口袋里掏出一个小布包，打开，里面是一个银戒指。她知道，这是立刚为茜茹准备的结婚礼物。茜茹这些天一直在为立刚缝制结婚时穿的衣裳。

卢毓奎轻轻放下郭立刚,从身边战士手中夺过机枪,狂吼一声往山头冲去,战士们呐喊着跟了上去,残堡里的鬼子兵也号叫着掩杀下来。双方一交火,喊声戛然而止,半山腰上只听到疯狂的枪声、爆炸声,交织着子弹击中肉体时闷哑的噗噗声,和弹片从岩石上反弹起来的尖厉啸叫。

冲下残堡的鬼子被战士们抱枪直冲的拼命打法和强大的机枪、冲锋枪火力击溃。他们扔下十几具尸体,在重机枪掩护下,退回了残堡。战士们的机枪、步枪却突然哑火,冲在前边的战士纷纷中弹倒地,后边的被鬼子的火力压制在一道梯田的石堰下。夏侯雪突然抱住小腹弯下腰。何苇杭扶住她走进山洞。夏侯解开腰带:"快,给我绑紧点。"苇杭将松开的白粗布抖开,重新裹在她鼓起的小腹上,劝她在洞里休息会儿。"废话!不准说出去。"

尚邨英疑惑地打量一眼夏侯雪,对何苇杭说:"你留在这里,观察下面战况,我和夏侯上去。"

夏侯雪早已腾跃着冲了过去,尚邨英带着警卫队紧跟上,迎头把再次冲出残堡的鬼子打了回去。

卢毓奎把冲锋枪一扔,骂道:"这铁路道轨就不是造枪的玩意儿。枪管一会儿就发红,子弹越打越近,再打下去就炸了。"

一个独立大队的老兵面向石堰,解开裤腰带往机枪上撒尿,战士们一阵惊喜,纷纷把枪竖在石堰上,有几个突然愣神,停止动作,扭头瞟一眼夏侯雪。夏侯雪一瞪眼:"愣啥神呀。战场上没有女人,带水壶的都他妈的上。"

阳光洒在一排排浸透着汗水、泥土硝烟和血污的脊梁上,蒸发出青铜色的男人气味。石堰下边一阵阵嗞嗞啦啦的爆响,腾起一片臊煳烟雾。

鬼子又悄无声息地扑下来。战士们来不及系好裤扣，就把枪顺了出去。"叭叭叭""哒哒哒"，一挺挺章丘造又阳刚气十足地欢唱起来，猝不及防的鬼子兵和着节拍扭动着，前仰后合地栽倒在地上，剩下的滚爬着逃了回去。

轻重机枪火力打得石堰上土石飞扬，几个战士仰面摔倒。尚邺英大声喊："快蹲下！"战士们抱着枪蹲在堰下，"呸呸"地吐着嘴里的泥沙。

"这样太被动了。"尚邺英指指东边山上与残堡几乎在同一高度的黑松树，"那里离残堡也就不足一百五十米，黑松林后边是一大片突出的岩石，我们抢占了那里，就能主动施展火力了。"

卢毓奎铁青着脸，从战士手中要过冲锋枪："我带队冲上去，你们掩护。"

尚邺英一把夺下他的冲锋枪，对独立旅警卫班长说："看住卢旅长，决不能让他再脱离安全地带。"他歪头躲过一块崩起的石块，拉着卢毓奎和夏侯雪往石堰跟前移了移，"山谷那边仍然一片混战，无法实施统一指挥，结果尚难预料，这里必须尽快结束战斗，我们三人谁也不能再打冲锋。咱们挑选十个腿脚利落的战士，全部带上冲锋枪，占领黑松林后边的岩石。其他战士以佯攻残堡做掩护。"

卢毓奎打量一下地形："从火力配备看，这股偷袭指挥部的鬼子，兵力大概有两个小队，另外配备一个机枪班，肯定是章丘日军的精锐，武器配备很强，整面山坡都在他们火力覆盖之下，下面就是主战场，咱们没法迂回，只好这样硬冲一下了。"

几挺机枪同时开火，战士们跃出石堰，滚到早已看好的岩石、树木和土坎后边，呐喊着开枪射击，敌人的火力哗地压了过来。十名年轻战士乘机迅速冲向黑松林。

几挺机枪的声音突然又闷哑下来,子弹无力地落在残堡前面。鬼子的重机枪马上转向,往黑松林奔跑的战士踉跄着扑倒在山坡上。

卢毓奎"嗨"一声,一拳砸向石堰,忽然看到几发迫击炮弹在残堡前炸开,九九式机枪也同时强劲地吼叫起来。何苇杭带着女兵小队和独立旅、独立大队的几十个战士赶到。山坡上有两三个战士跃起来,继续往黑松林冲。鬼子的机枪又扫了过去。卢毓奎大喊:"开炮,快开炮!"

蹲在迫击炮跟前的战士忽地站起来,一脚踢翻了炮架子:"他娘的,就这几发炮弹了。"

何苇杭向跟上来的战士一招手,他们端着在混战中刚缴获的机枪和三八大盖,迅速进入阵地。她指着黑松林向女兵们喊道:"看你们的了,上!"

战士们枪响的同时,几个女兵一起蹿了出去,灵活地跳跃着,翻滚着,边射击边往黑松林冲。她们手中的三挺机关枪和五把冲锋枪,都是何一钳牺牲前,用何家铁匠铺保存的专用钢材精心打造的,每支枪上都打印着一个篆书的"何"字,早已被女兵练得人枪合一。单击、连发,不管身体如何闪转腾挪,枪枪都精准地射向残堡墙头,鬼子的重机枪手一连被击倒了好几个。被激怒的鬼子,不再顾及山下战士的火力,轻重机枪一齐转向奔跑的女兵。最后边的小胖一个趔趄,胸口喷出一股鲜血,从岩石上跌了下来,接着又一个女兵倒在地上。祁英被困在几块岩石后面。七八个鬼子兵乘着重机枪掩护,从残堡里冲下来。特别小队的牛子不知从哪里突然冒了出来,抱着冲锋枪滚到岩石下,甩开祁英的手跃上岩石,横扫着冲锋枪冲向鬼子。鬼子倒地的同时,牛子也张开胳膊踉跄扑倒。祁英尖叫着追上女兵,继续往黑松林冲。残堡的机枪火力又把她们压制在岩石下边。

石堰下，那个大胡子老兵扒下裤子往地上一摔，吼道："摸一把裤裆，凡是有根的，跟老子冲。"抓起退烧的机枪，翻上石堰冲了出去。战士们号叫着跟着扑上去。强大火力像割草一样，把冲出残堡的鬼子拦腰割断，子弹冰雹般砸向残堡。女兵们迅速冲上黑松林后边的岩石，借着松林的掩护，端枪扫向残堡，鬼子露出墙头的脑袋接连"啪啪"炸开。指挥部的人员趁机冲进岩石后面。

晚年的时候，落实政策后在福州市政协供职的卢毓奎，提起当年长岭山上的女兵还唏嘘不已，残堡一战中女兵们的形象深深刻在他脑子里，他在一篇文史资料里写下了当时的记忆：

> 在纷飞的弹雨和翻滚的硝烟中，几个女兵战神一样挺立在青黑色岩石上，枪在她们怀里愤怒地抖动，飞舞的头发和衣角猎猎作响，把傍晚的黑松林染成一片血色。

3

两军混战渐渐结束，双方形成对峙局面。

何苇杭指指坠向树梢的太阳说："估计县城那边早就打响了。现在战场上敌我双方的界限已经明朗，双方都能组织起有效兵力进行统一攻防了，我们要防止敌人撤退前疯狂反扑。"她看看尚邺英和卢毓奎，"光靠两位参谋长在那里怕是不行，你们两个必须分出一个去指挥。"

"老尚，你和夏侯、佟参谋长去那边。"卢毓奎不假思索，脱口道，"我必须亲手灭了这伙王八蛋给立刚报仇，一个活口也不放回去!"

"也好,我和女兵小队留下。"何苇杭悄声嘱咐尚邨英,"一定要保护好铁峰的孩子。"

尚邨英一愣,随即明白过来,命令警卫班的战士跟着夏侯雪去山谷右侧:"你们必须保证夏侯大队长毫发无损地回来。"然后双手按住何苇杭肩头,直视着她的眼睛,"保重!"转身就地一个翻滚,蹲下另一道石堰,警卫员紧跟着翻了下去。何苇杭看着他们掩进那棵枫杨树下边的山沟。这是她上山以来,尚邨英第一次这样非同一般的举动,还当着大家的面。他是担心这一别再也回不来,或者回来却见不到她了,所以才这样无所顾忌。

满山硝烟被时隐时现的阳光染上层淡淡的米黄。

很快,山谷那边传来惊天动地的喊杀声。残堡里一阵骚动。警卫营班长叹道:"可惜,掷弹筒都用光了。"

卢毓奎眼一瞪:"废话!"

何苇杭向身后的游击队战士一招手,让他们提过两个炸药包。她对卢毓奎说:"你看,从我们这里到残堡那边的悬崖上,都有生长在崖头下的榆树桩子。沿着垂下的榆树枝条攀吊过去,用绳索钩住残堡一侧的那棵大银杏树,就能把炸药包扔进去。女兵小队的战士个个都掌握了夏侯的这一绝技。"

卢毓奎顺过冲锋枪:"那就看她们的了。"

何苇杭抱住江小慧和祁英的肩头:"看你俩了。"祁英悄声说了几句什么,眼里忽然盈满泪花,刚转身又回过来,贴着她耳朵再补上一句。何苇杭伸开胳膊想拥抱她,她已提起炸药包跟江小慧贴着岩石溜到悬崖边,顺着崖壁翻上来的风,把她俩的齐耳短发吹得很长很长。

卢毓奎大喊一声："打！"机枪冲锋枪一起开火，残堡墙头子弹横飞，石屑迸溅，弥漫起一片烟雾。

江小慧和祁英手抓榆树枝条，隐在崖头下，几个飞荡就冲上残堡一侧的崖头，掩在岩石后的灌木间。围墙上的重机枪口忽然掉向悬崖，子弹扫出一个扇面，将崖头打得腾起一片黑烟，伏在灌木里的俩人被压得抬不起头。

残堡西边的山头上出现了一个蓝色身影，挥舞着一把枪跟跟跄跄往下跑。残堡的火力掉转过去，蓝色身影像狂风中摇摆的细柳，伸展扭动颓然扑倒。

"茜茹！"何苇杭惊叫。

江小慧手一扬，钢钩带着绳索飞了出去，稳稳地钩住银杏树枝。机枪又疯狂地扫向崖头。

何苇杭从一个女兵手里夺过机枪，喊声："跟我上！"卢毓奎一把没按住，她跃出黑松林，就地一滚，机枪嗒嗒嗒一阵连射，战士们紧跟着冲了上去。

残堡的轻重火力哗哗地泻了过来。

祁英夺过绳头，夹住拉开导火索的炸药包，右手使劲一拽，双脚蹬离崖头，人唰的一下飞上残堡围墙，将炸药包往里一扔，两脚刚一用力，忽然感到后背和腿弯一热，双手拼命一拉，人刚刚荡离围墙，轰隆一声巨响，强大的气浪把她抛了起来，断线风筝似的划出一道弧线，飘摇着坠下悬崖。

残堡被掀去一半，滚滚烟尘裹着石块四散奔突。卢毓奎率领战士们顶着烟尘冲过去，各种武器朝着有动静的地方一起开火，直到枪管发红，子弹打光，爆炸的大坑周围没有一丝声息。

"政委！""何政委！"黑松林那边爆发出女兵尖厉的喊叫。卢毓奎拔腿扑过去。五个女兵围跪在何苇杭身边，卫生员正在给她包扎腹部伤口。卢毓奎扳过卫生员肩头问："咋样？"

卫生员摇摇头："机枪打的，肠子都出来了。"

卢毓奎弯腰冲何苇杭吼叫："你，你！你要是……我咋对得住何师傅，咋向老尚交代啊！"

何苇杭睁开眼睛，微微一笑，用力抬抬手。卢毓奎双手握住她的手。何苇杭平静地说："咱们三家……"卢毓奎眼里汪满泪水，使劲点头："你放心！"

何苇杭目光转向江小慧："把祁英，找回来。小祺……我那枪，交给他。"使劲抬抬眼皮，似乎看了看硝烟翻卷的天空，慢慢闭上眼睛。

卢毓奎向警卫班长一挥手："快去告诉何如山，安排好抢救。绑担架！"

何苇杭静静躺在黑松林前边的山坡上，雪白的脸衬着一头松松散开的乌发，嘴角上似乎还挂着一丝微笑。江小慧把脸贴在她面颊上，小声说："政委，你真美呀。"

一路奔跑过来的尚邺英截住担架，俯身在她耳边叫声"苇杭"，"放心吧，我会给小祺做个好爸爸。"苇杭一动不动，煞白的脸上没任何反应。他突然吼叫："挺住呀，苇杭！"

远处，扁圆的太阳猛地跌落在山脊下的树木上，浓稠的夕晖血色岩浆似的顺着玄武岩流淌。

4

敌人仓促撤出战斗。

山谷两侧尸体枕藉，到处散发着刺鼻的硝烟味和血腥气。老乡们的担架队紧张地往附近村庄的临时救治点运送伤员，战士们喊着战友的名字，在尸体堆里翻找，不时爆发出惊喜的喊叫："他娘的，你还活着！"幸存的班排队长们都忙着整理战友的遗体，机械地报出一个个名字，就像平时点名一样面无表情。点着点着，满是血泡的嘴唇突然间就冷不丁地迸出一句低吼："你倒是再跟老子吵啊。"满脸的麻木瞬间破碎，眼泪无声地冲破厚厚的血污。

战场上没有一声哭叫。

山下突然又响起枪声爆炸声。"怎么回事？"卢毓奎惊问。

"没事。"尚邨英说，"敌人撤退前我安排三支部队各组建一个中队，在沿途设下三道埋伏。剩下的鬼子别想就这么轻松撤离。"

绿泉河飘浮的水汽和战场上的烟雾纠缠在一起，在曲星河上集结成翻卷回旋的阴云。天上淅淅沥沥落下了雨点。

尚邨英和卢毓奎、夏侯雪站在山梁上。卢毓奎一脸悔痛，夏侯雪刚刚对他吼了一阵，脸上还挂着怒气。尚邨英仰起头，让雨水滴在脸上，嘴里灌满了腥咸。他暗暗吁出口气，小声说："你们都放心吧，苇杭的命硬着呢。咱们都做好了牺牲的准备，谁先倒下都不可预料，咱们谁也不要埋怨。这一仗我们付出了惨重代价，但重创了章丘日军，迫使他们退出对南部山区的扫荡。从全局看，这是一次重大胜利。"

佟参谋长跑步过来报告："粗略统计，三支部队击毙日军两千四五百人，伪军的伤亡和俘虏人数还没来得及统计。"

尚邨英面无表情，看来日军真的是凑够了一个联队的兵力。

卢毓奎问："我方的伤亡呢？"

"常参谋长和游击队的一中队长还在统计，不算雷火阵，在后来的混战中，估计是我们三四个战士换一个鬼子。"

卢毓奎与佟参谋长一起走下山梁，问游击队的伤亡是不是得过半了。佟参谋长摇摇头，岂止是过半，怕是得接近三分之二了。咱们和独立大队回撤反包围时，他们打得很残酷。"这个尚邨英啊！"卢毓奎感叹，"这哪里是小诸葛，简直就是个智勇双全的霍去病。"反身走回山梁。

常参谋长匆匆跑上来，喊道："刚才只抬走了一小部分伤员，大批的还躺在死人堆里，一放松就都昏睡过去了。雨越下越大，等一个个找到他们，只怕就……"

尚邨英一挥手："把三支部队的号兵都集合过来，吹冲锋号！"

激越的冲锋号声划破了厚重的雨幕。

尚邨英振臂吼道："鬼子又上来了！弟兄们，还喘气的，给我站起来！"

正在翻找伤兵的战士们一起挺身，睁大眼睛看着尸体横七竖八的战场，扯破嗓子一起吼叫："站起来！站起来！"

尸体堆里发出越来越大的动静。伤员们相互搀扶着爬起，许多人刚站起又扑通跌倒，双手拄着枪再挣扎起来；许多人两肘撑地，拼命想爬起来，却一次次趴倒，只好紧紧搂住战友的腿，跪在地上，挺直腰杆；挣扎不起来的，就趴在地上，把枪往前边一顺，梗起脖子直视着前方。雨水、汗水混合着血水在他们的脸上、脖子和身上流淌。一双双刚刚睁开的眼睛里闪烁着紫红的血光，喉咙嘶哑地低吼着，和冲锋号声风雨声混合在一起，吼喊出一山燃烧的酱紫色，旗帜般在满天秋雨中翻卷飞舞。后来，长岭山一带的老百姓说，随着尚邨英一声断喝，曲星河上炸开一个响雷，连山坡上的死尸都齐刷刷地挺立了起来。

尚邨英、卢毓奎、夏侯雪不自觉地挽起手臂，肃立在山梁上。

一道贼亮的闪电在天空中晃开膀子抖动着，咔嚓一声落下山梁，给伤兵群狼般的雕塑和战士们持枪挺立的身影披上一层火光，借着漫天瓢泼大雨把他们和长岭山浇铸在一起。

第二十三章

1

身下的山坡突然塌陷，黑暗迅疾包围过来。她想伸手抓住点什么，胳臂像被捆绑住一动也不能动。身体在硝烟的刺鼻味道中颠簸沉浮，脑子里那丝微弱的光亮倏然熄灭，她瞬间坠入无边黑暗。"挺住呀，苇杭！"谁在喊？闭合的黑暗震荡了一下，脑子里幽光一闪，发出蘸火的刺啦声，一抹黄光晕罩住了她，模糊的意识开始顺着光亮游动。她想将游动的幽微聚拢起来，闪闪烁烁的光线像无声的闪电重新被黑暗吞噬，身体急速坠落，跌入寂静的无觉知世界。

无边无际的漫长黑暗突然又闪出一线微光，那抹光亮在遥远的黑暗深处扑扑闪闪，穿过重重暗雾艰难地向她接近。山洞里阴冷潮湿，寒气砭入骨髓。洞顶有水滴落下，掉在身边的积水里，好半天才传出"吧嗒"一声。脑子里的光亮随着水滴声隐隐闪现，烟丝的味道断断续续地飘逸。好浓的水雾，裹着腥湿阴冷的黑暗，一点一点挤压着脑子里残存的光丝，她能感觉到那缕游丝正在缠缠绕绕地逸出。滴水声渐渐远去，寒冷消退，身下一阵阵煦暖，她轻轻飘起来，像一片枯叶。好舒服啊，她身体松弛开，任那团煦暖托着她袅袅上升。风从洞口涌入，汩汩水泡声再次响起，黄色光带缠绕住她，身体又沉沉下降。水滴声从遥远的地方传来，吧嗒，吧嗒，缓慢而清晰。

何苇杭彻底醒过来后，才知道自己昏睡时听到的是输液的声音。她的魂魄就在这缓慢的"吧嗒吧嗒"声里，从济南女师到云南再到长岭山，穿越重重黑暗重归躯体。这期间似乎发生过许多许多事，大哥、何一钳、尚邺英、宋子辉，还有女兵小队的身影时隐时现，漫天雾障，黑影幢幢，似乎是尚邺英提着那盏油纸灯，一直不远不近地引导着她。所有人脸面都模糊不清，倒是大哥吧嗒吧嗒抽烟丝的声音和味道是清晰的，大概是与把她生命拽回来的输液声相近的缘故吧。是做了个回环往复的梦？人昏死过去还能做梦吗？

奇怪的是，油纸灯咋会在尚邺英手里？姐姐死后，父亲按照老规矩给姐姐在济南找了家阴亲，归葬在那户人家早夭的儿子墓穴里。大哥万般不忍，偷偷扎了个油纸灯，写上"魂兮回家"四个字，领着她坐黄包车到了历城，在小清河流入章丘的河边，把油纸灯绑在小松枝筏上，放进了河流，看着它摇摇曳曳消失在远处飘飞的雪花里。那是那年济南的初雪。

何苇杭能下地活动后的一天黎明，她悄悄从后门溜出去，悠悠荡荡地走上山。在那片红月亮笼罩的杂树林里，何一钳给了她一把荆蒿花种子。她再次劝他不要下山。他不说话，抬头望着血红的月亮。月光下的荆蒿泛着粉莹莹的光晕，杂树林里飘荡着幽幽药香。她回家时，大哥急得在后院转圈，小慧满头汗水地正准备派战士到山上去报告。她累了，躺到床上就闭上眼睛。大哥实在不放心她，忍不住一再追问她去了哪里。她掀掀眼皮："我到了山上，见到了，见到了……"眼皮又慢慢合上。"这不可能。"小慧喊道,"你在后院里溜一圈都喘不上气来。"苇杭摊开右手。大哥和小慧瞪着她手里花椒粒一样的荆蒿花种子,说不出话来。寂静惊醒了苇杭,睁眼看着大哥,他的左眼眉挑起老高。她孩子般笑笑,沉沉睡了过去。一觉醒来,她也想不明白,早晨究竟是做了个梦,还是真的去了山上。

何苇杭陷入昏迷时的事,都是小慧和大哥告诉她的。在山后的包扎所里做了清创消毒,将肠子塞进肚子后,她几乎已经没了气息。鬼子刚一撤离,大哥就让长工头老刘他们把苇杭抬回家,用消炎药和中药汤吊住她若有若无的呼吸,等从县城请来的外科医生给她输上血,打上吊针,重新清洗包扎好伤口,何如山听着妹妹的吸气渐渐有了劲,这才送走医生。人家不敢久待,要不是看着与何家是世交,是绝不肯冒这个险的。

何如山坐下起来出去进来,折腾了一宿才等来了日本大夫相沢。礼数周到的相沢跟何如山点点头,就直奔何苇杭床前查看伤情,吩咐助手消毒、准备麻醉,直到手术结束,才又向一直等在门外的何如山点点头,示意手术成功。两人一个鞠躬一个躬身拱手,谁也没再寒暄。何如山领着相沢去堂屋吃早餐。相沢的助手留在何苇杭的房间里,给她打针输液,与何太太一起在床前守护。到傍晚何苇杭才醒过来。相沢检查了她的心跳血压,肃然的脸上绽开笑容。何如山长舒口气,知道妹妹的命算是保住了。相沢附在他耳边说:"只是抱歉得很,经过这次手术,令妹不会再怀孕了。"何如山脸色一变,随即坦然,安排厨师准备晚饭。相沢和他的助手必须连夜返回济南。他没有告诉何如山,苇杭的输卵管被子弹打烂,只好取掉了。中国人忌讳很多,跟何如山说他妹妹的输卵管,会让他尴尬的。

相沢从年轻时就在济南行医，和何如山交流无碍。他熟练地用筷子夹口菜，咂咂嘴竖起大拇指。何如山笑笑，眼里涌满泪水，起身拱手施礼——跟日本人打交道，他从不行鞠躬礼，哪怕是知己朋友——"感谢您救了小妹一命。您这趟来长岭山是冒了极大危险的。"他横起手掌在脖子上抹了一下，"一旦被你们的特务机关觉察，就没命了。"相沢鞠躬还礼，纠正他的话："不是我们的特务机关，是他们的。在济南时如山君没少帮我，救你妹妹的命我是义不容辞的，何况还是千裕君亲自登门拜托。再说，你托我买的那些药，应该都是给他们说的抗日武装的吧，我和千裕君早就犯了他们的死罪。"他扳住何如山肩膀晃了晃，"我这是替他们向中国人赎罪。"何如山站起来连干三盅酒："我代我的同胞向您和浅川君致敬。"相沢拉他坐下："令妹还会有一段半昏迷状态，我走前会写下用药和护理注意事项，让你们这里的医生照做就行。要注意不能让她昏睡时间过长，从明天开始，白天晚上要唤醒她几次，不管她能不能回应，都要跟她说话。""您放心。"何如山再次拱手致谢。

他们说的浅川千裕，就是那个送给何如山浅蓝色搪瓷水杯的日本商人。

2

何苇杭伤病初步恢复的时候，已经是1944年的春末。游击队和独立旅的巡逻小队都在长岭村一带发现形迹可疑的人，尚邺英断定日军又盯上了何家，当天就悄悄把她和她哥嫂接到山上，将何如山夫妇安置在石峪寺附近的三山峪村。第三天晚上，日军偷袭长岭村的一个小分队，被埋伏在卧牛山下的游击队和独立旅的队伍消灭得干净利落。

次日天刚亮，尚邨英从石峪寺后面的山上折了枝花苞刚刚绽放的野海棠，一路上不断给遇上的战士举手还礼，战士低头偷笑，他也笑，还大方自然地嗅嗅花的甜香："我折花你咋还不好意思呢？"自从政委被接到山上，大队长就以一天一枝花的节奏展开追求，这已经是游击队公开的"秘密"。女兵小队几乎从第一天起，就暗地里成为大队长的助攻团队。其实政委刚从死神手里挣脱出来，小慧她们就开始嘀嘀咕咕地操起了闲心。卢毓奎是第一个当面给他鼓劲的。尚邨英说："还停留在试探阶段呢，人家不接招。你那边咋样了？"卢毓奎很不好意思，说碰到硬骨头了，但接着就反攻过来："你别乐，谁先攻下山头还说不定。""那是那是。"他伸出手，两个大男人握着手，笑得都有点害臊。

没等敲门小慧就迎出来，尚邨英把花递给她，被一把推开："还是你亲自吧，政委早就鼓捣利索了。"这丫头章丘话越发地道了。小慧推大队长进去，轻轻关上门走向大殿。尚邨英修剪好野海棠花枝，插在窗台上的土黄釉瓷酒瓶里。花枝有点长，斜斜的几乎顶到木格窗户的上沿，窄长的圆顶青石窗框倒像是专门给瓶花定制的。苇杭眼睛一亮："你就不怕大家笑话？""笑话啥，我们不都是因为爱美才走上战场的吗？"苇杭没回应这句到处撒风漏气的借口，疲惫地靠在床头上，浑身一阵潮热，沁出黏黏的湿汗。他打开道门缝，让晨风吹进来，兑好水温浸透毛巾，拧得半干不湿递给她。等到她脸上的潮红渐渐褪下，又关上门坐在床头的方凳上，给她讲述昨晚的伏击战。

这回选对了话题。苇杭一下精神起来，不断追问战斗的每一个细节，问得尚邨英朗声笑起来："你也是经历过多次大战的人了，咋

335

像个新兵蛋子似的，再问下去，不就成了'山上有座庙，庙里有个老和尚'的故事？"苇杭被他的笑声感染，不好意思地笑了："这野海棠的花香里有股冰糖的味道。好长时间没上战场了，很高兴给你们当了回诱饵。"诱饵？她心里某个地方突兀一疼。赶紧控制情绪，问山上部队的战斗力恢复得咋样了。

尝到甜头的大队长顺势又把政委的情绪拽回伏击战："昨晚的伏击战以新兵为主，精气神嗷嗷的。去年冬天游击大队率先完成兵员补充，转过年来长岭山三支部队就全部实现了满员建制。尽管章丘日军也很快重新调集了兵力，但正像你早就说过的，他们面对的绝不仅是山上的三支抗日武装，还有咱们身后的老百姓。昨天晚上他们的突袭小队刚从相公庄据点出发，沿途各村的消息就已源源不断地送上了长岭山。去年那场恶战彻底激发了老百姓的同仇敌忾之心。你得赶快把身体养好，现在清河军区已与冀鲁边区合并为渤海军区，咱们马上就要配合军区主力部队对日军展开局部反攻了。"

尚邨英说得忘情，伸开胳臂搂住苇杭肩膀。她的头不由自主地向他靠了靠。他的胳臂顺势一用力。她又不由自主地往外一挣："我想和小慧去女兵营地转转。"尚邨英讪讪地缩回胳臂。

她和小慧走出大门，歉疚地回头看看，尚邨英还窝在屋里。我这是怎么了？咋像个阴晴不定的小姑娘？

在长岭山养病期间，何苇杭曾连续在日记里记录当时她自己也捉摸不透的身体和情绪——

尽管尚邨英的话让我充满期待，可对于自己能否活着看到抗战胜利，并没有多大信心，我知道自己的生命有多脆弱，也许会在某一个早晨就突然醒不过来了。在战事不断的长岭山，我就是他的一个拖累。我的脑子还不足以指挥我的身体，更可怕的是也不能有效控制我的情绪。这段时间尚邺英既当爹又当妈，我只能做个让人伺候的闲人。看着在他的团团转中部队井然有序，我心里莫名地充塞着失落。每次来看我，他都一脸愁苦，说他这没有政委的大队长，就是一个摸起水瓢翻了盆的笨媳妇。我理解他盼我重回岗位的急切心情，也知道那脸愁苦是为了安慰我。我没有戳穿他，我不忍心。他的眼神里蕴含着太多的黏稠。其实从我刚来到长岭山的第一天起，就经常在一扭头一转身之际，触碰到他这样含义明确而又蕴藉复杂的眼神，只不过都让我下意识地，或者刻意地采取了屏蔽和忽略。这枝野海棠的花朵如此饱满，可它的生命已经折断，明天至多后天就会凋谢，不会留下一粒果实。我的情绪还在明暗中起起伏伏，心里忽然就会无端地升起莫名的孤寂和软弱。我的内心告诉我，我渴望他的眼神，和他曾给予我青春浪漫的怀抱，可当他试探地搂住我肩膀，我的身体也靠向他的时候，却又忽然言不由衷地下了逐客令。那双瘦硬的摩挲月光的手，只是我自己拒绝自己的一个借口。我忘不了老何，他已扎根在我内心深处，可我根本不会有夏侯雪那样为亡夫守节的观念。我看不清我的内心。

日本投降的消息骤然引爆了长岭山。在满山欢呼、满山号哭、满山鸣枪庆贺中，我顷刻复活，全身每个细胞都欢呼雀跃。受伤以来第一次喝酒，一口就干了一大碗。要不是尚邺英一把夺下碗，我还会再喝第二碗第三碗。我想用一场大醉宣告那个我喜欢的何苇杭重新归来。可惜这个尚邺英，关键时刻总是不解风情。

事实证明，尚邺英很多时候的不解风情总有他的道理，毕竟我离开部队时间太久了，又一直处于病态之中。

　　长岭山很快就面临新的考验。游击队争取独立旅编入八路军序列的进展受阻，保安军特派员再次进驻独立旅，卢毓奎态度摇摆不定，一向跟我们合作很好的佟参谋长就地转身，坚决主张把独立旅拉往国民党野战部队，还得到相当一部分官兵的支持。我立即全力投入到稳住独立大队、争取独立旅的工作，感觉身体充满力量，低落消沉情绪一扫而光。我自己没有意识到，这只是一种重回战斗的渴望，一种对在这个重要历史节点上，扮演一个旁观者的不甘。尚邲英对我的身体和内心洞若观火，一再劝我悠着点："你的身体还承受不了这样高强度的负荷。"我恼怒得跟他翻脸："你这人总是这样婆婆妈妈。难道在你心里，我这个政委真的就可有可无？"他无奈，只好叫小慧和医生寸步不离地跟着我。我气得浑身冒汗，喝令她俩该干啥干啥去。晚上也不再让小慧陪着。可我的身体真的跟不上趟，不到一周就开始腹痛、恶心，疲惫得抬不起腿，晚上经常从憋闷中惊醒，心慌得喘不上气来。小屋外尚邲英来来回回的脚步声，更让我无法忍受，我冲出去恶声喊叫："你还叫人睡觉不！"他轻声细语地把我劝进屋，突然把我搂进怀里："苇杭，我完全理解你的心情。可再这样下去你就垮了。咱们很快就会离开长岭山，转入新的战场。不管走到哪里，我都不愿再离开你这个政委。"我不再挣扎，嗅着他怀里熟悉又陌生的气息，紧绷的神经突然松弛，答应他从明天开始好好休息。那晚上我睡了一宿好觉，感觉恢复了些气力。天一亮就匆匆赶往独立旅旅部。

　　这段时间我们一直争取卢毓奎尽快脱离国民党部队，加入八路军。保安军那边也撤换了工作不力的特派员，派来一个副参谋长，要求他配合国军伺机拿下长岭山。卢毓奎派佟参谋长给游击队通报情况,说:"我卢某人绝不会把枪口对准一起并肩打鬼子的兄弟。"但对于我们的劝说他却一再推诿:"这事还得容兄弟跟部下商量。"我干脆直闯他的旅部,当着那位神情倨傲的特派员的面,将他拽到另一间房子,问他:"你还记得老何牺牲后你说过的话吗?你说将来的天下会是我们的。"他点点头又要拱手,我抓住他的手扯开,没给他开口的机会,"眼下我们可能会暂时处于劣势,但你当年的判断肯定会兑现。现在你是一个抗日英雄、民族功臣,何苦为了眼皮底下那点小计较、小疑虑、小利益、小义气,就跟着一个注定将会失去天下的政府去殉葬,这是一个明智的选择吗?再说一旦加入了那边的队伍,你还能做到'绝不会把枪口对准一起并肩打鬼子的兄弟'?军令如山,到那时我们将无可避免地持枪相向,想想那会是一种多么残酷的局面,你将怎么面对?"他半晌无语,然后抓住我的手摇了摇,说:"这话我听进去了。"几天后卢毓奎就把部队带到了山北,不久就按照他的意愿,随渤海军区的一支队伍奔赴沂蒙山根据地,编入那里的部队。这是邮英跟我商量的争取卢毓奎的第二套方案,看得出他对保安旅没与游击队整编,还是很有些遗憾甚至是芥蒂的。这就是卢毓奎的性格。这个骄傲的家伙,总觉得大拇指头肚子都比别人脑袋好使,一直在跟尚邮英较劲,就算最终穿上同样的军装,也不肯给他当部下。

在独立旅编入根据地部队的当晚,我突然昏倒,醒过来已是第二天中午。午饭后尚邮英召集起女兵小队,让她们跟随先期开赴沂蒙山根据地的游击队先遣队、原独立大队的两个中队,乘几辆缴获的日军卡车,把我送往八路军山东纵队医院。小慧她们把我用担架抬到车旁。我忽然感觉这是要把我从长岭山连根拔起,当着大家的面流下眼泪。大哥拍拍我脑袋闪身让开,尚邶英俯在担架上看着我。我恍惚觉得这情景在哪里出现过。他小声说:"先沉住气把伤病治好,我们很快就会在沂蒙山重逢。"我抬起手跟他击了下掌。汽车带着长岭山的草木味道和浸入山脉的血腥气息,轰轰隆隆发动起来。

我没有料到,从此我就没有再次和尚邶英并肩出现在战场上,更不会想到又辗辗转转住进芙蓉街那个小院。人生总会有那么多意外在某个路口蹲伏着,让你猝不及防又不得不接受。在济南女师读书时,我常常捧着本诗集憧憬诗意人生。其实所谓人生的诗意,正是在一个个猝不及防中酝酿发酵的——这是我归队定居福州后才慢慢想通的。当时在那个往事沉浮、水声风声交集的小院里,惦记着部队南下作战的步伐,心里除了失落还是失落。

3

尽管一再稳定情绪,何苇杭一踏进济南芙蓉街大姐姐住过的那个小院,心情还是激荡得有些恍惚。胖夫人和胖厨师、大姐姐,还有那只肥猫的气息,以及京胡的回环往复、鼓板的或急或缓,在水声风声中丝丝缕缕忽远忽近飘逸缠绕,那声"走了"忽然就清晰地响在耳边。

她一愣神,院子里只剩下汩汩泉涌和飒飒风动。

小慧担忧地看着她。

济南解放后,局势稍一安定,尚邶英就把何苇杭送到山东省立医院,当时这家医院已由华东军区济南军事管制委员会接管。几个月以后淮海战役结束,尚郸英所在部队改编为第二十八军,准备南下参加渡江战役。何苇杭的身体还达不到随军作战的要求,尽管尚郸英一再替她争取,她归队的申请还是没被批准。何苇杭像个小战士似的,以不再接受治疗为要挟,闹着要求出院归队,以致惊动了院长,被毫不通融地拒绝后,说啥也不再住院。院方对这位被部队首长一再关照的女英雄毫无办法,只好通过军管会要她部队的领导来做工作。

军管会第三支队的老首长让江小慧过去,正赶上大队长与老首长通电话。"你担心的事,我也考虑到了。是呀,从四五年正式住进医院,现在都进入四九年了,一个慢性子也会给憋得浑身冒火了,何况她是何苇杭。军管会在芙蓉街有个派出机构,就住在原先的卓袚小馆,他们刚刚收拾好小胡同后门对着的荒废小院,那里的环境应该符合苇杭的性情,也能保证她的安全,就让她在那里边疗养边治病,再让医院派个有经验的护士,与小慧一块儿护理。我已经告诉了苇杭,她很高兴。"小慧直摆手。

当得知疗养的地方恰巧就是大姐姐那个小院时,何苇杭异常兴奋,吩咐小慧立即搬过去。小慧担心那里会引起政委的伤感。老首长想了想,把话筒递给小慧:"大队长说你我都拗不过她,倒不如遂了她的心意,也许这正好对她的疗养有好处。她一直觉得她对胖夫人他们的牺牲负有责任,让她在这里把那段往事掰碎揉细,也许会对她的伤病情绪有所转移和化解,就算是用一剂虎狼药吧。"

"也许,好吧。"以大队长对政委的知心,他的说法应该有道理,小慧还是心存疑虑。老首长示意小慧先到门外等等,她踮脚退出,偷听老首长的悄悄话:"你们两个的事,你要更主动些。你所在的部队可能很快就要开拔,留给你的时间可不多了,再发动一次攻势,拿下这个山头。"

小慧脸一热。那个芙蓉街小院的夜晚就这样来了。

来济南之前,尚邺英先找到原山东纵队医院苇杭的那位主治医生。

她说:"何苇杭的伤势太重,腹腔几乎被打烂,失血过多,加上没等康复就归队,导致伤病交集,身体异常虚弱,需要一个相当漫长的疗养过程。难办的是她还患有轻度躁郁症,需要结合药物治疗,给予心理疏导。"

"咋会得这种病?她性格特别豁达,平时专门负责疏导别人情绪的。"

"疏导别人的人自己就没情绪了?心理医生更容易患抑郁症。这你了解吗?"

女医生白皙修长的手指几乎点到他鼻子上,尚邺英后退半步,职业病,把谁都当作病人。她抱歉地笑笑。笑起来真漂亮。

她盯住尚邺英问:"你跟她什么关系?"

这是要望闻问切吗?她又不是老中医,再说我跟她的关系也是征候吗?

"她是我的搭档。"

"我知道,除此之外呢?"嗨,咋还步步紧逼呢。他想一想,郑重地说:"我们曾是恋人。在我心中,现在她还是我的恋人。"

"这就对了。何苇杭半昏迷状态下,常念叨大哥、老何,再一个就是你了。"

尚邺英胸口被热风呼啦扑了一下,心怦怦跳跃起来。那段激情还没被她封死。

"四十来岁的人了，咋还这么激动？"

"没，没有。老何是她牺牲了的丈夫。"

"你知道何苇杭手术后失去生育能力了吗？"

他一惊，接着摇摇头："这事对她该不会有那么大的打击吧？她那么坚强的人。"

"啥叫该不会？你们那位小慧讲过许多你这位政委出生入死的故事，听起来她也像个神经粗线条的女英雄，其实据我从医生的角度观察，她情感极其丰富细腻而且敏感。一个从死里走一遭的人，一般心理都会有一个脆弱期。别忘了女军人也是女人，生育能力伴随着女人的爱和性，她能完全不在乎吗？就是你这个大男人，被毁了生育的家什，也不会无动于衷吧。我可见多了，多少死都不怕的战斗英雄因为那里受伤，黑夜里偷偷捂着被子哭，伤着根了嘛。"

尚邺英脸红了。这个文文静静的女医生，咋说起"那里"跟说脚指头一样。

小慧提前送走护士，等在胡同口接大队长，提醒他政委这两天情绪又很低落。

俩人一见面，何苇杭就说："别劝我，道理我都懂。我不会再要求现在归队。身体这种时好时坏的状况，会成为部队的累赘。只是，我害怕从此就告别了部队，再也穿不上军装。"

"哪能呢，就算你想离开队伍，首长也不会批准，咱们部队的女干部实在太少了。你放心，我会给你留着位置，你随时可以归队。"

苇杭眼神里满是期待和依赖："记住，这可是你对我的承诺。"

"我保证！"苇杭的眼神搅动了尚邨英惜别的情绪，他紧紧握住她的双手，"这也是首长的意思，你尽管放心。"

两人都想起当年在济南女师闹学运时的默契。一天晚上他们在校园西南角的那棵芙蓉树下约会，尚邨英突然说起树的名字，这么漂亮的树，名字也漂亮，芙蓉树、合欢树，多好。为啥有人说它是"鬼树"呢？平时喜欢研究植物的苇杭就给他讲了合欢姑娘和穷秀才的传说，笑道："这都是酸秀才们瞎编的。眼下，此刻，夜深人静月白风清，它就是合欢树。你说是吗，周老师？"她依偎进老师的怀里。第二天一早，他们才发现衣服上落满了芙蓉花黏黏的汁液，咋洗也洗不掉。周老师说："真是棵鬼树。是你梦到合欢姑娘了吧？"苇杭让大哥给他定做了一身藏蓝长衫。

尚邨英眼睛里深长的意蕴让何苇杭心里升起雾岚。

"离开长岭山时，我去跟你大哥道别，他的话题始终就没离开过你，讲了许多你小时候的事，一再说起你父亲临终嘱咐他要照顾好妹妹……"苇杭的眼睛里兜着满满的泪水。她感觉到他还有没说出的话。

尚邨英把一封信递给苇杭："这是前几天你大哥托章丘的部队辗转捎给我的，我才知道原来他还不知道你就在济南，我已捎信回去，让他们告诉他。我们用不着对他保密嘛。"她拆开火漆封印，匆匆浏览一遍，又翕动着嘴唇从头细读。怪不得把信封得这么严实，原来信里有大哥劝她跟尚邨英尽快结婚的嘱咐。邨英没说出的话应该就是这个了。大哥肯定也这么嘱咐过他，不对，是嘱托。泪水又洒落下来。苇杭懊恼得拍一把脑袋，她还是控制不了自己的情绪。

晚饭时，小慧似乎漫不经心地对大队长的警卫员说："咱俩到对门住下，让大队长住我的房间。明早你们就回部队了，两位首长好好谈谈心。"

俩人离开后，尚邺英与何苇杭忽然拘谨起来，就那么对视着一时找不到话题。

院子里的风声越来越紧，盖过了泉水的声音。尚邺英起身拉开门，几片雪花飘进来。"下雪了。"苇杭惊喜地走到门口。他揽住她肩头："你瘦多了。"她没作声，头靠在他肩窝里。难得的二月雪。大片的雪花在门口透出的灯光里轻盈舞动，往事又在两人心里缤纷成飞旋的雪片。

"风太凉了。"尚邺英关上门，扶苇杭坐到米黄色日式沙发上，"你到长岭山的第一个大年三十，下了场大雪，你兴奋地叫小胖和你一起在石峪寺院里堆雪人。雪人的眼睛耳朵鼻子嘴巴都弄好了，你还不断往它身上贴雪块，小胖拉住你的手央求别再贴了，说再胖就变成她了。"

苇杭说："那场雪把整座山都覆盖了，山脊的岩石苍茫又柔和，在透亮的蓝天上划出道起伏绵延的雪白，很像云南的玉龙雪山。"

话题就此打开。两人的回忆彼此衔接，牵牵连连不断线，不觉已到深夜。苇杭还意犹未尽，尚邺英掩嘴打了个哈欠。苇杭赶紧说："你早睡吧，明早还得往回赶。"他就势搀起她扶进西里间。兴奋过后疲惫忽然席卷了全身，苇杭坐在床沿上，说："你去睡吧，我也累了。"尚邺英突然把她抱进怀里，苇杭动了动，抱住他的腰，他双臂一紧，苇杭松开手，拍拍他后背："去睡吧。"他轻轻把她放倒盖上被子，她身体忽然蜷缩作一团。"咋了，哪里不舒服？""不要紧，晚上睡着前常常会这样冷一阵。你去吧。""听小慧说，她和护士经常用熬制的中药膏给你按摩，不管用吗？"苇杭摇摇头，一脸沮丧。

尚邨英俯身看着她："要不，让我试试？"她惊讶地看着他，下意识地裹紧被子。"别紧张，就把我当作小慧。"他掀起被子跪坐在苇杭身侧，慢慢给她脱掉棉衣，深吸口气搓热双手，给她从头到脚反复推拿揉搓。苇杭渐渐放松，感觉像是沐浴在大理通透的阳光里，先是浑身每一片皮肤徐徐发热，继而丹田元气充盈，呼吸通畅，气血在五脏六腑四肢百骸间循环流动，连受伤来一直阴阴湿冷的脚底也透出煦暖。她喃喃叫了声"老尚"，声音低而含混，他没听清是"老尚"还是"老师"，一阵激动却闪电般扩散开来，涌出一身热汗，解开棉衣甩到床下。上山以来，她当着大家的面叫司令员、大队长，两人单独相处时从不叫姓喊名，只是以"你"相称。她擦擦他脸上的汗，顺手把他拉躺在身边。他紧贴着她，给她整理弄皱了的衬衣，她又含糊地呢喃了句什么。压抑多年的火山瞬间爆发，他紧紧搂住她亲吻，她哎哟了声。他一下停住，看着她眼睛。她闭上眼。他吻着她耳朵问："还赶我走吗？"她呼吸渐渐急促，抓住他的手攥了攥。两人缠绕着抱在一起。苇杭的手指轻轻在他宽阔的后背上滑动。那道在黑暗中游走的光亮，是米黄色的吗？

风停了。泉水涌动的声音忽然高涨，泉涌撞击池壁汩汩啵啵，余音缭绕，淹没了雪花消融在泉水中的嗞嗞声。

尚邨英感觉沉沉睡了一觉，猛然醒来愧疚地看着苇杭。其实他只是打了个盹。苇杭的眼睛里流光婉转，浑身散发着混合着男性气味的妩媚。尚邨英轻声道："我，刚才……"苇杭捂住他的嘴："你是太顾惜我了。"她的声音柔媚如水，"当初爱你时，没让你碰我的身体，这次回去，你就要再上战场，今晚，我把身体彻底交给你。"

第二天太阳照亮了西墙，小慧才和警卫员过来。

尚邺英和苇杭已经吃过早饭。他带来的杂面真好，面条擀得也好，滑软合口。苇杭表情夸张地表扬："行呀你，会擀面条了。"尚邺英目光比面条还软："知道你好吃这口，学了好几天呢。"苇杭被看得额头上沁出细汗，拿筷子在他眼前划拉几下："快吃吧，说你胖咋还真喘上了。"

小慧歪头端详着何苇杭亮晶晶的眸子、红润的脸色，趴在她耳朵上说："大队长真是政委的灵丹妙药呀。"苇杭脸更红了，拨开她脑袋："小丫头片子。"忽然又意识到小慧已经快三十岁了。得到尚邺英要南下作战的消息，苇杭曾多次劝她归队，都被她软缠硬磨地给拖下了。这次是个很好的机会，让尚邺英把小慧带走，小慧得出去寻找自己的爱情。苇杭圈住小慧的脑袋，悄声说："这个警卫员很不错，瞧他看你的眼光里可是带着火的。"小慧肆无忌惮地打量一眼正往这边看的警卫员。小伙子眼神一阵慌乱，快速把头扭向窗外，接着逃到门外，抄起扫帚唰唰啦啦扫雪。小慧忍住笑小声说："一个毛头小子，给我当侄子还差不多。"苇杭一下想起自己当年说宋子辉的话，忧虑地看着她，这姑娘心里恐怕还没忘记郭立刚。

尚邺英还磨蹭着没有走的意思。小慧抿嘴笑笑，劝大队长再待几天："你在这里政委恢复得多快呀，说不定再待几天就能与你一起归队了。"

"这怎么行！"何苇杭脱口而出，"部队正在准备打仗，他这副师长必须立即赶回去。"

尚邺英一时有点尴尬，随即笑道："这次首长交给我的任务是劝说你沉住气配合治疗。他很关心你的情况。"——其实这话应该是"他很关心我们的情况"——"破例给了我一周假期。休整训练

347

的事有师长、政委呢,我这个副师长离开几天没问题。这次看到你的状况比上次好多了,我也想提前回去。今天不行,我还得再待两天,你的主治医生想约咱俩一块儿谈谈,商量一个综合治疗方案。"

何苇杭刚要说话,被小慧伸开双臂搂住脖子,耍赖道:"好了好了,就这样定了。我还有很多话没捞着跟大队长说呢。你想想,我们都分开多长时间啦。"

"就一天!明天必须归队。现在就让小慧去跟医生约定时间。"苇杭伸出一根指头晃晃,敲了敲桌子,"就这样定了。"

从医院回来的路上,尚邺英告诉小慧,想带着她一块儿归队。昨天晚上,苇杭一再跟他说,她这身体一时半会儿也难以归队,小慧不小了,爱情的事一直没有着落。再说她受伤后这孩子就一直照顾她,部队一整编,连她的小队长也弄丢了。"小慧可是咱们长岭山抗战的一把尖刀,再把她困在这小院里,你我都对不住她。"

小慧像没听见他说的话,看着何苇杭一脸平静。尚邺英反倒担心起来,没有小慧在苇杭身边,他实在不放心。

回到小院,何苇杭搂住小慧说:"你都听到了,医生说我身体比上次体检好了很多,接下来就只是疗养了。大队长说的事,咱们再商量商量。""不用商量!"小慧拉下脸,"政委,我跟定你了,你撵我,部队调我,我都不走。你啥时候归队我就跟着你归队,你永远归不了队,我也不再穿军装。"她一抡胳臂先进了屋。

尚邺英赶紧安抚苇杭:"别急别急。这样突然让她走,她哪能接受得了,这么多年来,她都快跟你长成一个了。你就放心,小慧的特殊情况,等你们归队时我会考虑的。""我是说……"尚邺英笑着攥住她的手:"我明白你的意思,济南有驻军呀,今天我就去军管会找咱们的老首长,让他给牵牵线,这么多年轻战士,总会有她对上眼的。这种事也不能太着急。"

"我已经在军管会里给她物色了好几个,她连见也不见。她心里横着郭立刚这个模板,别人很难再走进去。到了咱们的老部队,很多当年一块儿出生入死的战友,你再一撮合,事情会容易得多。"

尚邨英想说只要有人锲而不舍地追,时间一长小慧的心结总会消解,怕触动到苇杭内心敏感的伤痛,就没再说话。昨天晚上,他迷迷糊糊地听到苇杭说不能下山。她一定是梦到何一锴了。

临别时何苇杭郑重地嘱咐:"你原先带的团,是我们长岭山三支部队的根基。你应当有所偏私,把它当作绝对主力使用。这是我这个当年的政委代表我和小慧,还有那些尸骨埋在山上的战友,对你这个当年的大队长提出的一项要求。"

"那是当然。"尚邨英紧紧握住她的手,"放心吧,我一定会让咱们那个团打出长岭山的名气。"

4

小慧没有跟尚邨英离开济南。

不久渡江战役打响。南京、上海相继解放后,由原长岭山三支部队骨干组成的团被命名为"长岭山英雄团"。第十兵团由苏州乘车南下进军福建,作为主力师师长的尚邨英率队从尤溪、古田一带出发,一路拼杀进福州市区。福建省全境随即解放,第十兵团奉命与福建省军区合并。他立即联系驻济南部队的老首长,请他派人将何苇杭和小慧送来福州归队。

一个月后,小慧被安排到师部任营职参谋。不久就和英雄团团长（原游击大队三中队长）举办了婚礼。

何苇杭的任命报告还没批复下来，正好有空闲给小慧安排婚礼。四个原女兵小队的战友都请了假，按照何苇杭的吩咐，用粉黛草和异木棉花，把简朴的婚礼现场装扮得粉嫩火红。新娘新郎在一片欢笑声中喝交杯酒、拥抱接吻。长岭山英雄团团长的脸红成了昂首的异木棉花，不断回应着战友的起哄。

小慧却像风中的粉黛草似的低头不语。

晚上的喜宴尽管只有两桌，新郎还是早早喝醉了，被扶进"洞房"。"瞧这小子这点量，哪像咱英雄师的团长。"尚邺英对苇杭说，"咱们结婚时，我一定喝不醉。"小慧带头鼓掌，两桌的人都起立鼓掌。"我看你这就醉了。"苇杭喊大家坐下，"这像什么样子！"大家嘻哈着坐下，吵着再上酒。尚邺英刚说出："那就……"被苇杭扯扯袖子，小声说："都是团以上干部，喝多了影响多不好。""那就散了吧。"尚邺英站起来挥挥手，大家纷纷离席。有人小声嘀咕："咱师长怕老婆。"苇杭蹙着眉头笑笑。

小慧抱着臂膀在门外磨蹭。

苇杭进屋看了看，新郎还酣睡不醒，床前吐得一片狼藉，满屋酒臭气。她打开门窗，又喊进勤务兵，和他一起打扫干净房间，出门拉着小慧说："这是你们的新婚之夜，早进去吧，给他多喝点凉开水。"

小慧趴在她肩上流下眼泪："政委，我想郭队长了。"

苇杭心头一震，这一个多月以来，他们两人处得挺好的，这时候咋说出这话？她搂住小慧："不能再让那段情感搁在你和他之间。我也忘不了老何，我们都有了孩子，我不是也要准备再结婚了吗？过去的就是过去了，把立刚埋在心里吧。"

粉黛草的香气若有若无，不经意间会有淡淡的清香缥缈掠过，细嗅却又了无踪迹了。好花总是这样的，香气一浓烈就招摇了，让人不舒服。喜宴上大家起立鼓掌时，尚邨英若无其事的表情使何苇杭很是不快。她跟小慧说的话只是为了劝慰小慧，她还没想这么快就结婚。

院门外突然闯进三个跌跌撞撞的军人，为首的一个还提溜着半瓶酒。他们围过来拉扯着小慧，要她陪着喝喜酒。在小慧的挣脱中，为首的那个手开始不老实。"臭流氓！"小慧抡起胳臂就是一记耳光。他踉跄后退，被另外两个扶住，三人东倒西歪地晃了一阵。挨打的把酒瓶子往地上一摔，手扣住枪套："打老子，还，还骂老子流氓，告诉你，老子是……战斗英雄。"

何苇杭跨前一步，指着他鼻子吼道："耍什么酒疯，还想动枪，吓唬谁哪？"

"你……"他退后一步，"你是我们的什么？"

"我不是你们的什么，就是个伤愈归队的老兵。我也告诉你，老子的血流得不比你少！你们看看自己，哪里还有半点战斗英雄的样子！小慧，下了他们的枪！他们违犯了部队进城纪律。"

三个人被她的气势镇住，酒劲消了大半，乖乖地被小慧下了枪。新郎怒冲冲闯出来，被小慧连推带搡地弄进屋。

何苇杭刚要让勤务兵把他们带到师部纠察队，警卫连长就领着几位戴着红袖章的纠察队员到了。连长向何苇杭敬礼："我们接到群众举报，他们几个在大街上已经闹腾过，我奉命把他们带走。"

这事惊动了军首长。关于某师某团某排长和两名战士酗酒闹事的通报下发到全军。

尚邨英开会回来，一脸沮丧和恼怒，这回英雄师的脸丢大了，成了全军的反面典型。这个苇杭咋还像在山上打游击时那样,由着自己性子来。他在何苇杭的临时办公室门前平息了半晌情绪,一开口还是带出了怨气:"那事,当时你要是压抚下就好了,咱们可以在师内部严肃处理。那小子是我们从国民党部队俘虏过来的,也是个穷苦人家出身,靠打仗拼命提拔的排长。"

"你是说你们英雄师的战斗英雄事迹可以到大街上宣扬,英雄违犯军纪,酗酒闹事耍流氓,就得关起门来处理?"

"咱们不抬杠好吗?"

"啥叫抬杠?"何苇杭突然火了,"我一个养了好几年伤的小小游击队政委,哪配跟你这大师长抬杠。我是作为老战友提醒你,我来了才一个多月,耳朵就被'英雄'磨出了茧子。不光英雄团的一般干部战士张口闭口不离'英雄',你这个师长也左一个英雄右一个英雄。还有,婚宴上大家起立鼓掌,你竟然丝毫不觉得过分。这是什么?这是胜利者的骄纵,这是驻扎进城市还骄气逼人地骑在马上的行为。想想长岭山上那些尸骨已经腐烂的老战友,想想你那些倒在南下路上的首长和部下,再想想陈毅老总进入大上海的姿态,我都替你害臊。"

尚邨英满脸涨红,被她一串连珠炮噎得说不出话。何苇杭抱歉地笑笑,缓和了语气:"当年我们在长岭山上,兵就是民,民就是兵,你对队伍还约束得那么严,怎么进了城反倒对部下如此宽松了?"

"宽松?"尚邨英脸色渐渐平静下来。

"这可是座东南沿海的重要文化都市,'路逢十客九青衿',老尚啊,你想想,单凭赫赫战功,咱们能够赢得这座城市的人心吗?"

警卫员报告说政委找他。尚邨英借坡下驴,拍拍苇杭肩头匆匆离开。

政委就在苇杭临时办公室的隔壁,哈哈大笑:"醍醐灌顶呀,我听得都坐不住了。"

尚邨英脸又红了:"我这个过去的搭档可比你厉害多了。一阵排炮就把我的怨气打成了惭愧。"

"好好珍惜吧你就。刚才军政治部主任给我打电话,说军首长原想点咱们两个的名,考虑到我们还算处置及时得力,咱俩的名字才没上通报。"

"排长酗酒闹事事件"不久,何苇杭被调到军政治部。她以刚调动工作为由,把婚事拖了下来。她对身体康复将近一年才接到归队通知极为不满,尽管驻济部队的老首长给她安排了个临时职务,一再替尚邨英跟她解释:"战争进程比我们预想的要快得多,部队一踏上南下作战的路,战役一个接着一个,根本没有休整时间,连信也发不出去,就更别说要求上级让你归队了。"她能接受老首长的解释,但接受不了尚邨英的又一次杳无音信。这让她再次感觉到他们之间那种难以用理性消解的性情差异,她还是不甘心将要陪伴她后半生的那个人,仅仅是个合格丈夫,就算他心细如发体贴入微,这也不是她想要的婚姻。

5

榕城的春天一来就浪漫得无边无际。

周日的上午,苇杭约上小慧去乌山赏春。她们选了处背风的赭黑色岩石,沉浸在满山飘逸的花香里。苇杭半闭着眼睛靠在岩石上,似乎有满腹心事。

小慧察觉出她心里的纠结,说:"这里的春天可比长岭山好多了,到处是花。咱们长岭山的春天除了迎春和连翘,就只有不多的几棵海棠和桃树。"

"我还是喜欢长岭山的四季分明。"苇杭看着身边盛开的桃花、含苞的樱花和各种色彩亮丽的叫不上名字的野花,轻轻舒口气,"福州的湿气重。有时候我会想,再回到长岭山,陪在老何和那些牺牲的战友身边。"

小慧观察着她的脸色,有点小心翼翼地说:"我们政治部主任说,你可能很快就会下部队任职了。"

苇杭笑了,这个小丫头片子以为她在闹情绪呢。军首长跟她说过几次,都被她拒绝了。她这身体还是待在机关担任点闲职合适。

"我是在想和老尚的事。"

"这事可就是你不对了,拖得我们师长都冒出白头发了。你忘了当初是咋开导我的了?"

"我跟你这小丫头不一样呀。哎,今天你张口就是'我们师长',咋着,他提拔了你个正营职就背叛了?"

"说啥呢,在我心里他就是你你就是他,可他比不上你,你要是真抛下他回长岭山,我立马脱下军装跟你走人。"

何苇杭咯咯笑得跟小姑娘似的,惹得走过的游人直回头看。

"回去吧,风有点冷。"小慧拉起苇杭。

其实风并不冷,只是这姑娘认为她情绪不好。苇杭被小慧搀扶着慢慢往山下走,其实她也不需要被搀扶,只是心有幽曲道不得。许多人肯定认为那场争吵伤了她对老尚的情感。那能叫争吵吗,只是她在发火。他这个人的最可贵之处就是被人点到痛处就能反省。那天要是他们两个角色互换,她一定会情绪激烈地撑回去,哪怕事后再认错道歉，也不会当场赊账。"争吵"的当天晚上召开的团以上领导干部会，政委硬把何苇杭拉去，说："你是老尚抗战时期的政委，又是酗酒事件的处理者，理应到会。"尚邺英在会上先把自己给臭骂了一通，还对"骄纵"一词做了拆解，"对我这个一师之长而言，首先是我骄傲了，把英雄师的光荣都揽在了我一个人身上，鼻孔出气都能吹到屋檐上。其次是我放纵了部下，这才导致了酗酒事件，给进城部队抹了黑。今天我们必须先弄明白一个问题，谁是解放福州的最大功臣？不是我们这些坐在这里开会的人，是那些牺牲了的战友。而替他们享受胜利荣耀、享受鲜花和掌声的，是我们这些幸运者。我惭愧呀，惭愧得无地自容。"他一把抓下帽子摔在桌子上，深深鞠了一躬。

政委把尚邺英按在椅子上："老尚，该检讨的是我这个政委，你这样，我就该趴在桌子底下了。"

老尚又站起来，指着面前的团级干部，说："从今晚起，从我和政委做起，你们一个个都给我收住肩膀，夹紧尾巴，整肃军容军纪。咱们师在福州大街上滑了一跤，不仅要从哪里跌倒就从哪里爬起来，还要站稳了站直了重新站出个英雄师的样子来！"

苇杭回身仰望高耸的"海阔"石刻，忽然想起插在土黄釉瓷酒瓶里的那枝野海棠，心里一阵抽痛："我这是怎么了？"

"政委，你说啥？"

"没啥，你采几枝花给老尚带回去，别说我让你采的。"

山脚的石牌坊下，小慧把那束鲜红耀眼的花夹在两人中间。"政委，你看我穿着军装拿着这束野花，都招惹了那么多诧异的目光。下周集团军首长要来我们师，听说还要让城外的部队首长来观摩我们的军容风纪，师长办公室里摆着一瓶花，会不会让人觉得有点那个？"

苇杭接过花束，大大方方地笑着，向上山下山的人流挥动几下："你看，咋没有看我的？人家看的不是花是人，谁叫你长得这么讨人喜欢。"

小慧拨拉一下她的手，没绷住，扑哧笑了，满脸绯红，说了句我可不是"女性词典"，迅速往外一闪，躲开苇杭的手，接着又附在她耳边嘀咕了几句，这次没躲开，背上挨了苇杭一巴掌："才结婚几天，就啥话也敢说呀，真没羞。"小慧的脸颊红成朵火红的花。

"咋又成小姑娘了！"苇杭摸摸脸，咋还脸红了呢。

"还记得石峪寺我那间小屋窗台上的花吗？他要是不喜欢你就扔掉。"

"你看，我带什么来了？"何苇杭正要去食堂吃晚饭，小慧提着一盒热腾腾的水饺闯进她的单身宿舍。

"这里还有水饺呀，你从哪里弄的？"

"大街小巷到处是山东菜馆、饺子铺，山东的部队过来了嘛，这里的人真会做买卖。"小慧突然发现窗台上放着她采的花，插在一个姜黄色花瓶里。上午她把花送到师长办公室，师长接过来闻了闻，说："真香，可惜没有冰糖味。"顺手插在搪瓷水缸子里，"先放在这里吧。"也不知道他从哪里弄来的这个接近土黄色的花瓶，一个大师长跑到军部来给女朋友送花，肯定得让那些机关兵好好议论一番。

"政委，你和大队长，你们真是心有灵犀啊。羡慕死我了。"

"那还不好办，给你那位团长讲讲当年长岭山上的送花故事呀。"

"嗨,他呀,就别提了,上周我采了一把紫藤花浸在刷牙杯里,他说这花烙饼可好吃了。"

何苇杭笑得直咳嗽:"别急别急,继续讲故事。"

别说,政委的主意还真管用。很快"英雄团长"就开始隔三岔五地往家带花了。团部的几个老战友借这个话题拿他开涮,他撸着短发给大家讲送花的故事:"你们又不是不知道,这是咱长岭山的传统。"

第二十四章

1962 年 10 月 25 日　星期四

再次回到长岭山，离那场大战已经过去了十八年。

与去福建省归队前那次回家相比，我的情绪反而更容易激动。是因为这次回福州后，我就要脱下这身穿了二十多年的军装，还是由于年龄大了，山上的一草一木更容易触发心底的脆弱，我也说不清楚。近年来我似乎又开始对我的身体和情绪失去了掌控。这可不是我想要的所谓老年。但是事实是，上次来长岭山我一天工夫就转了好几个地方，这次却只能接受孩子们的计划，一天只去一个点。

山上红叶浓郁，岩浆般从黝黑的玄武岩山脊涌出，顺着山梁、沟壑流淌。一片片鲜亮的明黄从火红、黝黑的缝隙间跳脱出来，那是随处盛开的千头菊，溪头、水湾边的秋菖蒲和星星点点躲在岩石缝里错过季节的金针花。

"这些小黄花真好看。"梁雨夏从路边摘下一枝菊花，"阿姨，您在这里打鬼子的时候，也有这么多小黄花吗？""有，到处都是。没有它们长岭山哪里会有这么好看的秋天。"雨夏机灵地采了一小把递给我，说："您是说长岭山的秋天全凭这些小黄花点缀吗？""不是点缀，"我说，"是点亮。"她点点头。我知道她没听懂。她咋会懂啊。路两边的梯田里满是收秋的人，牛羊在山坡堰边哞哞、咩咩，战争的痕迹似乎已经荡然无存。我把花凑到鼻子上，菊花和金针的香气里还有一丝硝烟味。

顺着这条泥土和石子都浸满鲜血的山谷走来，我无法不想起长岭山最后一次恶战。如果邺英和常参谋长设计的洪水阵能够实现，敌人与我们最后决战的实力肯定大减，也许郭立刚、郝团长、小胖、祁英他们现在还活着，那么多战士也不会在混战中牺牲。偏偏战前下了那么一场大雨。

那场雨来得真不是时候。我眯起眼望向山谷尽头。浑浊的山洪轰鸣奔腾。战士们站在堤坝上，不断把装满沙土、石头的麻袋、篮筐抛下去，大坝还是轰然崩溃。冲天而起的水雾中，决口中的战士们眨眼间就不见了踪影。憋足了劲的洪水狮群般吼叫着扑了出来，在尼姑庵后哇的一声立起，发出瘆人的呼啸，张牙舞爪地扑向破壁残垣，裹挟着砖石木料，横冲直撞地扑进山谷，两边的水头从山梁上轰隆翻卷，陡然蹿起两米多高，借着倾斜的山势直泻而下。

我们都惊讶得张大嘴巴。谁也没想到洪水阵竟会有这么大的威力。洪水过后，大家望着山谷里的遍地狼藉，惋惜得直跺脚，常参谋长气得爆了粗口："他奶奶的，老天爷可是中国人的上帝，咋他妈的站到日本鬼子那边了！"大坝当天重新垒砌起来，可三天后鬼子就发动了进攻，水刚刚漫过大坝根基。

我再次在尼姑庵旧址停下。那两棵被炮弹削去半拉树冠的花椒树又长得枝繁叶茂，随风翻卷的羽状叶片间，一簇簇圆润明亮的橙红果实缀满枝头。抚摸着褐灰色的树干，我能感觉得到它匀称的呼吸。这是老何喜欢的树。我弄不懂他这样一个瘦硬的汉子，何以会看上这种有些妖娆的花椒。

昨天我特意选择晚上去给他上坟，是想在曲星河下边，跟老何好好说说这些年我的行迹和小祺的事情。蒙蒙星光下，我栽在他坟前的花椒已经长成大树。小祺与梁雨夏在老何、梁铁峰和夏侯雪——她的遗骨还在朝鲜，这里只埋着她的衣裳——宋子辉、瞿义昆他们墓前祭拜完后，又在崖壁前烧着一大堆纸。我往火里抛着点心、水果，将一瓶酒倾倒在火堆旁边。在翻飞的纸灰里，一排排我熟悉的和不太熟悉的身影，从崖壁前依次走来。我异常清晰地听到"蘸火"时的火星四溅，水花翻滚。老何低头沙沙啦啦地搓手。那弯橘红残月从荆蒿花丛里扶摇直上。山风鼓荡，浓郁的山花草药香飘满了山坳。

那晚上小祺和雨夏都说头皮直发麻，可他们还是跟我去了姑子庵水库。路上我指着天上的星云，给两个孩子讲曲星河的传说，小祺说："妈，你咋也信这个？"我说不是信是寄托。

在那场恶战中牺牲的人太多，只好就地掩埋。我本来是应该也埋在这里的。"本来"这个词是多么不可靠，我竟又活着来到这里。惭愧呀。我先让两个孩子绕着密密麻麻的坟包洒了一圈酒，蹲在郭立刚、祁英、小胖、游击大队二中队队长、四中队教导员和独立大队一中队队长坟前，点香焚纸，起立鞠躬。又为茜茹烧了一刀纸。大哥说她一见到立刚的尸体就昏过去了，醒来迷迷瞪瞪，那时大家忙呀，一不留神她就拿着立刚的枪走了。没想到她竟然是这样一个有血性的孩子。我那时还没有气力，只是看着大哥流泪。茜茹的死，与我有关。这又能怎样，埋在这里的人，哪个跟我无关呢？从战争中穿过的生命，谁的身上不背负着沉重的牺牲。

两个孩子真懂事。他们在坟地中央点起一大堆柴草,向四面三鞠躬。谢谢你们了,孩子。你们的叔叔阿姨们在地下会感到欣慰的。

1962年10月26日　星期五

那片黑松林还是老样子。二十年光阴在这里扑了个空,似乎没留下任何痕迹。

就是在这里,那次重伤几乎要了我的命。

战场上每次受伤都是与死神的一场迎面相撞,伴随冒着热气泡流淌的血液,是生命在体内的一番轮回或者说是一次重生。站在这曾经无数次吹拂过我的风里,血液又在衰朽的体内重新燃烧,即便是那些月光下奢侈的温存也如岩浆般滚烫。

坐在浸透了鲜血的岩石上举目四顾,我感觉到时光的凝滞,悬崖下扑上来的风呼啸着子弹炸裂的气息。那场突击残堡的战斗好像还在继续,而我却在与时间的对抗中败下阵来。一路歇了六七次,还是把我累了个气喘吁吁。才刚刚六十来岁,我已经活成个弯腰驼背的老太婆。

越过黑松林望过去,辽远澄澈的天空下,残堡散乱的石块依稀可辨。祁英就是从那里飞起来的。走之前她趴在我肩上叫了声"妈妈"。这孩子还没有得到真正的爱情就死了。还有小胖,花骨朵一样的年龄,还没绽开呢。后来小慧告诉我,祁英飞向断崖的时候,伸展双臂做了个似庆贺又似舞蹈的动作,舒展的身体优美得像个飞翔的精灵。我相信那孩子一定是表演了最后一次舞蹈,就像每一次队伍联欢时的压轴节目那样。只不过这次,她真的飞向了天空,留下了她生命的最后一个绚丽瞬间。

我住进第三纵队医院不久，尚邺英和夏侯雪率领游击大队、独立大队留守长岭山的队伍，开赴沂蒙山根据地。他们去医院看我，我急切地告诉他，一定设法保住女兵小队，这是我们这支队伍的一个特色。尚邺英面有难色。我急了，一再追问他有什么困难，他才吞吞吐吐地说，我们三支部队即将编入正规部队，首长已经发话，咱们几个女兵都有很好的文化功底，要全部调入司令部担任机要工作。这是命令，我们只能服从。我气得喘不上气来。我还一直盘算着，等伤病痊愈再以小慧她们几个为基础重建女兵小队，我亲手带出来的这支小队的历史就这样结束，我不甘心。尚邺英安慰我，这样也好，接下来部队要打大仗打恶仗，免得把女兵小队的家底都拼光了。她们是兵，是浑身功夫、战斗意志极强的战士。我冲尚邺英大吼，她们不是需要保护的部队宝贝。医生赶来把尚邺英轰了出去。我立刻感到后悔，冲他发这通火毫无道理。好在这也不是第一次了，他从来不需要我的解释和道歉。

后来经尚邺英一再要求和坚持，江小慧的编制总算留在了原部队。要不是有紧急任务，这次她肯定会来的。我知道她早就想到小胖、祁英牺牲的地方来看看了。她也应该想在郭立刚墓前放上捧山菊。

在那次抓捕陈干事的鸣羊山战斗后，江小慧一直闷闷不乐。在我的追问下，她才期期艾艾地向我诉苦，抱怨郭副大队长不该当着这么多战士训斥她。我松了口气，安慰她说，他就是那么个臭脾气，对谁都这样，大家都习惯了他的有口无心，挨了他的训转头就忘。他自己忘得更快。小慧抿着嘴点点头。我以为事情就这样过去了。是小胖的一句话让我觉得不大对头。她说："我们江队长背后说起郭副大队长就兴奋，敬佩得不得了，可一见到他就又甩冷脸子给人家看。"我心里一惊,这姑娘是爱上立刚了。我单刀直入地问小慧。她一阵慌乱,躲开我的眼睛点点头。她是知道一些立刚和茜茹的关系的,很多事我都不背着她。我肯定蒙了一会儿。小慧不安地抬头看看我。我双手搭在她肩上:"郭立刚是个好男人,值得你去爱。"她惊讶得瞪大眼睛。"你们一个是大队领导,一个是小队干部,不在禁止谈恋爱的范围。爱他就大胆表白。"她眼睛里浮出一丝愧疚,想说什么却什么也没说。我知道她想说什么,更知道一个情窦初开的姑娘,是管不住自己的。第二天我趁他们俩在一起的时候观察郭立刚,他对小慧的细微表情浑然不觉。我心里稍微踏实了一些,又立刻觉得有点遗憾。人内心深处的复杂,是自己也审度不清的。

县委派来的摄影师又要求给我拍照。我摆摆手,让他多给两个年轻人照几张。三人皆大欢喜地跑向山坡下那棵高大的枫杨树。我眯起眼睛,只看到树冠一片火红。那一串串垂挂在树枝上的燕子似的果实应该早已成熟了,肯定还在风中飞来荡去。祁英曾说过,她死了就埋在那棵树下。但她下葬时我还昏迷不醒。就算我不受伤,也不会忍心把她和牛子孤零零地跟战友分开。满长岭山就这么一棵枫杨树,两三丈高双人合抱粗,根本不可能把树移到她坟前。这闺女喜欢小情小调,满脑袋浪漫幻想,却偏偏在如花的年龄赶上战争,在这山野深处打开了自己的爱情花苞,阴差阳错中辜负了自己。我也辜负了她那一声"妈妈",没有照顾好她。这人哪,生前死后都没有多少事情能遂自己的心愿。那天在黑松林,祁英的悄悄话是如果她活着回来,就去瞎老奶奶家,告诉她愿意做她的女儿,给她养老送终。如果牺牲了,就把她和牛子葬在一起。她又回身附在我耳朵上,叫了声"妈妈"。我至今后悔,最后想给她个拥抱,没抱成。本来想战后就把她的话传给瞎老奶奶，也没来得及。在抓捕"亓副官"不久，大哥捎口信让我带着祁英回家一趟。我知道肯定是嫂子已经去见过瞎老奶奶。她一见到祁英就要下跪，被我一把抱住。她拉住祁英的手泣不成声，说："孩子委屈你了，俺老太婆，替那混账小子给你赔不是。俺是说过俺家就他一个继香火的，不能找个不能生孩子的媳妇，可他没跟俺说你怀上孩子的事，是他，是他让你遭了那么大的罪。昨天我狠狠打了他一耳光，骂他不是个男人。俺让他跪下求你。俺家能娶你这么个识文断字的媳妇，是烧高香也求不来的呀。"祁英也流了泪。她抱住瞎老奶奶，说："我就认您老人家做干妈吧。"祁英是个倔强的孩子。等我从死神手里挣扎出来后，唯一能做的，就是让尚邨英把祁英和牛子的坟合为一处。

还能怎么样呢？爱情的残破和枯萎也是战争的一部分呀。生死须臾的战争环境，无法给战士的爱情提供朝朝暮暮、百回千转的缱绻，面对的人、心里的爱恋，眨眼就没了着落。战场上与死亡相伴的爱情，就像骤然卷起的烽火一样，仓促爆发、浓烈绽放之后的结局常常难以预料。

我第一次返回长岭山时，瞎老奶奶已经过世。

风又从祁英落下去的山涧卷上来，凉凉地在岩石上旋转。跟着我回家探亲的卫生员摇晃了几下酒瓶，拧开瓶盖递给我。这个苏军灰白色扁平酒瓶是夏侯雪送给我的。开赴沂蒙山不久，她就率领特别小队奔赴东北，后来牺牲在朝鲜战场。赴朝参战前她特意赶到福州跟我辞行，带给我这个酒瓶和一个泡药酒的方子。我含了一大口酒，慢慢咽下，一团热气在胸腹间散开。从死神手里挣脱后，我落下了个脾胃虚寒的毛病，一受凉肠胃就隐隐作痛，跑了多少大医院都治不好，倒是按夏侯的方子泡制的药酒管用，喝一口马上就见效。夏侯呀，不管做战友还是做朋友，都叫人放心。她是个心里纯净得没有一丝渣滓的人。在沂蒙山根据地，卢毓奎向夏侯雪发起凌厉的爱情攻势，两人一度处得非常热乎。她曾悄悄跟我说卢毓奎还像个小伙子。从"未亡人"窠臼中跳脱出来，她依旧是那个热情如火的狂野女人。可惜很快她和卢毓奎就分开了。接着国民党军队大举进攻山东根据地，两人失去了联系。卢毓奎在部队首长撮合下，跟一位年轻护士结了婚，战争结束后，两口子双双转业到地方，在福州安了家。夏侯雪来辞行时把她和梁铁峰的女儿梁雨夏托付给了我。小祺和梁雨夏从小相处得跟亲兄妹似的，开始我还挺欣慰，可他们越长越大我就开始着急了，好在他们到现在也还都没有往家里领"朋友"。我盼着我的孙子、孙女能有夏侯和铁峰的血缘，想想就叫人熨帖。

明天得去鹁鸪崖看看。夏侯跟我告别时反复说，她想念那座木屋，想念那棵老槐树，想念铁峰。也得去胖夫人、胖厨师和大姐姐的墓地去一趟，跟他们说说话。日本投降后，我特意安排那次跟我去济南的小李专程回了趟济南，找到卓袯小馆那天在现场的伙计，将胖夫人、大姐姐和胖厨师的遗骸运回长岭山。我本想叫小李把他们安葬在烈士墓地，可大哥却把他们葬在了何家墓地一侧，说他祭奠着方便。

1962年10月28日　星期日

石峪寺已经修葺一新。

大门一侧挂着块"章丘县抗日游击大队指挥部旧址"的牌子。台阶一侧的白果树荫里坐着几个老人，他们盯着我左瞅右看："这不是……何政委吗？""是何政委！""何政委。"我答应着走过去，他们呼啦站起来，擦着眼睛争相跟我拉手说话，一个年纪小点的喊了一嗓子："何政委回来了！"山坡下忙秋的人扔下手里的家伙跑过来，把我围了起来，很多人哽咽失声。他们肯定是想起了牺牲的亲人。我上山后第一个警卫员小冬子的父亲在人群外朝我挥手，张着嘴说不出话。他儿子在1939年就牺牲了。我扑过去抓住他的手，看着他还没褪尽菜色的黄瘦的脸，情绪瞬间失控，一阵悲恸冲上喉咙。我腾出一只手，拉着不断伸过来的手，胸口堵得透不出气。

等候在石峪寺的普集公社党委书记把大家劝开，搀着我走上台阶。我拍拍他的手，不好意思地说："小陈呀，看来我是真老了。"他激动地抱紧我的胳臂："政委，你还记得我！""咋会不记得，当年你可是郭立刚手下的骨干。"我转身朝乡亲们挥挥手，让小陈把小冬子的父亲和几位年纪大的留下，中午一起吃顿饭。

大殿里还保留着战争时期的原样，只是整洁了很多。这是小陈的主意吧，石峪寺属于普集公社辖区。毕竟是个老兵，不好搞花里胡哨那套。

"首长您看。"我转过身，窗台上的土黄釉瓷酒瓶里插着几片红叶一枝菊花。

时光呼啸倒流。宋子辉在椅子上扭过身，抹着络腮胡子憨憨地笑。我倚着大案板站着。一片恍惚的脑子里，无比清晰地现出日记本中缝上的那枝菊花，花朵黄得单纯而炫目，花托下的一个叶片掐去了半边，有疼痛的窒息感。炫目的黄色里忽然就跳出大哥忧郁的眼神。这次回家，我明显感觉到他的话絮叨了起来，没有了从前的明快爽朗，总像是有些话搁在了心里。我刚进家门时他哭了。等我坐在他对面，他鼓凸着青筋的右手，在桌面上抬了几下。我盯着他的手，期待着它举起来，拍拍我花白的脑袋。我知道他的意思。可那只手却摸起了烟袋，沉吟了好一会儿才说："能不退伍吗？"我不解地看着他。他说："我还是想继续做个军属。"我立即答应了他。这次回老家之前，我已经递交了转业申请。为了更容易走近老何、子辉、铁峰、立刚、小胖、祁英等，那些名字能写满一面崖壁的战友亡魂，我特意选择在脱下军装前重返长岭山。看来这身军装还得继续穿下去。回家这些天，我一次也没见大哥再挑起左眼眉。是老来失去了对任何事情打个问号的兴趣，还是发生过什么事，让他再也挑不起左眼眉？我不知道，也没敢问他。

眼泪流下来，我丝毫没察觉。小陈侧身把我挡在身后，叫了声"政委"，说："大队长离开长岭山时，嘱咐我保管好这个酒瓶，将来这里肯定会作为抗日遗址保留，要安排管理人员想着给瓶子插山野花。"

"哦。"我坐在自己的小桌前，转了转瓶子，让那朵还未绽开的骨朵朝向窗外，脑子里全是哗哗啦啦流水一样的往事。我没料到重新坐在这里，心情竟会如此激荡。

我朝门口摆摆手。小陈给我倒上杯水，领着大家走出大殿。

回老家的前天晚上，卢毓奎夫妇在家里请我和邨英，为我饯行。席间卢毓奎又谈起他转业多年后，单位决定将他们夫妻子女遣返老家的事。那时很多人都躲着他。邨英拿着卢毓奎的军功章和我保留的那份《群众报》，找到他们单位领导据理力争，问："现在你们怎么称呼卢毓奎。""卢毓奎同志呀。"对方说。"那不就结了，"邨英理直气壮，"有你们这么处理人民内部矛盾的吗？即便是他犯了右倾错误，可组织上并没给他安上什么'分子'的帽子。他抗战刚结束就率部编入八路军，带领队伍从山东一直打到祖国的南大门，伤痕累累地转业到咱们福州,这里就是他的家,哪里还有什么遣返老家一说。"最终卢毓奎留在了福州。单位的领导对他说:"尚师长为你打了包票,珍惜吧,我是被你们的战友情谊和那篇文章给打动了。我是在解放战争后期才率队起义的,你比我觉悟得早。"卢毓奎给我斟上杯茶:"老尚他是个重情重义的家伙。"

阳光在菊花和红叶上跳跃,洒落在淡蓝搪瓷杯上,把那抹圆锥形白色染成金黄。

姜副司令不止一次调侃我和邺英:"你们这对搭档呀,正好反着来,男的具体而微,女的大而化之。"现在想来,正是我的大而化之忽略了邺英用心背后的深情。其实云南大理地下斗争中一次次血的教训,早就使我理解了当年他在学潮中的不辞而别。只是我由此认定他不是像何一钳那样的性情汉子,加上我的再一次疑虑,致使归队一年多我还没答应跟他结婚。刚归队时,他还以为我是因为不能再生育而拒绝他,郑重地说:"那样不更好吗,我没有孩子,咱们就一心一意培养好小祺,他还是姓何,这都不成问题。"我心里感动着嘴上却说:"这些对我更不是问题,我只是不想刚刚归队就结婚。""这也算理由吗?"他虌起眉头表示不相信。"这难道不是理由吗?"我只好耍赖。搬到军部单身宿舍后,就算晚上频频梦到他怀抱的气息,我也尽量避免跟他见面。直到他被逼得忽然想起我们的老首长,跟他通了电话,才明白了我的心结所在。他懊恼得噼噼啪啪拍了一通脑袋,夹起一个破帆布小包径直来到军部。小包里全是他在南下路上写给我的信。间隔时间最长的只有十多天,有时一天就有两封,短的十来行,长的一千多字,还有许多半截的和只写了"苇杭"两个字的。我看得稀里哗啦,门还敞着就扑进他怀里。"知道你寄不出去,你咋不一见面就给我?""你不是喜欢惊喜,喜欢浪漫嘛,我是想等到新婚之夜,再一封一封读给你听,读一晚上。"我狠狠捶他后背:"你的细心呢?你就不想想,经历了芙蓉街小院那两个夜晚,就算你一头扎进战火里,却从此不再挂念,哪个女人敢要这样的男人做丈夫?"结婚后我慢慢体会到,跟我的蘸火式绚烂相比,邺英的性情更像一枚沉默的手雷,不到关键时刻是不会表露的。

风从窗户吹进来,秋季长岭山的味道丰茂而厚重。

我不知咋的就举起手拍了下桌子。几粒芝麻从桌缝里跳出来,不知是那次大战前吃窝头蘸芝麻盐遗漏的,还是遗址管理人员吃饭时撒落的。我伸出食指蘸蘸唾沫,小心翼翼地粘起一粒放在舌尖,一丝烟熏火燎的味道慢慢氤氲开,好像是很久远的时光,有种毛茸茸的感觉。

——摘自《何苇杭日记》

2020年12月初稿,2022年8月23日改定

图书在版编目（CIP）数据

蘸火记 / 牛余和著 . -- 北京：作家出版社，
2025.1. -- ISBN 978-7-5212-3184-7

Ⅰ. I247.5

中国国家版本馆 CIP 数据核字第 2024CE1067 号

蘸火记

作　　者：牛余和
责任编辑：朱莲莲
封面设计：张子林
出版发行：作家出版社有限公司
社　　址：北京农展馆南里 10 号　　邮　　编：100125
电话传真：86-10-65067186（发行中心）
　　　　　86-10-65004079（总编室）
E-mail:zuojia @ zuojia.net.cn
http://www.zuojiachubanshe.com
印　　刷：唐山嘉德印刷有限公司
成品尺寸：152×230
字　　数：280 千
印　　张：23.5
版　　次：2025 年 1 月第 1 版
印　　次：2025 年 1 月第 1 次印刷
ISBN 978-7-5212-3184-7
定　　价：52.00 元

作家版图书，版权所有，侵权必究。
作家版图书，印装错误可随时退换。